# Das brennende Gewand

ANDREA SCHACHT

# Das brennende Gewand

Roman

**Weltbild**

Besuchen Sie uns im Internet:
*www.weltbild.de*

Genehmigte Lizenzausgabe für Verlagsgruppe Weltbild GmbH,
Steinerne Furt, 86167 Augsburg
Copyright der Originalausgabe © 2008 by Blanvalet,
einem Unternehmen der Verlagsgruppe Random House, München.
Umschlaggestaltung: ZERO Werbeagentur, München
Umschlagmotiv: Bridgeman Art Library, Berlin
Gesamtherstellung: CPI Moravia Books s.r.o., Pohorelice
Printed in the EU
ISBN 978-3-8289-9406-5

2012   2011   2010   2009
Die letzte Jahreszahl gibt die aktuelle Lizenzausgabe an.

Für Dirk Meynecke,
ohne den Almut und Ivo nie das Licht der Welt
erblickt hätten,
und der sie getreulich auf ihrem langen Weg
begleitet hat.

## Dramatis Personae

**Almut Bossart** – Baumeisterstochter und Begine, deren Entschluss, den Konvent zu verlassen und ein weltliches Leben zu führen, von widrigen Umständen behindert wird, weshalb sie zu massiven Maßnahmen greifen muss.

## Die Klerikalen

**Pater Ivo** – Benediktiner, der auf seinen Dispens wartet, um ein neues Gelübde ablegen zu können, das seinem Charakter weit mehr entspricht als Keuschheit und Armut.

**Theodoricus de Cornis** – der behäbige Abt zu Groß Sankt Martin, der es Ivo verwehrt, ein Gelübde abzulegen.

**Lodewig** – ein Novize, der an seinen Aufgaben wächst.

**Bertram** – ein begabter Novize, der mit guten Instinkten gesegnet ist.

**Pater Henricus** – Beichtiger der Beginen, ein Minderbruder mit wissenschaftlichen Ambitionen.

# Die Weltlichen

**Georg Krudener** – Apotheker und Alchemist, der sich in einer schönen Frau täuscht.

**Aziza** – Almuts Halbschwester, die der Halbwelt angehört und die Hoffnung hegt, dieser entfliehen zu können.

**Trine** – Krudeners taubstumme Gehilfin, die es donnern und blitzen lässt.

**Pitter** – Päckelchesträger, der seine Ohren am Puls des Lebens hat.

**Lena** – Pastetenbäckerin, die dem Geschwätz zugeneigt ist.

**Thomas** – ein Geschenk Gottes.

**Franziska und Simon** – die Adlerwirte mit allerlei Nebenverdiensten.

**Hardwin** – ein Pferdeknecht, der komische Fragen stellt.

**Gauwin vom Spiegel** – Ivos Vater, der sein Haus bestellt sehen will.

**Leon de Lambrays** – sein Enkel aus Burgund, der mit Wein handelt.

**Roderich von Kastell** – ein Reisender aus fernen Landen, der mit Gold handelt.

**Derich** – sein unscheinbarer, aber loyaler Diener.

**Die Edle von Bilk** – eine Witwe mit Vergangenheit, deren Zukunft jedoch fragwürdig ist.

**Frau Barbara und Meister Conrad Bertholf** – Almuts Eltern.

**Teufelchen und ihre Kinder** – die Konventskatzen.

**Alyss und Marian** – ein Versprechen für die Zukunft.

# Die Beginen

**Magda von Stave** – die Meisterin, **Rigmundis von Klein-
gedank** – eine Mystikerin, **Clara** – die Gelehrte, **Elsa** –
die Apothekerin, **Gertrud** – die Köchin, **Bela** – die Pförtnerin, **Mettel** – die Schweinehirtin, **Judith, Agnes
und Irma** – drei Seidweberinnen, **Ursula Wevers** –
die Sängerin.

## Die historischen Persönlichkeiten

**Erzbischof Friedrich III v. Saarwerden** – ein junger
Würdenträger, der einen Dispens zu bearbeiten hat.
Und natürlich **Meister Michael** – ein begnadeter
Dombaumeister.

*»Kann auch jemand
ein Feuer unter dem Gewand tragen,
ohne dass seine Kleider brennen?«*
(Sprüche 6,27)

## Vorwort

Die Beginen von Köln waren rege Frauen, die sich zu
Gemeinschaften zusammengeschlossen hatten, um,
wenn auch nicht nach klösterlicher Ordnung, so doch
nach eigenen Regeln gemeinsam zu leben. Armut,
Keuschheit und arbeitsames Wirken war ihr Streben,
aber Gelübde banden sie nicht. Es stand den Beginen
frei, sich wieder zu verehelichen oder den Konvent zu
verlassen.

Diese für das Mittelalter zunächst ungewöhnlich er-
scheinende Lebensform hat mich gereizt, meine Heldin einem solchen Konvent beitreten zu lassen.

Dies ist nun der fünfte und letzte Band um die Begine Almut, und daher möchte ich sie allen, die sie
noch nicht kennen, vorstellen und kurz auf ihr dramatisches Vorleben eingehen.

Almut Bossart, Tochter eines Baumeisters, Witwe
eines Baumeisters, weigert sich nach ihrer unglück-
lichen Ehe mit einem alten, kranken Mann wieder
zu heiraten und zieht es vor, gemeinsam mit den elf
Frauen am Eigelstein durch ihrer Hände Arbeit ihren
Lebensunterhalt zu verdienen.

Gewissen klerikalen Kreisen waren Frauen, die derart selbstbestimmt ihr Leben führten, sich Bildung aneigneten und sogar die Bibel lasen, höchst suspekt. Auch ihre innige Verehrung der Maria, die für sie mehr als nur Fürbitterin war, erregte Missfallen. Es gab immer wieder Verfolgungen, sie wurden als Ketzerinnen verbrannt, ihre Traktate und Bücher vernichtet, ihre Gemeinschaften aufgelöst.

In Köln jedoch lebten sie unter dem Schutz des Rates einigermaßen sicher – solange sie nicht gegen die guten Sitten verstießen. Das aber fällt meiner Heldin hin und wieder schwer, denn ihre Zunge ist ungebärdig und gehorcht nicht den Konventionen. Sie bringt sich selbst in Gefahr – und gerät zu allem Überfluss auch noch an den gestrengen, verbitterten Benediktiner, Pater Ivo.

Ivo vom Spiegel ist der Sohn eines wohlhabenden Patriziers, der sich schon in jungen Jahren durch große Wissbegier und eine gute Portion Abenteuerlust auszeichnet. Er studiert an den großen Universitäten seiner Zeit, lehrt an ihnen und bildet sich über die gängigen kirchlichen Praktiken eine eigene, überaus scharfsinnige Meinung, die ihn in den Ruf eines Ketzers bringt. Damit beginnen seine Schwierigkeiten. Vor dem Scheiterhaufen kann er sich nur retten, indem er in den Orden der Benediktiner eintritt. Dreizehn Jahre führt er das keusche, arbeitsame Leben in klösterlicher Armut an verschiedenen Orten. Zuletzt führt ihn das Schicksal wieder nach Köln zurück.

Als sein Beichtkind Jean de Champol unter sehr undurchsichtigen Gründen zu Tode kommt, trifft er auf die Begine Almut, mit der er sogleich auf das heftigste aneinandergerät. Zwischen den willenstarken Charakteren, die beide vom Leben gezeichnet sind, doch letztlich ein gemeinsames Ziel verfolgen, sprühen die Funken. Und aus ihnen entsteht eine Flamme ganz anderer Art.

Nachdem Almut und Ivo nach einigen Irrwegen erkannt haben, dass sie zueinandergehören, muss noch ein letztes Hindernis aus dem Weg geräumt werden. Pater Ivo soll von seinen Gelübden befreit werden. Dispens zu erhalten war in der damaligen Zeit übliche Praxis. Die geldgierige Kirche nahm gerne Wertgegenstände, Grundstücke und Gold entgegen, um Ablass von Sünden, Ämter oder Pfründe dafür zu gewähren. Von allerlei Versprechen konnte man sich freikaufen, ob Pilgerreisen, Keuschheitsgelübde oder Ordensbindungen. Es war eine Frage des Preises.

Dieses scheinheilige Verfahren wurde ein Jahrhundert später immer lauter angeprangert und führte schließlich zur Reformation.

Mit der möglichen Gewährung eines Dispens' beginnt nun der fünfte Teil der Geschichte um die Kölner Begine Almut und den Benediktinerpater Ivo vom Spiegel.

Beide sind außerordentlich bibelfest, und daher möchte ich Ihnen in ihrem Namen eine Mahnung aus den Sprüchen Salomos mit auf den Weg durch diesen Roman und das Leben im Allgemeinen geben:

»*Mein Sohn, wenn dich die bösen Buben locken, so folge nicht.*«

Sprüche 1,10 (Anm. d. Autorin: auch Töchter dürfen sich angesprochen fühlen.)

# Köln,
# im Wonnemonat Mai
# im Jahr des Herrn 1377

# 1. Kapitel

Der Mann trug ein Wams aus graubraunem Hasenfell, in dem er beinahe mit dem Graubraun des schlammigen Weges verschmolz, so wie die vorherigen Träger dieser Pelze es ebenfalls taten. Sein struppiges Haar war kurz geschnitten und wies eine ähnliche Melange aus Grau und Braun auf. Sein Gesicht wirkte verwittert wie ein altes Stück Holz, doch seine Schultern waren breit und seine Waden in den staubigen Stiefeln stramm. Er beugte sich über eine regungslose Gestalt, die mit dem Gesicht in einer tiefen Pfütze lag, und durchsuchte mit kundigen Fingern die Beuteltaschen an dem breiten, goldverzierten Gürtel. Es war nichts von Wert darin enthalten, außer einem gesiegelten Pergament, das auffällig aus einem der Beutel hervorragte. Das Siegel gab dem Mann Aufschluss über die Identität des Toten, und mit scharfem Blick musterte er die Umgebung und dann die Spuren im Schlamm.

Man würde nichts finden, stellte er fest. Nichts, was auf einen gewaltsamen Tod schließen ließ. Der Reiter war unglücklich vom Pferd gefallen.

Er fuhr mit seiner Durchsuchung der kostbaren Kleider fort, doch kaum hatte er den schlaffen Gefallenen umgedreht, hob er lauschend den Kopf und ließ von seinem Tun ab. In der Ferne erklang Hufschlag. Lautlos verschwand er in dem nahen Unterholz, so wie es ein jeder tun würde, der nicht neben der Leiche eines erzbischöflichen Kuriers gefunden werden wollte.

Über gesunden Menschenverstand verfügte der Mann in ausreichendem Maße, und als die Berittenen, Soldaten der Kölner Stadtwache, sich näherten, überließ er es ihnen, den Ersäuften zu entdecken.

Regungslos beobachtete er, wie sie sich berieten, schließlich den Boten auf eines der Pferde hievten und zum nahen Severinstor zurückritten.

Er selbst folgte ihnen in gebührendem Abstand, und nach vielen, langen Jahren betrat er seine Heimatstadt wieder. Älter, härter, klüger.

Und das Schicksal nahm seinen Lauf.

## 2. Kapitel

»Flinderlein. Sie nennen sich Flinderlein und sie sind nur vergoldeter Tand.«

»Trotzdem sehen sie hübsch aus. Man könnte sie sehr schön auf ein Haarnetz nähen.«

»Natürlich. Das würde sich bei unseren Totenklagen recht gut machen.«

»Aber nein, Almut, nein. Ich dachte eher an Hochzeiten.«

Almut lächelte und sah Judith, die Seidweberin, kopfschüttelnd an. Sie nahm alles für bare Münze, was sie sagte. Elsa, die Apothekerin, hingegen kicherte.

»Sie sahen vor allem prächtig an dem Jäckchen aus, das deine Stiefmutter am Sonntag in der Kirche trug.«

»Frau Barbara sieht immer prächtig aus. Sie liegt mir

jedoch jedes Mal, wenn ich sie aufsuche, damit in den Ohren, ich solle meine graue Tracht doch nun endlich ablegen.«

»Du könntest es jederzeit«, bemerkte Rigmundis nüchtern und fädelte einen grünen Seidenfaden in die Nadel.

»Könnte ich, will ich aber nicht. Ich finde die Kleider, die ich trage, sehr praktisch. Goldflitter und seidene Schleppen stören beim Decken des Kapellendachs.«

»Du wirst zukünftig keine Dachschindeln mehr herumwuchten, und dein Gatte wird dir sicher Geschmeide aus purem Gold um den Hals legen. Also gewöhn dich an vornehme Gewänder.«

»Mhm«, sagte Almut und schob mit dem Webkamm das Muster des blaugrünen Bandes zusammen, das sie mit flinken Fingern herstellte.

Sie war glücklich, und die Zukunft lag tatsächlich glitzernd wie Flittergold vor ihr. Aber dennoch mischte sich ein winziges Tröpfchen Wehmut in ihren Frohsinn. Sie würde ihre Freundinnen verlassen müssen. Fünf Jahre hatte sie im Kreis der Beginen verbracht, fünf Jahre mit ihnen gearbeitet und gebetet, ihre Eigenarten kennen und verstehen gelernt, bei ihnen Hilfe, Unterstützung, Trost und Vertrauen gefunden. Der Konvent am Eigelstein war ihr ein schützender Hort geworden, und die tägliche Arbeit erfüllte sie mit Befriedigung.

Bald sollte sie diese Sicherheit verlassen und sich wieder dem weltlichen Leben stellen. An der Seite eines Mannes, der nicht gerade zu den schlichtesten aller Seelen gehörte.

Gerade deshalb liebte sie ihn.

Aber es würde sich viel ändern.

Gegen die allzu schnelle Änderung, das gestand sie sich selbst ein, hatte sie sich gewehrt und war nicht dem Vorschlag der Meisterin Magda gefolgt, wieder in ihr Elternhaus zu ziehen, nachdem ihre Hoffnungen auf eine Verbindung mit Ivo vom Spiegel sich ihrer Erfüllung näherten.

»Nein, Magda, ich bleibe, solange der Dispens noch nicht erteilt ist«, hatte sie gleich nach Ostern argumentiert. »Er ist ohnehin wieder zu den Klostergütern nach Villip aufgebrochen, und ich habe hier noch Aufgaben zu erledigen.«

Die Meisterin hatte einen leisen Laut der Erleichterung von sich gegeben und gemeint: »Nun gut, dann bau die Kapelle fertig. Es ist ja nicht so, dass ich dich vertreiben wollte.«

»Nein, Magda. Du würdest mich zu gerne hier festbinden. Um so mehr weiß ich deine Großmut zu schätzen.«

Die gewählte Leiterin des Beginenkonvents hatte vor noch gar nicht langer Zeit den Wunsch ausgesprochen, Almut möge sich entscheiden, ihre Nachfolgerin zu werden, aber dem offenkundigen Glück, das ihre Begine gefunden hatte, wollte sie natürlich nicht im Weg stehen.

»Woher hat Frau Barbara die Flinderlein eigentlich? Ich habe solchen Putz hier in Köln noch nie gesehen.«

Judiths Frage holte Almut aus ihren Gedanken zurück.

»Von Aziza natürlich. Meine Schwester überrascht uns immer wieder mit allerlei exotischem Firlefanz.

Angeblich stammen sie aus Nürnberg. Dort schlagen sie diese hauchdünnen Münzplättchen, und es heißt, man verkauft sie mit gutem Gewinn ins Morgenland.«

Clara, die neben ihr saß und ein Seidenhemd säumte, giftete unerwartet heftig: »Hätte ich mir ja denken können, dass die maurische... ähm, deine Schwester solche Quellen kennt. Aber wie der weise Salomo schon sagt: ›Ein guter Ruf ist köstlicher als großer Reichtum, und anziehendes Wesen besser als Silber und Gold.‹«

»Du bist mürrisch, Clara«, stellte Almut überrascht fest. Clara war wehleidig, belesen, scharfsichtig und feinfühlig – nie mürrisch. »Was ist los?«

»Nichts.«

Wortkarg war sie gewöhnlich auch nicht. Und heiße rote Wangen sah man selten auf ihrem zartknochigen Gesicht.

Almut schwieg, machte sich aber Gedanken um die Begine, mit der sie von Anfang an das kleine Häuschen teilte, in dessen Erdgeschoss Clara vormittags ein emsiges Häuflein junger Mädchen und einen wissbegierigen Päckelchesträger in der Kunst des Lesens und Schreibens unterwies. Vor einigen Tagen aber hatte sie sie beobachtet, wie die Gelehrte mit wütender Verve einige Pergamente mit Bimsstein abrieb und neu kalkte. Palimpseste herzustellen war nicht unüblich, Schreibmaterial teuer, und das dünne Leder strapazierfähig genug, es mehrmals zu verwenden. Eigenartig war die zornige Energie, mit der Clara daran arbeitete, sie, die bei jeder schwereren Tätigkeit darüber klagte, dass sie schmerzende Finger und Husten oder tränende Augen vom Staub bekam. Doch hier im Refektorium, zusammen mit acht der zwölf Frauen, die der Gemeinschaft angehörten, wollte Almut nicht weiter in sie dringen. Es würde sich am Abend noch Gelegenheit finden, Clara nach ihrem Kummer zu befragen.

Eine Weile stickten, nähten und webten alle emsig weiter, denn das strahlende Sonnenlicht, das durch die geöffneten Fenster fiel, erlaubte ihnen, die kunstfertigen Handarbeiten anzufertigen, mit denen sie einen Teil ihres Lebensunterhalts verdienten. Ausgenommen von dieser Tätigkeit waren nur die Meisterin, die oben in ihrer Stube den Abrechnungen nachging, Gertrud, die in der Küche waltete und Bela, die ihren Dienst an der Pforte nachging und ein Auge auf die mäkelige Ziege und das fette Schwein hielt, die beide zu gerne Elsas Kräuterbeete geplündert hätten. Ursula Weverin summte leise eine heitere Melodie, in die nach und nach alle einfielen. Außer Almut. Ihr war die Gabe des melodischen Gesangs nicht gegeben. Aber sie erfreute sich an der friedfertigen Stimmung, den flimmernden Sonnenstäubchen und dem wachsenden Seidenband unter ihren Fingern.

»Hast du schon etwas Neues über den Bescheid des Erzbischofs gehört?«, wollte Ursula schließlich wissen, als sie ihr Lied beendet hatten.

»Nein, aber ich habe auch schon seit Tagen nicht mehr mit Vater Theodoricus gesprochen. Aber Pater... mhm – Ivo wird in diesen Tagen zurückerwartet, und ich denke, dann werde ich mehr erfahren.«

»Du bist erstaunlich geduldig.«

»Nein, bin ich nicht.«

Nein, das war sie wirklich nicht, aber sie besaß

genug Einsicht, um zu wissen, dass sie im Moment nichts bewirken konnte. Die Befreiung von den feierlichen Gelübden, die Ivo vom Spiegel vor über einem Jahrzehnt abgelegt hatte, war ein diffiziles Geschäft – ein Geschäft im wahrsten Sinne des Wortes. Es musste Geld fließen, nicht unbeträchtliche Summen, und es musste in die richtigen Hände gelangen. Verhandlungen waren geführt, Versicherungen gegeben worden, und nun hatte der Erzbischof das letzte Wort. Friedrich von Saarwerden jedoch hatte im Zuge des Schöffenstreits Köln verlassen und sich nach Poppelsdorf verzogen. Inzwischen war zwar der Friede zwischen ihm und dem Rat der Stadt wiederhergestellt, aber Einzug hatte der Erzbischof noch nicht gehalten. Er schmollte noch ein wenig und widmete sich lieber den Regelungen familiärer Angelegenheiten.

»›In eines Mannes Herzen sind viele Pläne, aber zustande kommt der Ratschluss des Herrn‹«, murmelte Clara, ohne von ihrer Stickerei aufzusehen.

»Vermutlich mahnt uns so der weise Salomo? Hast du seine Reden übersetzt?«, wollte Almut wissen.

»Ja, ja, ja. Ich habe es, und was krieg ich dafür?«

Mit einem unerklärlichen Wutanfall warf Clara ihre Handarbeit auf den Tisch und stürmte aus dem Refektorium.

»Was für eine Laus ist der denn über die Leber gelaufen? So kenne ich sie gar nicht«, stellte Elsa fest und schaute ihr verdutzt nach.

»Sie brütet etwas aus. Ich glaube, ich schau mal nach ihr.«

»Nimm ihr einen süßen Wecken mit. Gertrud hat heute welche gebacken. *Dich* besänftigen die immer.«

»Eine gute Idee, Elsa!« Almut grinste sie an und legte sorgsam ihre Webbrettchen zusammen.

Die Häuser der Beginen umschlossen ein kleines Geviert, in dem sich Beete, ein Waschplatz, ein Brunnen und der gemauerte Backofen befanden. Dieser schloss sich an das Häuschen an, in dem die Köchin wohnte und arbeitete. Der Duft von frischem Brot hing in der Luft, als Almut die Tür öffnete. Gertrud war nicht anwesend, aber Teufelchen grüßte sie mit einem stolzen Maunzen aus ihrem weich gepolsterten Korb nahe der Feuerstelle. Drei winzige Katzenkinder lagen zusammengerollt an ihrem Bauch, die Augen noch geschlossen, die winzigen Öhrchen schlapp am Kopf anliegend. Zwei waren schwarz wie ihre Mutter, eines, grau getigert mit weißen Pfötchen, verriet den Vater, einen strammen Kater, der in der Scheuer hinter den Feldern über die Mäuse herrschte.

Almut kniete nieder und streichelte die glücklich schnurrende Mutter, hütete sich aber, die Kleinen zu berühren, denn Teufelchen war in dieser Sache sehr eigen. Einen schmerzenden Kratzer hatte sie sich bereits eingehandelt.

»Sie frisst mir die Haare vom Kopf«, murrte die Köchin, die mit einem Korb geräucherter Würste aus der Vorratskammer kam und ihn mit Schwung auf den Tisch pflanzte. Schon hatte sie ein scharfes Messer in der Hand und schnitt einen ordentlichen Zipfel in kleine Bissen.

»Aber eine säugende Katze braucht eine kleine Zufütterung.«

»Sie könnte auch mausen.«

»Davon verstehst du nichts«, war die barsche Antwort.

Teufelchen fiel mit Feuereifer über die fette Wurst her, und Almut schüttelte betroffen den Kopf.

»Nein, weder bin ich Katze noch Mutter. Also hast du wohl recht.«

»Du hast nur eine spitze Zunge.«

»Heute nicht, heute hat Clara die. Hast du die süßen Wecken schon fertig?«

»Willst du dir die in die Ohren stopfen, damit dich Claras Geißelhiebe nicht treffen?«

»Nein, ihr in den Rachen.«

»Was hat sie denn?«

»Das will ich ja herausfinden.«

Flugs hatte Gertrud zwei noch warme Wecken aus einem zugedeckten Korb geholt, aufgeschnitten und reich mit Honig bestrichen. »Du wirst für deinen eigenen Rachen einen brauchen. Nun verschwinde aus meiner Küche. Ich hab keine Zeit für müßiges Geschwätz.«

»Danke Gertrud. Du hast so ein sonniges Gemüt!«

Erheitert wandte Almut sich zu ihrem Häuschen und erklomm die Stiege in das obere Stockwerk, wo sich ihre und Claras Kammer befand.

Die Tür zu Claras Raum stand offen, sie selbst saß an ihrem Schreibpult und spielte mit der Feder, hatte aber die Augen geschlossen. Sie sah müde und erhitzt aus.

»Ich habe dir einen Wecken aus der Küche mitgebracht«, sprach Almut sie leise an.

Träge öffnete Clara die fiebrig glänzenden Augen.

»Iss ihn selbst, ich habe keinen Hunger.«

»Du bist krank.«

»Ich bin nie krank!«, zischte sie zurück.

»Clara, du hast eine empfindliche Gesundheit, das wissen wir doch alle.«

Clara öffnete den Mund, um eine vernichtende Antwort zu geben, schluckte sie dann aber mühsam hinunter und nickte dann. »Habe ich. Darum lass mich nun alleine. Ich habe dir eine Abschrift der Übersetzung auf den Tisch gelegt. Ich sag's dir gleich, das war die letzte, die ich je gemacht habe.«

»Aber...«

»Und – bitte – lass mich jetzt alleine.«

Almut ließ den einen süßen Wecken bei ihr, in den anderen grub sie genussvoll die Zähne, während sie in ihrer Kammer die säuberliche Handschrift studierte, in der die weisen Sprüche Salomos niedergeschrieben waren.

## 3. Kapitel

Zur nämlichen Zeit klopfte Pater Ivo an die Tür des Abtes von Groß Sankt Martin. Bruder Johannes öffnete ihm, nickte ihm gemessen zu und verließ den Raum. Theodoricus schlug den schweren Codex zu, in dem er gelesen hatte und betrachtete den schwarzen Mönch von oben bis unten.

»Du kommst spät, Ivo. Wir hatten dich schon vor zwei Tagen erwartet.«

»Es gab noch etwas zu erledigen«, brummte der Pater und fügte hinzu: »Und der lahme Klepper, den Ihr mir gegeben habt, keuchte wie eine neunzigjährige Vettel mit galoppierender Schwindsucht. Hab ihn die Hälfte des Wegs am Zügel führen müssen.«

»Du hast darauf bestanden, die Mähre zu nehmen. Du hättest dir ein besseres Pferd besorgen können.«

»Hätte ich.«

Der Abt schmunzelte und goss aus einem Krug ein schäumendes Getränk in einen silbernen Becher.

»Da, spül den Reisestaub hinunter. Und deine Brummigkeit. Und dann berichte.«

Der Benediktiner ergriff den Becher, setzte sich auf die gepolsterte Bank am Fenster und nahm einen langen Schluck.

»Ein ordentliches Bier!«

»Wohl wahr. Unser Camerarius hat der jungen Trine das Rezept abgeschwatzt. Jetzt macht er ein fürchterliches Geheimnis um seine Braukunst. Aber er hat das Zeug für mich reserviert, und dafür bin ich ihm dankbar. Hat manchmal Vorteile, Abt zu sein!«

»Bestimmt!«

Theo schnaubte ob des trockenen Tonfalls. Dann grinste er und zuckte mit den Schultern. »Nicht, dass du irgendeine Aussicht auf den Posten hättest. Warst du schon bei deiner Begine?«

»Noch nicht. Ich bin eben erst eingetroffen.«

»Ganz der pflichtgetreue Bruder. Der Diakon des Erzbischofs hat übrigens zu verstehen gegeben, dass der Erteilung des Dispens' nichts mehr im Weg steht. Nur war Friedrich noch bei seiner Schwester und ist erst vor wenigen Tagen nach Poppelsdorf zurückgekehrt. Aber der Diakon hat mir versprochen, ihm das Dokument sofort zum Siegeln vorzulegen. In wenigen Tagen, Ivo, wirst du frei und ungebunden sein.«

Eine seltsame Bewegung glitt über das braungebrannte Gesicht des Paters, und Theo nickte verständnisvoll.

»Komm, wir teilen uns den Rest, dann gibt es erst einmal für ein paar Tage nichts von diesem göttlichen Gesöff.«

»Hat dich der Bruder Camerarius auf Ration gesetzt?«

»Nein, nein. Nur es hat – einen Zwischenfall gegeben.«

»Aha.«

»Du brauchst überhaupt nicht auf diese Art die Braue hochzuziehen, Ivo. Es hat jemand mein Bier ausgesoffen. Ich weiß sogar, wer.«

»Unsere Novizen, nehme ich an. Muss mein Donnerwetter wieder zwischen sie fahren?«

»Könnte ihnen nicht schaden, aber sie waren es nicht. Es war dieser verdammte Vergolder.«

»Der Hölle sei er geweiht!«

»Das ist er schon aus vielen anderen Gründen, vermute ich. Das Bier hat die Liste seiner üblen Taten nur noch um einen Punkt verlängert. Ich war ein Idiot, dass ich ihn eingestellt habe.«

»Ehrwürdiger Vater, das kann ich nicht glauben.«

»Spotte du nur. Aber die Zünftigen hier in Köln haben mir eine Abfuhr erteilt. Die einen überarbeiten den Altar bei den Clarissen, die anderen hat der Dompropst bestellt, die Chorschranken neu zu vergolden, weil der Erzbischof in naher Zukunft wieder Einzug in die Stadt halten wird. Da stand plötzlich dieser Thomas vor der Tür. Er erschien mir wie ein Geschenk des Himmels. Und hin wie her, er macht seine Arbeit gut.«

»Ich bin fast drei Wochen fort gewesen, Theo. Du wirst mich aufklären, welch wichtige Arbeit das ist.«

»Unser Bertram hat eine Apostelgruppe geschnitzt, und ich hatte mir gedacht, dass es sich bei dem Pfingstgottesdienst sehr gut machen würde, wenn wir sie ausstellen würden.«

»Bertrams Figuren, Theo, bedürfen keiner Vergoldung.«

»Nein, nein, nur hier und da ein Tüpferchen. Aureolen, Hirtenstäbe und so. Aber ich habe den Jungen gebeten, Feuerzungen zu schnitzen, sodass wir sie über der Gruppe aufhängen können. Und die *müssen* vergoldet sein, sonst wirkt es nicht.«

Um Pater Ivos Augen spielten einige kleine Fältchen, doch ansonsten blieb seine Miene ernst. Er kannte Theo schon lange und sehr gut. Der Abt würde sich nie etwas zu Schulden kommen lassen, was gegen das Gelöbnis der Keuschheit und den Dienst an Gott und seiner ihm Anvertrauten verstieß, doch er hatte einen nur mühsam unterdrückten Hang zu guten Speisen und Getränken und eine offensichtliche Neigung zu edlen Kunstwerken. Das Gelübde der Armut war schwer zu halten, denn das Kloster verfügte über ein ansehnliches Vermögen. Die Ausstattung seiner Wohnräume zeugten von erlesenem Geschmack und einem guten Auge für Qualität.

»Zieh ihm das Bier vom Lohn ab«, schlug der Benediktiner vor und nahm den letzten Schluck von dem bitteren Hopfenbier.

»Das werde ich tun. Nun berichte: Was tut sich auf den Gütern?«

Das dauerte bis zur Non, gemeinsam suchten sie

dann die Kirche auf, und nach der Messe schlenderte
Ivo zu den Werkstätten. Bertram sah lächelnd von seiner Schnitzerei auf und erhob sich, als der Mönch zu
ihm trat.

»Nun, mein Junge, wie geht es dir?«

»Ich grüße Euch, Pater Ivo. Danke, ich fühle mich
sehr wohl.«

»Keine Anfälle mehr?«

»Nein, Pater. Ich mag die Gleichförmigkeit des Lebens hier. Und alle sind sehr nett.«

»Deine Arbeit geht gut voran, hörte ich.«

»Der ehrwürdige Vater ist die Güte selbst. Meine
Apostel sollen den Gläubigen gezeigt werden.«

»Vergoldet!«, grummelte der schwarze Benediktiner,
und der Novize lachte leise.

»Nur ein bisschen, ehrlich. Seht, dies macht Thomas mit ihnen.«

Die Figuren, gut drei Handspannen hoch, trugen fein
geschnitzte Heiligenscheine, und mit äußerster Belustigung stellte Ivo fest, dass ihre Gesichter die Züge der
Klosterbewohner trugen.

»Du bist ein Schlingel, Novize!«

Bertram senkte demütig den Kopf, sah dann aber
wieder auf und geradewegs in die grauen Augen seines
Besuchers. Er entdeckte keine Missbilligung darin,
also lächelte er.

»Was hältst du von dem Vergolder?«, fragte Pater Ivo
ihn, ohne weiter darauf einzugehen.

»Er ist ein Schlitzohr. Aber er versucht, es zu verstecken.«

»Aber du hast es herausgefunden?«

»Wir teilen uns die Werkstatt. Er trägt zwar immer

eine Kappe, die die Ohren bedeckt, aber neulich ist sie ihm heruntergefallen. Er hatte gesoffen.«

»Also aus der Zunft ausgestoßen, aber nicht aus der Kölner.«

»Er behauptet, er käme aus Nürnberg.«

»Wo ist er untergebracht?«

»In der Zelle neben der Euren, denn das Gästehaus ist in diesem Monat belegt.«

»Werde ich ihn jetzt dort finden?«

»Wohl kaum. Fragt den Bruder, der das Bier braut, da lungert er vor der Vesper häufig herum.«

Pater Ivo überquerte zügigen Schrittes den Hof und fand Bruder Gereon, der die gekeimte Gerste auf der Darre ausbreitete, wo sie über dem Ofen getrocknet werden sollte.

»Alchemistische Übungen, Bruder?«

»Weit geheimnisvoller. Und für manche ein Grund, ständig an meiner Kutte zu hängen.«

»Der Vergolder?«

»Ein Schnüffler und ein Säufer und ein Bierdieb.«

»Vater Abt berichtete mir. Wo finde ich ihn?«

»Hier nicht. Ich habe ihm versprochen, ihm das Fell mit der neunschwänzigen Geißel zu gerben, wenn ich ihn noch einmal am Fass erwische. Schau in den Ställen nach, dort pflegt er seinen Rausch im Stroh auszuschlafen.«

»Mhm!«, grollte der Benediktiner und fügte dann aber in seltener Gutmütigkeit hinzu: »Dein Bier gefällt mir. Du verstehst dein Handwerk, Bruder.«

»Omnia ad maiorem dei gloriam.«

»Natürlich. Nur und ausschließlich zur höheren Ehre Gottes.«

Ungewöhnlich gut gelaunt wandte sich Pater Ivo ab, und Bruder Gereon schob dessen beschwingten Gang auf die Vorfreude, einem versoffenen Handwerker die Leviten lesen zu können. Die Strafpredigten des graubärtigen Benediktiners waren legendär, und kaum einer hatte je dem Blick unter seinen grimmigen schwarzen Augenbrauen standhalten können.

Im Stall jedoch fand Pater Ivo den Übeltäter nicht, dagegen aber etliche Pferde von Besuchern und auch den alten Gaul, mit dem er unterwegs gewesen war. Das Tier hielt seinen Kopf in die Krippe gebeugt und mahlte zufrieden Heu zwischen seinen Zähnen. Da keiner der Stallburschen anwesend war, erlaubte sich der gestrenge Pater, dem Klepper auf den Hals zu klopfen und ihm einige Worte ins Ohr zu flüstern. Das Tier hob seinen Kopf, und in den unergründlichen Pferdeaugen stand Zuneigung.

Abrupt wandte sich der Benediktiner ab und suchte einen der Stallknechte.

»He, du! Bursche!«

»Ja, ehrwürdiger Bruder?«

Der schmächtige junge Mann war zusammengezuckt, als die hohe Gestalt in der schwarzen Kutte vor ihm auftauchte.

»Wenn ich ein anständiges Ross erwerben wollte, wo fände ich eines?«

»Ihr – ähm – braucht ein Ross, Bruder?«

»Ich brauche eins.«

»Je nun… Da gibt es den Mathis Rossmann, aber um mit dem zu handeln, braucht es Pferdeverstand.« Zweifelnd sah der Knecht den Mönch an.

»So. Wer noch?«

»Den Severin Struyss. Ist aber ein Feilscher.«

Noch mehr Zweifel schwang in der Stimme mit.

»Du glaubst, Bursche, ich hätte weder Pferdeverstand noch sei ich des Feilschens kundig?«

Die dumpf grollenden Worte hatte die Wirkung eines herannahenden Erdbebens, und der junge Stallbursche wurde noch kleiner und schmächtiger.

»Nein, ehrwürdiger Bruder. Ich sag nur, was ich gehört hab.«

»Gut – und wer ist ein vertrauenswürdiger Pferdehändler?«

»Der... der... Versucht's bei dem Schmied vom Adler. Der hat manchmal Rösser. Weiß aber nicht, woher.«

Der Pater nickte zufrieden und fragte abrupt nach dem Vergolder. Den hatte der Stallknecht jedoch auch nicht gesehen.

Dennoch fand sich der Gesuchte kurz darauf, und ihn ereilte ein unerbittliches Schicksal.

## 4. Kapitel

Dem Päckelchesträger Pitter knurrte der Magen – ein Geräusch, das er nur allzu gut kannte. Seit den frühen Morgenstunden des schönen Maien-Samstags war er auf den Beinen. Er hatte Reisende zu Herbergen geführt, Botschaften überbracht, einer edlen Dame Geleit zum Ratsherrn von Stave angeboten, seine Schwester Susi bei der Pastetenbäckerin abgeholt, und dort auf die Schnelle ein Stückchen Schmalzbrot verschlungen. Dann hatte er im Haus derer von Spiegel die Nachricht vom Adlerwirten abgeliefert, dass Simon ein stattliches Ross zu verkaufen habe, einer Gruppe Pilger den Weg zum Dom und zwei Mönchen den zu einem übel beleumundeten Badehaus gezeigt. Dabei hatte er allerlei Neuigkeiten und Gerüchte aufgeschnappt und sich schließlich wieder zum Wirtshaus begeben, um seine Provision für das Überbringen der Botschaft abzuholen. Sie wurde ihm von Franziska, der Wirtin selbst, in Naturalien ausgezahlt. Großzügig war die kleine Katzeborste, das musste man ihr lassen. Sie wies ihm einen Platz in der Gaststube an und richtete ihm eine Schüssel. Tief schöpfte sie aus dem leise brodelnden Kessel über dem Herdfeuer der Gaststube, und zwischen dem Kohl und den Rüben befanden sich ausreichend Fleischstücke. Die Brotkanten, die sie dazugelegt hatte, waren dick mit salziger Butter bestrichen, und der Apfelmost prickelte auf seiner Zunge. Hungrig verschlang Pitter die reiche Mahlzeit, und erst als er halbwegs gesättigt war, warf er einen Blick in die Runde.

Ordentliche Gäste besuchten den Adler. Er erkannte einen reichen Kappesbauern, zwei Zunftmeister, eine Gruppe friesischer Tuchhändler beim Würfelspiel, ein turtelndes Liebespaar und einen einsamen, unscheinbaren Gesellen, der an einem Brotkanten nagte. Dann lenkten ihn die beiden Schankmädchen von weiteren Betrachtungen ab. Die Fidgin und die Grit gehörten zu den Schülerinnen der Beginen, und an fünf Tagen in der Woche teilte er mit ihnen die Schulstube, um das Wunder der Buchstaben und Zahlen zu ergründen. Ihr Verhältnis zueinander konnte man als bewaffneten Frieden bezeichnen, bei dem gegenseitige Piekereien zur Tagesordnung gehörten.

»Er müsste fett wie eine Tonne Heringe sein, der Päckelchesträger, so viel, wie der frisst«, flüsterte Grit vernehmlich ihrer Freundin zu, als sie an seinem Tisch vorbeigingen.

»Ach was, die Suppe steigt ihm in den leeren Kopf, nicht in den Magen. Darum ist er immer hungrig und kann nicht denken«, tönte Fidgin laut genug, dass drei Männer anfingen zu lachen und ihr einer beifällig auf die Kehrseite ihrer Röcke klatschte.

»Besser den Kopf voller Suppe als voller Grillen und einen fetten Hintern voller Hummeln«, beschied Pitter sie gelassen und wischte seinen Napf mit Brot aus.

Besagter Körperteil wurde verführerisch vor seinem Tisch geschwenkt, aber da Pitter wusste, wann ihm nur etwas vorgegaukelt wurde, widmete er sich lieber den kulinarischen Genüssen und sorgte somit unwissentlich für Enttäuschung.

Wohlgesättigt erhob er sich schließlich und suchte die Adlerwirtin in der Küche auf, um ihr weitere Dienste anzubieten – sofern sie ihm einen Krug ihres Selbstgebrauten anvertraute.

»Geh nur in den Schuppen, Pitter. Da steht das Bierfass. Aber nicht an den Braukessel gehen, darin gärt's noch«, wurde er gemahnt.

In dem Anbau neben der Küche, weit genug von der warmen Schmiede und ihren durstigen Kunden entfernt, hatte Franziska ihre Braustube eingerichtet. Es roch schon an der Tür nach Malz und Hefe, nach Gärung und bitterer Würze. Erwartungsvoll trat Pitter ein und blieb verdutzt stehen.

Über den Rand des großen Kupferkessels gebeugt hing ein Mann.

»Holla, du Suffnase!«, rief er und trat näher, um den Trinker auf sich aufmerksam zu machen. Dabei bückte er sich, um das zusammengefaltete Pergamentstückchen aufzuheben, das ihm ein Luftzug vor die Füße wehte. Dann aber erkannte er, was passiert war.

»Heiliger Sankt Hadrian!«, rief Pitter den Patron der Schmiede, Bierbrauer und Boten zu Hilfe und trat näher an den Mann.

Sein Kopf war zur Gänze in dem Bier untergetaucht.

Pitter zögerte nicht lange, er packte den Mann bei den Schultern und versuchte, ihn herauszuhieven.

Mit einem Krachen stürzte der Kupferkessel um, und die Gärmaische ergoss sich über den Boden und den Toten.

Mit fliegenden Röcken stürzte die Wirtin herbei und begann unflätig zu schimpfen. Der Schmied stapfte in den Raum, und plötzlich waren auch alle Gäste, die Schankmaiden und zwei Reiter in dem Raum.

Alle betrachteten ungläubig den im Bier Ertrunkenen, und in die andachtsvolle Stille fielen die geflüsterten Worte: »Der Herr sei ihm gnädig. Aber *was* für ein Tod!«

Dann brach der Tumult los, und niemand achtete auf das kostbare Brevier, das von den Füßen in eine staubige Ecke gestoßen wurde.

# 5. Kapitel

Almut erwachte vom Trillern und Jubilieren der Vögel vor ihrem Fenster. Es war noch früh, und kühle Luft zog durch die offenen Läden. Sie hatte sie am Abend nicht geschlossen, weil sie einer Nachtigall gelauscht hatte, deren fein gewobene Melodien eine bittersüße Sehnsucht in ihr ausgelöst hatten. Die braune Sängerin war nun verstummt, dafür schmetterten Finken und Goldammern, Rotkehlchen und Drosseln aus voller Kehle ihre Lieder. Zart wehte der Duft von Rosen um sie, denn am Tag zuvor hatte sie gebadet und die kostbare Essenz verwendet, die Aziza ihr geschenkt hatte. Auch die Maiglöckchen in dem kleinen Zinnbecher verströmten ihren Wohlgeruch. Glücklich kuschelte sie sich in ihre Decken und schloss noch einmal die Augen.

Es war das Bild eines Mannes, das sie hinter ihren Lidern sah. Eines groß gewachsenen, grauhaarigen Mannes, dessen schwarze Brauen und die an beiden Seiten seines Mundes sich herabziehenden schwarzen Strähnen in seinem kurz geschnittenen Bart auf seine ehemalige Haarfarbe hinwiesen. Sie gaben ihm ein grimmiges Aussehen, und sie hatte ihn auch schon oft genug in dieser bitteren Stimmung erlebt. Doch als er gestern vor der Abendmesse, nach dreiwöchiger Abwesenheit, der Meisterin seine Aufwartung gemacht hatte, milderte das Leuchten in seinen Augen diesen Eindruck. Und als er sie begrüßte, hatten sich die Fältchen darum vertieft. Bedauerlicherweise war er nur kurze Zeit geblieben, doch hatte er ihr die freudige

Kunde gebracht, dass er schon bald seiner Bande ledig sein würde. Er hatte auch nicht mehr die düstere Kutte der Benediktiner getragen, sondern eine graue, samtbesetzte Robe, wie sie von den Gelehrten bevorzugt wurde.

Noch jetzt klopfte ihr Herz heftig, als sie an den warmen Ausdruck in seinen Augen dachte.

Bald. Sehr bald…

Dann aber fielen ihr ihre Pflichten wieder ein, die es noch zu erfüllen galt. Die letzten Arbeiten an der kleinen Kapelle mussten getan werden, weißer Putz aufgetragen und der Holzboden verlegt werden. Zudem sollte sie sich auch um Clara kümmern.

Almut öffnete wieder die Augen und sah zu der golden glänzenden Gestalt ihrer Maria hin, die auf dem Tisch am Fenster stand und geduldig das langsame Erwachen ihrer Tochter beobachtete.

»Sei mir gegrüßt, Maria, Jungfrau und Mutter, du bist der goldene Leuchter, der die helle Lampe trägt, für alle Zeit das Licht der Welt«, flüsterte Almut leise. Die weißen Blüten der Maiglöckchen vor der Statue nickten leise in der sanften Brise, die vom Fenster kam. »Gib mir Rat, weise Königin des Himmels, denn ich weiß nicht, wie ich ihre Sturheit durchbrechen kann. Sie leidet, liebreiche Jungfrau, und ich glaube, ganz schrecklich. Aber sie klagt nicht, obwohl sie sonst über jeden kleinen Harm in lautes Jammern ausbricht.« Maria schien, wie immer, aufmerksam zuzuhören, und Almut schilderte ihr vertrauensvoll, wie sie am Tag zuvor, als sie ihr Bad beendet hatte, Clara in den Zuber hatte steigen sehen. Ein Band roter, glänzender Flecken zog sich wie ein Gürtel um ihren Brustkorb. Sie hatte

38

zwar schnell ein Leinentuch über sich geworfen, aber Almuts Blick war der entzündete Hautausschlag nicht entgangen. »Ich verstehe nicht, gnadenreiche Mutter, warum sie nicht Elsa aufsucht und sich eine lindernde Salbe geben lässt. Warum hat sie mich nur so böse angefahren, als ich sie darauf angesprochen habe? Es sieht aus, als ob sie leiden wolle.«

Eine frühe Honigbiene brummelte durch das Fenster und setzte sich zum Ausruhen auf Mariens Schoß. Der Blick der Gottesmutter ruhte langmütig auf der kleinen Kreatur.

»Du hast ja recht, Begnadete des Herrn, wenn sie das will, dann muss man ihr es zugestehen. Aber – Mist, Maria, ich kann sie nicht leiden sehen. Diese Entzündung muss brennen, als ob sie Feuer unter dem Gewand trüge, und ihre Lippen sind verkniffen vor Schmerz. Wenn sie nicht zu Elsa geht, dann werde ich es eben tun und mir einen Balsam für sie geben lassen. Selbst wenn ich ihn anschließend mit Gewalt auf ihre Rippen schmieren muss!«

Mit einem zornigen Summen erhob sich die Biene und sauste wie eine vom Katapult geschossene Kugel durch die Stube.

»Ähm – schon gut, Maria, sanfte Herrscherin. Ich werde einfach nur versuchen, sie zu überreden.«

Die Biene flog aus dem Fenster in den Sonnenschein.

Möglicherweise lächelte Maria, aber das konnte man bei der kunstfertig gestalteten Figur nie so genau erkennen. Denn wie immer das Licht einfiel, veränderte sich der Ausdruck auf ihrem goldenen Antlitz. Doch Almut war es zufrieden, und sie beendete ihr morgendliches Gebet: »Du bist die Blume, die Isais

Stamm entsprang, bist Aarons Stab, der, ungepflanzt und ungewässert, Knospen trug. Gesegnete wollen wir dich nennen, und deinen Namen allen Generationen verkünden. Amen.«

Nach der Messe, die die Beginen gemeinsam in St. Kunibert besuchten, klopfte Almut also an der Tür der Apothekerin Elsa an. Obwohl der Sonntag der Ruhe und Besinnung dienen sollte, werkelte diese mit ihren Arzneien herum. In dem ordentlich eingerichteten Laboratorium hingen dicke Sträuße getrockneter Kräuter von der Decke, Körbchen mit allerlei Wurzeln reihten sich auf Borden, eine Schüssel mit reinstem, weißem Schweinefett für die Salbenzubereitung war mit einem Tuch abgedeckt. Mörser in verschiedenen Größen, kupferne Tiegel und Kessel, Siebe und Trichter, ja sogar ein Alambic standen auf der Arbeitsfläche neben dem Kamin, Phiolen und Dosen, Kästchen und Büchsen enthielten fertige Elixiere, Einreibmittel, Pillen und Pülverchen.

»Der Aufguss muss durchgeseiht werden, damit muss unser Herrgott leben«, grummelte Elsa, ohne sich umzudrehen.

»›Die Augen des Herrn sind an allen Orten, sie schauen auf Böse und Gute‹, sagt der Weise. Und ich glaube nicht, dass er dein Tun für böse erachtet.«

»Hach, Almut! Ich dachte, es wäre Magda. Was willst du? Rosenessenz habe ich nicht, und auf Liebestränke kannst du getrost verzichten, so wie dein Pater dich gestern angesehen hat.«

»Hat er?«

»Er will dich schnellstens aufs eheliche Lager ziehen, wenn du mich fragst. Mit oder ohne Segen.«

40

»Ivo vom Spiegel ist ein ehrenwerter Herr.« Almut reagierte verschnupft auf die derbe Anspielung. Ihre Gefühle im Hinblick auf diesen Aspekt ihrer neuen Rolle waren gemischt. Als Witwe eines alten, kranken, herrschsüchtigen und brutalen Mannes hatte sie keine besonders glücklichen Erinnerungen an die Pflichten einer Ehefrau. Je nun, man würde sehen. Mit diesen Worten schob sie den unliebsamen Gedanken beiseite und konzentrierte sich auf ihr Anliegen.

»Clara ist krank!«

»Ich weiß.«

»Hat sie dich inzwischen um Hilfe gebeten?«

»Nein. Meine Arzneien waren ihr noch nie gut genug. Sie muss doch immer zu ihren gelahrten Doctores mit ihren Wehwehchen laufen.«

»Diesmal ist es kein Wehwehchen. Sie hat einen üblen Ausschlag, Fieber und ganz offensichtlich schreckliche Schmerzen.«

Elsa drückte das Leinentuch aus, durch das sie die Flüssigkeit geseiht hatte, und sah zweifelnd auf.

»Woher weißt du das? Sie spricht doch mit niemandem darüber. Oder vertraut sie dir jetzt ihre Leiden an?«

Elsa war empfindlich und hatte einen Hang zur Eifersucht, aber Almut, in sanfter Stimmung, ging darüber hinweg und erklärte der Apothekerin, woher sie ihre Erkenntnis hatte.

»Hört sich ganz nach der Gürtelrose an. Eine böse Sache«, war dann ihr Kommentar. »Eine ganz böse.«

»Was würdest du ihr verabreichen, wenn sie dich darum bäte?«

Mochte Elsa auch gelegentlich unwirsch und empfindlich sein, als Apothekerin nahm sie ihre Aufgabe ernst. Sie sah sich um und musterte die Töpfe auf dem Bord.

»Weidenrinde senkt das Fieber und hilft gegen die Pein. Ringelblumensalbe trägt zur Heilung der Haut bei. Aber sie lindert nicht die brennenden Schmerzen. Besser noch würde ein Umschlag von zerdrückten Dachwurzblättern helfen. Sie kühlen und beruhigen und lassen den Ausschlag abklingen.« Elsa sah Almut an und hob die Schultern. »Dachwurz habe ich aber nicht hier.«

»Wo kann man sie besorgen?«

»Bei deiner Freundin Franziska wächst sie reichlich, habe ich letzthin bemerkt. Ich wollte sie selbst um etwas davon bitten.«

»Dann sollte ich wohl mal dem ›Adler‹ aufs Dach steigen.«

Am Nachmittag setzte Almut ihr Vorhaben in die Tat um. Da die Beginen gehalten waren, nie alleine durch die Straßen zu wandern, hatte sie Rigmundis gebeten, sie auf dem kurzen Weg zu begleiten. Das Wirtshaus »Zum Adler« lag an der nordsüdlichen Durchgangsstraße nahe dem Eigelsteintor und wurde gern von den in Köln eintreffenden Reisenden besucht. Auch die angeschlossene Schmiede konnte über einen Mangel an Arbeit nicht klagen. Außerdem wurde unter der Hand gemunkelt, dass man bei dem Adlerwirt hin und wieder frisches Wildbret erhalten konnte, dessen Quellen nicht völlig geklärt waren. Doch jene, die es schätzten, hüteten sich, zu sehr nach Einzelheiten und Hintergründen der Herkunft zu forschen.

An diesem Sonntagnachmittag ruhte jedoch die Arbeit in der Werkstatt, die Esse stieß keinen Rauch aus, und das ständige »Ping, ping« des Hammers auf dem Amboss fehlte. Doch in der Gaststube duftete es nach dem kräftigen Eintopf, der Tag und Nacht über dem Feuer simmerte, und eine Gruppe Nordmänner aus dem Wik unterhielten sich ruhig bei ihrem Apfelwein in einer Ecke. Almuts Blick glitt über sie hin und blieb auch nicht an dem unscheinbaren Gast mit der mausbraunen Gugel hängen, der mit einem Messer seine Fingernägel bearbeitete. Die Gäste nahmen nur kurz Notiz von den beiden grauen Beginen mit ihren straff gebundenen Gebänden.

»Frau Wirtin!«, rief Almut in Richtung Küche.

»Komm ja schon, komm ja schon!«

Eine kleine, quirlige Gestalt fegte in den Raum und jubilierte: »Almut, hei, was für eine Freude. Und Frau Rigmundis! Setzt Euch, setzt Euch. Ich bringe Wein und Most und Bier und…«

»Ich grüße Euch, Franziska«, bremste Almut den Überschwang der Wirtin, lächelte sie aber freundlich an. »Wie laufen die Geschäfte?«

Über Franziskas offenherziges Gesicht huschte eine Wolke, und mit einer Handbewegung wies sie auf die Tür zur Küche.

»Gut, gut. Aber Ihr habt recht, es ziemt sich nicht für Euch fromme Frauen, in der Gaststube zu sitzen. Kommt mit nach hinten.«

Rigmundis und Almut folgten der Wirtin, und kaum hatten sie an dem gescheuerten Tisch Platz genommen, stellte Franziska zwei Krüge und Becher darauf.

»Wein für Euch, Almut, gewürzt mit Nelken und Honig

und allerlei geheimnisvollen Spezereien. Mögt Ihr auch von dem Claret, Frau Rigmundis, oder ist Euch ein Bier angenehmer?«

Almut fuhr auf. Franziskas Bier enthielt manchmal recht abenteuerliche Zutaten. Einst hatte sie Bilsenkraut verwendet, was höchst seltsame Folgen gezeitigt und zur vollständigen Vernichtung des Inventars im Adler geführt hatte.

»Was habt Ihr diesmal zur Grut genommen?«, wollte sie deshalb wissen.

»Rosmarin und Gagel, ganz wie's sich gehört.«

»Ich würde das Bier gerne probieren«, ließ sich Rigmundis vernehmen. »Unsere Gertrud stellt guten Apfelwein und Würzwein her, Bierbrauen geht ihr nicht recht von der Hand.«

»Dann bedient Euch.«

Der Claret war wirklich gut, und mit Behagen schlürfte Almut den süßen Wein. Aber dann erinnerte sie sich an die dunkle Wolke, die Franziskas Gesicht überschattet hatte, und fragte noch einmal nach: »Es ist ruhig heute, will mir scheinen.«

»Es ist heiliger Sonntag. Ansonsten geht es hoch her, wir können nicht klagen. Nur dass gestern – ein unangenehmer Zwischenfall, ein Unfall sicher, aber… Und der arme Pitter hat ihn auch noch entdeckt.«

»Was geschah?«

»Einer unserer Gäste ist in den Braukessel gekippt und ertrunken.«

»Ei wei!«

»Trunken allem Anschein nach, und auf der Suche nach einer weiteren Quelle. Er ist in mein Braustübchen eingedrungen, ahnte wohl, dass da die Fässer mit frischem Bier stehen. Dann muss ihn die Gier übermannt haben. Kopfüber hat er sich in den Kessel gehängt, gesoffen wie ein Pferd. Dabei gärte es noch. Aber im Suff sind Männer ja völlig hirnlos.«

»Hoffentlich nicht einer Eurer Stammgäste?«

»Nein, ein Mann, der kaum zwei, drei Male bei uns war. Keiner wollte sich an ihn erinnern, keiner kannte seinen Namen, und die Wachen haben ihn mit zum Turm genommen. Es wird ihn schon jemand vermissen und sich an die rechte Stelle wenden. Aber für das Geschäft ist es nicht gut, eine Leiche im Bier zu haben.«

»Tatsächlich. Aber es wird schnell Gras über die Sache wachsen, Franziska. Es erinnert sich schon kaum einer mehr an die arme Lissa, die man bei Euch gefunden hat. Nun berichtet, wie gefällt Euch der Ehestand? Liegt Euer Gatte Euch weiterhin zu Füßen?«

»Ha, wie ein Lämmchen ist er, wie ein ausgepustetes Ei behandelt er mich, seit er weiß, dass seine Männlichkeit Früchte trägt. Aber das ist auch das Mindeste, was ich von ihm erwarte! Heilige Sankte Marthe, was macht es die Kerle stolz, wenn sie gesät haben. Dabei ist ihr Verdienst an der Sache jämmerlich, muss ich mich doch mit der ganzen Last herumschleppen.«

»Wollt Ihr damit sagen, Frau Franziska, dass Ihr gesegneten Leibes seid?«, frage Rigmundis und strahlte die kleine Wirtin an. Die strahlte zurück und nickte.

Die Beginen wünschten ihr aufrichtig Glück, dann kam Almut zu ihrem eigentlichen Anliegen, schilderte Claras Leid und den Wunsch, einige Blätter der Dachwurz mitnehmen zu dürfen.

»Aber natürlich, sicher. Ich will gleich Simon auf

die Leiter jagen. Kommt mit, Almut, und zeigt ihm, welche Pflanze Ihr meint, sonst erntet er Dachschindeln und Fledermäuse.«

Der breitschultrige Schmied war schnell aufgetrieben und gerne bereit zu helfen. Doch es dauerte eine geraume Zeit, denn zwischen den Eheleuten entwickelte sich ein herzliches Geplänkel. Wie es schien, nahmen sie die Eigenarten ihrer Gäste zum Anlass, gewinnträchtig über deren Verhalten zu spekulieren. In diesem Fall hatte die Wirtin den richtigen Schluss gezogen, was sie ihrem Gemahl mit Freude unter die Nase rieb.

Mit einem triumphierenden Lächeln schaute sie zu ihm hoch, kaum dass Simon den Fuß auf die erste Sprosse der Leiter gesetzt hatte.

»Ich habe die Wette gewonnen, Simon. Fast kann ich dem knauserigen Kerl dankbar sein, dass er wieder nur Brot und Schmalz bestellt hat. Den Braten hat er verschmäht, der Knicker.«

»Ein Dummkopf der, wie konnte er widerstehen? Und mich um meine Münzen bringen!«

»Nicht jeder Mann denkt wie du mit dem Magen.«

Simon grinste. »Vorhin hast du ein anderes meiner Körperteile bezichtigt, das Denken übernommen zu haben.«

»Kscht, es sind keusche Beginen anwesend! Hach, gleich morgen werde ich seinen Satz Zinnbecher von meinem Gewinn kaufen. Du kannst ja sehen, ob du ihm die Groschen bei einem Würfelspiel wieder abzwacken kannst. Dann legt unser geiziger Gast vielleicht endlich sein Messer aus der Hand und hört auf, seine Fingernägel zu malträtieren.«

»Der und um Geld spielen? Darauf würde ich nun wirklich keine Wette eingehen.«

»Warum nicht? Sein Säckel ist gut gefüllt. Der Herr vom Spiegel hat ihm das Ross gut bezahlt. Das hast du selbst gesagt.«

»Wenn es aber gar nicht sein Säckel ist? Wer deinem Braten widersteht, ohne ein armer Mann zu sein, kann nur der Diener eines hohen Herrn sein.« Das klang wie eine für Simon beinahe philosophisch anmutende Beurteilung. »Eines hohen Herrn in Geldschwierigkeiten, würde ich vermuten. Das Ross war ein Tier im besten Alter, gut beisammen, das Fell gepflegt, kurzum: Von so einem Prachtgaul trennt man sich nicht ohne Not.«

»Er tat's, und es war ja nicht zu deinem Schaden. Die Ausgaben für die Zinnbecher wirst du so ganz leicht verschmerzen.«

»Du hast recht, Adlerwirtin!« Simon reichte ihr eine Handvoll Pflanzen vom Dach.

Almut, die dem Wortwechsel erheitert gefolgt war, stellte mit einem kleinen Lächeln fest, dass ihr Pater offenbar tatsächlich mehr und mehr den weltlichen Dingen zugeneigt war. Dass er ein eigenes Reittier erstanden hatte, war ein weiterer Schritt in sein neues Leben. Während sie gut gelaunt den Korb mit den dickfleischigen, saftigen Blättern der rosettenförmigen Dachwurz gefüllt hatte, kam ein weiterer Mann in einem graubraunen Pelzwams in den Hof, der ein Pferd am Zügel führte. Er band es an einen Pfosten und lauschte anscheinend eine Weile dem Schwatzen der Wirtsleute, aber sie fühlte den intensiven Blick, mit dem er sie musterte.

»Wer ist der Mann dort?«, unterbrach sie Franziskas Tirade, und die drehte sich um.

»Das ist Hardwin. Unser neuer Pferdeknecht. Er kam am Donnerstag zu uns und bat um Arbeit. Simon hat ihn zur Probe genommen, und maulfaul, wie der Kumpan ist, scheint er Gefallen an ihm zu finden. Er hält sich sehr für sich, und solange er keine Händel anfängt, kann er meinethalben sein Lager im Stroh behalten.«

Während sie das laut verkündete, hatte sich der Mann umgedreht und war zum Stall gegangen. Almut sah ihm nach. Auf unergründliche Weise hatte sie das Gefühl, ausgiebig geprüft und abgeschätzt worden zu sein, genau wie ein Pferd auf dem Markt.

»Komischer Kerl. Na, ich glaube, das sollte reichen. Simon, nicht noch mehr Blätter, mein Korb ist voll.«

Sie kehrten in die Küche zurück, wo sie Rigmundis fanden, die mit glasigem Blick in das Herdfeuer starrte. Sie wandte ihre Augen auch nicht ab, als Almut sie sacht an der Schulter berührte, sondern begann mit leiser, rauer Stimme zu sprechen.

»Sie rührt und mischt und braut in Tiegeln, Kesseln und Töpfen, lässt gären und keimen die böse Saat. Und süß wie Honigseim sind die Lippen der Heuchlerin, und ihre Kehle glatter als Öl. Hernach aber ist sie bitterer als Wermut und scharf wie ein zweischneidiges Schwert. Ihre Füße laufen zum Tode hinab, ihre Schritte führen in die Hölle. Und die Gottlosen weben ein Netz aus Täuschungen. Vertraut ihnen nicht, seid wachsam, denn sie haben lange Zeit mit dem Tod gespielt, und wohin ihre goldenen Finger weisen, erblüht der Verrat. Sie errichten Mauern um den Schuldlosen und lassen ihn bittere Kräuter essen. Sie stürzen die trauernde Mutter in den Abgrund des Wahnsinns. Sie verderben den Schwachen mit ihrer Wollust und verführen den Verstoßenen, ihren Dämonen zu dienen. Hinter einer schwarzen Larve blicken sie in lichtlose Abgründe. Darum beherzigt den Siegespsalm des Steineschleuderers und bringt das Feuer unter das Gewand der Ehebrecherin, damit sie verbrenne und mit ihr die bösen Geister, die sie geweckt hat.«

Rigmundis verstummte, und Franziska, erblasst und mit riesigen Augen, schlug ein Kreuzzeichen.

»Wach auf, Rigmundis«, flüsterte Almut der Erstarrten ins Ohr. »Wach auf. Lös deinen Blick vom Feuer!«

Als die Begine nicht reagierte, stellte Almut sich zwischen sie und die Flammen, und endlich kam wieder Leben in Rigmundis. Sie schüttelte den Kopf und seufzte: »Ganz schön stark, dieses Bier, nicht wahr? Es macht müde und benommen.«

»Ja, das scheint mir auch so. Du hättest besser Wein getrunken. Fühlst du dich kräftig genug, nach Hause zu gehen? Ich habe meine Heilpflanzen bekommen, und die Gaststube scheint sich zu füllen. Wir wollen die Wirtin nicht länger von ihrer Arbeit abhalten.«

»Ja natürlich, Almut. Die frische Luft wird mir guttun.«

»Habt Ihr einen Happen Brot und einen Schluck Wasser für sie, Franziska?«

Die Wirtin, noch immer fassungslos, beeilte sich, das Gewünschte herbeizuholen, und während Rigmundis sich stärkte, zog Almut sie beiseite.

»Macht Euch keine Sorgen, Franziska. Ich nehme an, Rigmundis hat heute Nacht wieder schlecht geschlafen. Dann träumt sie manchmal mit offenen Augen und bringt die Psalmen durcheinander.«

Franziska schluckte hart. »Es hat sich aber sehr bedrohlich angehört. Fast wie eine Warnung!«

Almut gab ein kleines schnaubendes Lachen von sich. »Franziska, die Bibel ist voller Warnungen, und wie der weise Salomo schon sagt: ›Wer Mund und Zunge bewahrt, der bewahrt sein Leben vor Not.‹ Darum schweigt bitte über die törichten Worte meiner erschöpften Schwester.«

»Sicher, sicher. Aber …«

»Vergesst sie einfach.«

Almuts Rat galt Franziska, sie selbst aber memorierte während des gesamten Rückwegs die kryptischen Worte der Seherin. Denn das war Rigmundis, und ihre Weisungen enthielten oft Andeutungen auf künftiges Geschehen. Manchmal waren sie harmlos, bezogen sich auf das Wetter oder neue Kleider, andere aber, und hier durchfuhr Almut ein kalter Schauder, betrafen wirkliche Gefahren.

Elsa hatte Almut gezeigt, wie man die Dachwurz zu einem Umschlag verarbeiten musste, und mit einigen sauberen Leinentüchern und den zerquetschten Blättern pochte sie später an Claras Tür. Ein scharfes »Herein!« erlaubte ihr einzutreten, und ein giftiger Blick empfing sie.

»Danke, Clara, dass du mir die Sprüche des Salomo zum Lesen gegeben hast. Sie sind wirklich sehr belehrend.«

»Dann halte dich an seine Weisheiten.«

»Das werde ich auch tun. Genau wie du, Clara. Darum wirst du jetzt nicht länger ein zänkisches Weib sein, sondern dir meine Pflege gefallen lassen. Zieh dein Gewand aus, es ist ein Feuer darunter, das ich stillen will.«

»Nein. Lass mich doch in Ruhe.«

»Ganz bestimmt nicht. Du hast kein Recht zu leiden und uns allen die Laune zu verderben.«

»Dann bleibe ich eben in meiner Kammer. Du kannst gehen.«

»Nein, das kann ich nicht. Meine Kammer liegt neben der deinen, und mich stört dein Seufzen und Stöhnen.«

»Ich seufze nicht«, stöhnte Clara.

»Wenn du mich diesen Umschlag auf den Ausschlag legen lässt, verrate ich dir, welches Gesicht Rigmundis heute in der Küche im Adler hatte. Die arme Franziska hat sie vollends verstört mit ihren bedrohlichen Worten.«

Es flammte ein Fünkchen Neugier in Claras Augen auf.

»Was hat sie dazu gebracht zu sehen?«

»Franziskas Bier und die Herdflamme.«

»Und was hat sie gesagt? Wieder eine Warnung vor einem dämonischen Mörder?«

»Schlimmer, fürchte ich.«

»Nun erzähl schon!«

»Zieh das Gewand aus, und lass dir den Umschlag auflegen.«

Beide Frauen starrten einander herausfordernd an, dann sackten Claras Schultern nach unten und sie stand auf.

»Hilf mir. Mir tut jede Bewegung weh.«

»Ich weiß, Liebelein.«

Lautlos rannen Clara Tränen über die Wangen, während Almut sie verarztete. Dann zog sie ihr wieder die dünne, weiße Cotte über und schnürte das graue Obergewand nur ganz leicht, sodass es den kühlenden Verband nicht drückte.

»Besser?«

»Ein bisschen, ja. Aber jetzt erzähl endlich, was Rigmundis gesehen hat.«

Almut berichtete und merkte dabei erfreut, wie sich die Schmerzfalten um Claras Mundwinkel ein wenig glätteten.

»Das lässt auf eine höchst unsympathische Person schließen, die ihr begegnet ist oder uns begegnen wird. Was meinst du?«

»Eine honigmäulige Verräterin. Die gibt es eben überall. Ich hoffe, sie meint nicht eine von uns.«

»Ursula hat eine Kehle glatter als Öl, wenn sie singt. Aber ich kann mir nicht vorstellen, dass sie jemanden mit ihrer Wollust verführt. Sie trauert noch immer um ihren Mann.«

»Das Rühren in Töpfen und Brauen in Kesseln spricht für Franziska, und deren Worte können schon scharf sein wie ein zweischneidiges Schwert. Aber sie ist eine ehrliche Haut und zu Täuschungen nicht fähig.«

»Ich wüsste auch keine von uns, die sich mit Dämonen abgibt.«

»Oder Mütter in den Wahnsinn treibt. Es wird jemand anderes sein. Vielleicht nur eine Klatschbase oder eine missgünstige Auftraggeberin oder die dumme Pute, diese Mutter Mabilia.«

»Es könnte harmlos sein, wie so oft. Trotzdem, du

weißt, Almut, manchmal steckt wirklich eine Warnung hinter ihren Worten. Was war das mit den Psalm?«

»Der Siegespsalm des Steineschleuderers.«

»Mhm, hört sich gefährlich an. Lass mich ein wenig darüber nachdenken. Das lenkt mich wenigstens von den Schmerzen ab.«

»Gut. Dann lasse ich dich jetzt mit deinen Büchern alleine.«

Als sie die Tür hinter sich schließen wollte, hörte Almut dann doch noch das leise »Danke«.


## 6. Kapitel

Lange hatte Almut nicht mehr über die seltsamen Worte der Weisung gegrübelt, sondern sich mehr Gedanken um die anstehenden Probleme gemacht. Da Clara nun bereit war, sich helfen zu lassen, war ihr der Gedanke gekommen, den Apotheker am Neuen Markt aufzusuchen und seinen Rat zu erfragen. Am Montagnachmittag rief sie also munter vom Eingang her in das leere Offizin: »Meister Krudener, seid Ihr zu Hause?«

»Nicht für jeden!«, antwortete eine hohe, krächzende Stimme. »Wer seid Ihr?«

»Almut Bossart!«

Almut betrat trotz der barschen Antwort den höhlenartigen, düsteren Vorraum des Apothekerhauses.

»Ich kenne keine Almut Bossart. Ich bin nicht zu Hause!«, kam es unfreundlich von hinten. Almut schmunzelte. Nein, sie hatte Meister Krudener nie ihren vollen Namen genannt, aber die Zeiten hatten sich geändert, und hin und wieder fühlte sie sich inzwischen mehr als Frau denn als Begine. Und da sie wusste, wo sich hinter einem dicken Vorhang der verborgene Durchgang zu dem Labor des Alchemisten befand, bahnte sie sich den Weg durch die Tiegel und Töpfe, Phiolen und Krüge, die die Borde und die lange Theke bevölkerten.

»Ihr kennt mich sehr wohl, Meister Krudener, und ich bin kein böser Geist, der Euch heimsuchen will, um Eure Seele zu rauben«, rief sie munter in den lichten Raum hinein, in dem der Apotheker und seine taubstumme Gehilfin eifrig werkelten.

»Ein böser Dämon, der die Gestalt einer klugen Begine nutzt, um mich von meinen hohen Werken abzulenken«, kam es heiser zurück, und mit einem erfreuten Lächeln begrüßte der hagere Mann sie, während Trine auf Almut zulief und sie liebevoll umarmte.

»Was führt Euch zu uns, Frau Sophia? Eure Suche nach höherer Weisheit?«

»Die selbstverständlich auch, doch es gibt auch ein ernsteres Anliegen.«

»Weißt du zu fragen? Weißt du zu wünschen? Weißt du zu weihen? Weißt du zu schicken?«, krähte es von der Stange am Fenster, und verdutzt starrte Almut den grau gefiederten Vogel mit dem leuchtend roten Schwanz an, der ihren Blick mit schief geneigtem Kopf aus schwarzen, unergründlichen Augen erwiderte.

»Oh, Ihr habt einen neuen Papagei!«

»Einen seltsamen Vogel, oh ja. Einer der Nordmänner hat ihn mir angedreht, und nun tönt er tagein, tagaus wunderliche Worte. Ach verflixt, jetzt fange ich auch noch an. Hört einfach nicht auf ihn, Frau Almut.«

54

»Oft kommt heilsamer Rat aus hartem Balg!«

»Schließ den Schnabel!«

Almut kicherte, und Trine gab ihr mit ihren Zeichen zu verstehen, dass sich zwischen ihrem Herrn und seinem Vogel eine erbitterte Fehde entwickelt hatte. Die graue Katze hingegen hatte sich mit dem rotschwänzigen Runenrater offensichtlich angefreundet. Sie saß unter der Stange und sah bewundernd zu ihm auf.

»Ihr nehmt mich nicht ernst«, murrte der Apotheker, aber seine Augen glitzerten amüsiert. »Erwartet Ihr etwa aus meinem harten Balg heilsamen Rat?«

»Natürlich, Meister Krudener.«

»Nun, dann setzt Euch und schildert mir Euer Anliegen.«

Almut schob einige aufgeschlagene Folianten beiseite und setzte sich an den langen Tisch. Der Apotheker gesellte sich zu ihr, während Trine weiter eine trockene Materie in einem Mörser bearbeitete.

»Clara ist krank, und Elsa kann ihr nur wenig Linderung verschaffen. Ich hatte die Hoffnung, dass Ihr eine Arznei für sie zubereiten könnt.« Sie beschrieb die Symptome, und Krudener nickte bedächtig.

»Eine überaus schmerzhafte und unangenehme Krankheit, die Gürtelrose. Ich hoffe, Ihr habt Frau Clara nicht Rosen zu essen gegeben.«

»Was? Nein!«

»Es gibt abergläubische Narren, die meinen, das würde helfen. Dachwurz mag kühlen, Ringelblumen heilen, doch die mineralischen Stoffe mögen noch besser wirken. Ich will Euch eine Galmeisalbe bereiten.«

»Danke, aber – da ist noch etwas, das mich bedrückt.

Und hier, fürchte ich, wird eine Salbe nichts lindern können.«

»Da soll Euch nun mein Wissen um die kosmischen Mächte einen Weg weisen?«

»Ob die Kräfte der Planeten sich gegen sie verschworen haben, oder ein böser Inkubus sie befallen hat, will ich gar nicht wissen, Meister Krudener. Ich möchte den wirklichen Grund herausfinden, warum sie sich plötzlich so verändert hat.«

»Und den vermutet Ihr, Frau Sophia, nicht im Walten höherer Mächte?«

Almut lächelte den klugen Alchemisten an. Sie hatten beide dieselbe Vorstellung davon, um was es sich bei den so oft beschworenen Geistern handelte.

»Ich vermute Erinnerungen oder eine schlimme Erkenntnis. Seht, Clara ist bisher immer sehr wehleidig gewesen, und mich wundert es, dass sie diesmal die Schmerzen stumm erduldet. Ja, ich musste sie sogar erpressen, damit sie unsere Hilfe annahm. Sagt mir, Meister Krudener, welche Dämonen bewirken diese Krankheit?«

Wissend nickte der Alchemist und fragte: »Hat sie in der letzten Zeit Trauer oder Angst gezeigt?«

»Wut und Verbitterung habe ich bemerkt. Sie hat Pergamente abgerieben. Viele.«

»Dann befürchte ich, dass ich die Ursache ihres Leids bin.«

»Nie und nimmer, Meister Krudener.«

»Oh doch. Vor einigen Wochen kam Eure bewunderungswürdige Frau Clara zu mir und legte mir ein langes Traktat vor. Eine ungewöhnlich geistreiche Abhandlung über die Übersetzung gewisser Bibelstellen, die aber bedauerlicherweise nicht mit der kirchlichen Lehre konformierten. Ich beriet mich mit Ivo darüber, der ihr Werk ebenfalls für überlegen hielt, jedoch dieselbe Warnung aussprach wie ich.«

»Ich wusste nicht, dass sie so etwas verfasst hat.«

»Wenn ich es richtig verstand, hat sie bereits seit Jahren daran gearbeitet. Es zeugt von einem umfassenden Wissen, großer Belesenheit und einem klaren Geist. Nur würde es sie, wenn es jemals Verbreitung fände und in die falschen Hände fiele, geradewegs auf den Scheiterhaufen befördern.«

»Clara? Eine Ketzerin?« Almut faltete die Hände im Schoß und überlegte einen Moment. Dann aber seufzte sie: »Wenn ich es recht bedenke, mag das stimmen. Sie hat zwar das große Talent, wie ein schwachsinniges Schaf dreinzublicken, wenn unsere geistlichen Berater salbungsvoll predigen, aber mir gegenüber hat sie oft sehr eigenwillige Gedanken geäußert. Ich hingegen – na ja, ich bekomme das mit dem Schafsgesicht nicht so hin, und meine Zunge ist leider so viel schneller als mein Witz.«

»Nein, Frau Almut, sie ist ebenso schnell wie Euer Witz, nur unvorsichtiger. Aber Claras Handeln dauert mich. Denn nun hat sie Pergamente abgerieben«, kam es tieftraurig von Krudener. »Ich fürchte, sie hat ihr Lebenswerk vernichtet.«

»Zu ihrem eigenen Besten.«

»Wer weiß? Auch Ivo, erinnert Euch, hat einst eine ketzerische Schrift verfasst, ein kluges Werk, das ihn fast das Leben gekostet hat. Er wurde nicht verbrannt, aber seine Seele hat Schaden genommen, und die Bitterkeit hat sein Herz versteinern lassen.«

»Ja, ich weiß. Ihr glaubt nun, Trauer und Bitternis haben Claras Krankheit hervorgerufen?«

»So etwas gibt es, Frau Almut. Möglicherweise deutete sie es so, als ob der brennende Ausschlag die Buße für ihr Tun ist. Darum erleidet sie die Schmerzen stumm.«

»Ich möchte ihr helfen. Sie ist mir immer eine gute Freundin gewesen. Aber außer ihr Salben und Tinkturen aufzudrängen, kann ich nichts tun.«

»Vielleicht doch. Vertraut Eurer Weisheit und dem Rat der himmlischen Mutter.«

»Ich werde ...«

Was Almut sagen wollte, ging in einem ohrenbetäubenden Knall unter, und grüne Funken stiebten aus dem Kamin. Die graue Katze raste schreiend durch die Hintertür hinaus, der Papagei kreischte, Trine wedelte den Rauch mit den Händen fort, und Krudener lachte haltlos.

»Heiliger Florian, bewahre uns vor Blitz und Feuersbrunst«, murmelte Almut erschrocken, und Trine kam zu ihr, um ihr den Arm um die Schultern zu legen. Dann erklärte sie ihr mit einigen raschen Fingerbewegungen, dass sie nur ein kleines Experiment gemacht habe.

»Experiment?«

»Oh ja, meine findigreiche Gehilfin hat eine Vorliebe für knallende, bunt funkelnde Lichteffekte entwickelt, seit sie letzthin die explosive Kraft von Schwefel und Salpeter entdeckt hat. Jetzt experimentiert sie mit den unterschiedlichen Stoffen, und wie es aussieht, sind ihr nicht nur rote, blaue und goldene Effekte gelungen, sondern nun auch grüne Blitze.«

»Wozu soll das gut sein?«

»Keine Ahnung.«

Almut schüttelte den Kopf. Trine hatte schon früher größte Wissbegier in alchemistischen Verfahren bewiesen und recht gerne mit dem Feuer gespielt, weshalb die Enden ihrer honigblonden Zöpfe gelegentlich ein wenig angesengt wirkten. Mit einem Lachen hielt ihr die Vierzehnjährige ein kleines Stoffsäckchen hin.

»Was soll ich damit?«

»Wirf es in den Kamin«, deutete sie an.

»Und dann knallt und funkelt es wieder, ja?«

Heftiges Nicken. Misstrauisch drehte Almut den Beutel, in dem sich ein körniges Pulver befand. Was für eine sinnlose Spielerei! Andrerseits – wenn es Trine Spaß machte?

Sie warf den Beutel in die Flammen, ein Krachen erfolgte, und eine purpurrote Stichflamme schoss auf. Krudener warf noch ein Säckchen hinterher, das einen blauen Funkenregen erzeugte.

»Lohe umtost den Lebensernährer, hohe Hitze steigt himmelan!«, schmetterte der Papagei, flatterte mit seinen Flügeln und verteilte kleine graue Federchen in der rauchigen Luft.

»Falte, Flatterer, die Flügel!«, fauchte Krudener.

»Ihr seid allesamt reif für die Tollkammer«, schnaufte Almut und löschte mit der Hand einen blauen Funken, der sich auf einem halb aufgerollten Pergament niedergelassen hatte.

»Ach Frau Almut, bedenkt, der wonnige Mai ist angebrochen, die Sonne strahlt, die jungen Triebe erwachen, Heiterkeit durchzieht die Gemüter. Lasst einem alten Mann und einer fleißigen Jungfer den Spaß, etwas vollkommen Nutzloses zu tun.«

»Nun, ich muss zugeben, es sieht hübsch aus. Zagt nicht und zündet es nachts auf den Zinnen.«

Krudener kicherte. »Seht Ihr, es färbt ab.«

»Woher hat der Wortgewaltige sein Wissen, Meister Krudener?«, fragte Almut, und er gackerte noch einmal vergnügt: »Scharfsinnige Sprüche schrieben die Alten.« Er hüstelte und besann sich auf seine Würde. »Die Nordmänner haben ihre Sagen und Mythen in der gereimten Rede geschrieben. Der Vogel wird es von einem ihrer Kundigen gelernt haben.«

Trine, die den Vogel nicht verstehen konnte und daher von der Belustigung über seine gespreizten Stabreime ausgeschlossen war, war ebenfalls wieder ernst geworden und erkundigte sich nach Pater Ivo. Auch Krudener hob fragend die Augenbraue.

»Ja, er ist zurückgekommen und hat in seinem Vaterhaus Wohnung genommen. Der Dispens muss jeden Tag eintreffen, heißt es.«

»Seht Ihr, auch eine glückliche Entwicklung.«

»Aziza hat auch einen neuen Freund«, gab Trine zu verstehen. »Einen schönen jungen Mann mit schwarzen Haaren.«

»Ja, ich weiß. Meine Schwester hat eine Vorliebe für dunkle Männer.«

»Nun, da Esteban nach Spanien aufgebrochen ist...«

»Esteban gehörte zu ihren Freunden, aber ich glaube, jener Mann bedeutet ihr mehr. Sie spricht nämlich nicht über ihn. Aber ich wusste nicht, dass Esteban bereits abgereist ist. Hat er sich genügend von seinen Wunden erholt?«

»Er hat mich vergangene Woche aufgesucht. Seine Verletzungen sind verheilt, und mit dem Verlust seines Auges hat er sich abgefunden. Doch ich bezweifle, dass er nach Köln zurückkehren wird.«

Esteban war Reliquienhändler, und in einem furchtbaren Kampf in den alten Gängen unter der Stadt hatte er einen wahnsinnigen Jungfrauenmörder getötet. Almut erinnerte sich noch mit Grauen an die blutige Auseinandersetzung, in die sie, Trine und auch Ivo verwickelt gewesen waren.

»Er hat mir eine kostbare Reliquie überbringen lassen«, sagte sie leise und nestelte die zarte Kette unter ihrem Gewand hervor. In einem filigranen Goldkörbchen schimmerte eine tropfenförmige Perle. »Eine der Tränen Mariens.«

»Ein kleines Kunstwerk, Frau Almut, und eine einfühlsame Gabe.«

»Ich weiß, Meister Krudener, Ihr glaubt nicht an die Wunderwirksamkeit dieser Dinge.«

»Falsch, Frau Almut. Ich glaube sehr wohl an Wunder, wenn auch nicht auf die schlichte Art des Volkes, das staubigen Gebeinen Zauberkraft zuschreibt. Eine Perle ist ein Mysterium der Schöpfung, und Maria ist Euch eine liebreiche Mutter und Ratgeberin. Beides zusammen wird Euch erfreuen und Trost spenden. Mir hat er übrigens eine Sandrose geschenkt, ebenfalls ein Wunderwerk der Natur, das aus dem Heiligen Land stammt.«

Er zeigte ihr das braune Gebilde, das aus dünnen, zusammengewachsenen Sandblättchen bestand, und Trine holte aus ihrer Gewandtasche einen kleinen geschnitzten Löwen und hielt ihn sich ans Ohr. Krudener erläuterte: »Der Löwe ist dem Vitus geweiht, dem Fürsprecher der Stummen und Tauben. Er wird dem Kind weder Stimme noch Gehör schenken, aber Trine erfreut sich daran, dass Esteban an sie gedacht hat. Ivo hat er übrigens ein ähnlich kostbares Geschenk gesandt wie Euch, wusstet Ihr das, Frau Almut?«

»Nein. Wir haben seither nicht viele Gelegenheiten gehabt, uns zu sprechen. Was gab er ihm? Doch hoffentlich keine Reliquie?«

Meister Krudener schnaubte kurz und verächtlich. »Ich solltet bemerkt haben, dass der Spanier ein ausgesprochen kluger Mann ist. Nein, er gab ihm das Brevier, das Christine illuminiert hat. Ein wirkliches Kunstwerk. Selten sah ich Ivo so bewegt.«

»Dann freut es mich für ihn. Ich werde ihn bitten, es mir zu zeigen. Die Buchmalerin hatte ein großes Talent.« Und nachdenklich fügte sie hinzu: »Magda hätte es Esteban gerne abgekauft, aber er war nicht bereit, es herzugeben.«

»Eine große Geste, ich verstehe. Es war seine letzte Verbindung zu der Frau, die er liebte und die der Wahnsinnige getötet hat.«

Von draußen rief jemand nach dem Apotheker.

»Das werden Judith und Irmela sein, die mich abholen wollen«, erklärte Almut, und Krudener stand auf, um den Vorhang zur Seite zu schieben. Doch es waren nicht die beiden Seidweberinnen, sondern ein atemloser Bursche, der keuchend seine Botschaft stammelte: »Ihr sollt zu meinem Herrn kommen. Sein Herz. Ihr wisst schon!«

»Dein Herr, Junge?«

»Der Herr vom Spiegel!«

Auch Almuts Herz machte einen angstvollen Satz, und Trine nahm ihre Hand.

»Ich nehme an, du meinst den Herrn Gauwin vom Spiegel. Er befindet sich in seinem Haus am Alter Markt?«

»Ja, Meister. Bitte, Ihr mögt so schnell kommen, wie es geht.«

»Ich komme, Junge, aber zuvor will ich die passenden Arzneien zusammensuchen.«

»Ich begleite Euch, Meister Krudener. Auch Trine sollte mitkommen.«

»Ja, ich könnte Eure Hilfe benötigen.«

Mit ruhigen, aber sehr entschiedenen Bewegungen packte Krudener einige Phiolen und Dosen zusammen, während Trine ihre Schürze ablegte und sich die rußigen Hände wusch.

Zwar hatte sich Almuts Angst ein wenig gelegt, doch machte sie sich Sorgen um den alten Herrn. Ivos Vater hatte ein müdes Herz, das ihn schon einmal im Stich gelassen hatte. Sie fürchtete um sein Leben.

## 7. Kapitel

Ivo vom Spiegel saß neben seinem Vater, der mit blauen Lippen um Atem rang. Abt Theodoricus stand schweigend am Fenster und sah zur Gasse hinaus. Endlich drehte er sich um.

»Sie kommen. Krudener, Trine und deine Begine.«

»Nein. Nicht sie.«

»Versuch sie zu hindern.«

»Theo, ich kann ihr jetzt nicht gegenübertreten.«

»Es bleibt dir so oder so nicht erspart. Denn sie schätzt deinen Vater sehr.«

Mit verschlossenem Gesicht stand der Herr vom Spiegel, noch immer Pater Ivo, auf und ging zur Tür, um den Apotheker und seine Begleiterinnen zu empfangen.

»Was ist deinem Vater passiert, Ivo?«, wollte Krudener wissen, als er die Treppe zu den oberen Gemächern emporstieg.

»Er drückte sich plötzlich die Hand ans Herz, stöhnte und brach zusammen. Wir haben seine Kleider gelöst und versucht, ihm Wein einzuflößen. Ich fürchte jedoch, er ist noch immer ohne Besinnung.«

»Hat er sich über irgendetwas aufgeregt, erschreckt oder geärgert?«

»Mag sein.«

Almut ging hinter den beiden Männern und spürte die Anspannung, die von Ivo ausging. Es mochte die Sorge um das Leben seines Vaters sein, aber da schwang noch etwas anderes mit. Ihre bösen Ahnungen nahmen zu, als sie den Abt von Groß Sankt Martin ebenfalls in der Stube vorfand. Die beiden ältlichen Witwen, die mit im Haus lebten, hockten leise betend am Kamin, und Frau Nelda, die Haushälterin, hielt dem Leidenden einen Becher an die Lippen.

»Ivo, Theo, Frau Almut, es sind zu viele Menschen hier im Raum. Lasst mich mit Trine allein. Ich rufe, falls ich Hilfe benötige«, sagte Krudener und beugte sich über den Kranken.

»Ja, lassen wir ihn seine Arbeit tun. Ich verabschiede mich, Ivo. Gib mir Bescheid, sowie eine Veränderung eintritt.«

Theodoricus nickte Almut mit ernstem Blick zu und ging zur Treppe, die beiden Witwen huschten hinaus, und Ivo wies mit einer Handbewegung zu einer weiteren Tür.

»Tretet ein, Begine. Ich kann das Haus nicht verlassen, solange ich nicht weiß, wie es um meinen Vater steht, sonst würde ich Euch heimbegleiten.«

»Bin ich Euch in der Stunde der Not so lästig, Herr vom Spiegel?« Leise Kränkung klang aus Almuts Worten. Der Raum, in den er sie geführt hatte, war mit einem Lesepult ausgestattet, und eine stattliche Anzahl Folianten, Schriftrollen und Codizes lagen auf kunstvoll geschnitzten Regalen – das Studierzimmer eines gebildeten Mannes. Sie ahnte, dass ihr unwilliger Gastgeber hier seine Gelehrsamkeit begründet hatte.

»Ihr könnt hier nicht helfen, Begine. Der Apotheker ist es, der weiß, was zu tun ist.«

»Für Euren Vater ja, aber wie steht es mit Euch? Ihr wollt Euer Leid nicht mit mir teilen?«

Er antwortete nicht, sondern ging mit hinter dem Rücken verschränkten Händen auf und ab. Seine blaue, reich gefältelte Robe raschelte leise, und seine Miene war ausdruckslos. Almut setzte sich auf die schmale Bank am Fenster und beobachtete ihn eine Weile. Sie kannte ihn nun schon seit über einem Jahr, und manche Seiten an ihm sicher besser als seine klösterlichen Brüder. Er war ein verschlossener Mann, doch unter seiner strengen Selbstzucht verbarg er einen starken Willen und alle seine Gefühle. In einigen ganz wenigen Momenten in der Vergangenheit war es ihr vergönnt gewesen, jenen anderen Mann hinter der Maske starrer Pflichterfüllung zu entdecken, und sie hatte gehofft, nach und nach die Mauern einreißen zu können, mit denen er sich umgeben hatte. Doch nun schien alles vergebens.

Eine Honigbiene summte durch das offene Fenster und setzte sich brummelnd auf ihre Schulter. Mit einer leichten Handbewegung wollte Almut sie verscheuchen, und dabei berührten ihre Finger Mariens Träne, die sie in der Apotheke hervorgezogen hatte. Es erinnerte sie daran, dass sie eine Vertraute hatte, deren gütiger Rat ihr schon geholfen hatte. Sie umfasste den Anhänger und bat stumm: »Heilige Maria, du schmerzensreiche Mutter, du Königin der Märtyrer, Trösterin der Betrübten, hilf mir, einen Weg zu finden, seine Sorgen zu teilen.«

Maria, sanft und weise, lauschte der Bitte ihrer Tochter und lenkte ihre Erinnerung. Mit einem Anflug von Erleichterung hob Almut die Augen zu dem gemessen auf und ab schreitenden Herrn vom Spiegel.

»Nun, Herr, wenn Ihr meiner Hilfe nicht bedürft, so brauche ich doch die Eure.«

Er blieb vor ihr stehen.

»Habt Ihr schon wieder einen Unfug angerichtet, Begine?«, grollte er.

Zufrieden atmete Almut auf.

»Nein, natürlich nicht. Es ist nur so, dass ich mich mit einer seltsamen Andeutung herumplage. Sagt, Ihr seid doch vertraut mit den Psalmen.«

»Ich sang sie jahrelang des Tags und der Nacht. Man kann sagen, dass ich *ad nauseam* mit ihnen vertraut bin.«

Almut achtete des bitteren Tonfalls nicht, sondern fragte unverdrossen weiter: »So wird Euch sicher der Siegespsalm des Steineschleuderers bekannt sein.«

Einen Moment stutzte der Pater, dann nickte er. »Selbstverständlich. Der achtzehnte ist es.«

»Könnt Ihr mir den Wortlaut nennen? Bitte.«

»Wird er Eure Seele läutern?«

»Vielleicht. Auf jeden Fall wird er meine Erkenntnis mehren.«

»Es ist die Anrufung des Herrn aus den Banden des Todes. Er reagiert darauf, wie so oft, auf drastische Weise. Hört also:

›Die Erde bebte und wankte,

und die Grundfesten der Berge bewegten sich und bebten, da er zornig war.

Rauch stieg auf von seiner Nase und verzehrend Feuer aus seinem Munde;

Flammen sprühten von ihm aus.

Er neigte den Himmel und fuhr herab, und Dunkel war unter seinen Füßen.

Und er fuhr auf dem Cherub und flog daher, er schwebte auf den Fittichen des Windes.

Er machte Finsternis ringsum zu seinem Zelt;

in schwarzen, dicken Wolken war er verborgen.

Aus dem Glanz vor ihm zogen seine Wolken dahin mit Hagel und Blitzen.

Der Herr donnerte im Himmel, und der Höchste ließ seine Stimme erschallen mit Hagel und Blitzen.

Er schoss seine Pfeile und streute sie aus, sandte Blitze in Menge und jagte sie dahin.‹

Reicht Euch das, Begine, an Schilderung göttlichen Zorns? Erwartet Ihr ein solches Eingreifen des Allmächtigen?«

»Er donnerte und sandte Blitze. Ei wei!« Trotz aller Anspannung kroch ein Kichern in Almuts Kehle.

»Wie üblich, Begine, verlässt Euch angesichts des himmlischen Strafgerichts jegliche Demut und Gottesfurcht!«

Doch in den Augenwinkeln ihres Gegenübers entdeckte Almut ein winziges, ganz kleines Fältchen. Dergestalt ermuntert fuhr sie fort: »Es wirft ein heiteres Licht auf die düstere Prophezeiung unserer Rigmundis.«

»Eure Seherin hat wieder Visionen gehabt? Welchen Inhalts?«

»Oh, sie sprach von einer glattzüngigen Schwätzerin, der man Feuer unter dem Gewand machen soll. Auf welche Art, das habt Ihr mir gerade erläutert. Wisst Ihr, Trine hat herausgefunden, wie man bunte, knallende Explosionen erzeugen kann. Noch vorhin hat sie uns das Donnern und Blitzen vorgeführt. Ich bin froh, dass sich Rigmundis' Weisung auf etwas so Harmloses bezieht. Der nächsten verleumderischen Klatschbase werde ich solch ein funkensprühendes Beutelchen an die Schleppe heften!«

Die Fältchen vertieften sich, und der Herr vom Spiegel knurrte unheilverkündend: »Gebt nur Acht, dass diese Feuerteufeleien nicht den Gassenjungen in die Hände fallen.«

»Was für eine wunderbare Idee, Herr. Pitter wird seine helle Freude daran haben!«

»Begine!«

Almut stand auf und trat vor ihn. Sie legte ihre Rechte auf sein Herz und sah ihm in die Augen.

»Nun ist Euch leichter ums Herz«, flüsterte sie, doch als er nach ihrer Hand griff, fürchtete sie, er würde sie von sich weisen. Stattdessen aber legte er die seine darauf und hielt die ihre mit festem Griff. Sie lächelte ihn glücklich an.

»Nun stimmt es also, was der Weise sagt, Herr: ›Ein fröhliches Herz macht ein fröhliches Angesicht.‹«

»Ihr habt die Sprüche des Salomo erhalten? Das musste ja irgendwann so weit kommen. Aber bedenkt: ›Wer unvorsichtig herausfährt mit Worten, sticht wie ein Schwert.‹«

»Er lässt sich gerne über den Einsatz der Zunge aus, das habe ich schon festgestellt. Ihr werdet reichlich Gebrauch von seinen Mahnungen machen können.«

»Es wird mir ein Anliegen sein, Begine. Denn: ›Tod und Leben stehen in der Zunge Gewalt; wer sie liebt, wird ihre Frucht essen.‹«

»Wie wahr! Und: ›Eine richtige Antwort ist wie ein lieblicher Kuss.‹ Hat er auch gesagt.«

Das Glitzern unter den schwarzen Brauen verstärkte sich, und ein starker Arm legte sich um Almuts Taille.

»Ihr tändelt auf ketzerische Art, Begine!«

»Stört es Euch?«

»Mich stört Euer Gebände, Weib. Ich möchte Eure Haare durch meine Finger gleiten lassen und sie über Eure Schultern fallen sehen.«

Almut hatte einige Schwierigkeiten mit dem Atem, und als sie nun in die Augen ihres Geliebten schaute, entdeckte sie die schwarze Flamme darin.

»So tut es«, wisperte sie und erschauderte bei dem Gedanken, welche Folgen es haben würde. Doch da ließ er sie auch schon los und schob sie beinahe grob zur Bank hin. Zitternd setzte sie sich.

»Verzeiht, Begine. Doch mein Gelübde ist noch nicht gelöst.«

Es klang tonlos, und plötzlich erkannte Almut den wahren Grund seiner erneuten Verbitterung. Diese Erkenntnis ernüchterte sie.

»Theo – er kam, um es Euch mitzuteilen? Und Euer Vater hörte es ebenso?«

»Was seinem Herzen einen schlimmen Schlag versetzte.«

»Dem Euren, Herr, und dem meinen ebenso. Was ist geschehen?«

»Man fand am Donnerstag vor dem Stadttor einen Toten. Ausgeraubt, wie es aussah, von Wegelagerern. Was sie ihm gelassen hatten, war ein gesiegeltes Dokument. Es hatte wohl keinen Wert für die Räuber. Die Wachen brachten den Mann zum Turm und übergaben das Schreiben dem Stadtrat. Der sandte es heute an die Adresse, an die es gerichtet war.«

»Der Tote war der Bote des Erzbischofs?«

»Und das Pergament enthielt Friedrichs Ablehnung. Der Dispens wurde nicht erteilt. Meine einstigen Verfehlungen wiegen zu schwer.«

Almuts kalte Hände verkrampften sich in ihrem Schoß.

»Und nun?«

»Wir werden versuchen herauszufinden, wer den Gesinnungswandel bewirkt hat, und weiter verhandeln. Wenn mein Vater wieder zu Kräften gekommen ist.«

»So ist noch nicht alle Hoffnung gestorben?«

»Nicht alle. Aber es wird Zeit ins Land gehen. Habt Ihr Geduld, Begine?«

»Für Euch, Herr, will ich sie haben, auch wenn es meinem Wesen nicht entspricht, tatenlos abzuwarten.«

»Umso mehr achte ich Euch. Da Euren Augen nichts entgeht, was meine hornhäutige Seele belastet, werde ich Euch nun noch ein Geständnis machen müssen und darauf vertrauen, dass Ihr mir – vielleicht – vergebt.«

»Habt etwa Ihr, Herr, einen Unfug angerichtet?«

»Unfug – ja, als törichter Jüngling, und mehr als genug davon. Ich habe heute meinem Vater gebeichtet, was er nicht wusste.«

»Das aber hat sein Herz nicht zum Stolpern gebracht.«

»Nein. Unglaublicherweise hat es ihn zum Lachen gebracht.«

»Dann werde auch ich über Eure Verfehlung hinwegsehen.«

»Ihr seid ein Weib, Euch mag es mehr schmerzen, Begine. Wisst, ich habe vor vielen Jahren einen Sohn gezeugt. Lange bevor die Ordensbande mich umschlangen.«

Almut setzte sich gerade auf und sah ihn an. Das Bild eines dunkelhaarigen jungen Mannes schob sich vor sein Gesicht. Ähnlich von Statur, vertraut von den Zügen. Vor einem Jahr, als sie des Mordes beschuldigt war und die Bahrprobe zu bestehen hatte, war er ihr schon aufgefallen. Der Stiefbruder des jungen Opfers. Sogar der Name fiel ihr wieder ein.

»Leon de Lambrays?«

Ivo vom Spiegel wirkte fassungslos.

»›Ein hörendes Ohr und ein sehendes Auge, die macht beide der Herr.‹« Almut grinste ihn breit an.

»Gerechter Gott, woher …?«

»Er weilte letztes Jahr in Köln. Aziza und ich sind

ihm in – mhm – einer Taverne begegnet. Er hat mir – mhm – beigestanden, als ich dort in Schwierigkeiten kam. Dort stellte er sich uns vor. Er ist Jeans Stiefbruder, nicht wahr?«

»Aus Euren Worten kann ich nur schließen, dass Ihr weit mehr Unfug getrieben habt, als mir bekannt ist. Aber ich will darüber hinwegsehen. Denn ich bin nicht frei von Anfechtungen gewesen, als ich jung war. Ja, ich studierte an der Sorbonne und reiste durch das Frankenland. Ich lernte den Weinhändler Lambrays in Burgund kennen, und seine Tochter Magelone fand Gefallen an mir.« Er lächelte Almut an. »Man sagte mir nach, ich sei ein ansehnlicher Jüngling gewesen.«

»Ihr seid heute ein weit ansehnlicherer Mann. Aber ich glaube, ich kann die Gefühle eines jungen Mädchens verstehen.«

»Ja, wir waren ungestüm und leidenschaftlich, und so kam dort mein Sohn zur Welt.«

»Ihr habt sie nicht geheiratet?«

»Wir waren zu jung, behauptete ihr Vater. Damals fanden wir seine Entscheidung hart, doch später erkannte ich seine Weisheit. Er war ein großherziger Mann, der keine Schande darin sah, dass ein weiteres Kind auf seinem Hof aufwuchs. Ich habe ihn im Verdacht, selbst einige seiner Bastarde dort aufgezogen zu haben.«

»Aber die Mutter Eures Kindes?«

»Wir sahen uns noch einige Male, doch unser beider Leidenschaft war erloschen. Sie heiratete später den Gutsbesitzer Champol, ich trat ins Kloster ein. Wir tauschten dann und wann Briefe aus. Als Jean in Schwierigkeiten geriet, wandte sie sich an mich. Den Rest kennt Ihr.«

»Ja, den Rest kenne ich. Und seid versichert, es schmerzt mich nicht. Er ist ein stattlicher Mann, Euer Sohn, gewandt und hilfsbereit.«

»Aufbrausend und schnell in seinem Urteil. Aber von scharfem Verstand, ehrgeizig und willensstark.«

»Kurzum, Ihr habt Euch mit ihm gestritten.«

»Euch bleibt nichts verborgen, Begine. Ja, wir stritten uns, und er warf mir vor, meine Pflichten gegenüber Jean vernachlässigt zu haben. Er hatte nicht unrecht damit, und das schmerzt mich noch heute. Ich hätte den Jungen vor seinem Schicksal bewahren können, hätte ich genauer zugehört und hingesehen.«

Almut seufzte leise.

»Auch das wisst Ihr, Begine?«

»Ich weiß nur, Herr, dass Ihr schwer an der Verantwortung tragt, die Ihr auf Euch nehmt.«

Frau Nelda, die Haushälterin trat in die Tür, und sagte: »Meister Krudener bittet Euch, zu meinem Herrn zu kommen. Er ist aufgewacht, und es scheint ihm besser zu gehen.«

Erleichtert folgten die beiden ihr in die Stube.

## 8. Kapitel

Mochte auch die Tatsache, dass Gauwin vom Spiegel dem Tod noch einmal entronnen war, Almuts Sorgen vermindert haben, die Tatsache, dass Pater Ivo der Dispens verweigert worden war, lastete schwer auf ihr, und auch Claras Leid bedrückte sie weiterhin. Gutwillig nahm die Patientin die Salbe entgegen, die Meister Krudener für sie zubereitet hatte und zeigte auch ein mildes Interesse an der Deutung von Rigmundis' Vision, aber es plagten sie weiterhin Schmerzen, die es ihr schwierig machten, ihren Pflichten nachzukommen.

Die Meisterin hatte Almuts gedrückte Stimmung natürlich auch bemerkt und sie am nächsten Tag zu einem Gespräch in ihre Räume gebeten.

»Es ist eine Schande mit diesem Erzbischof!«, murrte Magda, als sie die Umstände erfahren hatte, die zu Gauwins Herzanfall geführt hatten. »Zu jung, falsch beraten, dem Klüngel verpflichtet, eigensinnig und fehlgeleitet in seinem Urteil. Aber was will man tun? Der Papst ist zwar nach Rom zurückgezogen, aber nach allem, was man hört, benimmt er sich dort wie die Wutz im Walde.«

»Magda, psst. Du bewegst dich an der Grenze der Ketzerei!«

»Ja, ja, ich weiß. Aber ich stecke auch gerade bis über die Ohren in Sorgen. Mein Bruder, der Stadtrat, hat eine Dame zu Gast, die sich in den Kopf gesetzt hat, in Düsseldorf ein Beginenkonvent zu gründen. Er hat mich gebeten, sie für eine Weile bei uns aufzunehmen, damit sie sieht, wie das Leben sich bei uns so abspielt.«

»Aber das ist doch sehr löblich, Magda.«

»Ja, aber ich frage mich, ob eine Edelfrau damit zufrieden ist, ein Kämmerchen im Pförtnerhaus zu beziehen.«

»Wenn es ihr nicht gefällt, kann sie bestimmt die Gastfreundschaft deines Bruders wieder in Anspruch nehmen. Abgesehen davon sollte sie wissen, dass wir uns der Armut und tätigen Arbeit verschrieben haben.«

»Manche der hohen Damen setzen sich Flausen in den Kopf.«

»Wenn sich das zeigt, dann schick sie zu den Stiftsfrauen von Sankt Ursula. Die leben in Luxus und Langeweile. Hast du die Edle überhaupt schon kennengelernt?«

»Nein. Ich erwarte sie morgen.«

Magda schien griesgrämiger Laune darob zu sein, und Almut beschlich der Verdacht, dass sie fürchtete, die Dame würde Anspruch auf ihre eigenen gemütlichen Zimmer erheben. Mit einem kleinen Lächeln sagte sie also: »Dann warten wir es erst einmal ab. Vielleicht ist sie eine ganz bescheidene Frau und Wohltäterin.«

»Na, wir werden sehen. Lassen wir das Thema. Kommst du mit der Kapelle gut voran?«

»Mettel hat mir geholfen, sie innen zu kalken, und jetzt muss ich noch den Boden verlegen. Das wird ein paar Tage dauern. Außerdem brauchen wir noch einen Altar. Den Sockel habe ich schon gemauert. Eine schöne Holzplatte müsste ausreichend sein. Ich werde mich mal umhören. Zu Pfingsten ist die Kapelle aber bestimmt fertig.«

»Gut, das ist schon mal was. Hast du noch etwas Zeit übrig?«

»Natürlich. Ich kann im Augenblick ja sowieso nur abwarten, wie sich die Lage entwickelt. Gib mir etwas zu tun, damit ich nicht so viel grübeln muss, Magda.«

»Nun es wird dich gewiss gründlich vom Grübeln ablenken, die Mädchen zu unterrichten.«

»Uch!«

Aber Magda hatte eine kluge Entscheidung getroffen. Am Nachmittag hatte Almut sich von Clara erklären lassen, was sie unterrichten sollte, sich einige eigene Gedanken gemacht, und am nächsten Morgen trat sie gut vorbereitet den elf Jüngferchen und dem tapferen Recken der Gassen, Pitter, entgegen.

Sie hatte schon öfter die quirlige Schar beaufsichtigt, Unterricht hatte sie bisher noch nicht erteilt. Aber die jungen Maiden waren willig, Rechenaufgaben zu lösen, die einen sehr praktischen Wert hatten, wie etwa der Einkauf von Äpfeln, Rüben und Kappes zu bestimmten Preisen bei einem beschränkten Geldbeutel, das Berechnen von Brotgewichten zu unterschiedlichen Teilen, Vergleiche von verschiedenen Volumenmaßen für Weizen, Öl und Wein. Unwilliges Murren kam aber auf, als Almut ihre Lieblingsaufgaben stellte, nämlich die geometrischen Berechnungen. Sie ließ sie anhand der Abmessungen errechnen, aus wie vielen Steinen ihr Kapellchen errichtet war, wie viele davon in den Seitenwänden, wie viele in der Stirnseite verbaut waren, und wie viele sie durch die Türöffnung eingespart hatte. Hier zeichnete sich einzig Pitter durch flinke Antworten aus. Erleichterung durchflutete die gequälte Menge, als Almut schließlich die säuberlich von Clara niedergeschriebene Legende des heiligen Pantaleons vorzulesen bat. Reihum buchstabierten sich die Elevinnen mehr oder minder fließend durch den Text, und diesmal musste Pitter daran gehindert werden, seine eigenen Interpretationen zu dem Martyrium des Heiligen zu verkünden. Er hatte recht weltliche Vorstellungen davon, auf welche Weise der fromme Arzt die Gattin des Kaisers zum Christentum zu bekehren suchte. Dass Küssen und Kosen die Liebe zum himmlischen Bräutigam in ihr wecken sollten, stand allerdings nicht in dem zu lesenden Text.

Almut hatte Mühe, das Gekicher zu unterbinden, vor allem, weil sie selbst aufs Höchste erheitert war.

Als die Glocken zur Sext läuteten, waren die Schüler entlassen, nur Pitter blieb noch in dem Unterrichtsraum zurück und half Almut, die Wachstäfelchen mit der flachen Seite der Griffel glatt zu streichen.

»Du erwartest vermutlich eine Labung zum Dank für Deine Hilfe.«

»Klar!«

Almut lächelte. Der fast fünfzehnjährige Schlacks war immer hungrig. Aber diesmal schien er noch etwas anderes auf dem Herzen zu haben, denn er zupfte umständlich ein zusammengefaltetes, an den Rändern eingerissenes Pergament aus einem der zahlreichen Beutel, die an seinem Gürtel hingen.

»Frau Almut, sagt, ich kann doch schon lesen, oder?«, kam es unerwartet zaghaft.

»Du buchstabierst schon ganz ordentlich, Pitter. Nur deine Gedanken sind manchmal schneller als deine Augen auf dem Geschriebenen.«

»Mhm, ja. Ich seh immer Bilder dazu. Also, wie was passiert ist. Aber hier hab ich einen komischen Text. Ich versteh gar nichts davon, außer der ersten Zeile.«

»Dann zeig mal her.«

Almut nahm das Dokument und betrachtete es ratlos. Da stand:

»Des Harfenspielers Sohn warnt vor den Folgen.

Beachtet die weisen Worte.

Tia mfml nwkbt rihsih dfi gtrwgh pg ihwi ritabqoit

Vhedflnn vnl hidplddi hwgm uhl git
Dxa ligmitrem vhgsrihsb nrit ifh bqoit
Ihcge xvifritn ieukbt ml itti htgtrohlgit«

»Das ist keine Sprache, die ich jemals gehört habe,
Pitter. Das kann man ja noch nicht mal aussprechen.«

»Nein, dann spuckt man die ganze Gegend voll.
Aber vielleicht wisst Ihr, wer der Sohn des Harfenspielers ist?«

»Ich kenne keinen Harfenspieler, tut mir leid. Nur
Fabio mit seiner Ud.«

»Und der ist weg. Außerdem hat der noch keinen
Sohn.«

»Eben. Woher hast du das?«

»Aus dem Adler. Das lag da am Boden in Frau Franziskas Braustube. Ihr wisst doch, da ist der Vergolder
von Groß Sankt Martin ersoffen.«

»Die Wirtin berichtete von einem Unfall. Aber sie hatte keine Ahnung, wer der Unglückliche war. Was hast
du damit zu tun? Wieso weißt du, wer der Tote ist?«

»Ich hab ihn gefunden und aus dem Kessel gezogen.
Da ist mir schon aufgefallen, dass ihm der Ohrring
fehlt. Hab's dem Lodewig erzählt, und der wusste von
dem Thomas, der die Sachen von Bertram vergoldet.«

Almut kannte natürlich den Brauch mancher Zünfte, den Gesellen einen goldenen Ohrring zu übergeben,
der ihnen erst bei ihrem Tode abgenommen wurde,
um die Kosten der Beerdigung zu decken. Ein herausgerissener Ring – dabei blieb ein Riss im Ohrläppchen
zurück – bedeutete den unehrenhaften Ausschluss aus
der Zunft.

»Wie ist denn ein Schlitzohr ins Kloster gekommen?«

»Ach, Ihr habt's nicht gehört? Hat doch vor zwei Wochen einen lauten Knatsch mit den zünftigen Vergoldern und dem Camerarius gegeben. Weil der Abt wollte, dass die Apostel zu Pfingsten goldene Zungen haben. Aber die Zünftigen vergolden lieber die Clarissen.«

Ein flüchtiges Bild von in Gold erstrahlenden Nonnen verwirrte Almut kurzfristig, dann besann sie sich aber auf den schönen Altar, der in ihrer Kirche an der alten Stadtmauer stand, und nickte.

»Darum haben die Mönche also den Ausgestoßenen den Auftrag gegeben. Macht böses Blut, so was.«

»Mächtig böses Blut, Frau Almut. Nicht nur bei den Zünften. Hat auch im Kloster Ärger gegeben.«

»Hat der Vergolder sich etwas zu Schulden kommen lassen?«

»Rumgeschnorrt hat er und dem Abt sein Bier ausgesoffen. Hat Lodewig erzählt. Und dann wurd's lustig. Weil doch Euer Pater den Thomas verbimst hat.«

»Was? Bitte?«

»De Suffnaas hat in Pater Ivos Zelle ihren Rausch ausgeschlafen. Hat ene Hetzjach durch den janzen Kreuzgang gegeben. Und dann hat de Schruutekopp anjefangen, den Pater mit groben Worten zu beleidigen.«

Der Wechsel von gehobener Gassensprache zu vornehmer Formulierung erzeugte bei Almut ein Glucksen in der Kehle, das Pitter beifällig würdigte.

»Die groben Worte führten also zu groben Taten.«

»Hat ene kräftige Handschrift, Euer Pater!«

»Ei wei!«

Pitter grinste und wies dann wieder auf das Pergament, das Almut auf den Tisch gelegt hat.

»Soll ich das dem Vogt bringen? Was meint Ihr?«

Zweifelnd betrachtete sie die kryptischen Wörter und zuckte dann mit den Schultern.

»Der wird auch nichts damit anfangen können. Möglicherweise gehört's der Wirtin. Ich kann sie ja mal fragen, wenn ich das nächste Mal zum Adler gehe.«

Zufrieden, das seltsame Geschreibsel los zu sein, zog Pitter ab, um sich sein verdientes Mittagsmahl in der Küche zu holen. Lernen machte ihn immer besonders hungrig.

Almut nahm das Pergament an sich und brachte es in ihre Kammer. Dort blieb es jedoch zunächst unbeachtet liegen, denn die Edle von Bilk hielt ihren Einzug in den Konvent.


»Natürlich bin ich mit dem Zimmerchen zufrieden«, betonte die schlanke Frau, während Mettel und Bela eine Truhe die Stiege hochwuchteten. Magda, sehr würdevoll, hatte ihr angeboten, im Haupthaus über dem Refektorium einzuziehen, wenngleich das ihre eigene Bequemlichkeit beeinträchtigt hatte. Almut, die zur Begrüßung des Gastes hinzugekommen war, verspürte die Erleichterung ihrer Meisterin und hieß die Dame herzlich willkommen. Sie sah so ganz anders aus, als sie sich die Witwe eines Ritters vorgestellt hatte. Sie trug einen schlichen braunen Surkot aus Wolle, zwar sorgfältig gearbeitet, aber ohne besonderen Zierrat, und ein strahlend weißes Gebände, das Kinn und Wangen bedeckte. Das betonte ihre leicht gelbliche Hautfarbe recht ungünstig, und die rissigen, blassen Lippen wirkten wenig vorteilhaft. Schön waren einzig ihre braunen Augen, die unter schweren Lidern lagen, die sie jedoch bescheiden gesenkt hielt.

»Ich richte mich nur schnell ein, Frau Magda, dann bin ich gerne bereit, meinen Anteil an Arbeiten zu übernehmen.«

»Dazu seid Ihr nicht verpflichtet, edle Frau. Schaut Euch um, macht Euch ein Bild von unserem Leben, unterhaltet Euch mit unseren Schwestern. Unsere Elsa ist kundig, was Kräuter betrifft, Irma, Judith und Agnes beherrschen die Kunst der Seidweberei, Rigmundis ist eine Künstlerin mit der Sticknadel, Ursula ebenso, aber sie erfreut uns auch oft mit ihrem Gesang. Gertrud sorgt trefflich für unser leibliches Wohl, Clara für unser geistiges – will sagen, sie ist belesen und unterrichtet unsere jungen Zöglinge. Bela und Mettel kümmern sich um unsere Tiere und bewachen die Pforte. Almut schließlich ist unsere Baumeisterin. Sie hat uns die Kapelle errichtet.«

»Was Ihr nicht sagt! Welch unerwartete Talente hier beisammen sind! Ich bin sicher, ich werde viel von Euch lernen.« Sie wandte sich an Almut und lächelte: »Man erzählt, die Beginen ehrten den Herren mit ihrer Hände Arbeit. So mögt Ihr ihn besonders kräftig lobpreisen.«

»Meine Schwestern ehren ihn ebenso gut, und meine rauen Finger werden nicht gerne gesehen, wenn es feine Seiden zu falten gibt.«

»Ihr habt selbstverständlich recht. Es scheint mir nur eine besonders harte Arbeit zu sein, ein Bauwerk zu errichten. Wo habt Ihr es gelernt?«

»Mein Vater ist Baumeister, edle Frau, ich bin auf Baustellen aufgewachsen. Und mein Gatte war ebenfalls vom selben Fach.«

»Darf ich das Kapellchen schon betreten, oder ist es noch nicht erlaubt?«

»Kommt nur hinzu, wenn Euch Sägespäne und Staub nicht stören. Ich beginne heute Nachmittag damit, den Holzboden zu verlegen.«

Die Edelfrau machte ihre Ankündigung wahr, und fand sich eine Weile später in dem fast fertig gestellten Bauwerk ein. Almut, die zunächst befürchtet hatte, der vornehmen Witwe beständig Rede und Antwort stehen zu müssen, war angenehm davon überrascht, dass sie sich lediglich aufmerksam umsah und dann, ohne viele Worte zu verlieren, die Ärmel aufrollte und kräftig mit zupackte. Sie hielt die Bretter in festem Griff, die Almut auf die richtige Länge sägte, half ihr, die Bohlen in die Kapelle zu tragen und einzupassen, reichte unaufgefordert Hammer, Nägel, Hobel, fegte Späne beiseite und zog sich ohne zu klagen die Splitter aus den Fingern.

Als es zur Vesper läutete, wischte sich Almut die Hände an ihrem Arbeitskittel ab und meinte: »Kommt, wir wollen uns einen Krug Apfelwein und einen Wecken aus der Küche holen. Die Arbeit war staubig.«

»Gerne!«

Sie haspelten einen Eimer Wasser aus dem Brunnen und wuschen sich, dann suchten sie Gertrud auf. Kaum hatten sie die Küche betreten, hielt Almut mit einem leisen Aufschrei inne.

»Hoppla, ein kleiner Ausreißer!« Sie bückte sich, um das winzige getigerte Kätzchen aufzuheben, das voller Abenteuerlust das mütterliche Lager verlassen hatte. Vor einigen Tagen hatten Teufelchens Junge die Augen geöffnet und tapsten nun, beaufsichtigt von ihrer Mutter, in der Küche umher.

»Lästiges Getier!«, grummelte Gertrud und sammelte einen schwarzen Naseweis ein, der sich unter einen Korb mit Graupen flüchten wollte. Die Edle von Bilk bückte sich nach dem dritten Tierchen, das wagemutig an ihrem Gewand hochklettern wollte, aber in dem Augenblick tauchte Teufelchen auf und fauchte sie wütend an.

»Verzeiht, edle Frau, die Mutter ist bedacht auf das Wohlergehen ihrer Kinder und duldet derzeit keine Fremden«, entschuldigte Almut das feindselige Verhalten der Katze. Gertrud legte ihr Kätzchen in den Korb, stupste Teufelchen auf die Nase und klaubte das Kleine von dem Gewand der Besucherin. Almut hingegen hielt die winzige Getigerte noch an ihre Schulter gedrückt und streichelte den seidigen Kinderpelz. Es weckte wehmütige Gefühle in ihr, und Gertrud murmelte: »Behalt's nicht zu lange, sonst schmerzt es zu sehr.«

»Wer soll es bekommen?«

»Lena will eine Mauserin für die Vorratskammer. Die beiden Schwarzen tragen schon die richtige Kutte. Bertram hat vom Abt die Erlaubnis bekommen, sie im Kloster aufzunehmen.«

»Das sind gute Nachrichten.« Dennoch zögerte Almut, das Kätzchen in den Korb zu legen, obwohl Teufelchen ihr auffordernd maunzend um die Röcke schlich.

»Ihr wollt sicher eine Erfrischung nach der Arbeit«, wandte sich die Köchin an die Edelfrau. »Es gibt schlichte Kost bei uns, aber satt werden wir allemal. Wenn Ihr feinere Pasteten und süßes Backwerk haben wollt, müsst Ihr drüben bei Lena nachfragen.«

»Ich bin mit einfachen Gerichten zufrieden.«

»Gertrud stellt ihr Licht unter den Scheffel. Wenn Ihr ihre mit Eiern, in Wein getränktem Weißbrot, Thymian und Rosmarin gefüllten Kalbsbrüste probiert habt, ihre pürierte Bohnensuppe mit Safran gekostet, die knusprige Kruste ihres Schweinebratens mit Äpfeln und Rosinen genossen habt, werdet Ihr Euch Euer eigenes Urteil gebildet haben.«

»Almut schmiert mir nur wieder Honig ums Maul, weil sie auf die süßen Wecken aus ist, die ich heute Morgen gebacken habe. Und *die* sind allemal besser als die von der Pastetenbäckerin«, schnaubte Gertrud und füllte kühlen Apfelwein in Becher.

Vorsichtig legte Almut nun doch das kleine Kätzchen zu seiner Mutter in den Korb, wo es sofort kräftig an deren Bauch zu tretel n begann. Die beiden anderen schlossen sich an, und kurz darauf schnurrte Teufelchen mit jenem beseligten Ausdruck einer glücklich säugenden Katze in ihrem Gesicht. Gertrud legte Almut die Hand auf die Schulter, und ihre Stimme war leise und gar nicht mehr unwirsch.

»Wird für dich auch bald die Zeit kommen, Almut.«

Sie straffte sich und bemühte sich, ein ausdrucksloses Gesicht zu machen, um ihren Kummer der Fremden gegenüber nicht zu zeigen. Doch die hatte es bereits bemerkt und sagte mit sanfter Stimme: »Ihr habt ein Kind verloren. Ich weiß, wie das schmerzt, Frau Almut.«

»Schon gut. Es ist lange her. Gertrud, wo sind die gepriesenen Wecken?«

## 9. Kapitel

Die Hebamme war eine kundige Frau, und die Schwangeren und Gebärenden nahmen ihre tatkräftige Hilfe gerne in Anspruch. Sie lebte in einem der schmalen Häuschen hinter der alten Stadtmauer, hielt sich im hinteren Hof ein paar Hühner und ein Schwein, das gerne in den Abfällen der Gasse wühlte. Sie pflegte ihren Kräutergarten, hielt ihre schlichten Kleider reinlich und besuchte regelmäßig die Messe. Wann immer ein Bote zu ihr kam, ob bei Tag oder in der tiefsten Nacht, ob bei Regen oder in brütender Hitze, machte sie sich auf, um die lebenswilligen Neuankömmlinge in die Welt zu holen. Es war ihr gleichgültig, ob es sich bei den Müttern um Patrizierfrauen oder Handwerkerinnen handelte, sie nahm sich auch der Liebesdienerinnen vom Berlich an und der müden, ausgelaugten Frauen der Tagelöhner. Man entlohnte sie, so gut es eben ging, und sie hatte es zu einem gewissen Wohlstand gebracht, den sie aber nicht zur Schau trug.

Was auch besser war, denn neben dem ehrenhaften Geschäft der Geburtshelferin führte sie ein zweites, weit weniger gut angesehenes, wenn auch notwendiges und gelegentlich erheblich einträglicheres. Diejenigen, die ihre Hilfe benötigten, wussten von ihren Kenntnissen, schwiegen aber aus guten Gründen einhellig darüber. Dennoch war es in den unergründlichen Kanälen der gewisperten und getuschelten Nachrichten bekannt, dass sie gewisse Kräuter einzusetzen pflegte, wenn die Frucht des Leibes nicht erwünscht war. Ihre Kundinnen besuchten sie im Schutz der Dunkelheit oder ließen sie heimlich zu sich kommen. Sie fragte nie, warum sich eine Frau des Pfands der Liebe oder der Gewalt zu entledigen wünschte – sie wusste viel zu gut um die Gründe. Armut, Scham, Seitensprung, Vergewaltigung brauchte man ihr nicht zu erklären. Sie kannte die genaue Dosierung von Mutterkorn und anderen Pflanzen, die mal die normale Geburt erleichterten, in anderer Menge jedoch den unerwünschten Segen des Leibes beseitigten. Auch in diesen Fällen stand sie ihren Kundinnen bei und kümmerte sich stillschweigend auch um die Beseitigung der kleinen Engel. Wie, darüber schwieg sie noch weit tiefer.

Denn es gab noch eine Gruppe von Kunden, die sie bediente. Aber vor denen hatte sogar die weise Frau eine gut begründete Angst.

Ihr Gold indes nahm sie.

## 10. Kapitel

Es war lange hell an diesem sonnigen Maitag, und am Abend fand sich Almut in Claras Kammer ein. Die Begine wirkte noch immer ein wenig fiebrig, und die beständigen Schmerzen hatten feine Linien in die zarte Haut ihres Gesichts gezeichnet. Einige unbeschriebene Blätter lagen auf dem Boden verteilt, ein dicker Foliant ruhte zugeschlagen auf dem Lesepult. Das wirkte so ganz anderes als sonst, denn üblicherweise kratzte Claras Feder eifrig über das Pergament oder die kluge Frau war in gelehrte Texte vertieft. Um sie von ihrem

Leid abzulenken, hatte Almut es sich zur Aufgabe gemacht, sie mit dem neuesten Klatsch zu versorgen, und erzählte ihr von der Edlen von Bilk, während sie ihr half, einen frischen Salbenumschlag anzulegen.

»Sie ist eine umgängliche Frau, hilfsbereit und nicht aufdringlich!«

»Also nicht die honigmäulige Heuchlerin, die uns Rigmundis angedroht hat.«

»Ob sie irgendwas heuchelt, weiß ich nicht, aber sie schwatzt nicht viel. Auf jeden Fall hat sie es nicht mit Tiegeln und Töpfen, denn wie Gertrud recht schnell herausgefunden hat, ist Küchenarbeit ihr ziemlich fremd. Aber Edelfrauen haben ihre Köche, sie wird bisher selbst nicht Not gehabt haben, zappelnde, glitschige Forellen zu erschlagen und auszunehmen.«

»Eine Feuerprobe. Ich würde daran ebenfalls scheitern.« Clara schüttelte sich.

»Ausgenommen bekäme ich sie schon, nur gebraten… Na, du weißt schon.«

»Ja, ja, Asche zu Asche. Das ist das *principio* deiner Kochkunst.«

»Man kann eben nicht alles haben. Ich bin ja auch nicht in der Lage, die Bibel zu übersetzen, das muss ich ebenfalls anderen überlassen.«

»Mir nicht.«

Das kam sehr endgültig aus Claras Mund, und Almut, die Krudeners Erläuterung zu ihrem Verhalten bedacht hatte, fragte vorsichtig nach: »Bisher tatest du es. Ich habe mich an deinen Ausführungen immer sehr erfreut.«

»Es ist verboten.«

»Darum hast du dich bisher nicht geschert.«

»Jetzt tu ich es aber.«

»Hat unser neuer Beichtiger dir so tief ins Gewissen geredet?«

Seit Pater Leonhard seiner Pfarre verlustig gegangen war, hatte sich Magda um einen neuen geistlichen Beistand bemüht.

Es ergab sich, dass Pater Henricus von den Minderbrüdern nicht abgeneigt war, die Beginen zu betreuen, und wenn auch sein vordringlichstes Anliegen zu sein schien, die grauen Schwestern seinem Orden einzuverleiben, so mussten sie doch alle zugeben, dass er ein vernünftiger Mann war, der ihren Sorgen und Sünden mit ruhiger Gelassenheit zuhörte und manchen guten Rat gab.

»Er weiß nichts davon.«

Der Umschlag war fertig gewickelt, und Almut half Clara wieder in ihr loses Untergewand.

»Ich halte ihn für verständnisvoll genug. Ich denke, er würde keine Einwände erheben.«

»Lass es gut sein, Almut. Du hast etwas herausgefunden – dein Pater hat wohl geschwatzt – und nun willst du mich trösten. Aber das brauchst du nicht.«

»Mein Pater und schwatzen – glaubst du das wirklich?«

»Dann der Apotheker.«

»Ja. Er sprach von einem überlegenen Werk. Du hast es vernichtet, nicht wahr?«

»Ich habe es abgeschabt. Jeden einzelnen Buchstaben habe ich zerstört. Jeden einzelnen ketzerischen Gedanken mit Bimsstein von der Haut abgerieben.«

»Und kein noch so lindernder Umschlag wird diese Wunde je heilen. Ich verstehe, Clara.«

Die Begine schluchzte auf und vergrub das Gesicht in ihren Händen.

Almut saß unschlüssig auf der Bettkante. Es war schrecklich mitanzusehen, wie ihre Freundin der Verlust schmerzte. Ihre geistige Freiheit, eingeschränkt durch ein ehernes Verbot, hatte sie krank gemacht. Sie selbst hätte aufbegehrt, zu ihrem eigenen Schaden, Clara hatte entsagt und tat Buße. Ebenfalls zu ihrem eigenen Schaden. Krudener hatte recht mit seiner Beurteilung. Aber welch eine Verschwendung! Ein so kluger Verstand, der nicht genutzt werden durfte. Es musste doch andere Wege geben, ihn zu beschäftigen, das Schwert wollte gewetzt, die scharfe Klinge zum Schneiden eingesetzt werden.

Plötzlich flog ihr eine Idee zu. Sie hatte eine Aufgabe für jenen umtriebigen Geist!

»Clara, Clara, du hast dein großes Werk zwar verloren, aber deinen Kopf hast du noch. Den brauche ich jetzt.«

Mit müden Augen sah Clara sie an.

»Schon wieder eine Prophezeiung?«

»Nein, viel komplizierter.« Sie erzählte ihr von dem nicht entzifferbaren Text, den Pitter ihr dagelassen hatte. Mit dem Erfolg, dass ihre Freundin wenigstens einen Anhauch von Interesse zeigte. Sie holte also das Pergament aus ihrer Kammer und legte es Clara vor.

»Mh – der Sohn des Harfenspielers – könnte ein Liedtext sein. Aber in keiner vernünftigen Sprache.«

»Vielleicht muss man es rückwärts lesen oder so?«

»Ich versuch es mal – nein, ergibt auch keinen Sinn. Aber – ich denke, du hast recht. Es ist ein verschlüsselter Text. Sehr seltsam. Könnte ein Geheimnis bergen. Darf ich mir eine Abschrift machen?«

»Natürlich. Das Pergament zeige ich morgen Nachmittag der Adlerwirtin. Könnte ja sein, dass sie eine Ahnung hat, woher es stammt.«

Zu dem Besuch beim Adler kam es aber früher als erwartet. Denn als Almut am nächsten Morgen die Stiege zum Schulzimmer herabging, hörte sie aufgeregtes Geplapper. Ein paar Satzfetzen ließen sie mitten auf den Stufen erstarren.

»Der finstere Pater soll's gewesen sein. Ihr wisst doch, der schwarze Benediktiner, der hier so oft bei den Beginen herumgelungert hat.«

»Der – ja, das passt zu ihm. Der ist unheimlich. Der ist ja auch immer mit dem Hexenmeister am Neuen Markt. Ihr wisst schon, der die Leichen im Keller hat.«

»Und jetzt hat er den Vergolder umgebracht. Einfach ersäuft hat er ihn. Im Braukessel. Bloß weil der das Klosterbier getrunken hat.«

»Der soll ja auch gerade mal mit letzter Not dem Scheiterhaufen entgangen sein. Diese Klosterbrüder decken ihre Leute. Wer weiß, was der noch alles verbrochen hat!«

»Wisst ihr noch, vor Ostern? Als die Lissa im Adler ermordet wurde. Niemand weiß, wer das war.«

»Und die Parlerstochter – das weiß auch keiner.«

»Ja, und der Schreinemaker, da weiß man auch nicht genau, was passiert ist. Aber die Lena, die glaubt nicht, dass die Schiffer ihn umgebracht haben.«

»Den Vergolder hat er gewiss ersäuft. Sie haben ja sogar sein Brevier bei der Leiche gefunden.«

»Ja, er hat ihn schon im Kloster halb erschlagen, heißt es.«

»Huh, wenn ich daran denke, dass ich ihm hier begegnet bin!«

Übelkeit und Entsetzen würgten in Almuts Kehle. Was für ein hässliches Gebräu wurde hier gekocht? Beschuldigte man Ivo des Mordes? Das war doch absurd? Wer hatte dieses Gerücht aufgebracht?

Ein Schauder kroch über ihren Rücken, als sie an Rigmundis' Gesicht dachte. Wenn es eine Heuchlerin gab, die derartiges Geschwätz verbreitete, dann war es kein bisschen harmlos. Sie brauchte mehr Wissen darüber, was in den Gassen geschwätzt wurde, aber bestimmt nicht von den Gänschen, die es nun zu unterrichten galt. Sie raffte sich zusammen. Den plappernden Jungfern wollte sie keine Blöße zeigen.

Sie schaffte es, die Rechenstunde durchzuhalten, aber mehrmals sah Pitter sie verdutzt an, weil sie zu falschen Ergebnissen kam. Auch die Mädchen wurden unruhig, denn sie merkten, dass ihre Lehrerin nicht ganz bei der Sache war. Als die halbe Unterrichtszeit herum war, verließ Almut mit der Entschuldigung, einen Text suchen zu müssen, den Raum, und glücklicherweise lief ihr die Edle von Bilk über den Weg.

»Edle Frau, ich habe eine dringende Angelegenheit zu erledigen. Darf ich um Eure Hilfe bitten?«

»Wenn ich nicht eigenhändig – mhm – Hühner schlachten soll, will ich es gerne tun.«

»Nein, weit weniger blutig ist das, was Ihr tun könnt. Dort im Schulzimmer sitzen elf junge Hühnerchen, die einen Text lesen und abschreiben sollen. Sie brauchen dabei eine leitende Hand.«

»Nun, das dürfte keine Schwierigkeit sein.«

»Danke.«

Sie geleitete die Edelfrau in das Schulzimmer, stellte
ihr die Jungfern vor und forderte von ihnen strengste
Aufmerksamkeit. Pitter hingegen bat sie: »Könntest
du mich bitte auf einem Weg begleiten?«

»Klar!«

Mit einer weiteren Mahnung zur Disziplin entkam
sie ins Freie.

»Ihr macht Euch Sorgen um den Pater, was?«

»Ist etwas dran an dem Geschwätz, Pitter?«

Der magere Junge zuckte mit den Schultern und
zerrte verlegen an seiner schäbigen Gugel.

»Es gibt einen Ankläger, hab ich gehört. Besser, Ihr
geht zum Adler. Da weiß man wohl mehr.«

»Genau das hatte ich vor.«

Mit flatternden Röcken eilte Almut voran zur
Schmiede und erhielt hier zunächst nur eine etwas
wirre Auskunft der Wirtin, die mitten in den Vorberei-
tungen zum Mittagsmahl steckte. Immerhin erfuhr sie
so viel, dass ein schwarzhaariger, vornehmer Herr am
gestrigen Tag vorbeigekommen war, der recht harsch
verlangt hatte, den Vorfall am Samstag geschildert zu
bekommen. Er nannte sich einen Freund des Verstor-
benen und hatte dann auch den Braukessel sehen wollen. Nach kurzer Suche hatte er in einer staubigen
Ecke ein kostbares Brevier gefunden. Danach seien die
Wachen gekommen und hätten den Schmied und die
Wirtin noch einmal ausgefragt, was dem Paar überhaupt nicht geschmeckt hatte. Sie hatten beide eine
tiefe Abneigung gegenüber der Obrigkeit, und fürchte-
ten um den guten Ruf ihres Gasthauses. Tatsache aber

war, dass sich Ivo vom Spiegel am nämlichen Tag in der Schmiede aufgehalten hatte, um ein Pferd zu erstehen. Das Pergament mit dem kryptischen Text hingegen sagte weder Franziska noch Simon irgendetwas, seine Herkunft blieb im Dunkeln.

Mühsam bedankte sich Almut, und als sie wieder auf der Straße waren, sagte sie heiser: »Sie können ihm doch daraus keinen Strick drehen.«

Das Brevier, ahnte sie, war vermutlich das Geschenk Estebans. Ivo mochte es in der Schmiede verloren haben. Aber den Vergolder hatte er gewiss nicht umgebracht.

»Können sie schon. Ihr wisst doch, wie der Vogt ist.«

»Ich muss zu ihm, Pitter.«

»Müsst Ihr, aber ich brauche eine Wegzehrung.«

»Du denkst immer nur an deinen Magen!«, fauchte Almut, und der Päckelchesträger zuckte zurück. Dann aber schloss er sich ihrem geschwinden Schritt an und begleitete sie zum Haus derer vom Spiegel.

Die Haushälterin, blass und ebenfalls verstört, empfing sie.

»Ist der Herr vom Spiegel zu sprechen, Frau Nelda?«

»Der alte Herr schläft, Frau Almut, und der Herr Ivo ist heute Morgen ins Kloster zurückgekehrt.«

»Warum, Frau Nelda?«

»Die Büttel des Vogts waren hier.« Sie knetete die Schürze und sah unglücklich drein. »Der Herr hat nicht viel gesprochen. Er hat nur seine Kutte angelegt und ist fortgegangen. Ich konnte es dem Herrn Gauwin doch nicht sagen. Ich habe Angst, Frau Almut.«

»Lasst Meister Krudener rufen. Und ich will sehen, ob ich vom Abt empfangen werde.«

Doch Theodoricus war nicht zu sprechen, und von den schlimmsten Vorstellungen gequält kehrte Almut mit Pitter zum Konvent zurück.

Als sie an Lenas Pastetenbäckerei vorbeikamen, hielt sie jedoch inne und trat an den Stand, an dem Corinne Beckersche eine Reihe Kunden bediente. Sie erstand für Pitter eine besonders saftige Fleischpastete, die er mit einem dankbaren Grinsen entgegennahm.

»Macht Euch nicht son Driss, Frau Almut. Der Pater wird sich schon zu helfen wissen. Im Kloster können ihn die Wachen zumindest nicht gefangen nehmen.«

Das war der einzige Lichtblick in dieser gesamten, verworrenen Situation. Die Kleriker unterlagen nicht der weltlichen Gerichtsbarkeit, sondern der kirchlichen. Und hier hatte zunächst Theodoricus zu urteilen.

Als sie den Pastetenstand verließen, drängte sich ein hagerer Mönch in einer braunen Kutte an ihnen vorbei, der aus der Backstube gekommen war. Weder Almut noch Pitter schenkten ihm Beachtung.

## 11. Kapitel

»Ich bin zurückgekehrt, ehrwürdiger Vater, und bitte demütig um Aufnahme!«

Pater Ivo stand im Zimmer des Abtes, die Hände in den Ärmeln seiner Kutte verschränkt.

»Was soll das heißen, Ivo? Hat dich der Heilige Geist berührt?«

Der leichte Tonfall des Abts prallte an der versteinerten Miene des Benediktiners ab.

»Es gibt Gründe, ehrwürdiger Vater. Gewichtige Gründe.«

»Dann schildere sie mir. Aber ich wäre dir sehr verbunden, wenn du dich dazu hinsetzen würdest, mein Sohn. Denn ich schaue nicht gerade gerne zu einem schwarzen Gebirge in Gewitterwolken auf.«

Pater Ivo gehorchte und berichtete von den Vorwürfen, die man gegen ihn erhoben hatte. Theos Miene wurde darüber immer ernster, und schließlich fasste er zusammen: »Du hast gegenüber einem Betrunkenen die Haltung verloren und ihn niedergeschlagen. Du warst zur falschen Zeit am falschen Ort. Du hast dort dummerweise dein Brevier verloren. Das alles macht dich doch nicht zum Mörder.«

»In deinen Augen nicht.«

»Hast du dich in der letzten Zeit mit dem Vogt angelegt?«

»Nein.«

»Mit einem anderen als dem unseligen Thomas?«

»Nein.«

»Warum suchst du dann hier Unterschlupf?«

»Weil ich noch an einem anderen Ort zur falschen Zeit war.«

»Berichte.«

»Als ich vergangene Woche von Villip kam, sah ich vor mir zwei Stadtwachen, die eine leblose Gestalt auf ein Pferd legten. Damals dachte ich mir nicht viel dabei. Heute sieht es anders aus. Ich vermute, das war der erzbischöfliche Kurier, den sie gefunden hatten.«

»Ja, und?«

»Er hatte kein Pferd bei sich.«

»Das werden die Wegelagerer sich schon unter den Nagel gerissen haben.«

»Vermutlich. Doch inzwischen steht es in den Ställen meines Vaters.«

»Verd…«

»Richtig. Und ich hatte ja einen guten Grund, den Boten umzubringen, da der Dispens nicht erteilt wurde.«

»Was für ein Blödsinn, Ivo. Du hast wohl Erbsenbrei im Hirn. Der Dispens war noch in seiner Tasche.«

»Man wird behaupten, ich sei beim Ausrauben unterbrochen worden.«

»Du bist selbst der Advokat des Teufels, Ivo.«

»Ich betrachte die Angelegenheit nur mit den Augen derer, die das Offensichtliche deuten, ehrwürdiger Vater.«

»Dann beweise ihnen, was sich unter der Oberfläche verbirgt, Ivo. Herrgott im Himmel, du bist doch sonst nicht so mutlos.«

Pater Ivo behielt seine steinerne Miene bei und erwiderte nichts. Theodoricus erhob sich aus seinem Sessel, und nun wanderte er im Raum auf und ab. Manch einer unterstellte dem rundlichen Abt eine gewisse geistige Trägheit, denn seine Antworten auf kritische Fragen ließen oftmals lange auf sich warten. Dann aber verblüfften sie oftmals seine Gesprächspartner.

»Die Vergangenheit holt dich ein, denkst du«, stellte er schließlich fest und blieb vor dem Benediktiner stehen.

»Meine Verfehlungen der Vergangenheit sind nicht vergeben und nicht vergessen. Sie werden die neuen Entwicklungen befruchten«, kam es dumpf zur Antwort.

Der Abt nahm seine Wanderung wieder auf und wurde von Bruder Johannes, seinem Adlatus, unterbrochen, der leise an der Tür kratzte.

»Was gibt es, Bruder?«

»Der Bote, ehrwürdiger Vater!«

Der sorgenvolle Ausdruck wich aus Theodoricus' Gesicht, und mit erleichterter Stimme forderte er: »Soll hereinkommen und berichten. Wir erwarten dringend seine Nachricht.«

»Ein Bote?«

Auch Ivos Stimme klang weniger hoffnungslos.

»Ich schickte Bruder Gerhard nach Poppelsdorf.«

Der blonde Mönch trat hinter Bruder Johannes ein und begrüßte ehrerbietig seinen Abt.

»Sprich!«, forderte der kurz.

»Es wurde mir zu wissen gegeben, ehrwürdiger Vater, dass man zu keinen weiteren Verhandlungen bereit ist. Die Entscheidung sei gefallen, man möge den Erzbischof nicht weiter mit der Angelegenheit belästigen. Die Tatsache, dass der Kurier ermordet worden ist, ehrwürdiger Vater, stärkte unsere Position nicht gerade.«

Einen Moment lang sah Theodoricus den staubigen Boten an, dann sagte er ebenso knapp wie vorher: »Danke, du bist entlassen.«

Lautlos zog sich Bruder Gerhard zurück, und Johannes schloss die Tür hinter sich und ihm.

»Die Vergangenheit hat mich eingeholt«, stellte Pater Ivo tonlos fest.

»Wir werden weiter verhandeln. Es war möglicherweise zu früh, einen neuen Vorstoß zu wagen.«

»Sie werden nur den alten Fall wieder aufrollen. Wer weiß, wie die Inquisition diesmal urteilt.«

Abrupt blieb der Abt vor ihm stehen.

»Ivo, gibt es etwas, was ich nicht weiß? Hast du Verfehlungen vertuscht, dir Feinde gemacht, Sünden begangen, die nie an das Licht der Öffentlichkeit gedrungen sind?«

»In meinen Gedanken, nicht in meinen Worten und Werken, ehrwürdiger Vater. Doch das mag ausreichen.«

Wieder wurde an der Tür gekratzt, und diesmal kündigte Bruder Johannes die beiden Novizen Bertram und Lodewig an, die beide schwitzend vor Aufregung und mit roten Köpfen eintraten. Theo bemühte sich um einen gütigen Tonfall, als er fragte: »Meine Söhne, was führt euch zu mir?«

»Bertram, ehrwürdiger Vater, hat seine Mutter besucht«, übernahm der rundliche Lodewig das Wort. »Ich habe gedacht, dass das, was er mir erzählt hat, für... für Pater Ivo wichtig sein könnte. Und weil doch... weil doch Pater Ivo wieder hier ist, ich meine, wegen dem Geschwätz...«

»Dann erzähle uns, was du bei deiner Mutter erfahren hast, Bertram.«

Der junge Holzschnitzer drückste herum, und es bedurfte eines aufmunternden Rippenstoßes von seinem Freund, bis er sich endlich traute, den Mund aufzumachen.

»Meine Mutter, Lena, die Pastetenbäckerin, Ihr wisst doch...«

»Ja, wir wissen, wer deine Mutter ist, mein Junge«, murmelte Pater Ivo.

»Meine Mutter hat Anklage gegen Euch erhoben. Sie meint, Ihr hättet vor Ostern ihren Bruder, meinen Onkel, den Claas Schreinemaker umgebracht.«

»Wann hat sie Anklage erhoben?«, wollte der Abt wissen.

»Heute Morgen, ehrwürdiger Vater.«

»Das fällt ihr aber reichlich früh ein!«

»Ich glaube, es ist wegen der anderen Sachen. Weil es doch heißt, der Thomas… Oh mein Gott, es tut mir so leid, Pater Ivo.« Bertram schluchzte auf und fuhr sich mit dem Kuttenärmel über das Gesicht. »Ihr wart immer so gut zu mir. Und ich weiß doch, was mein Onkel getan hat.«

»Es ist gut, mein Sohn«, sagte Theodoricus und legte den beiden verstörten Novizen die Hände auf die Schultern. »Geht und schweigt darüber. Versprecht uns, keinem anderen von diesen Verleumdungen zu berichten.«

»Selbstverständlich, ehrwürdiger Vater.«

»Natürlich nicht, ehrwürdiger Vater.«

»Ihr seid entlassen.«

Die beiden Novizen huschten aus dem Raum, und der ehrwürdige Vater betrachtete inniglich das kleine, auf Goldgrund gemalte Bild der Madonna im Rosenhag. Dann entfuhr ihm plötzlich ein dermaßen heftiger Fluch, dass selbst Pater Ivo vor Entsetzen zusammenzuckte.

»Wer weiß von der Angelegenheit?«, fauchte er dann.

»Die Ratten in den unterirdischen Gängen. Es gibt immer Ratten, und ich habe den blutigen Leichnam damals durch diese Katakomben bis zu ihrer Einmündung in den Hafen gebracht, wo man ihn später aus dem Wasser gefischt hat.«

»Menschliche Ratten. Irgendein Rattenfänger hat sie aufgetan. Ich verstehe.«

»Und, ehrwürdiger Vater, ich trage Schuld am Tod des Schreinemakers. Ich war dabei, als Esteban mit ihm kämpfte, und – Gott sei mir gnädig – ich griff nicht ein. Ja, ich hätte ihn selbst getötet, wäre er mir nahe gekommen.«

»Er war ein gewissenloser Mörder, der zehn Jungfrauen kaltblütig umgebracht hat.«

»Dennoch. Ich habe Gewaltlosigkeit gelobt. Trotzdem habe ich gegen die Gebote verstoßen. Ich bin schuldig, ehrwürdiger Vater.«

Theodoricus bedachte das lange, dann drehte er sich mit grimmigem Blick zu dem schweigenden Mönch um.

»Knie nieder!«, herrschte er ihn an.

Pater Ivo gehorchte.

»Du hast Gehorsam gelobt.«

»Ja, Vater Abt.«

»Du wirst gehorsam sein und meinen Befehlen gehorchen!«

»Ja, Vater Abt.«

»Du wirst in deine Zelle gehen und zwei Tage dort bleiben!«

»Ja, Vater Abt.«

»Du wirst beten. Um Einsicht, um Erkenntnis und um Gnade!«

»Ja, Vater Abt.«

»Du wirst dabei bei klarem Verstand sein.«

»Ja, Vater Abt.«

»Also weder fasten noch dich kasteien!«

»Ja, Vater Abt.«

»Du bist entlassen!«

## 12. Kapitel

Magda hatte Verständnis für Almut, und als am Nachmittag eine der Mägde aus dem Hause vom Spiegel vorsprach und darum bat, die Frau Begine möge ihren Herrn aufsuchen, erteilte sie ihr nicht ohne Mitgefühl die Erlaubnis.

Meister Krudener und zwei jüngere Männer, ebenfalls Angehörige der Familie, waren anwesend, als sie die Stube betrat, in der Gauwin vom Spiegel von Polstern gestützt in seinem breiten Scherensessel saß. Er wirkte grau und erschöpft, und es mochte nicht nur sein zögerliches Herz sein, das seine Züge matt und trostlos wirken ließ.

Trotz des warmen Tages brannte ein großes Feuer im Kamin, und eine Pelzdecke lag über seinen Knien.

»Seid mir willkommen, Frau Almut«, begrüßte er sie dennoch mit einigermaßen fester Stimme. »Ich hörte, dass Ihr schon heute um die Mittagszeit vorsprechen wolltet.« Er winkte die Männer aus dem Raum, die sich gehorsam verabschiedeten.

»Ich war… ich bin außer mir vor Sorge, Herr vom Spiegel. Ich hoffte, Euren Sohn sprechen zu können.«

»Theo war bei mir. Ivo wird für die nächsten Tage in Klausur gehen, bis sich die Lage entwirrt hat. Es ist besser so, darin muss ich ihm zustimmen.«

Meister Krudener, der auf einem hochlehnigen Stuhl neben dem Kranken saß, nickte.

»Es kursieren wilde Gerüchte, und Ihr wisst, wie das Volk sie aufbläht. Ich fürchte weniger die Gewalt der städtischen Obrigkeit als die der aufgebrachten Menge. Auch ich bin bereits angefeindet worden. Aber das ist ja nichts Neues. Wir haben Euch rufen lassen, Frau Sophia, weil Ihr diejenige seid, die Ivos Vertrauen genießt, und wir erhoffen uns Aufklärung, vielleicht sogar Hilfe von Euch.«

»Aber ich …«

»Seid nicht bescheiden, Ihr könnt weit mehr für Ivo tun als wir beide zusammen. Hört aber zunächst, was Abt Theodoricus uns berichtet hat.«

So erfuhr Almut von den schweren Anschuldigungen, die durch Lenas Anklage ausgelöst worden waren. Ein wilder Zorn auf die Pastetenbäckerin kochte in ihr auf.

»Was denkt diese hirnlose Eselin sich nur dabei? Wenn sie glaubt, dass er ihren kostbaren Claas umgebracht hat, dann hätte sie schon vor Ostern Zeter und Mordio schreien müssen. Warum jetzt? Sie will sich doch nur wichtig machen!«

»Möglich. Oder sie hat gerade erst erfahren, was sich wirklich in den alten Gängen abgespielt hat.«

»Von wem, Meister Krudener? Von wem?«

»Frau Almut, Ihr seid eine Frau, die mit beiden Füßen fest auf dem Boden steht, Ihr habt keinerlei verklärten Blick auf die Tugenden und die Laster Eurer Mitmenschen. Dennoch bezweifle ich, dass Ihr die wirklichen Abgründe je kennengelernt habt. Abgründe in beiderlei Form – denen in den finsteren Kellern unter dieser Stadt und denen der bösen Seelen.«

»Was herrscht unter der Erde, Meister Krudener?«

»Der Abschaum, Kind«, erklärte Gauwin. »Die Entflohenen, die Rechtlosen, die Pestilenz unter den Menschen. Lichtscheues Getier, das sich vom Aas ernährt und zu jeder Schandtat bereit ist.«

»Es ist ein hervorragendes Versteck, Frau Almut, für alle, die etwas oder sich zu verbergen haben. Esteban kannte sich gut aus in jenen staubigen Gängen, denn er hat dort nach Gegenständen gesucht, die als Reliquien gelten konnten. Ein lohnenswertes Revier für ihn. Denn unsere Stadt ist auf den Trümmern einer sehr viel älteren aufgebaut. Er berichtete mir von den heimlichen Lagern der Ausgestoßenen, und mehr als einmal ist er nur knapp deren Angriffen entkommen. Sie verteidigen ihre Verstecke, und sie kennen weit mehr Fluchtwege und Schlupflöcher, als wir nur ahnen können.«

»Gut, das verstehe ich, und vermutlich kann dieses Gesindel auch in der Dunkelheit mehr wahrnehmen und sich heimlicher bewegen als unsereins. Also werden einige von ihnen jenen schrecklichen Kampf beobachtet haben.« Almut verstummte, dann aber stieß sie hervor: »Heilige Mutter Maria, und ich habe ihm sogar noch aufgetragen, sich um Schreinemakers Leichnam zu kümmern. Hätte ich doch bloß meinen Mund gehalten!«

»Das Letzte, was uns weiterbringt, Frau Almut, sind Eure sinnlosen Schuldgefühle«, herrschte Gauwin vom Spiegel sie unerwartet laut an.

»Er hätte es so oder so getan, Frau Almut. Oder ich – dann stünde mir die Anklage ins Haus, und ich hätte noch nicht einmal das Kloster, das mich schützt. Es ist geschehen, und wir müssen beraten, wie wir weiteres Unheil von Ivo abwenden können. Helft uns nachdenken, Frau Sophia.«

Krudeners sanfte Stimme milderte Almuts Erregung, und seine Bitte und sein Vertrauen in ihren Witz forderte ihre eifrigen Gedanken heraus. Sie akzeptierte den Pokal mit süß gewürztem, goldenem Wein, nippte daran und beschäftigte sich mit dem Problem.

Einer Lösung kam sie nicht näher, doch eine Frage wollte nicht aufhören, an ihr zu nagen. Sie verknotete ihren Magen, drängte sich durch ihre Kehle, und ihre Zunge formte sie, ohne dass sie es wollte.

»Warum jetzt erst?«

Krudener hub an: »Weil Frau Lena den richtigen Moment...«

»Nichts da! Georg, Frau Almut hat recht. Wieso ist es erst zu diesem Zeitpunkt ans Licht gedrungen? Die Molche und Ratten wussten es von Anfang an. Es kümmert sie wenig, wer seinen Abfall in den Kanälen beseitigt. Wer hat im Schlamm gewühlt und sie zum Sprechen gebracht?«

»Genau das meine ich, Herr vom Spiegel. Wer wühlt?« Plötzlich fiel ihr die eigenartige Formulierung ein, die Rigmundis gewählt hatte. Auch sie hatte von lichtlosen Abgründen gesprochen.

»Frau Almut?«

»›Hinter der schwarzen Larve blickten sie in lichtlose Abgründe.‹ Das hat Rigmundis vor einer Woche gesehen. Ich weiß nicht, ob es etwas damit zu tun hat. Aber irgendwer hat Nachforschungen angestellt mit der Absicht, Eurem Sohn zu schaden, Herr vom Spiegel.«

»Das, Kind, ist einfacher zu glauben, als Ivo für einen Verbrecher zu halten. Ihr macht mir Hoffnung. Denn des Menschen Handwerk kann man legen.«

»Wenn man denn weiß, welches Handwerk er zu welchem Zwecke betreibt. Und – verzeiht – wer es betreibt.«

»Er hat Thomas den Vergolder verprügelt, was unklug war. Jemand hat es beobachtet und ihm die Schuld für den Unfall zugewiesen. Zufällig und zum selben Zeitpunkt erhebt Lena Anklage.« Krudener fuhr mit dem Finger über das Muster des Pokals. »Wie üblich, Frau Almut, habt Ihr die richtige Frage gestellt.«

»Und wie üblich weiß ich keine Antwort.«

»Die findet sich manchmal ebenfalls zufällig«, stellte Gauwin vom Spiegel fest, und Almut bemerkte, dass sein Gesicht nicht mehr ganz so grau war. Auch der Druck von ihrem Herzen war ein klein wenig genommen. Es eröffneten sich zumindest Gelegenheiten, etwas für Ivos Rettung zu tun, selbst wenn es derzeit aussichtslos erschien, für ihn den Dispens zu erlangen. Aber ein Schritt nach dem anderen, mahnte sie sich selbst und zitierte, um sich und ihre beiden Zuhörer aufzumuntern: »›Wer in Unschuld lebt, der lebt sicher; wer aber verkehrte Wege geht, wird ertappt werden.‹ So lehrt uns der weise Salomo.«

»Nun ja, wenn der es sagt.« Gauwin vom Spiegels Vertrauen in den Weisen schien nicht besonders gefestigt zu sein.

»Frau Almut, Eure Seherin hat also wieder eine Vision gehabt. Können wir in ihren Worten vielleicht weitere Zusammenhänge erkennen?«

»Visionen? Wirre Spinnereien eines alten Weibes? Georg, Ihr enttäuscht mich.«

»Tut es nicht leichtfertig ab. Sie hat eine seltene Gabe.«

Almut mischte sich ein: »Ja, sie sieht Bilder und Szenen, aber wir wissen nie, ob es sich um Vergangenes, Gegenwärtiges oder Zukünftiges handelt. Es ist einfach so, dass wir hinterher immer eine passende Deutung für ihre Worte finden. Trotzdem... sie sprach von einer wortgewandten Frau, die Teig rührt und mit ihren Worten Schaden anrichtet. Die Pastetenbäckerin Lena schwatzt viel mit ihren Kunden. Der Rest – mhm – Warnung vor Verrat, Verführung, Wahnsinn. Und Trines bunte Feuer. Ich finde nicht, dass es uns im Augenblick viel weiterhilft. Eher das verschlüsselte Pergament, das Pitter bei dem Toten gefunden hat.« Almut berichtete von Claras Bemühungen, einen Sinn in die wirre Buchstabenansammlung zu bekommen.

»Noch ein Hoffnungsschimmer«, urteilte Gauwin vom Spiegel. »Besser als irgendwelche trunkenen Hirngespinste.«

Wäre der alte Herr vom Spiegel nicht Ivos Vater gewesen, hätte sich Almut bemüßigt gefühlt, eine herbe Erwiderung zu machen, so aber bat sie die Hüterin ihrer Zunge, die sanftmütige Maria, mit großem Erfolg um Beistand. Die himmlische Mutter meinte es gut mit ihr und gab ihr einen weiteren hilfreichen Gedanken ein, der sich stattdessen über ihre Lippen stahl.

»Könnte es nicht sein, dass dieses Gesuch um Befreiung von den Gelübden irgendjemanden aus Ivos Vergangenheit auf den Plan gerufen hat, der ihm zu schaden sucht? Der Handel mit dem Erzbischof und den anderen Klerikalen war doch akzeptiert, die Summen gezahlt, die Dokumente gesiegelt, oder?«

Gauwin nickte.

»Und ganz plötzlich entscheidet man sich dagegen, Eurem Sohn Dispens zu erteilen.«

»Wenn Ihr recht habt, dann hegt jemand einen Groll gegen ihn, der um diese Angelegenheit weiß.«

»Jemand, der dort großen Einfluss hat.«

»Und gleichzeitig im Schlamm bei den Ratten wühlt? Recht weit hergeholt.«

»Mir will nichts Hilfreiches einfallen, Meister Krudener, Herr vom Spiegel. Wir werden Unterstützung brauchen, denn wenn Ihr gestattet, es zu bemerken, ein kranker Mann, ein übel beleumundeter Apotheker und eine schwache Begine sind keine sehr schlagkräftige Mannschaft.«

»Mein Enkel ist in der Stadt.«

Almut stutzte kurz, dann fiel ihr Ivos Geständnis wieder ein.

»Leon de Lambrays?«

»Eben der. Ich sehe, Ihr kennt meinen Sohn tatsächlich sehr gut. Ich hoffe, Ihr tragt ihm seine Torheit nicht nach.«

»Nein, doch ich fürchte, hier werden wir wenig Unterstützung finden. Es scheint, Vater und Sohn haben sich im vergangenen Jahr zerstritten.«

»Ivo sprach davon, und er wollte den Jungen aufsuchen, um das zu bereinigen. Dazu ist er nun nicht in der Lage. Aber ich werde ihm eine Botschaft senden und sehen, ob ich etwas ausrichten kann. Seht zu, Georg, dass mein Herz bis dahin durchhält.«

»Ihr werdet es nicht wagen, diese Welt zu verlassen, bevor nicht Euer Haus gerichtet ist. Aber für heute habt Ihr Euch genug angestrengt.«

»Ja, Herr vom Spiegel, das habt Ihr. Ich danke Euch, dass ich mit Euch sprechen durfte. Ich werde alles tun, was ich kann, um das Rätsel zu lösen.«

»Ich weiß, mein Kind. Geht in Frieden.«

Aber Almuts Gedanken waren von Frieden weit entfernt. Das Bild von Leon de Lambrays stand viel zu deutlich vor ihren Augen. Ein schöner, schwarzhaariger Mann, dessen Gesicht von der Sonne dunkel gebrannt war. Aziza war mit einem solchen Mann gesehen worden, beim Adlerwirt war ebenfalls ein vornehmer, schwarzhaariger Herr aufgetaucht.

Der Nachmittag war jedoch in den Abend übergegangen, und um diese Zeit erschien es ihr nicht mehr angebracht, das von zahlreichen Gästen besuchte Wirtshaus aufzusuchen. Auch ihre Schwester wollte sie lieber am kommenden Tag befragen, denn zuerst galt es, Ordnung in ihre Gedanken zu bringen.

## 13. Kapitel

Auf dem Turm der Makkabäerkirche saß ein Falke und ließ seine Augen über sein Jagdrevier schweifen. Die Gruppe schwarzgewandeter Nonnen, die sich zur Messe unter ihm versammelte, beachtete er nicht. Sein Sinn stand ausschließlich nach Beute, denn in seinem Nistplatz in einer Mauernische warteten drei hungrige Nachkommen auf Nahrung. Es gab genug Futter für sie, denn das Frühjahr war die Zeit der hilflosen Jungtiere, die, noch unbedarft und sich den Gefahren des rauen Lebens nicht bewusst, ihre ersten Erkundungen außerhalb der mütterlichen Obhut vornahmen. In den Gärten und Feldern rund um die Häuser vom Eigelstein wimmelte es von Mäusen, jungen Kaninchen, Feldhamstern, kleinen Zieseln und Ratten.

Doch das, was er jetzt erspähte, war ein unvorsichtiges Katzenkind. Auch wenn das getigerte Fell ihm Schutz bot und es beinahe unsichtbar machte, dem scharfen Blick des Greifvogels entging es nicht. Er erhob sich in die Lüfte und flog die kurze Strecke über das Feld, blieb mit schnellen Rüttelbewegungen über seinem gewählten Opfer stehen. Als er die Position für einen Zugriff günstig fand, stürzte er sich im freien Fall auf das wagemutige Jungtier. Seine Krallen packten das aufschreiende Geschöpf, und er schwang sich wieder auf, um die Beute seinem eigenen Nachwuchs zu bringen.

Zwei Raben auf dem Feld hatten ihn jedoch bei seiner Jagd beobachtet, und mit einem rauen Krächzen verständigten sie sich miteinander. Ihre schwarzen Schwingen trugen sie empor, und von zwei Seiten aus attackierten sie den heimfliegenden Falken. Der, sich seiner Widersacher aus vorherigen Kämpfen um seine Beute durchaus bewusst, versuchte ihnen mit einem wilden Schwenk auszuweichen. Wieder stürzten sich die zwei Angreifer auf ihn, und um ihren hackenden Schnäbeln zu entkommen, entließ er, wie sie es beabsichtigt hatten, die kleine Katze aus seinen Krallen, noch bevor er seinen heimischen Turm erreichte. Das Tierchen fiel aus großer Höhe hinab und schlug hart auf einer Mauer auf. Hier hauchte es sein kurzes Leben aus.

Doch auch die Raben waren Verlierer in diesem Kampf. Denn jemand hatte das Schauspiel beobachtet und nahm sich mit einer heimlichen Bewegung des kleinen, weichen Leichnams an.

# 14. Kapitel

»Ich könnte Euch ein hübsches Zimmerchen vermieten, Almut, dann müsstet Ihr Euch nicht immer vom Konvent hierherbemühen«, feixte Franziska, als Almut nach dem Sextläuten in die Küche des Adlers trat. Doch als sie das ernste Gesicht der Begine bemerkte, schwand auch das Lächeln der Wirtin.

»Die Angelegenheiten um den Toten in Eurem Braukessel entwickeln sich zu einer unangenehmen Sache, Franziska«, sagte Almut, ohne sich mit einer Begrüßung aufzuhalten. »Nicht nur mich, sondern auch Euch ist es bestimmt nicht angenehm, dass man nun von Mord spricht.«

Die Adlerwirtin nickte. »Wie wahr. Allerdings zieht es viele Kunden an, und alle wollen mein Bier probieren.«

»Manche Menschen sind roh und gefühllos. Mit ihrem hirnlosen Geschwätz malen sie immer größere Teufel an die Wand. Dabei muss es sich um ein Missverständnis handeln, Franziska. Ihr kennt Pater Ivo und wisst, dass er kein Mörder ist.«

Die Adlerwirtin bemühte sich, ein teilnehmendes Gesicht zu zeigen, während sie unermüdlich den langen Spieß über dem Feuer drehte, auf dem sechs Hühner knusprig brieten. Aber Almut vermutete, dass sie sich an den Spekulationen der Gäste und Schankmädchen kräftig beteiligt und die Verdächtigungen nicht ganz von der Hand gewiesen hatte. Ivo vom Spiegel konnte auf einfache Gemüter verheerend wirken. Bedrohlich, streng, sogar unheimlich konnte er auftreten, und die Ängstlichen fanden Vergnügen daran, ihn nun gänzlich schwarzzumalen und sich an ihrem eigenen Grauen zu ergötzen.

»Ihr habt bestimmt recht, Almut. Ihr kennt den Pater ja gut. Aber es heißt, er habe den Thomas halb zu Tode geprügelt. Und das ist einem Mönch nicht angemessen.«

Almut beschloss, nicht darauf einzugehen, sondern sich auf ihre Fragen zu konzentrieren.

»Jener schwarzhaarige Herr, der Freund des Vergolders, der das Brevier gefunden hat, hat er seinen Namen genannt?«

»Ja, das hat er, aber ich erinnere mich nicht mehr genau. Es übernachten so viele Durchreisende bei uns, da kann ich mir nicht alle merken.«

Almut spitzte die Ohren. »Er hat sogar bei Euch übernachtet?«

»Ach ja, vor Ostern einige Tage. Deswegen habe ich mich auch ein bisschen gewundert, dass er noch einmal hier erschienen ist. Ich dachte, er sei schon lange weitergereist.« Wieder grinste die kleine Wirtin. »Ein schönes Mannsbild, daran erinnert man sich gerne. Wenn ich nicht meinen Simon hätte, wär er mir auch noch mehr als einen zweiten Blick wert gewesen.«

»War sein Name vielleicht Leon de Lambrays?«

Franziska dachte nach, so intensiv, dass sich eine tiefe Falte über ihrer Nase bildete, und vergaß dabei, den Spieß weiter zu drehen. Zischend tropfte das Fett in die Glut, und kleine Stichflammen schossen auf. Erschrocken kehrte sie aus der gedanklichen Anstrengung zurück und schüttelte den Kopf. »Kann sein, kann auch nicht sein. Ich hab's einfach nicht behalten. Aber ich werde Simon fragen, ob er sich erinnert.«

Sie huschte, bevor Almut ihr Einhalt gebieten konnte, zur Tür hinaus. Kopfschüttelnd griff sie zu dem Spieß und rettete das Geflügel davor, auf einer Seite zu verkohlen, indem sie ihn langsam weiterdrehte. Zehn Runden später erschien die nachlässige Köchin wieder und schlug entsetzt die Hand vor den Mund. »Heilige Sankte Marthe bei ihrem Kochlöffel, da hätte ich fast das Hühnervolk dem Scheiterhaufen überlassen. Danke, Ihr habt mit Eurem Eingreifen das Mittagsmahl gerettet.«

Rasch übernahm sie wieder die Dreharbeit und berichtete, dass auch der Schmied so gut wie nichts mit dem Mann zu tun gehabt hatte und nicht weiterhelfen konnte. Aber mit einer Hand zupfte Franziska ein recht großes Goldkreuz aus dem Ausschnitt und zeigte es stolz vor. »Das hat er mir zusätzlich zur Bezahlung geschenkt. Weil er so zufrieden mit der Unterkunft und dem Essen war. Ein wirklich großzügiger Herr, nicht wahr? Eine Handvoll Flittergold hat er mir auch überlassen. Ich kann mich nur nicht entscheiden, ob ich es auf meine Sonntagshaube nähe oder an den Ausschnitt meines besten Kleides.«

Almuts Gedanken überschlugen sich, aber keiner davon war geeignet, der Adlerwirtin vorgetragen zu werden. Sie brachte einige zustimmende Geräusche über ihre Lippen und wollte eigentlich aufbrechen, aber Franziska bekam plötzlich einen harten Zug um den Mund.

»Wenn Ihr jemanden sucht, Almut, der hinter eurem Pater herspioniert, dann solltet Ihr ein Augenmerk auf diesen Hardwin halten.«

»Euer neuer Pferdeknecht?«

»Ein komischer Kauz, wenn Ihr mich fragt. Schleicht auf Samtpfoten umher, taucht hier und da auf, wo man ihn nicht erwartet, und stellt den Leuten allerlei Fragen. Sogar in fremden Sprachen.«

»Dann sollte ich mich mal mit ihm unterhalten. Wo finde ich ihn? In der Schmiede?«

»Da werdet Ihr nichts als einen furzenden Kappesbauern mit seiner lahmen Mähre antreffen. Der Hallodri ist gestern auf und davon und zwar mit dem besten Pferd im Stall. Das hat ein Weinkaufmann eingestellt, und gnade uns Gott, wenn er damit nicht bald wieder auftaucht.«

»Er hat nicht darüber gesprochen, wohin er reiten wollte?«

»Nichts hat er gesagt. Verschwunden ist er, doch seinen besten Kittel und ein paar Stiefel hat er hiergelassen.«

»Gebt mir Bescheid, sobald er zurückgekehrt ist. Mich hat schon neulich sein beharrlicher Blick in meinem Nacken gestört.«

»Ja, nicht wahr? Er mustert die Leute mit so einem kalten Ausdruck. Nichts kann man in seinen Augen lesen. Ich verstehe Simon nicht, warum er ihn behält. Manchmal habe ich Angst um mein ungeborenes Kind, wenn mich seine eisigen Blicke beim Umherschweifen treffen.« Wie haltsuchend umfasste Franziska das Kreuz an ihrem Hals.

»Wo kommt er her?«

»Er sagt, er habe im Dienst von Gero von Bachem gestanden. Aber das kann jeder behaupten.«

»Es würde aber zumindest erklären, warum er beim

Adler um Anstellung nachgesucht hat und sich nach
Ivo vom Spiegel erkundigt hat«, meinte Almut.

Der Ritter Gero von Bachem hatte um die Weih-
nachtszeit Kirchenasyl in Groß Sankt Martin genommen und dabei nicht nur den Pater, sondern auch die
Beginen und die Wirtsleute kennengelernt. Im Grunde
hätte der Dienst bei dem Edelmann als guter Leumund
für den Pferdeknecht gelten können, aber Almut war
misstrauisch geworden. Sie verabschiedete sich von
der Adlerwirtin so freundlich, wie es ihr in ihrer sor-
genvollen Stimmung möglich war und machte sich,
entgegen allen Gepflogenheiten, alleine auf den Weg
zum Haus ihrer Halbschwester Aziza.

Die sonnigen Maitage waren einem bewölkten Himmel gewichen, und ein leichter Nieselregen hielt den
Staub auf den Wegen. Die breite Straße, die vom
Eigelsteintor quer durch die Stadt nach Süden führte,
war dennoch belebt, und manchem mit Fässern und
Säcken hoch beladenen Ochsenkarren musste sie aus-
weichen. Geharnischte zwängten sich rücksichtslos
zwischen Eselstreiber und Handwerksburschen hin-
durch, Wäschermädchen mit Körben wichen ihnen
quietschend aus, behäbige Nonnen bedachten sie mit
empörten Blicken. Ein fliegender Händler schleppte
Besen, Bürsten, Kardätschen und Striegel mit sich und
wurde von einer Rasselbande Kinder mit Spottversen
bedacht, und alles in allem war Almut froh, als sie in
die Burgstraße einbiegen konnte. Hier ging es etwas
ruhiger zu, unter den vorkragenden Stockwerken der
schmalbrüstigen Fachwerkhäuser betreuten Handwerker ihre Verkaufsstände, gingen ihrer Beschäftigung

nach oder schwatzten. Eines der vielen Häuschen bewohnte Aziza, die in der Gasse als die maurische Hure bekannt war, obwohl alle ihre Nachbarn genau wussten, dass sie die christliche Taufe erhalten hatte und auch regelmäßig zur Kirche ging. Sie hatte, das war Almut sehr schnell klar geworden, als sie sie kennengelernt hatte, einen ausgezeichneten Ruf als Geldverleiherin, und sie verdiente zudem recht gut an den exquisiten Teppichen, die sie herstellte.

»Meine keusche Schwester!«, begrüßte Aziza sie bereits an der Tür. »Ich habe mir schon gedacht, dass dich dein Weg über kurz oder lang zu mir führt. Komm herein.«

Anders als die üblichen Handwerker, deren Werkstätten sich im ebenerdigen Bereich befanden, hatte Aziza einen wohnlichen Raum eingerichtet. Zwar brannte in dem großen Kamin heute kein Feuer, aber in breiten Messingschalen lagen die Blätter von duftenden Kräutern und Blumen. Ein üppiger Bund frühblühender Hagrosen und Ginster stand auf dem Kaminsims. Auf dem Tisch luden ein Korb mit Pasteten und eine Karaffe mit goldenem Wein zur Stärkung ein.

»Nimm Platz und iss mit mir«, forderte Aziza Almut auf, und mit einem leisen Seufzer nahm diese das Angebot an. Sie war hungrig geworden, denn tags zuvor hatten ihr die Neuigkeiten den Appetit verdorben, und an diesem Morgen hatte ihr Gertruds Grütze auch nicht schmecken wollen.

»Danke«, sagte sie und biss in die Pastete, deren Füllung aus reich gewürztem Hackfleisch bestand.

»Dein Pater hat sich in Schwierigkeiten gebracht,

hörte ich munkeln«, eröffnete ihre Schwester das Gespräch.

»Er hat sich nicht, sondern er wurde und wird in Schwierigkeiten gebracht.«

»Kann man so oder so sehen. Er hat ein Talent, Schwierigkeiten anzuziehen, könnte man meinen. Umgänglich wie er ist.«

»Er hat, und das weißt du ganz genau, den Schreinemaker nicht umgebracht.«

»Nein, hat er nicht. Aber er hat auch nichts dazu getan, ihn der Morde an den Jungfern anzuklagen, sondern ihr habt die ganze Sache geheim gehalten. Um die Pastetenbäckerin und ihren Sohn zu schonen und den Verdacht von Esteban abzuwenden. Ja, ja, ich weiß, Almut, es war großmütig gedacht, aber Großmut kann auch gefährlich sein. Wie dem auch sei, er steckt tief im Ungemach, und du willst ihm helfen.«

»Natürlich.«

»Die einfachste Lösung wäre, wenn er mit dir zusammen die Stadt verließe.«

Fassungslos ließ Almut die Pastete sinken.

»Ah pffft! Warum nicht?«

»Ich glaube, das wäre ihm schlicht unmöglich.«

»Mhm – ja, vermutlich. Er ist nicht der Mann, der sich durch Flucht entzieht. Schrecklich, diese konsequenten und pflichtgetreuen Menschen. Also, wie willst du ihn aus dem Sumpf ziehen, meine keusche Schwester?«

»Mit deiner Hilfe.«

»Ich kann dir nicht helfen. Ich weiß nichts über ihn, und Esteban ist seit Tagen fort, falls du daran denken solltest.«

»Ich weiß. Aber jemand gräbt diesen alten Unrat aus und versucht, ihn damit zu belasten. Ein schöner, schwarzhaariger Herr, wie man hört.«

»Hört man. Ja und?«

»Leon de Lambrays ist wieder in der Stadt. Hört man ebenso.«

»Und?«

»Man hört auch, dass dein dunkler Freund Haare wie ein Rabe haben soll, Aziza.«

Aziza nippte an ihrem Becher und sah Almut mit flatternden Lidern an. Sie war eine schöne Frau, deren große dunkle Augen Erbe ihrer maurischen Mutter waren, ebenso wie das prachtvolle schwarze Haar, das sich in einer Lockenflut über ihren Rücken ergoss. Eine Antwort auf Almuts Frage gab sie nicht, doch um ihre Lippen spielte ein verträumtes Lächeln.

»Ist es Leon de Lambrays?«

»Aber, aber Schwester! Du weißt doch, dass ich über die wirklich wichtigen Männer in meinem Leben nicht spreche.«

»Aber du weißt, wer Leon ist?«

»Ein Mann, dem wir im vergangenen Jahr bei einem höchst verwerflichen Tavernenbesuch begegnet sind?«

»Eben der. Er ist Ivo vom Spiegels Sohn.«

»Na, welch eine Überraschung aber auch! Der gestrenge Pater ist gestrauchelt? Spielt das jetzt ebenfalls eine Rolle?«

»Nein. Aber ein Mann mit Leons Aussehen scheint derjenige zu sein, der ihm diese Schwierigkeiten macht. Sollte – nur mal angenommen – der schöne Schwarzhaarige, mit dem man dich gesehen hat, jener Leon sein, dann flehe ich dich an, Aziza, schicke ihn zu mir oder zu Gauwin vom Spiegel.«

Ein weiterer wimpernflatternder Blick war die Antwort darauf, und Almut wischte sich enttäuscht die Krümel von den Fingern. Sie würde nicht mehr erhalten. Also versuchte sie es mit einem anderen Thema.

»Wer kennt sich in den Gängen unter der Stadt aus – neben Esteban?«

Nun wurde Azizas Gesicht von Abscheu überzogen.

»Unterstellst du mir etwa Verbindungen zu dem Geschleim?«

»Nein. Aber du hörst mehr und anderes als ich, meine unkeusche Schwester.«

»Ich weiß darüber genauso viel wie du. Es gibt sie. Man meidet sie.« Dann aber schüttelte sie betrübt den Kopf. »Ihr habt wirklich Mist gemacht, Almut, wenn sich da tatsächlich jemand aus diesem Gelichter einmischt. Frag die Gassenjungen. Pitter und seine Freunde. Es ist nicht auszuschließen, dass von denen jemand mehr über sie weiß.«

Almut nahm sich noch eine Pastete und verzehrte sie schweigend. Der Nieselregen war in einen heftigen Guss übergegangen, und man hörte das Platschen der dicken Tropfen, die bald schlammige Pfützen bilden würden.

»Die Flinderlein, die du Frau Barbara gegeben hast – die hat dir dein Freund gegeben, nicht wahr?«, fragte sie unvermittelt und nahm einen Schluck Wein.

»Ich trage solchen Flitter nicht.«

»Nein, du nicht. Aber Franziska, die Adlerwirtin, überlegt, wie sie ihre Sonntagshaube damit aufputzen soll.«

Aziza lächelte. »Du hast das Recht, es zu versuchen.

Aber ich werde kein eifersüchtiges Blitzen in die Augen bekommen, Schwester.«

»Nein, natürlich nicht. Du hast ihn an dich gefesselt, den schönen, reichen Mann, der großzügig goldenen Schmuck verschenkt. Gewiss hat er auch gute Beziehungen zum Hof des Erzbischofs.«

»Wie giftig du werden kannst, Frau Begine. Doch verschwende das Gift nicht an mich. Was ich tun kann, werde ich tun. Aber auf meine Weise. Ich mag deinen Pater nämlich.«

»Verzeih.«

»Schon gut. Es ist schwer, wenn eine große Hoffnung zu scheitern droht.«

Almut erhob sich. »Ich verlasse dich jetzt, Aziza. Ich habe noch viel zu tun.«

»Warte, bis der Schauer nachlässt.«

»Mairegen bringt Segen!«, murmelte sie aber nur und öffnete die Tür. Doch bevor sie ging, reichte Aziza ihr den Strauß aus Rosen und Ginster.

Die Dornen stachen in ihre Finger, aber der kleine Blutstropfen wurde vom Regen fortgewaschen.

Mit nassem Gebände und feuchtem Rocksaum trat die Begine kurz darauf in den Hof des Konvents. Grunzend näherte sich die fette Sau und begann, sich in einer der Pfützen zu suhlen. Almut raffte ihr Gewand, um dem Tier auszuweichen und strebte auf ihr Häuschen zu. Doch Elsa hatte sie kommen sehen und streckte ihren Kopf aus der Tür.

»Ich habe dir einen Korb mit frischer Dachwurz nach oben bringen lassen, Almut. Bereite Clara heute wieder einmal einen Umschlag damit zu.«

»Ja, danke!«

Almut zerrte noch während sie die Stiege erklomm an den klammen Bändern ihrer Kopfbedeckung und warf das durchweichte Leinen auf die Bettdecke. Die Blumen legte sie auf ihre Truhe, dann zog sie mit beiden Händen die Nadeln aus dem Haar, und ihr langer, rotbrauner Zopf rollte sich über ihre Schulter. Der angekündigte Korb stand auf dem Tisch neben der Marienfigur und der kleinen Holzkatze, die Bertram geschnitzt hatte. Unentschlossen sah sie die Blätter der Dachwurz an. Sie wünschte sich, mit jemandem über all ihre verworrenen Fundstücke sprechen zu können, und derjenige, mit dem sie es am liebsten getan hätte, wäre Ivo vom Spiegel gewesen. Sein scharfer Verstand hätte ihr geholfen, die Dinge zu ordnen. Außerdem – ja, und außerdem sehnte sie sich nach ihm. Auf eine höchst unkeusche Weise, und das machte alles nicht besser. Ostern war es, da hatte er sie hoch oben auf den Zinnen geküsst. Und damit ein Verlangen geweckt, das sie bisher nicht hatte zugeben wollen. Zärtlichkeit hatte sie von ihrem ehemaligen Gatten nie erfahren. Er hatte ihre Aufgabe darin gesehen, seine Kinder zu gebären, und was er dazu beitragen konnte, hatte er mit herzloser Gewalt verrichtet. Dass sie dreimal empfangen hatte und dann die Kinder verlor, hatte ihn auf das Äußerste erbost. Nicht getröstet hatte er sie, sondern sie beschimpft und geschlagen. Doch Almut war nicht so dumm, das als ein normales Verhalten der Männer zu betrachten. Ihr Vater behandelte Frau Barbara immer freundlich, seine Blicke, mit der er ihre kleinen Eitelkeiten bemerkte, schienen ihr liebevoll. Franziska und Simon zeigten offen ihre zärtlichen Gefühle füreinander, und Aziza schien großen Gefallen an den Aufmerksamkeiten der Männer zu finden. Ivo vom Spiegel hatte es geschafft, sie in jenen wenigen Momenten, die ihnen an Zweisamkeit vergönnt waren, vollends zu betören. Mit seinen Küssen, in seinen Armen, mit den dunklen Flammen der Leidenschaft in seinen Augen.

Es würde so sehr viel anders sein als mit dem alten Bossart, vermutete sie, und eine heiße Welle des Begehrens überschwemmte sie. Mit geradezu inbrünstigem Verlangen hoffte sie, dass es ihr irgendwann einmal vergönnt sein möge, sein Kind unter ihrem Herzen zu tragen. Doch nun war die Erfüllung ihres Wunsches durch die Bosheit eines Unbekannten in weite Ferne gerückt.

Niedergeschlagen schaute sie in den Regen hinaus. Sie konnte so wenig tun. Für ihn, für sich, für seinen leidenden Vater. Die Einzige, für die sie überhaupt etwas tun konnte, war Clara. Entschieden straffte sie die Schultern. Arbeit half, und Clara hatte ebenfalls einen scharfen Verstand. Sie griff in den Korb, um eine der fleischigen Blattrosetten herauszunehmen.

Ihre Hand traf auf etwas Weiches, Pelziges.

Fassungslos sah sie den kleinen getigerten Körper an. Es dauerte eine Weile, bis sie das Entsetzen ergriff. Aber dann war es vollkommen. Das winzige Kätzchen lag schlaff in den Blättern, aus dem Mäulchen war ein kleiner Blutstropfen gequollen.

»Nein!«, stöhnte sie und fuhr mit dem Finger über den kühlen Körper. »Nein!« Am Morgen noch hatte sie das Tierchen an ihrer Schulter geherzt, sein seidiges Fell gestreichelt, die zarten Knochen darunter gespürt, seinen warmen, lebendigen Körper in ihren Händen gehalten.

Was hatte Gertrud neulich gemeint – sie solle es nicht zu lange halten, sonst würde es zu sehr schmerzen.

Wut mischte sich in ihr Entsetzen und die Trauer. Mit Sturmesschritten fegte sie über den Hof und riss die Tür zum Küchenhaus auf, um die Köchin zur Rede zu stellen.

Gertrud sah überrascht vom Teigkneten auf, und Almut machte den Mund auf, um ihr ihre Anschuldigungen ins Gesicht zu speien. Da fiel ihr Blick auf den irdenen Teller am Boden. Drei steckendünne Schwänzchen ragten stracks nach oben, während ihre Besitzer bis über die Nasen in der Sahne steckten und das Schlabbern übten.

»Maria, gütige Himmelsmutter, sie leben!«, entfuhr es ihr.

»Unfug treiben sie, schlimmer als ein Haufen Flöhe«, grollte Gertrud. »Die Mutter hielt es für angebracht, auf die Jagd zu gehen, und hat mir ihre Pflichten abgetreten. Als hätte ich nichts Besseres zu tun. Was siehst du so verstört aus, Almut?«

»Ich dachte … Ich glaubte …«

»Setz dich. Was hast du geglaubt?«

»Dass das Getigerte tot ist und du es mir in mein Zimmer gelegt hättest.«

»Bist du toll geworden?«, begehrte die Köchin auf und stemmte die mehligen Fäuste in die Hüften. »Du bist der Meinung, dass ich zu einer solchen Grausamkeit fähig wäre?«

»Nein. Nein, das bist du nicht. Aber jemand hat eine tote Katze in den Korb mit Dachwurz gelegt. Eine getigerte.«

»Wessen Korb?«

»Elsa hat ihn auf mein Zimmer gebracht.«

»Elsa mag ihre Schrullen haben, aber dazu ist sie nicht fähig. Zeig mir das Tierchen!«

Gertrud begleitete Almut zu ihrem Zimmer, und schaute in den Korb. Nur die Blätter der Dachwurz befanden sich darin.

»Aber es war da. Ich habe es berührt. Gertrud, das war kein Trugbild.«

»Mhm. Du hast im Augenblick viele Sorgen, Almut. Und das Dumme an Trugbildern ist, dass man glaubt, sie seien Wirklichkeit.«

»Aber ich habe … Ja. Vielleicht. Ich bin überdreht. Entschuldige, Gertrud.«

»Du hast dein Herz an die Kleinen gehängt, das habe ich doch gemerkt. Sie sind so hilflos, ihr junges Leben so zerbrechlich. Wie das aller Kinder. Deine Angst um die Zukunft mag dir das grause Bild vorgegaukelt haben.«

»Mag sein.«

»Almut, die Kätzchen sind in meiner Küche gut aufgehoben. Ich lasse es nicht zu, dass sie draußen herumstreunen, solange sie noch nicht in der Lage sind, sich zu behaupten.«

»Ich weiß. Du hängst genauso an ihnen und Teufelchen.«

»Richtig. Nun kümmere dich darum, dass unsere wehleidige Clara einen frischen Umschlag bekommt, denn dazu ist dieses komische Zeug ja wohl da. Und stell gefälligst die Rosen in einen Krug Wasser.«

Die gewohnte Ruppigkeit brachte Almut wieder auf den Boden der Tatsachen zurück, und sie nahm den Korb auf, um ihre Pflicht zu erfüllen.

## 15. Kapitel

**Fr 16.5.**

»Sei gegrüßt, du Schmerzensmutter! Du bist, ohne zu sterben, die Königin der Märtyrer geworden. Maria, du Schmerzensreiche, bitte für uns. Deine Seele wurde vom Schwert durchdrungen, Schmerzhafte Mutter, nimm von der Welt die Angst…«

In der Dämmerung lag Almut auf den Knien und schaute zu der kleinen Flamme auf, die vor der goldenen Marienstatue reglos brannte. Maria aber blickte auf ihre Tochter und füllte ihr Herz mit Vertrauen und die Luft mit dem süßen Duft von Rosen und Ginster.

»Ich habe ihn verloren, gütige Mutter, als Mann und Geliebten. Doch damit will ich mich abfinden, kann ich doch nur seine Seele retten. Ich fühle, himmlische Königin, dass ihn die Vorwürfe und Anklagen vernichten, denn er wird sich für schuldig halten, auch wenn er keine der Taten begangen hat, die man ihm vorwirft. Man hat ihm Erlösung verweigert und weitere Fesseln über ihn geworfen. Gleich wie Clara hat man seinen Geist geknechtet, wie sie hat er sich eine Buße auferlegt. Er richtet Mauern um sich auf und isst bittere Kräuter, genau wie Rigmundis es gesehen hat. Heilige Maria, stehe du ihm bei. Ich kann es nicht, er lässt es nicht zu.«

Das Flämmchen bewegte sich kaum merklich, aber das Licht warf einen neuen Schatten über Mariens Antlitz, und Almut vermeinte Missbilligung darin zu erkennen.

»Herrin des Himmels, du hältst mich für kleinmütig?« Seufzend bettete Almut ihren Kopf auf die gefalteten Hände. »Ja, ich bin mutlos, Maria. Ich weiß nicht, wo ich Hilfe finden soll. Wie kann ich den Mann finden, der hinter all dem Bösen steckt? Wer hat diesen verd…« Ein Fünkchen erhob sich aus der Flamme. »Verzeih … also diesen elenden Vergolder umgebracht? Denn ich glaube nicht, dass es ein Unfall war. So blöd ist auch der größte Suffbruder nicht, dass er sich kopfüber in einen Gärkessel hängt. Es wird schon jemand dafür gesorgt haben, dass er mit dem Kopf im Bier blieb. Ist es der Schwarzhaarige, ist es Leon, sein leiblicher Sohn? War ihr Zerwürfnis so groß, dass er auf solch hinterhältige Weise auf Rache sinnt?« Sie schüttelte sich. »Noch will ich es nicht glauben. Nein, ich will es nicht glauben, auch wenn manches dafür spricht, dass er eine Rolle in dieser Verschwörung spielt. Aber unter Umständen ist auch er nur ein Opfer von Verleumdung und Verführung.« Sie hielt inne und kehrte zurück zu dem Toten. »Ertrinken muss ein schlimmer Tod sein. Mutter der Barmherzigkeit, beschütze uns in der Stunde unseres Todes.« Sie sah wieder hoch und fand Maria nachdenklich. »Übrigens – der Kurier des Erzbischofs ist auch ertrunken. In einer flachen Pfütze, sagt man. Wahrscheinlich vom Pferd gefallen und mit dem Gesicht zuerst darin gelandet. Soll ich das glauben, Hüterin der Gerechtigkeit? Oder haben Wegelagerer ihn zuvor umgebracht und in der Pfütze liegen lassen? Und – Mist, Maria! Wieso hat Ivo ausgerechnet sein Pferd gekauft? Wer hat das Pferd eingefangen und zum Adler gebracht? Wer, verflu …, schon gut, schon gut. Wer hat gewusst, dass Ivo ein Pferd erwerben und dazu den Schmied aufsuchen wollte? Da ist noch so ein Fädchen, das es zu verknüpfen gilt. Es muss eine Person geben, die seine Schritte heimlich, aber auf das Genaueste verfolgt hat. Wenn ich nur dieses Pferdeknechts habhaft werden könnte. Ihn, selige Maria, habe ich in einem sehr starken Verdacht. Ich werde Gero von Bachem eine Nachricht senden. Ja, er soll Leumund geben. Wenn er diesen Taugenichts überhaupt kennt!«

Zufrieden, wenigstens eine Entscheidung getroffen zu haben, ließ Almut ihren Blick wandern. Noch immer regnete es sacht, und dankbar nahmen die reifenden Pflanzen auf den Feldern das Nass auf, um zu keimen, zu sprießen, zu blühen und Frucht zu bilden. Es war die Zeit des Wachstums, des Neubeginns. Die Schafe hatten gelammt, Kälbchen standen auf den Weiden, Fohlen staksten neben ihren Müttern einher, Jungvögel warfen die Eierschalen ab und sperrten hungrig die Schnäbel auf. Bei diesem Gedanken erstand wieder das tote Kätzchen vor Almuts Augen, und Wehmut umspann ihr Herz. Es war nicht nur dieses hilflose Tier, Einbildung oder Wirklichkeit, das diese namenlose Trauer auslöste. Dreimal hatte sie während ihrer unglücklichsten Zeit Kinder verloren. Doch schlimmer als die Schläge, die sie dafür erhalten hatte, war das noch immer andauernde Gefühl der Unfähigkeit. Sie hatte sich so sehr Kinder gewünscht. Nicht um Erben zu haben, wie ihr Gatte es verlangte, sondern um sie aufwachsen und sich entwickeln zu sehen, um sie zu lehren und zu lieben, zu leiten und zu lenken und sie als aufrechte Menschen ihren Platz in der Gemeinschaft finden zu lassen.

»Es ist nicht der Wille des Herrn«, murmelte sie, und

das Flämmchen vor Maria schwankte leicht in einem Luftzug. »Du trägst den Sohn auf deinem Schoß, dessen Tod auch dir das Herz gebrochen hat. Womit soll ich dich trösten, Tochter Sion? Womit nur soll ich dich vergleichen, o Tochter Jerusalems? So groß wie das Meer ist dein Schmerz, wer wird dir helfen können?«

Warm wie eine Träne spürte sie die kleine Perle unter ihrem Gewand und zupfte an dem Kettchen, um sie hervorzuholen und zu umfassen. »Du hast deinen Frieden gefunden, dein Leid auf dich genommen, dein weites Herz für uns geöffnet. Tröste uns, gütige Mutter, in jeder Bedrängnis und Not!«

Maria, die den Kummer ihrer demütigen Tochter besser als jeder andere aus den himmlischen Gefilden kannte, weckte ihre Botin, die kleine Honigbiene auf, die sich in der Dämmerung in Almuts Zimmer verirrt hatte und im Blütenkelch einer Rose eingenickt war. Sie begann zu summen und umkreiste die still Betende.

Warum auch immer, plötzlich schöpfte Almut wieder Hoffnung.

»Die Wege des Herrn sind unergründlich, meinst du, Maria?«

Die Biene machte es sich auf Mariens Schoß gemütlich, und das Kerzenflämmchen erstarb.

Was blieb, war der süße Duft von Rosen und Ginster, ein Versprechen von Liebe und Erlösung von den Sünden.

## 16. Kapitel

»Ehrwürdiger Vater, ich habe gesündigt, ich bereue und verspreche, künftighin nicht mehr zu sündigen. Ich bitte dich, mir Buße aufzuerlegen.«

Pater Ivo lag auf Knien vor Theodoricus und hoffte auf dessen Antwort.

Sie ließ auf sich warten.

Schließlich bahnte sich ein abgrundtiefes Seufzen seinen Weg durch die geistliche Brust.

»Was soll ich bloß mit dir anfangen, Ivo? Von deinen eigenen Gewissensqualen kann ich dich nicht freisprechen, und eine Absolution durch Jesus Christus hat für dich keine Bedeutung.«

»Ich habe dich nicht um Absolution gebeten, sondern um eine Buße«, knurrte der Pater, dessen demütige Haltung unter dem harschen Ton etwas litt.

»Was schlägst du vor? Hundert Paternoster? Eine Pilgerreise ins Gelobte Land? Eine Dornenkrone und ein härenes Büßerhemd?«

»Mauert mich ein.«

Theodoricus starrte den vor ihm Knienden vollkommen sprachlos an. Er hatte mit allem gerechnet, nicht damit. Aber nach kurzer Überlegung erkannte er den Hintergrund zu Pater Ivos Gedankengang. Seine Antwort war kurz und bündig.

»Nein.«

»Ich bitte darum, ehrwürdiger Vater. Ich habe mich gegen den Orden versündigt, und ich werde mein Versprechen nur halten können, wenn ich mich der Welt vollends entziehe.«

»Das stellst du dir so vor, mein Sohn. Aber Sünden begeht man auch in Gedanken. Vor denen jedoch schützen dich auch die Mauern nicht.«

»Aber ich verderbe keine anderen mehr dadurch.«

»Du hast Verpflichtungen in der Welt.«

»Sie sind ohne Bedeutung.«

»Dein Vater bedeutet dir nichts?«

»Mein Vater hat nicht mehr lange zu leben.«

»Deine Begine hat versucht, dich zu sprechen.«

»Sie ist nicht meine Begine.«

»Du hattest vor, sie zu deinem Weib zu machen, Ivo. Zählt das alles nicht mehr für dich?«

»Es war falsch. Ich bin nicht frei, und ich werde es nie sein.«

Der Abt erhob sich mit einem Schnaufen aus seinem Sessel und ging zur Tür. Mit einem Ruck riss er sie auf und spähte in den leeren Gang. Dann schloss er sie wieder.

Mit gedämpfter Stimme sagte er: »Hör mir gut zu, du verdammter Sturkopf. Dein Vater hat genügend Beziehungen zu allen Städten der Hanse. Meinetwegen spiele ich die Farce mit, dich öffentlich einmauern zu lassen, aber am selben Tag verschwindest du mit Frau Almut oder ohne sie aus der Stadt.«

»Nein.«

»Ich stehe in Kontakt mit den Äbten verschiedener Klöster. Wenn du Köln verlassen willst...«

»Nein.«

»Willst du exkommuniziert werden? Der weltlichen Gerichtsbarkeit übergeben werden und deine Unschuld beweisen?«

»Nein.«

»Ivo, du bist starrsinnig wie ein Esel mit Koliken. Du verlangst etwas von mir, das ich nicht dulden kann.«

»Du kannst. Ich werde das Gelübde ablegen, als Incluse zu leben. Das ist mein einziges Zugeständnis.«

»Als Incluse.« Theodoricus schüttelte ungläubig den Kopf. »Du hast dir das in den vergangenen zwei Tagen gründlich überlegt, nehme ich an.«

»Ja.«

»Ich werde darüber nachdenken. Bis morgen nach der Sext. Dann entscheide ich.«

»Ja, Vater Abt.«

»Du wirst gehorsam sein!«

»Ja, Vater Abt,«

»Du wirst nicht fasten!«

»Nein … Vater Abt.«

»Ivo! Glaubst du ernsthaft, ich wüsste nicht, was du vorhast?«

»Nein, Vater Abt.«

»Du wirst essen und trinken, was man dir bringt.«

»Ja, Vater Abt.«

»Und du wirst es bei dir behalten! Dies ist ein Befehl, mein Sohn.«

»Ja, Vater Abt.«

»Du bist entlassen. Begib dich in deine Zelle und warte, bis ich dich rufen lasse.«

»Danke, Vater Abt.«


Der Abt blieb eine lange Zeit regungslos in seinem Sessel sitzen. Nicht einmal zur Terz begab er sich in die Klosterkirche. Aber als die Messe beendet war, schickte er einen Boten zu der Meisterin der Beginen und bat sie und Almut zu sich.

## 17. Kapitel

Das junge Mädchen auf dem Strohlager der Scheune, in der sie sich versteckt hatte, als sie bemerkte, dass ihre Zeit gekommen war, stöhnte noch einmal auf. Mit der letzten Wehe verließ das leblose Geschöpf ihren mageren Leib, und die Wehmutter hüllte es sofort in ein Leinentuch. Es hatte keiner Hilfsmittel bedurft, um das vorzeitige Ende der Schwangerschaft herbeizuführen. Die Hebamme hatte es schon bei der ersten Untersuchung geahnt, dass die werdende Mutter das Kind nicht würde austragen können. Sie hatte versucht zu helfen, so wie sie immer half. In diesem Fall mochte es jedoch ein Segen sein, dass die Natur selbst das Leid beendet hatte, denn ihre Klientin, fast selbst ein Kind noch, war von ihrem eigenen Vater geschwängert worden, und die Sünde der Inzucht wog schwer. Darum wusste auch außer dem Mädchen und ihr niemand von dem unseligen Zustand, und kein Priester würde gerufen werden, um das winzige Stückchen Mensch zu taufen.

Es kam der Hebamme gerade recht. Sie half der jungen Frau bei der Nachgeburt, säuberte und räumte das blutige Stroh zusammen und verließ die Scheune im Dunkeln und ungesehen mit einem umfangreichen Beutel unter dem Arm.

Er beinhaltete bares Gold, und ein kleiner Hinweis an der richtigen Stelle brachte zu sehr später Stunde noch Kundschaft. Schwere Münzen wechselten die Hände, und ein trauriger kleiner Leichnam wurde einer Bestimmung übergeben, über die die Hebamme lieber nicht nachdenken wollte.

## 18. Kapitel

Die Wohnstube im Haus des Baumeisters Bertholf strahlte gesetzten Wohlstand und Gemütlichkeit aus. Durch die bleiverglasten Fenster huschten die Schatten, die die vorbeiziehenden Wolken warfen, und weil es noch einmal kühl geworden war, brannte an diesem Nachmittag ein kleines Feuer im Kamin. Der schwarze Kater hatte es sich davor gemütlich gemacht und schnurrte leise im Schlaf. Frau Barbara, Almuts Stiefmutter, trug ein pelzverbrämtes, ärmelloses Jäckchen aus dunkelrotem Samt, an dem kleine Goldflitter aufgenäht waren, über einem tannengrünen Gewand. Sie hatte bei dem sonntäglichen Messgang für Aufsehen gesorgt, doch Almut hatte keine einzige Bemerkung zu ihrer eleganten Aufmachung verloren. Sie saß auf dem Hocker neben dem Spinnrad und betrachtete mutlos ihre untätigen Hände.

Frau Barbara hatte ebenfalls ihre Stickerei ruhen lassen und suchte nach Worten. Schließlich fand sie sie.

»Ivo vom Spiegel will sich einmauern lassen, um nicht mehr zu sündigen. Weil ein paar idiotische Schwätzer ihm einen oder mehrere Morde anhängen wollen. Habe ich das wirklich richtig verstanden?«

»Es sind leider keine idiotischen Schwätzer, fürchte ich, sondern es verbergen sich weit gefährlichere Machenschaften dahinter. Mich treibt inzwischen der Gedanke um, dass er diesen Umstand ahnt.«

»Dann soll er sich seinem Abt anvertrauen. Oder seinem Vater. Oder seinen Freunden.«

»Das wird er nicht tun, wenn er damit jemanden

in Gefahr bringt. Ich glaube, er nimmt das Schicksal auf sich, das ihm vor dreizehn Jahren erspart geblieben ist.«

»Du denkst mal wieder sehr viel verwinkelter als ich, Almut. Erkläre mir, was du damit meinst.«

»Er hat eine Ketzerschrift verfasst und wurde verraten. Er hat sich geweigert zu widerrufen und sollte verbrannt werden. Seine Mutter machte ihren Einfluss geltend, und die Strafe wurde gewandelt. Er musste daraufhin ins Kloster eintreten.«

»Das hast du mir schon einmal erklärt. Was hat das aber mit einem Leben als Incluse zu tun? Ich denke, diese Eremiten ziehen sich in die Einsamkeit zurück, um ihr Leben ganz Gott zu widmen.«

»Das will er nicht. Theodoricus vermutet, dass er sterben will.«

»Ich verstehe das noch immer nicht, Almut. Es gibt Inclusen, die steinalt werden.«

»Er wird Nahrung und Wasser verweigern, und niemand kann ihn daran hindern, Frau Barbara. Das ist der Grund, warum der Abt sich so aufregt. Ivo wird auf seine Weise Selbstmord begehen, und damit die größte Sünde überhaupt auf sich laden.«

»Er muss von Sinnen sein.«

»Ja, mag sein. Vielleicht lastet etwas so sehr auf ihm, dass er keinen anderen Weg mehr sieht. Aber er ist der verschlossenste Mensch, der mir je begegnet ist. Dabei hatte ich noch vor wenigen Tagen gedacht, dass die Bitternis nun endlich von ihm abgefallen sei.«

»Wenn jemand Einfluss auf ihn hat, Almut, dann doch gewiss du.«

»Ich habe es versucht. Der Abt hat mich sogar da-

133

rum gebeten und mich zu Ivos Zelle geführt. Er hat an seinem Betpult gekniet und sich nicht einmal umgedreht.«

Leise schluchzte Almut auf. Frau Barbara stand auf und legte ihr die Arme um die Schultern.

»Kleine, das ist alles so schrecklich.«

»Ich dachte… er wäre der Richtige für mich, Frau Barbara. Ich hatte Hoffnung… an seiner Seite… Kinder… Aber hat er mich noch nicht einmal angesehen.«

»Er ist ein Lump, ein eigensüchtig, verbohrter Tropf, ein rückgratloser…«

»Ist er nicht!«, fuhr Almut auf. »Er ist ein ehrenwerter Mann, aber er hat einen sturen Kopf.« Sie schniefte. »Das ist viel schlimmer.«

»Ja, da hast du recht. Also müssten seine Freunde ihn zuerst vor sich selbst retten, will mir scheinen.«

Mit geröteten Augen sah Almut ihre Stiefmutter an. Frau Barbara mochte man oberflächlich und eitel nennen, sie war nicht gelehrt oder besonders geistreich, aber sie war weltklug und pragmatisch. Und ihr Urteil traf das brennende Problem im Kern.

»Wie recht Ihr habt, Frau Barbara. Wir müssen ihn an erster Stelle vor sich selbst retten. Alles andere wird sich finden. Das Allererste, was verhindert werden muss, ist, dass er noch ein Gelübde ablegt.«

»Hat der Abt darauf Einfluss?«

»Wie ich Theodoricus einschätze, ja. Aber ich werde mit ihm noch einmal darüber sprechen. Das Zweite ist, dass er nicht zu lange in dieser Incluse bleiben darf. Sie haben beschlossen, einen Raum für ihn an der Außenwand der Klosterkirche einzurichten. Er wird Platz für eine einfache Bank und einen kleinen Altar haben.

Aber viel bewegen kann er sich nicht darin. Außerdem wird er täglich zweimal Brot und Wasser bekommen. Aber ich bezweifle, dass er es zu sich nimmt.«

»Ein Mensch kann viele Tage ohne Nahrung auskommen. Er wird nicht sofort verhungern.«

»Er wird aus purer Willensanstrengung nach wenigen Tagen sterben«, knurrte Almut.

»Dann darf er nicht unbeaufsichtigt in dieser Klause leben.«

»Es kann doch niemand zu ihm. Er verlangt, dass nur eine kleine Öffnung bleibt, durch die man ihm die Nahrung reichen wird.«

Frau Barbara schüttelte sich. Sie hatte eine lebhafte Vorstellung von dem engen Raum und den daraus resultierenden menschlichen Problemen.

»Ich frage mich, ob unser Herrgott tatsächlich eine solche Tortur wohlgefällig betrachtet«, meinte sie schließlich.

»Tut er nicht. Deshalb ist Selbstmord ja auch eine Sünde.«

»Dann darf er eben einfach nicht in dieser Klause bleiben.«

Almut zuckte mit den Schultern. Sie bewunderte die gradlinige Argumentation ihrer Stiefmutter – Ivo vom Spiegel war aus Gründen, die sie noch nicht ganz erforscht hatte, nicht mehr Herr seiner selbst und hatte einen Weg eingeschlagen, der zur Selbstvernichtung führte. Man musste sich über seinen Willen hinwegsetzten. So einfach war das. Über einen Willen, der härter war als Granit. Was das Wörtchen »einfach« leider ausschloss.

»Ja, Frau Barbara«, seufzte Almut. »Er darf nicht in

der Klause bleiben. Aber wie sollte man ihn da herausbekommen?«

Zum ersten Mal an diesem Nachmittag sah sie ihre Stiefmutter lächeln.

»Bist du nicht eines Baumeisters Tochter? Wer mauert die Klause?«

Ganz plötzlich huschte auch ein verwundertes Lächeln über Almuts Gesicht.

»Ihr seid genauso klug wie der weise Salomo, denn der lehrt: ›Die Weisheit der Frauen baut ihr Haus, aber ihre Torheit reißt's nieder mit eigenen Händen.‹ Ich habe einen weiteren, sehr wichtigen Punkt mit dem Abt zu klären. Und mit meinem Vater.«

»Deinen Vater, Almut, wollen wir nicht mit solchen Kleinigkeiten belasten. Er hat wichtige Arbeiten an der Stadtmauer zu erledigen. Aber ich denke, ich kann ihm verständlich machen, dass ich den alten Geert in den nächsten Tagen für ein paar dringende Ausbesserungen im Hof brauche. Dann können er und ein junger Geselle eben mal zu Groß Sankt Martin hinübergehen und den kleinen Anbau richten.«

»Ein junger Geselle?«

»Du wirst besser die Hosen, Stiefel und den Kittel anziehen, die ich dir gebe. Deine Haare wirst du unter einer Kappe verstecken müssen. Den alten Geert wirst du damit zwar nicht täuschen, aber alle anderen schon. Kaum einer erwartet eine Frau, die das Maurerhandwerk versteht.«

»Sie versteht's ja auch nicht recht, ich fürchte, der Mörtel wird nicht sehr gut halten.«

Sehr zufrieden mit dieser Planung lehnte sich Almut an das Polster in ihrem Rücken und schloss die Augen. Dem alten Geert konnte sie vertrauen, er hatte sie schon auf Knien gewiegt, hatte mit ihr, als sie ein kleines Mädchen gewesen war, aus Wasser und Sand Burgen gebaut, hatte ihr später kleine Ziegel gegeben und sie gelehrt, eine gerade Wand zu mauern. Er hatte sie in die Kunst des Mörtelmischens und des Gipsmachens eingewiesen und ihr sogar gezeigt, wie man Rundbogen mauert.

Frau Barbara betrachtete zufrieden das gelöste Gesicht ihrer Stieftochter und nahm ihre Stickerei wieder auf. Als sie ihr kurz nach Ostern anvertraut hatte, dass Ivo vom Spiegel von seinen Ordensbanden befreit werden würde, war sie höchst erfreut gewesen. Sie akzeptierte zwar, dass Almut nach dem Tod ihres ersten, äußerst untauglichen Gatten in den Konvent der Beginen am Eigelstein gezogen war, hätte es aber weit lieber gesehen, wenn sie eine neue Ehe geschlossen hätte. Ihr Vater war sogar ausgesprochen ungehalten ob ihrer Entscheidung und versuchte sie beständig mit Heiratskandidaten seiner Wahl zu verkuppeln. Gerade gestern hatte er seinem Weib einen neuen Anwärter vorgestellt, einen gestandenen Dachdeckermeister mit vier halbwüchsigen Söhnen. Er hatte ihr den strengen Auftrag erteilt, diesen Mann seiner Tochter schmackhaft zu machen. Denn angesichts der noch ungeklärten Lage hatte Frau Barbara ihm nichts von ihren Vermutungen berichtet, die sie in Bezug auf Almut und den Herrn vom Spiegel hegte, und im Augenblick war sie ganz froh darüber. Man würde abwarten müssen, ob und wie die derzeitige Krise zu bewältigen war.

Almut erwachte aus ihrer kurzen Meditation und erhob sich.

»Danke, Frau Barbara. Ich glaube, ich werde noch vor der Vesper versuchen, Theodoricus die Pläne mitzuteilen.«

Almut kam gerade noch rechtzeitig zum abendlichen Essen in den Konvent zurück. Zu den Mahlzeiten versammelten sich die Beginen üblicherweise am langen Tisch im Refektorium des Haupthauses, und gewöhnlich nahmen sie ihr Essen schweigend zu sich und lauschten der erbaulichen Lesung, für die reihum jede einmal verpflichtet war. An diesem Sonntagabend hatte sich die Edle von Bilk bereitgefunden, diese Aufgabe zu übernehmen, und Almut lauschte zufrieden ihrer ruhigen, melodiösen Stimme. Sie las aus einem Psalter, und die lateinische Sprache hörte sich aus ihrem Munde weit klangvoller und poetischer an als die der Priester in der Kirche. Das mochte daran liegen, dachte sie, dass die edle Frau, wie sie ihnen berichtet hatte, von einer fränkischen Amme großgezogen worden war und diese Zunge als Kind gesprochen hatte. Auch ihre Kenntnis der spanischen Sprache mochte ihren Worten den schönen, bestrickenden Klang verleihen. Überhaupt, die Witwe war eine sympathische Person, und bisher hatten sich noch alle freundlich über sie geäußert. Bei den Arbeiten in der Kapelle hatte sie offenherzig über ihr Leben geplaudert, und so wusste Almut, dass sie vor zwölf Jahren den Ritter von Bilk getroffen hat, der von seiner Pilgerfahrt nach Santiago zurückreiste. Beide schlossen schon nach kurzer Zeit die Ehe. Es musste von Anfang an eine innige Verbundenheit zwischen ihnen bestanden haben, das hörte man aus den Zwischentönen heraus. Doch lange war dem Paar das Glück nicht hold gewesen. Schon zwei Jahre später war der Recke bei einem Unfall ums Leben gekommen. Vom Pferd war er gestürzt, so unglücklich, dass er in einem kleinen Bächlein ertrunken war. Er ließ die Witwe trostlos, aber mit einer reichen Erbschaft zurück. Um seiner zu gedenken, war die Edle dann ebenfalls nach Santiago de Compostela aufgebrochen, um am Grab des heiligen Jakobus für die Seele ihres geliebten Gatten zu bitten. Das Leben in Galizien gefiel ihr, und so blieb sie einige Jahre dort, bis das Heimweh sie wieder ins Rheinland trieb.

Almut nahm sich noch eine Portion von dem Rübstiel mit Speck und brach sich ein Stück Brot ab. Gertrud hatte Rebhühner vom Adlerwirt unter der Hand bekommen, aber selbst Magda fragte nicht so genau nach der Herkunft, denn Wilderei war ein schweres Verbrechen. Doch das Geflügel war köstlich gewesen. Da Almuts Magen in den vergangenen Tagen vor Sorge rebelliert hatte, war sie jetzt, nachdem sich ein heller Streif am Horizont zeigte, hungrig geworden.

Theodoricus hatte ihren Vorschlägen gelauscht und sie wohlwollend aufgenommen. Ihm lag genau wie ihr daran, den starrköpfigen Pater wieder aus seiner Verbitterung zu holen und ihm nicht noch weitere Bande anzulegen. Er hatte ihr erklärt, dass er schon selbst zu einer Lösung gelangt war. Das Gelübde, sein Leben als Incluse zu verbringen, könne er dem Pater nicht abnehmen, erklärte er, denn ein Gelübde war nur gültig, wenn das gelobte Tun sittlich sei und nicht etwas Besseres verhindere. Da Ivo in selbstzerstörerischer Absicht handelte, wollte er es ihm verweigern. Nicht aber die Einmauerung, und hier neigte der

Abt mit großem Interesse sein Ohr der Baumeister-
tochter zu. Nachdem er eine recht lange Weile schweigend Vor- und Nachteile gegeneinander abgewogen
hatte, stimmte er ihrem Vorschlag in Gänze zu. Über
die weitere Vorgehensweise wollten sie sich beide später Gedanken machen, wobei Theodoricus Almut vorsichtig darauf hingewiesen hatte, dass sie möglicherweise Köln, zumindest für eine Weile, würde verlassen
müssen. Sie war dazu bereit, solange sie nur mit Ivo
vom Spiegel zusammen sein konnte. Über die Schwierigkeiten, wie sie ihn dazu überreden konnte, wollte sie im Augenblick noch nicht nachdenken. Wo ein
Wille, da war auch ein Weg. Und der ihre konnte sich
mit dem seinen durchaus messen. Das hatte sie in den
vergangenen Monaten in vielen kleinen Gefechten erkannt.

Die Edle von Bilk hatte ihre Lesung beendet, und die
Beginen fingen an, sich leise zu unterhalten. Die zwei
Mägde trugen die Reste des Essens ab, Ursula begann
ein Lied zu singen und Clara, die sich etwas erholt hatte, ergriff den Psalter, um darin zu blättern.

»Ihr seht besser aus als in den vergangenen Tagen«,
stellte die Edelfrau fest, die sich neben Almut gesetzt
hatte. »Hat Euch der Besuch bei Euren Eltern aufgemuntert?«

»Wie immer, edle Frau, denn meine Stiefmutter ist
eine verständige Person.«

»Und sie hat Euch von der Bedrückung befreien können, die auf Euch lastete? Das ist gut. Sie ist Euch eine
wahre Mutter, will mir scheinen. Ihr verlort eure leib-
liche schon früh?«

»Im Pestjahr, gleich nach meiner Geburt. Ich habe sie nie wirklich gekannt.«

Die Edle von Bilk schien das Gespräch gerne vertiefen zu wollen, aber Almut fühlte sich erschöpft von dem ereignisreichen Tag und bat die Meisterin, sich zurückziehen zu dürfen. Gnädig wurde sie entlassen.

Durch das Fenster, das sich nach Westen öffnete, fiel der Schein der tief stehenden Sonne, als sie ihre Kammer betrat. Das Viereck aus Licht war über das Bett gewandert und beleuchtete jetzt die Mitte der Decke. Almut stutzte zunächst, dann trat sie näher. Mit blankem Entsetzen erkannte sie, was dort auf einem blutigen Tuch lag. Ihr Magen rebellierte, es würgte sie, und sie rannte die Stiegen hinunter. Gerade bis zum Kräutergarten schaffte sie es noch, dann musste sie sich erbarmungswürdig erbrechen.

Säure ätzte ihre Kehle, und bittere Galle füllte ihren Mund. Sie kniete inmitten junger Petersilie und wiegte sich hin und her.

Dreimal hatte sie in ihrem Leben die traurigen, winzigen Körper gesehen. Warum? Warum tat man ihr das an? Warum musste man sie daran erinnern? An ihre Schmach, an ihre Unfähigkeit.

Tränen rannen ihr über die Wangen, und wieder würgte es sie.

»Frau Almut, Frau Almut. Heilige Jungfrau Maria, was ist Euch? War das Essen schlecht? Seid Ihr krank?«

Die Edle von Bilk kniete sich neben Almut und umschlang ihre Schultern. »Was kann ich tun? Wie kann ich Euch helfen?«

Mühsam rang Almut um Fassung. War es Wirklichkeit, was sie in ihrem Zimmer gefunden hatte? Oder ein Trugbild, so wie auch das tote Kätzchen? Um diese Frage zu beantworten, musste sie jedoch in ihre Kammer zurückgehen.

Aber nicht alleine.

Sie brauchte eine Zeugin.

Die Edelfrau hatte einen Eimer Wasser aus dem Brunnen gehaspelt und stellte ihn neben sie.

»Taucht Euer Gesicht hinein und kühlt euch. Spült Euch auch den Mund aus, Frau Almut. Ach, es ist schrecklich, wenn der Magen sich im Leib umdreht.«

Almut schöpfte dankbar mit den Händen das kalte Nass und tauchte ihr Gesicht hinein. Kurz erwog sie, die Edelfrau zu bitten, mit ihr nach oben zu gehen, aber dann besann sie sich eines anderen. Nur Gertrud wusste von dem Kätzchen, ihr würde sie nicht viel erklären müssen. Mühsam erhob sie sich und lehnte sich mit schwankenden Beinen an ihre Helferin.

»Ich begleite Euch nach oben, Frau Almut«, bot sie an.

»Nein, danke!« Ihre Stimme war heiser, und die Kehle tat ihr weh. »Ich will mit der Köchin sprechen.«

»Ei, ei? Ihr glaubt doch nicht…«

»Nein, ich glaube nicht. Trotzdem. Danke, edle Frau, für Euren Beistand.«

Almut machte sich sacht los und ging langsam zum Küchenhaus. Gertrud räumte Reste in die Speisekammer und sah sie überrascht an.

»Du bist ja regelrecht grün im Gesicht. Ist dir irgendwas nicht bekommen?«

»Es ist wieder passiert, Gertrud. In meinem Zimmer. Ich glaube, ich werde verrückt.«

»Na, na, na!«

Die Köchin legte einen Deckel auf eine Schüssel mit Fleischstücken in würziger Rosmarinsauce, schickte Teufelchen einen mahnenden Blick und begleitete die Begine zu ihrem Haus. Vor der Kammer bat Almut sie: »Geh du zuerst hinein. Ich ertrage es nicht.«

»Was werde ich finden?«

»Eine … eine Frühgeburt.«

Gertrud brummte unwillig, öffnete die Tür und sah sich um.

»Hier ist nichts, Almut. Komm her. Wo willst du es gesehen haben?«

»Mitten auf dem Bett.«

Mit kritischen Augen prüfte die Köchin die gesamte Decke.

»Nichts, Almut.«

»Ich bilde es mir ein?«

»Entweder spielt dir dein Hirn Streiche oder ein Mensch.«

Erschöpft ließ Almut sich auf ihrem Stuhl nieder und betrachtete ihre Madonnenfigur.

»Wer täte so etwas und warum?«

»Es ist nicht ganz so schwer, über die Mauer in den Hof zu klettern und, während alle im Refektorium speisen, in dein Zimmer zu gehen. Aber das Warum kann ich dir nicht beantworten. Andererseits – Almut?«

Der fragende Ton ließ Almut hochblicken.

»Du und dein Pater – Ihr seid euch sehr nahe gekommen. Könnte es sein, dass du schwanger bist?«

Es war nur ein kurzes Schnauben, das Almut von sich gab.

»Da kennst du den Herrn vom Spiegel aber schlecht.

Gut, es war nicht nur ein Bejingebützchen*, aber um ein Kind zu zeugen, braucht es doch etwas mehr.«

»Aber dein Wunsch nach einem Kind ist seither sehr viel größer geworden«, stellte Gertrud nüchtern fast. »Darum glaube ich nicht an einen grauenvollen Schabernack, sondern eine Wirrnis deines Geistes. Sie wird sich legen, Almut, wenn sich deine Sorgen geklärt haben. Du bist ein vernünftiges Weib. Jetzt hole ich dir von Elsa Baldriantinktur und bringe dir einen Becher heiße Milch mit Honig. Und dann wirst du schlafen. Und morgen arbeiten. Beides hilft.«

»Ja, Gertrud. Danke.«

## 19. Kapitel

Pater Ivo hatte die Tröstung von Honigmilch und Baldrian nicht genossen und wälzte sich schlaflos auf seinem Lager. Wann immer er einnickte, vermeinte er die Begine leise seinen Namen rufen zu hören, und krümmte sich, wie von heftigen Leibschmerzen gefoltert, zusammen. Am Vortag war sie hier gewesen, hatte in der Tür gestanden und ihn gebeten, mit ihr zu sprechen. Es hatte ihn mehr als Selbstbeherrschung gekostet, starr und stumm am Betpult zu knien und die Psalmen zu memorieren. Nun zerriss es ihm das Herz, und erstmals in seinem Leben wünschte er sich, eine Geißel zur Hand zu haben, um mit den beißenden

---

\* Bejinge sind die Beginen, das Bützchen ist ein Küsschen

Schmerzen auf seinem Rücken die schier unerträglichen in seinem Inneren zu betäuben. Es war ihm nicht vergönnt, genauso wenig wie das Fasten. Und doch sehnte er sich danach, in die durch Entbehrung verursachte Dunkelheit entgleiten zu können, die ihn durch die stumme Schwärze erlösen würde. Bald würde er dieser letzten Tröstung entgegendämmern und der Weg seiner Leiden zu Ende sein.

Doch vorher galt es den Versuchungen zu widerstehen. Nein, er durfte weder kämpfen noch fliehen, und das verursachte seiner wehrhaften Natur die größte Pein. Aber die Lage war aussichtslos und der eingeschlagene Weg richtig. Denn nur wenn er aus diesem Leben schied, konnten andere unbehelligt weiterleben.

Er wusste mehr als Theodoricus. Er hatte geschwiegen, damit nicht auch sein Freund, der Abt, in Gewissensnöte kam. Selbstverständlich war Ivo vom Spiegel klar, dass hinter den Zufällen der letzten Tage ein Drahtzieher stand, der geschickt sein Wissen, seinen Einfluss, die Unfälle oder Verbrechen gegen ihn einsetzte. Er hatte sogar eine recht gute Vorstellung, in welchen Kreisen er zu suchen war. Denn einst, in Sankt Gallen, als man ihn der Ketzerei überführte, hatte er sich Feinde in höchsten Kreisen gemacht. Männer, die ihn vernichtet sehen wollten, weil er ihre Machenschaften angeprangert hatte. Männer, die untätig zusehen mussten, wie seine Mutter rücksichtslos und höchst wirkungsvoll ihre verwandtschaftlichen Beziehungen zu Engelbert von der Mark, dem Kölner Erzbischof, ausgenutzt hatte, um seine Verurteilung zum Scheiterhaufen abzuwenden. Jene Kleriker hatten in den vergangenen Jahren an Macht und Einfluss gewonnen, und der – wie er selbst zu gut wusste – bestecherische Handel um seinen Dispens musste sie zu schallendem Gelächter gereizt haben. Sie hatte Geld und Güter genommen, aber dem derzeitigen, leicht beeinflussbaren Erzbischof Friederich von Saarwerden nahegelegt, die Auflösung seiner Ordensgelübde zu verweigern. Aus diesen Fesseln würde er sich nie befreien können, und die Anklagen weltlicher Vergehen forderten sogar noch strengere disziplinarische Maßnahmen. Die Inquisition würde sich seiner annehmen, und wie die arbeitete, hatte er zur Genüge kennengelernt. Sie suchten nicht nach Beweisen seiner Unschuld, sondern verlangten das Geständnis seiner Schuld. Einst hatten sie ihn zwingen wollen, sein ketzerisches Traktat zu widerrufen, was er zu tun sich geweigert hatte. Nun würden sie verlangen, dass er die Morde zugab, die er nicht begangen hatte. Zusammen mit seinen damaligen Verfehlungen würde das Todesurteil gefällt werden. Er hatte nur die Möglichkeit, der Tortur zu entgehen, wenn er seinem Leben selbst ein Ende setzte.

Und er war gewillt, das zu tun.

Aber der Tortur konnte er sich dennoch nicht entziehen.

Gequält stöhnte er auf.

Eine Hand legte sich auf seine Schulter, und dann sackte die Strohmatratze ein Stück nieder, als sich Abt Theodoricus auf seine Bettkante setzte.

»Mein Sohn, ich habe für dich gebetet«, murmelte der ehrwürdige Vater. »Ich weiß, welche Seelenpein dich erfüllt.«

»Mein Entschluss steht fest, Theo. Auch mitten in der Nacht noch.«

»Ich weiß, Ivo. Du gehst deinen Weg. Wie immer.«

»Ich muss, Theo.«

Der Druck der Hand wurde stärker.

»Du musst. Aber ich hoffe, du weißt auch, was andere tun müssen, und wirst es genauso akzeptieren, wie ich deine Entscheidung annehme.«

»Tust du es?«

»Ich tue es. Um der Liebe willen, Ivo, tun wir viel. Schlaf nun, mein Sohn. Ego te absolvo.«

Die Hand löste sich von seiner Schulter, und zurück blieb das Gefühl von verlorener Wärme und Trost.

Doch Ivo vom Spiegel versank in einen unruhigen Schlaf und dämmerte seiner eigenen Totenmesse entgegen.


Am Morgen wurde Pater Ivo mit nackten Füßen von einem Bruder zum Altar von Sankt Brigiden geführt. Der Einschließung wohnten in der kleinen Pfarrkirche neben dem Kloster nicht nur die Mönche, sondern auch die ganze Gemeinde bei, und die Kirche war zum Bersten voll. Als er sich vor den Stufen des Altares niederwarf, war sein Gesicht gefasst, und seine Augen waren ruhig. Der ehrwürdige Vater, der das Priesteramt übernommen hatte, fragte mit lauter Stimme: »Willst du eingeschlossen werden und um Gottes willen ein Einsiedlerleben führen, so lange du lebst?«

»Ich will.«

»Willst du dem Bischof gehorchen und Uns als seinem Stellvertreter bis zu deinem Lebensende?«

»Ja, ich will es.«

»Du weißt, welche Mühen du auf dich nimmst, Bruder. Denn die Versuchungen des Teufels werden dich quälen. Gegen ihn musst du nun alleine ankämpfen. Du musst dich gegen die Welt und gegen dein Fleisch widersetzen, auch wenn du bereits für die Welt gestorben bist.«

»Aus Liebe zu Gott und um meines Seelenheils willen und gestärkt durch die Gebete der Frommen habe ich alles genau durchdacht und mit Gottes Hilfe vorbereitet.«

Theodoricus kniete nieder und betete, Ivo vom Spiegel sah verwirrt zu ihm hin. Doch der Abt ließ sich durch nichts unterbrechen. Der Chor der Mönche stimmte die Psalmen an. Es folgten Litaneien und Wechselgesänge, und dann brachten zwei weitere Mönche ein neues Gewand herbei.

Wenn auch irritiert, so legte Pater Ivo doch mit gemessenen Bewegungen seine schwarze Kutte ab und wurde in die weiße Robe eingekleidet.

Danach folgte die Messe zum Heiligen Geist, und nach dem Credo wandte sich der ehrwürdige Vater wieder Pater Ivo zu, der die gesamte Zeit regungslos vor dem Altar gekniet hatte.

»Ivo vom Spiegel, empfange die Regel des heiligen Benedikt, die du annehmen mögest, um ihr zu folgen. Willst du gemäß dieser Regel in dieser Klause bis zu deinem Tod leben?«

»Ich will es.«

»So empfange dieses Bild des Gekreuzigten, dessen Leiden und Sterben du studieren und immer in deinem Herzen bewahren mögest.«

Theodoricus legte Ivo ein Kreuz in die Hände, und gemeinsam mit den Mönchen geleitete er ihn aus der Kirche über den Friedhof zu der neu errichteten Klause.

Dabei sangen die Benediktiner das »Dies irae, dies illa«. Nicht wenigen aus der Gemeinde fuhren kalte Schauder über den Leib.

An die Kirchwand war ein kleiner Steinbau angefügt, von dem nur noch ein schmaler Eingang offen geblieben war. Daneben standen in demütiger Haltung ein alter Maurer und sein junger Gehilfe, die gleich darauf die endgültige Einmauerung übernehmen würden.

Vor der Klause warf sich der Einzuschließende zu Boden und betete laut: »Aus der Tiefe rufe ich, Herr, zu dir«, und nachdem er geendet hatte, sprach Theodoricus ein langes Gebet. Dann erhob sich Pater Ivo von den Knien, und mit unbewegter Miene ließ er sich von dem Abt in die karge Kammer führen. Der ehrwürdige Vater segnete ihn und sprach: »Der Herr beschütze deinen Eingang und deinen Ausgang«, und der Chor antwortete ihm dumpf: »Von nun an bis in Ewigkeit.«

Dann gab Theodoricus den beiden Maurern das Zeichen, die Klause zu schließen. Sauber und ordentlich setzten die beiden Stein auf Stein. Akkurat fuhr die Kelle des Gesellen über die Ziegel und verteilte den Mörtel, und keiner hörte, wie er leise zu dem stummen Mann auf der harten Bank sagte: »›Nun aber bleiben Glaube, Liebe und Hoffnung, diese drei; aber die Liebe ist die größte unter ihnen.‹«

Todtraurige Augen blickten durch das winzige Fenster, als die letzten Steine eingefügt wurden.

Die Maurer traten zurück, und der Abt besprengte die Klause mit Weihwasser und sprach laut und vernehmlich: »Ruhe in Frieden, Amen.«

Dann wandte er sich ab und führte die Mönche zurück ins Kloster. Auch die Gemeinde verlief sich schwei-

gend, die meisten erschüttert über das Schicksal, das der
Sohn des wohledlen und hoch angesehenen Patriziers
Gauwin vom Spiegel gewählt hatte. Die Gerüchte über
seine Beteiligung an den Morden waren verstummt.

Zumindest weitgehend.

## 20. Kapitel

Theodoricus sah blass und erschöpft aus, Almut, nun
wieder in ihrer grauen Beginentracht, nicht minder.

»Ihr habt Eure Maria geopfert«, stellte der Abt leise
fest.

»Die Mutter der Gnade wird ihm in den nächsten
Tagen mehr helfen als mir, ehrwürdiger Vater.«

»Ihr Anblick wird ihn erinnern und quälen.«

»Sicher. Das war meine Absicht.«

»Ihr glaubt, dass ihn das am Leben erhält?«

»Ich hoffe es.«

»Ich auch. Alsdann, listenreiche Frau Almut, welches sind die nächsten Schritte, die Ihr plant?«

»Euer Einverständnis vorausgesetzt, möchte ich mich
mit Bertram über den Vergolder Thomas unterhalten.
Es muss einen Zusammenhang geben zwischen ihm
und dem Brevier, das bei der Leiche im Adler entdeckt
wurde. Mein Bestreben ist es, denjenigen zu finden, der
hinter diesen Verleumdungen steckt.«

»Habt Ihr einen Verdacht?«

»Ich habe einen, und dazu habe ich bereits Erkundi-
gungen eingezogen. Ihr erinnert Euch an den Ritter
Gero von Bachem?«

150

»Nur zu gut, Frau Almut. Aber wie steckt er in diesem bösen Spiel?«

»Ein undurchsichtiger Kumpan, der sich als Pferdeknecht ausgibt, hat Arbeit in Simons Schmiede gesucht, gleich nachdem der erzbischöfliche Kurier ermordet wurde. Er gibt an, in Herrn Geros Diensten gestanden zu haben, und hat Nachforschungen über Pater Ivo angestellt. Ich habe Nachricht an den Ritter gesandt, er möge mir von jenem Hardwin berichten.«

»Klug, Frau Almut. Aber wenn Ihr ihn zur Rede stellt, tut es nicht alleine.«

»Erst muss er wieder auftauchen, denn vorige Woche ist er mit dem besten Pferd aus dem Adler verschwunden.«

»Schau an.«

»Zudem geistert ein schwarzhaariger Mann umher, der ebenfalls immer wieder auftaucht, wenn es um Gerüchte über Ivo geht. Möglicherweise ist es Leon de Lambrays. Ein Weinhändler aus Burgund.«

»Den Ihr kennt.«

»Pater Ivos Sohn.«

»Oh.«

»Sie haben sich vergangenes Jahr gestritten.«

»Wie unerwartet.«

»Eine lange Geschichte, ehrwürdiger Vater. Aber ja, Ihr habt recht, sie scheinen sich sehr ähnlich zu sein. Ob der Streit so tief ging, dass der Sohn den Vater verdammt, weiß ich nicht.«

»Ihr wollt es nicht glauben.«

»Nein. Beide sind hartköpfig, und ihr Wille brennt wie eine lodernde Fackel, wenn man sie herausfordert, aber im Herzen sind beide gut. Nichtsdestotrotz muss ich Leon finden, denn vielleicht hat man ihn und seinen Zorn ohne sein Wissen benutzt.«

»Ihr habt schon Beachtliches in die Wege geleitet. Mehr als ich. Aber ich werde noch einmal unseren Bruder Camerarius und den Bruder Bierbrauer ausführlich nach Herkunft und Verhalten des Vergolders befragen. Wir wollen unsere Erkenntnisse zusammenlegen, Frau Almut, wenn wir neue Bröckchen eingesammelt haben. Und nun widmet Euch dem jungen Schnitzer.«

»Danke, Vater Abt.«

»Die barmherzige Mutter sei mit Euch und lenke Eure Wege, Frau Begine.«

Bertram saß in seiner Werkstatt, umgeben von duftenden Holzspänen, klobigen Scheitern, scharfen Messern und Sticheln, Feilen und Meißeln, betenden Aposteln, sich aufschwingenden Engeln, Ochs und Esel, einem schlafenden Hündchen, brüllenden Löwen und ein paar turtelnden Tauben. Letztere waren nicht aus Holz und flatterten auf, als Almut eintrat.

»Ein wahrer Heiliger bist du geworden, Bertram. Inmitten wilder Tiere sitzt du hier wie Hieronymus im Gehäus.«

Der Novize setzte das Schnitzmesser ab und lächelte sie an. Doch dann wurde sein Gesicht ernst.

»Frau Almut, es ist so schrecklich. Und meine Mutter trägt große Schuld daran.«

»Das tut sie, nicht aber du, Bertram. Aber sag, weißt du, warum sie die Anschuldigung erhoben hat?«

»Nicht genau. Sie war nur fürchterlich aufgebracht, weil ihr jemand erzählt hat, das mit dem Claas, also da sei etwas nicht mit rechten Dingen zugegangen.«

»Wer hat ihr das erzählt?«

»Sie behauptet, ein Mönch.«

»Holla!«

»In einer braunen Kutte.«

»Aber sie weiß nicht, aus welchem Kloster, oder gar seinen Namen?«

»Ich denke, selbst wenn er ihr das genannt hatte, war sie viel zu fahrig, es sich zu merken. Sie hat sich damals entsetzlich aufgeregt. Ihr Bruder war doch ihr ein und alles.«

»Ich werde versuchen, mit ihr zu reden.«

»Tut es nicht, Frau Almut. Sie ist nicht gut auf Euch zu sprechen.«

Das hatte Almut auch schon gemerkt. Die Pastetenbäckerin war zwar nicht offen feindselig, doch sehr zurückhaltend in der letzten Zeit gewesen. »Warum?«, fragte sie, obwohl sie die Antwort schon fast kannte.

»Weil Ihr mit Pater Ivo befreundet seid. Sie glaubt, ihr wüsstet ebenso von seinem Vergehen und deckt ihn. Sie ist nicht immer sehr klug, meine Mutter.«

»Mhm. Lassen wir das auf sich beruhen. Bertram, du hast etliche Tage mit Thomas zusammengearbeitet. Was für ein Mensch war er?«

Bertrams betrübter Blick wurde schelmisch. Er stand auf und kramte auf dem Bord nach etwas. Dann legte er seiner Besucherin einen faustgroßen Holzkopf in die Hände. Mit größter Hochachtung drehte und wendete Almut das Kunstwerk hin und her. Bertram hatte das seltene Talent, das Wesen eines jeden Lebewesens einzufangen. Hier erkannte sie einen Mann, dem eine unbestimmte Gier aus den Augen schaute, eine hintergründige Gerissenheit, die er gewissenlos einsetzen

153

würde, um zu erhalten, was er anstrebte, doch auch einen willensschwachen Zug um die Lippen, der von Verführbarkeit sprach. Die Tränensäcke unter den Augen deuteten auf unmäßigen Genuss hin, das zerrissene Ohr schaute unter einer eng anliegenden Kappe hervor.

»Seine Arbeit hat er gut gemacht?«

»Soweit ich es beurteilen kann, ja, Frau Almut. Auch wenn man ihn aus der Zunft ausgeschlossen hat, so verstand er doch sein Handwerk. Vermutlich zu gut, wenn ich es mir recht überlege.«

»Will sagen?«

»Schaut, wer geschickt mit Blattgold umgehen kann, könnte auch schon mal der Versuchung erliegen, Unedles zu veredeln, nicht wahr?«

Almut dachte an ihre Marienstatue. Sie hatte die Bronzefigur im Schutt unter dem alten Stall gefunden, und Pater Ivo hatte ihr später erklärt, es sei eine uralte Darstellung einer Göttin, die die Heiden, die einst Köln bewohnt hatten, verehrten. Doch sie sah so sehr wie die Muttergottes aus, denn sie hielt ein Kind auf ihrem Schoß, und über ihrem Haupt schwebte ein seltsamer Heiligenschein zwischen zwei schlanken Hörnern. Sie hatte keinen Augenblick gezögert, zu ihr als der sanften Maria zu beten, die ihr von Kindheit an vertraut war. Es mochte an dem wunderbar wechselnden Mienenspiel liegen, das sich immer dann änderte, wenn die Sicht des Betrachters oder das Licht wechselte. Pater Ivo hatte ihr zugestimmt, dass sie eine wunderbare Verkörperung der himmlischen Königin sei, und sie eigenhändig geweiht. Doch dann war sie mutwillig zerstört worden. Ein Freund von Meister Kru-

154

dener, Rebbe Goldfarb, hatte sie wieder repariert und sie mit einem dünnen Goldüberzug versehen.

»Fälschungen mögen ein Grund für das Schlitzohr gewesen sein. Die Zünfte sehen es überhaupt nicht gerne, wenn ihre Leute sich auf den unrechten Pfad begeben«, bestätigte Almut Bertrams Einschätzung. »Ein Säufer war er auch?«

»Ja, er war ein Säufer, doch nicht bei der Arbeit. Aber sowie er sein Tagwerk getan hatte, mussten Bier und Wein her. Hier hat er auch gesoffen, aber oft ist er auch in die Tavernen gegangen, glaube ich.«

»In den Adler auf jeden Fall, denn dort hat er ja sein Ende gefunden.«

»Wenn er trunken war, hat er manchmal komisches Zeugs geschwafelt, Frau Almut. Ich weiß nicht, ob's Euch hilft, aber ich will mich versuchen zu erinnern.«

»Nur zu, wir werden ja sehen.«

»Also, er hat oft von einer hohen Frau gesprochen, der er zu dienen geschworen hat. Erst dachte ich, er meinte eine Heilige oder so. Aber dann hat er von Dämonen gesprochen, die in bunten Lichtern tanzten.«

»Ich hörte sagen, dass tiefer Rausch einem Menschen solche Bilder vorgaukeln kann.«

»Ja, so sagt man. Aber er fürchtete sich vor diesen teuflischen Mächten und hat sich sogar einmal in die Sakristei geschlichen, um geweihte Hostien zu klauen. Außerdem trug er ein vergoldetes Amulett, das er ständig gestreichelt hat. Aber wenn einer der Mönche vorbeischaute, hat er es immer ganz schnell unter dem Wams versteckt.«

»Abergläubisch.«

»Ja, sogar sehr. Er hatte Angst vor Geistern.«

Almut notierte dies für sich und ließ es auf sich beruhen.

»Woher stammte er?«

»Er sagt, aus Nürnberg. Ob es stimmt, weiß ich nicht. Jedenfalls war seine Sprache ein wenig anders, als sie hier gesprochen wird.«

»Aus Nürnberg.« Ein kleines Lichtlein funkelte in ihrer Erinnerung auf. »Dort, wo man die Flinderlein herstellt.«

»Ja, ganz genau. Er hat mir diese Plättchen gezeigt und stolz erläutert, wie man das minderwertige Metall vergoldet. Woher wisst Ihr von diesem Putz, Frau Almut? Ihr tragt doch nur das graue Gewand der Beginen.«

»Aber meine Stiefmutter nicht. Sie hatte Flinderlein an ihrer Jacke. Und die Adlerwirtin hat welche von einem Gast erhalten.«

Mit großen Augen sah Bertram sie an.

»Ihr seid einer Sache auf die Spur gekommen?«

»Es sieht beinahe so aus, Bertram. Eine ganz andere Frage, mein junger Freund: Kannst du dich erinnern, was du dem Thomas von deinem Oheim erzählt hast?«

Betreten rang der Junge plötzlich seine Hände, denn offensichtlich war auch ihm gerade eben ein Licht aufgegangen.

»Ich habe ihm davon erzählt, dass ich das Schnitzen von ihm gelernt habe. Und dass er umgekommen ist. Heiliger Joseph! Frau Almut, glaubt Ihr, er hat etwas damit zu tun, dass meine Mutter misstrauisch geworden ist?«

»Es gibt Zusammenhänge, ohne Zweifel. Aber wie die Fäden verknüpft sind, darüber muss ich jetzt nachdenken. Bertram, du warst mir eine große Hilfe. Wenn dir noch etwas einfällt, dann vertraue es bitte dem Vater Abt an.«

Überaus nachdenklich verließ Almut, als die Glocken die Mönche zur Andacht riefen, das Kloster. Es gab also jemanden, der Flinderlein hergestellt hatte, und einen anderen, der sie verteilt hatte. Der dunkle Mann hatte sich als Freund des Toten ausgegeben, das mochte also stimmen. Dann war der Vergolder auch die Quelle, aus der er sein Wissen über Ivo geschöpft hat, weshalb das Brevier in der Braustube kein Zufall war, sondern mit Absicht dorthin gebracht worden war, um den Verdacht auf den Herrn vom Spiegel zu lenken. Auch die Geschichte von Claas' Tod war aus diesem Brunnen gesprudelt. Blieb zu spekulieren, warum der Vergolder sterben musste, obwohl er ein solcher Born des Wissens war.

Das aber würde sie später tun, denn sie kam gerade noch rechtzeitig, um sich mit den anderen Beginen zum Mittagsmahl zusammenzusetzen.

Mit Claras Gesundheit war es in den vergangenen Tagen aufwärtsgegangen, und sie hatte darauf bestanden, den Mädchen wieder Unterricht zu erteilen. Doch am Nachmittag zog sie sich erschöpft in ihre Kammer zurück, und als Almut bei ihr vorbeischaute, lag sie mit geschlossenen Augen auf ihrem Bett. Sie schlief allerdings nicht und flüsterte mit schwacher Stimme: »Komm nachher noch mal zu mir, Almut. Ich habe etwas für dich.«

»Gerne. Reicht der Vorrat von der Salbe noch, die Meister Krudener für dich gemischt hat?«

»Ja. Du kannst mir nachher helfen. Aber jetzt brauche ich eine Weile Ruhe.«

»Schon gut. Ich werde den Boden der Kapelle wachsen.«

Die eintönige, kräftezehrende Arbeit, die sie auf den Knien durchführte, lenkte sie von den zahlreichen Vermutungen ab, die sich in ihrem Kopf formieren wollten. Aber aus Erfahrung wusste sie, dass es besser war, wenn sie sie sich eine Weile setzen ließ. Als sie die Hälfte des Bodens bearbeitet hatte, gesellte sich wortlos die Edle von Bilk zu ihr und rieb ebenfalls mit Eifer Bienenwachs in die geglätteten Bohlen. Irgendwann aber fragte sie: »Euch geht es heute wieder besser?«

»Ja, danke. Ich habe wohl nur zu gierig gegessen. An Gertruds Speisen lag es gewiss nicht.«

An den grausigen Fund vom Vortag wollte sie nicht erinnert werden und hatte sich nach Kräften bemüht, sich abzulenken. Ihre Sorge um Pater Ivo und die vielen neuen Erkenntnisse boten sich an, das Ereignis verblassen zu lassen, und nun glaubte sie selbst beinahe an eine böse Einbildung. Um nicht weiter ins Grübeln zu geraten, begann sie ein Gespräch mit der Edelfrau.

»Sagt Euch denn das arbeitsame Beginenleben zu, edle Frau?«

»Ich bin sehr angetan von Eurem Fleiß und Euren Kenntnissen. Heute Vormittag hat mir Frau Elsa gestattet, ihr bei der Zubereitung von Kräutersud und verschiedenen Tinkturen zu helfen. Was für eine kundige Frau. Sogar die gefährlichen Mittel kennt sie, doch sie geht vorsichtig mit Mohnsaft und Bilsenkraut um.«

»Gefährlich ist nur die Dosis, und manches Gift

kann durchaus zur Arznei werden, wenn man es in geringer Menge verabreicht.«

»Ein faszinierendes Gebiet, das ich gerne mehr erforschen würde. Aber auch die Seidweberinnen beeindrucken mich zutiefst. Wie fein die Fäden sind, die sie auf ihren Rahmen spannen, und wie schnell und geschickt sie mit dem Weberschiffchen umgehen.« Sie lachte leise auf. »Noch bin ich nicht fern von jeder weltlichen Eitelkeit, Frau Almut. Die Stoffe, die sie herstellen, wecken Wünsche in mir.«

Almut lächelte leise.

»Ja, auch ich habe dann und wann solche Anwandlungen. Ihr wisst, wir Beginen sind nicht gezwungen, ausschließlich die graue Tracht zu tragen. Wenn die Meisterin es erlaubt, dürfen wir zu bestimmten Anlässen auch schöne Gewänder tragen, solange sie nicht übermäßig aufgeputzt sind. Nur, wie Ihr seht – für unsere Arbeit sind raue Kittel passender als seidene Surkots.«

Durch die freundschaftliche Unterhaltung flog die Zeit dahin, und die Arbeit ging ihnen zügig von der Hand. Als die Glocken die Non verkündeten, erhob sich Almut und betrachtete zufrieden den seidig schimmernden Boden. Der Edlen jedoch musste sie helfen, auf die Beine zu kommen, sie stöhnte ein wenig, dass ihr der Rücken wehtat.

»Lasst Euch von unserer Elsa eine Salbe einreiben, dann seid Ihr die Pein schnell los«, riet sie ihr und sammelte ihre Werkzeuge ein.

Nachdem Almut sich am Brunnen gewaschen und bei Gertrud ein paar süße Wecken und einen Krug Apfelwein erbettelt hatte, klopfte sie mit diesen Gaben in der Hand bei Clara an, die sie diesmal über ihren Büchern vorfand. Ihre Wangen waren leicht gerötet, was aber nicht auf Fieber, sondern auf Gelehrteneifer schließen ließ.

»Ich habe uns Stärkung mitgebracht.«

»Oh! Vier Wecken? Drei für dich, einer für mich?«

»Nein, nein, wir werden schwesterlich teilen.«

»›Besser ein Gericht Kraut mit Liebe, als ein gemästeter Ochse mit Hass.‹«

»Ach so, dann iss deinen einen Wecken mit Liebe, und ich mäste mich an den restlichen dreien. Du bist recht munter, Clara.«

»Der Ausschlag beginnt zu heilen, die Gliederschmerzen klingen ab, und ich habe herausgefunden, wer der Sohn des Harfenspielers ist.«

»Tatsächlich?«

»Es ist so entsetzlich simpel, Almut. Wirklich. Wenn man die Bibel kennt, liegt es geradezu auf der Hand. Wer spielt die Harfe zu all den Psalmen?«

»Oh – David natürlich. Der spielt nicht nur Harfe, der schleudert auch Steine. Verflixt, darauf hätte ich neulich schon kommen können!«

»Neulich – ach ja, Rigmundis, die von dem Siegespsalm sprach. Ich muss wirklich nicht ganz auf der Höhe gewesen sein.«

»Verständlich. Also, Davids Sohn warnt vor den Folgen.«

»Der weise Salomo ist Davids Sohn.«

»Ei wei, der hat aber vor Vielem gewarnt. Vor allem vor den Gottlosen.«

»Richtig, und deshalb ist es auch aufwändig, den Schlüssel zu finden. Ich suche alle Warnungen heraus und übergehe die Ratschläge, die Vergleiche und die seltenen Lobsprüche, mit denen der Weise uns ergötzt.«

»Eine Fleißarbeit. Ich bewundere dich, Clara. Du hast so viel Geduld.«

»Mir macht es Freude. Solche Rätsel liebe ich. Wenn es dir hilft, Almut, soll mir das Dank genug sein.« Sie lächelte. »Du hast ebenfalls sehr weise gehandelt, als du mich um die Entzifferung dieses Textes gebeten hast. Es hat meinen Geist beschäftigt. Aber dennoch habe ich viel Zeit zum Nachdenken gehabt.«

Sie nahm einen Schluck von dem Apfelwein und schaute versonnen drein.

»Weißt du, mein Vater war ein Schreiber und ein Dichter. Er hatte ungeheuer viel gelesen und fand es unterhaltsam, mich, seine einzige Tochter, in diese Kunst einzuführen. Ich habe Latein beinahe gleichzeitig mit Deutsch gelernt und konnte mit sechs Jahren lesen, mit sieben die Feder führen. Mit zehn fand er mich alt genug, Griechisch zu lernen, die fränkische Zunge flog mir irgendwann dann einfach zu. Die Bücher und Schriftrollen waren mir immer wichtiger als Tändeleien, und darum war es sicher ein Glück, dass ein Freund meines Vaters um mich anhielt. Karsil Vammerode war zehn Jahre älter als ich, und mit sechzehn wurde ich sein Weib.« Sie sah Almut offen an. »Ich weiß, deine Ehe war nicht glücklich, meine war es. Der Ritter war ebenso wie mein Vater ein höchst gebildeter Mann, den meine Neigung zum geschriebenen Wort erfreute. Elf Jahre dauerte unser Glück, wenn uns auch keine Kinder beschert waren.

Dann, anno 1366, brach die Hemmersbacher Fehde aus, und unsere Burg wurde belagert. Es war grauenvoll, Almut. Sie schossen drei Monate lang schwere Steinkugeln auf die Mauern, und mein Mann wurde verletzt. Es wurde geplündert und alle unsere Bücher gingen in Flammen auf. Letztlich zogen die Hemmersbacher ab, aber Karsil erlag seinen Wunden bald darauf, und ein hässlicher Erbschaftsstreit brach aus. Ich floh, bald von Sinnen vor Trauer und Angst, nach Köln. Hier nahm mich meine Tante auf, pflegte mich und stiftete mir schließlich die Mitgift für die Beginen. Allmählich fand ich in diesem Kreis wieder zu mir selbst, und Magda wusste es zu schätzen, dass ich mich mit den Schriften auskannte. Aber mir fehlten die vielen gelehrten Dispute, die ich mit meinem Gatten und seinen Freunden geführt hatte. Ihm zur Erinnerung begann ich, das Traktat zu schreiben, in dem ich die Auslegung der Kirche zu den biblischen Texten angriff. Das, was ich vernichtet habe. Mir war, als würde Karsil ein zweites Mal in meinen Armen sterben, Almut.«

»Ich verstehe«, murmelte diese. »Ja, ich verstehe gut. Viel zu gut.«

»Ich weiß. Und darum werde ich dir helfen, deinem Pater beizustehen. Erzähl mir, was du herausgefunden hast.«

Dankbar nahm Almut die Einladung an, und als sie geendet hatte, fragte Clara nach: »Du vermutest also, dass jener schwarzhaarige Fremde mit diesem Thomas bekannt war? Wir sollten herausfinden, was die beiden verbunden hat.«

»Flinderlein aus Nürnberg.«

»So mag der Schwarzhaarige entweder dorther stammen, ihn dort getroffen haben oder mit diesem Flitterkram handeln.«

»Oder seine Dienste als Vergolder zu seinen Zwecken eingefordert haben.«

»Zu unlauteren Zwecken, weshalb ihm das Handwerk endgültig gelegt werden musste.«

»Viele Spekulationen. Clara, viel zu viele. Vielleicht sehe ich anderntags klarer.«

»Ich wollte morgen zu Sankt Laurenz gehen, um dort zu beten. Du weißt doch, der Heilige hilft bei brennenden Ausschlägen. Es kann nicht schaden, den himmlischen Beistand zu erflehen, wenn man wieder gesund werden will.«

»Und gesund willst du nun wieder werden?«

»Ja, Almut.«

»Ich begleite dich.« Almut grinste. »Der Patron der Bibliothekare ist er auch, der heilige Laurentius.«

»Und der Bierbrauer.«

»Und der armen Seelen, weshalb auch ich bei ihm gut aufgehoben bin.«


## 21. Kapitel

Die Sonne hatte wieder an Kraft gewonnen, und in den Weingärten zwischen den Häusern trieben die Rebstöcke in langen Ranken aus. Doch bald hatten Almut und Clara die Hofergasse hinter sich gelassen und näherten sich der gewaltigen Dombaustelle. Hier herrschte reger Betrieb, und die Beginen blieben stehen, um mit weit in den Nacken gelegten Köpfen wieder einmal die unglaubliche Kathedrale zu bestaunen. Es war ein ehrfurchtgebietendes Gebäude, schon heute, obwohl erst der Chor fertiggestellt und einer der Türme im Wachsen begriffen war. Wie steinernes Filigran erhoben sich die schlanken Strebpfeiler, wie exotische Gewächse rankten sich Blätter entlang der Simse, blühten Krabben und Fialen auf den Wimpergen, den Ziergiebeln. Was jedoch wie eine organisch gewachsene Wildnis wirkte, unterlag der strengsten Geometrie und bildete ein dem Auge gefälliges Bild. Almut seufzte beglückt auf. Ein solches Bauwerk musste die Seele erheben, wie niedergedrückt sie auch von Sorgen sein mochte.

»Was für eine Vision«, flüsterte auch Clara. »Ich haderte mit der Kirche und mit ihren kleingeistigen, machtgierigen Vertretern. Aber es muss doch etwas Gutes und Großes daran sein, wenn der Glaube die Menschen zu solchen Leistungen bewegt.«

»Die Gesetze der Harmonie sind gottgegeben, und so ist ihr in Stein gehauener Ausdruck der Anblick von Gottes Schöpfung in seiner Vollendung.«

»Du wirst ja richtig philosophisch, Almut.«

»Baukunst ist etwas Philosophisches.«

»Wahre Schönheit, ganz allgemein, regt zur Philosophie an, denke ich.« Hörbar sog Clara den Atem ein. »Auch menschliche. Schau!«

Almut kehrte von ihren Höhenflügen zur Erde zurück und folgte dem Blick ihrer Begleiterin. Eine Gruppe Männer stand vor dem Dom zusammen, und sie unterhielten sich mitten in dem Getöse der Maurer und Steinmetze, Ochsentreiber und Wasserträger. Zwei waren ältere Handelsherren, der dritte hingegen war ein junger Mann. Schwarz seine knielange Heuke, schwarz seine Stiefel, schwarz sein gelocktes Haar, das unbedeckt bis über seine Schultern fiel, dunkel und bartlos jedoch sein Gesicht. Als er sich nun von seinen Bekannten verabschiedete und sich in Richtung der Beginen wandte, tat er es mit den geschmeidigen Bewegungen eines schönen, schwarzen Katers.

»Ihn habe ich gesucht!«, frohlockte Almut, und Clara gluckste.

»Das tut gewisslich jedes Weib. Aber hast du nicht noch vor Kurzem einem anderen Mann deine Liebe geschenkt?«

»Seinem Vater. Darum habe ich ihn ja gesucht.«

Clara blieb abrupt stehen. »Wie bitte?«

Doch Almut ging spornstreichs dem dunklen Herrn entgegen und sprach ihn an: »Leon de Lambrays?«

Er hielt inne, seine grauen Augen schauten sie kurz und fragend an, dann spielte ein Lächeln um seine Lippen, und er neigte mit höfischer Eleganz sein Haupt.

»Frau Begine. Welche Freude, Euch wohl und gesund anzutreffen.«

Eine leichte Röte überzog Almuts Wangen, denn bei der letzten Begegnung hatte sie nur in ihre langen Haare gehüllt an der Bahre seines Bruders gestanden, um sich dem Gottesurteil zu unterziehen. Doch sie vertraute darauf, dass Ivos Sohn den Anstand besaß, diesen Vorfall zu vergessen. Darum zeigte sie sich ebenfalls freundlich und begrüßte ihn mit den Worten: »Ich bin gleichermaßen froh, Euch in unserer Stadt zu begegnen. Ihr seid in Geschäften hier?«

»Wein aus Burgund bringe ich, und feine Tuche werde ich mit zurücknehmen.«

»Werdet Ihr noch einige Tage in Köln weilen, oder zwingen Euch die Geschäfte, bald zurückzukehren?«

»Bis Pfingsten, denke ich, werde ich meinen Handel abgewickelt haben. Warum? Möchte Euer Konvent schweren roten Wein erstehen? Ich kann Euch versichern, der unsere ist nicht gepanscht.«

Ei wei, dachte Almut. Er erinnert sich also doch. Aber sie setzte eine unverbindliche Miene auf und nickte. »Unsere Meisterin könnte durchaus Interesse daran haben. Wäre es Euch genehm, unser Heim aufzusuchen?«

»Es wäre mir ein Vergnügen, Frau Begine. Doch verzeiht, ich habe Euren Namen vergessen, Ihr aber erinnert Euch an den meinen.«

»Mich ruft man Almut und meine Begleiterin Frau Clara.«

Wieder kamen sie in den Genuss einer äußerst anmutigen Verbeugung, und gleich darauf einigte man sich auf einen Besuch am Eigelstein zur neunten Stunde. Dann verabschiedeten sie sich und gingen ihrer Wege, Clara und Almut weiter die schnurgerade Straße ›Unter Guldenwaagen‹ bis zur Kirche des Laurentius.

»Du bist mir eine Erklärung schuldig, Almut! Wieso lädst du den Weinhändler ein? Woher willst du wissen, ob Magda seinen Roten kaufen möchte?«

»Ich weiß es auch nicht, aber ich möchte mit ihm über das, was ich mit ihm zu bereden habe, nicht auf offener Straße sprechen.«

»Über seinen Vater?«

»Über ebenden. Und nun wollen wir zu dem Heiligen um Heilung und Fürbitte für unsere armen Seelen beten.«

Es erquickte Almut zwar lange nicht so sehr wie eine Zwiesprache mit Maria, aber nachdem sie die Kirche verlassen hatten, waren ihre Gedanken gesammelt und ihr Vorgehen Leon gegenüber einigermaßen durchdacht.

Als die Glocken zur Non läuteten, traf der Weinhändler pünktlich an der Pforte des Beginen-Konvents ein und versetzte die Bewohnerinnen in kaum zu unterdrückende Bewunderung. Almut hingegen begegnete ihm nüchtern und gelassen und stellte ihn der Meisterin vor. Auch sie bewahrte, außer einem anerkennenden Aufblitzen in ihren Augen, Fassung und begrüßte den jungen Mann eher förmlich.

»Herr de Lambrays, Ihr werdet verzeihen, dass wir Euch unter Vorspiegelung falscher Tatsachen zu uns gelockt haben. Doch es gibt eine weit wichtigere Angelegenheit, mit der wir uns befassen müssen, als mit Eurem sicher vorzüglichen Wein. Ich überlasse Euch und Frau Almut für eine Weile meine Räume, damit sie Euch ungestört über die Vorfälle in Kenntnis setzen kann, die sowohl Euch betreffen als auch ihr große Sorge bereiten.«

Leon nickte und nahm mit einer gewissen Zurückhaltung auf der Bank am Fenster Platz. Magda rauschte aus der Stube, und Almut setzte sich an ihren Tisch mit dem Schreibpult, an dem die Meisterin gewöhnlich ihre Abrechnungen machte. Sie hielt sich nicht mit langer Vorrede auf, sondern begann: »Herr de Lambrays, als Erstes solltet Ihr erfahren, dass mir bekannt ist, wer Euer Vater ist.«

Die beiden schwarzen Brauen bildeten prompt genau

dieselben scharfen Haken, wie es die derer vom Spiegel gewöhnlich taten, wenn sie eine erstaunte Missbilligung ausdrücken wollten. Beinahe hätte Almut gekichert. Stattdessen aber mahnte sie streng: »›Ein törichter Sohn ist seines Vaters Herzeleid!‹, wie uns der Weise lehrt.«

»Und ›eine zänkische Frau wie ein ständig triefendes Dach‹, Frau Almut. Auch ich habe die Lehren Salomos gehört und beherzige sie. Auch wenn ich ansonsten sicher nicht so bibelfest bin wie die frommen Beginen.«

Mit einem Zähneknirschen kam Almut zu dem Schluss, dass sie den Sohn seines Vaters bedauerlicherweise unterschätzt hatte.

»Vergebt, Ihr seid alles andere als töricht. Aber es gibt Gründe, warum ich Euch – sagen wir mal – nicht völlig freundlich gesinnt bin. Daher wäre ich Euch dankbar, wenn Ihr meine Fragen aufrichtig beantwortet, damit meine Zweifel ausgeräumt werden.«

Höher als die rechte hob sich nun die linke Braue, was sie auf äußerste Missstimmung schließen ließ. Darum fuhr sie eilig fort, ihre Fragen zu stellen.

»Wie ich hörte, habt Ihr Euch mit meiner Schwester Aziza bereits getroffen.«

Die rechte Augenbraue hob sich nun fragend dazu, und wieder erstaunte Almut das so vertraute Mienenspiel, und ein Hauch Wehmut flog sie an. Leon de Lambrays mochte ein ausgesucht schöner Mann sein, eine Augenweide gar, aber viel lieber hätte sie das graubärtige Gesicht seines Vaters betrachtet.

»Vor einem Jahr, Herr de Lambrays, seid Ihr mir und meiner Stiefschwester in einer Taverne zu Hilfe gekommen. Zugegeben, damals befand ich mich auf Abwegen und trug weltlichen Putz. Aber wie ich ...«

Beide Augenbrauen rückten an die ihnen von Gott gegebene Stelle zurück, und kleine, amüsierte Fältchen bildeten sich in den Augenwinkeln.

»Oh, ich erinnere mich. Die schöne Maurin – sie ist Eure Schwester? Ah – Familienbande sind eine eigentümliche Sache. Doch ich will auf Eure Frage gerne antworten, Frau Almut. Ich habe sie, seit ich in Köln bin, noch nicht getroffen. Was ich anfange zu bedauern. Aber ich kam erst nach den Osterfeiertagen hier an und hatte dann einige Angelegenheiten auf der anderen Seite des Rheines zu erledigen. In der Stadt weile ich erst seit drei Tagen wieder.«

»Danke, Herr de Lambrays. Nun gestattet mir noch eine Frage – seid Ihr auf Eurem Weg hierher über Nürnberg gereist?«

Ungespieltes Erstaunen zeigte sich in seinem Gesicht, aber er antwortete trocken: »Ihr werdet mir sicher erläutern, warum Ihr das wissen wollt. Denn Nürnberg liegt weitab von jeder Route, die ich nehme. In jener Stadt, die dem Vernehmen nach zwar als sehr geschäftüchtig gilt, bin ich noch nie gewesen.«

»Und Flinderlein habt Ihr auch nicht der Wirtin vom Adler überlassen?«

Er schüttelte den Kopf. »Ihr müsst das Geheimnis um meinen Doppelgänger allmählich lüften. Ich weiß nicht, was Flinderlein sind, noch kenne ich eine Adler- oder sonstige Geflügelwirtin.«

»Ihr erleichtert mein Herz, Leon de Lambrays. Ich habe erfahren, dass Ihr Euch mit Eurem Vater zerstritten habt, und befürchtete, dass Ihr hinter den Bübereien stecken könntet, die ihn in die Vernichtung treiben. Aber Ihr habt recht, es muss einen Mann geben, der Euch ähnlich sieht und der seinen Schaden wünscht.«

»Frau Almut, es stimmt, ich hatte einen lauten Zank mit meinem Vater und habe ihm vorgeworfen, nicht sorgsam genug über meinen kleinen Bruder gewacht zu haben. Aber zwölf Monate kühlen die Hitze ab, und bevor ich abreise, werde ich versuchen, mit ihm wieder Frieden zu schließen.«

»Ich hoffe, es ist Euch noch vergönnt. Er befindet sich in großen Schwierigkeiten.«

Alarmiert beugte Leon sich vor.

»Sprecht!«, forderte er beinahe so herrisch, wie es der Herr vom Spiegel gewöhnlich tat. Gehorsam befolgte Almut seinen Befehl. Anschließend blieb er eine Weile stumm und nachdenklich, dann sah er sie an.

»Erlaubt Ihr, dass auch ich Euch eine Frage stelle, Frau Almut?«

»Natürlich. Bevor die Widrigkeiten ihn zu diesen drastischen Maßnahmen greifen ließen, Leon de Lambrays, hegte ich die Hoffnung, dass Euer Vater mich mit einer gewissen – mhm – Zuneigung betrachtete.«

»Ihr last in meinen Gedanken?«

»Es war so schwer nicht.«

Er lächelte, und sie sah den bezaubernden Jungen in ihm, der er einmal gewesen war. Ihr Herz zog sich vor Sehnsucht zusammen.

»Meine Mutter, Frau Almut, hat nie ein Hehl daraus gemacht, dass sie in jungen Jahren das Lager mit ihm geteilt hatte. Sie sprach immer mit großer Achtung von dem großen und begabten Gelehrten und zeigte Erstaunen, als er ihr die Nachricht zukommen ließ, er sei ins

Kloster gegangen. Ich selbst habe Ivo vom Spiegel erst kennengelernt, als er Jean bei uns abholte, und er schien mir ein finsterer Mann zu sein, zurückhaltend, fast kalt. Aber auch wenn er mich nie als Sohn behandelt hat, so bewunderte ich doch seine fundierten Kenntnisse, und unsere Dispute waren erbaulich und lehrreich. Er muss sich gewandelt haben, wenn eine Frau sein Herz erobern konnte.« Dann zwinkerte er plötzlich übermütig. »Oder Ihr, Frau Almut, habt ihn mit Eurem Zauber gewandelt?«

»Ich habe ihn hin und wieder amüsiert und sehr viel öfter verärgert.«

»Ah, verärgern kann man ihn also immer noch. Doch nun hat er sich nicht nur hinter seine eigenen geistigen Mauern, sondern auch hinter die ganz wirklichen einer Klause zurückgezogen. Und Ihr seid ein zweites Mal bemüht, ihn daraus wieder zu befreien?«

»Ich bin fest entschlossen.«

»Ich ebenfalls, Frau Almut. Schlagt ein, meinen Teil an diesem Handel will ich erfüllen. Sagt mir, was ich tun soll!«

Er reichte ihr seine Hand, und sie nahm sie dankbar an.

»Als Erstes, Leon, solltet Ihr Euren Großvater aufsuchen. Er ist krank geworden ob dieser Verwicklungen, und wir fürchten um sein Leben. Euer Anblick wird ihn aufheitern.«

»Ihr glaubt, er wird mich empfangen?«

»Ich bin sicher. Nur bedenkt eines: Er glaubt, Ivo vom Spiegel halte sich lediglich im Kloster auf, von der Einmauerung weiß er nichts.«

»Ich verstehe.«

»Des Weiteren solltet Ihr Euch das Vergnügen gönnen, zusammen mit mir Aziza aufzusuchen.«

»Ihr habt tatsächlich eine bezaubernde Art, einem Pflichten zu versüßen. Wann, wohledle Frau Almut, wollen wir die schöne Maurin besuchen?«

»Morgen, zur Terz.«

Almut stand auf und ging zur Tür. Leon erhob sich ebenfalls.

»Schickt der Meisterin ein Fässchen Wein, Leon, es wäre besser, wenn es so aussähe, als hätten wir geschäftliche Verhandlungen geführt.«

»Selbstverständlich.«

Während sie Leon über den Hof zum Tor begleitete, fachsimpelten sie eingehend über die Qualität der burgundischen Weine.

## 22. Kapitel

Die flüsternde Stimme an dem kleinen Fensterchen war zwar schon lange verklungen, die abendlichen Geräusche verstummt und die Dunkelheit in die enge Klause gekrochen, aber Pater Ivo konnte sie noch immer hören. Aufs Neue sträubten sich die Härchen auf seinen Armen, wenn er an die zischelnden Worte dachte, die wie ätzendes Gift in seinen schützenden Hort geträufelt worden waren. Die Mächte des Teufels, gegen die anzukämpfen er versprochen hatte, waren in einer völlig unerwarteten Form über ihn gekommen. Es war nicht das finstere Blendwerk, mit dem die Priester ihre Schäfchen verschreckten, diese Schimäre aus schlechtem Gewissen, Scham und Todesangst. Es war eine vollkommen reale Person, und genau wie er es vermutet hatte, war sie aus seiner Vergangenheit emporgestiegen wie der nach Verwesung stinkende Schleim einer verrotteten Leiche aus dem Moor.

Ihm war kalt, und er fühlte sich elend. Elender, als er je geglaubt hatte, dass er sich fühlen könnte. Selbst in den Kerkern der Inquisition hatte er sich nicht so gedemütigt gefühlt, so vernichtet.

Die, die sich an ihm rächen wollten, hatten ihr Ziel gründlich erreicht.

Er stützte die Ellenbogen auf seine Knie und barg sein Gesicht in den Händen. Verzweiflung warf ihr schwarzes Netz über ihn und zog sich fester und fester um sein gepeinigtes Herz.

Angelockt von den Brotkrumen landete ein Vögelchen auf dem Sims. Nur ein leises Flattern, ein winziges Kratzen von kleinen Krallen auf den Ziegeln kündete die Besucherin an. Pater Ivo bemerkte sie nicht, doch ein mitleidiger Geist berührte zart ihr Herz, und mit einem Blick auf die goldene Mariengestalt, die auf dem weißen Linnen der Altardecke matt schimmerte, stimmte die Sängerin das Klagelied der Mutter an, die ihre verlorenen Kinder suchte.

Sie sang lange, mit Inbrunst, schluchzend und schlagend, aus voller Kehle und in zahllosen melodischen Variationen. So lange, bis endlich der Verzweifelte seine Hände sinken ließ und das kleine Wunder an seiner Klause wahrnahm. Einen letzten Triller, eine letzte, sanft geflötete Tonfolge schenkte die in ihr bescheidenes braunes Federkleid gehüllte Nachtigall ihm noch, dann flog sie fort.

Er schaute ihr nach, und wie von selbst stahlen sich die vertrauten Worte über seine Lippen: »Salve Regina, Mater misericordiae … Sei gegrüßt, o Königin, Mutter der Barmherzigkeit, unser Leben, unsere Wonne und unsere Hoffnung, sei gegrüßt«, flüsterte er und betrachtete die Statue, die die Begine ihm in die Klause gestellt hatte. Da er wusste, wie sehr sie an dieser kleinen Figur hing, konnte er sich selbst mit strengster Gewalt nicht vor dem Gefühl verschließen, das sie in ihm auslöste. Sie hatte ein Opfer gebracht, für ihn. So wie er ein Opfer für sie bringen wollte. Darum begann der Priester mit der hornhäutigen Seele zu Maria, der Barmherzigen, zu beten.

»Sie glaubt noch an Errettung, himmlische Herrin, und sie weiß nicht, welche Gefahr ihr droht. Die Hölle hat ihre Pforten geöffnet und Geschmeiß ausgespien. Sie werden sie aufspüren und sie peinigen, wie sie auch mich peinigen. Warum, verdammt, Maria, bin ich nach Köln zurückgekehrt? Warum habe ich mich von meiner Eitelkeit und Hoffart leiten lassen zu glauben, hier wieder an alte Bande anknüpfen zu können? Ich habe Freunde gefunden, die nun meinetwegen leiden.«

Er betrachtete in dem silbrigen Zwielicht, das der abnehmende Mond hinter seinem Wolkenschleier auf den Altar fallen ließ, das fein geformte Gesicht der Himmelskönigin, und es schien ihm, als läge ein tiefes Verständnis für alle Kreatur darin. Sogar für eine solche Kreatur wie ihn.

Freunde – Georg Krudener und der Abt Theodoricus bedeuteten ihm viel. Und beide hatten viel für ihn getan. Theo hatte sogar angeboten, ihm bei der Flucht zu helfen, und würde selbst dabei gegen die Gesetze des Ordens und der Kirche verstoßen. »Er billigte meine Absicht zu sterben nicht«, unterbreitete er der schmerzensreichen Mutter. »Er hat mir nicht die Möglichkeit gegeben, mein Gelöbnis abzulegen. Er ist einfach darüber hinweggegangen. Er hat nur die vorgeschriebenen Fragen zur Einschließung gestellt, dann hat er mir die Regeln übergeben. Ich hätte das Gelübde...« Marias Gesicht leuchtete heller auf, denn der Wind hatte den Wolkenschleier vom Antlitz des Mondes fortgezogen. Kopfschüttelnd seufzte Pater Ivo. »Ja, ich verstehe es. Auch er hat noch Hoffnung und wollte mich nicht fester binden als notwendig«, flüsterte er. »Er denkt, ich werde irgendwann den Wunsch haben, wieder in die Welt zurückzukehren. Wie wenig er weiß. Schon deshalb, weil er mein Freund ist, werden sie versuchen, ihn zu vernichten. Schütze, Königin des Himmels, meine Brüder, schütze meine Freunde, Herrin der Welt, schütze meinen Vater, Tochter Gottes, und – oh mein Gott, Maria – beschütze die Begine. Ad te clamamus, exsules filii Hevae.«

Und Maria, die den Ruf eines der verbannten Kinder Evas erhörte, schenkte ihm Frieden. Den Rest der Nacht verbrachte Pater Ivo mit dem lautlosen Rezitieren der Psalmen und Litaneien, die ihm für so viele Jahre Last waren. Nun aber halfen ihm die eintönigen Wiederholungen, seinen Geist zu beruhigen und die Angst zu betäuben.

Doch schon am nächsten Tag wurde die Wunde wieder aufgerissen, heftiger und schmerzhafter als zuvor.

## 23. Kapitel

Leon de Lambrays berichtete Almut auf ihrem Weg zu Aziza, dass er am Abend zuvor noch bei Gauwin vom Spiegel vorgesprochen und freundlich Aufnahme gefunden hatte.

»Er ist gebrechlich, Frau Almut, doch sein Geist ist klar und scharf wie ein Messer.«

»Ich bete für ihn und hoffe, dass er wieder zu Kräften kommt. Neue Zuversicht bewirkt oft Heilung.«

So, wie sie es bei Clara getan hatte, dachte sie. Aber Gauwin vom Spiegel war alt, weit über achtzig Jahre hatte er gelebt, und seine Jugend würde er nie wieder zurückerhalten.

Sie erreichten das Häuschen an der alten Stadtmauer, und verwundert stellte Almut fest, dass die Tür einen Spalt offen stand. Ihre Schwester war alles andere als leichtsinnig, und ihr Heim beherbergte eine ganze Reihe von Kostbarkeiten. Sie klopfte dennoch an, und als sie keine Antwort erhielt, stieß sie die Tür einfach auf.

Ein schrecklicher Anblick bot sich ihr.

Die Bänke waren umgeworfen, die Messingteller und Kannen von den Borden gefegt, der halbfertige Teppich aus seinem Rahmen gerissen, die bunten Garnnocken aus dem Korb gerollt. Überall auf dem Boden waren Goldmünzen verstreut, und zertretene Rosen verströmten sterbend ihren Duft.

Inmitten diesem Bild der Zerstörung kniete Aziza und bemühte sich aufzustehen. Ihr rotes Kleid war zerrissen und beschmutzt, aus ihrem langen Zopf hatten sich Strähnen gelöst, ihre Hände waren schwarz von Ruß, ihre Lippe geschwollen und blutig, und um ihr rechtes Auge bildete sich ein blauer Fleck.

Almut zögerte keinen Wimpernschlag lang. Sie trat auf ihre Schwester zu, half ihr aufzustehen und hielt sie fest an sich gedrückt. Kein Laut der Klage, kein Wimmern, kein Schluchzen kam von ihr, aber sie zitterte am ganzen Leib und klammerte sich fest an die Begine.

Aus den Augenwinkeln beobachtete Almut, wie Leon leise und gewandt die Münzen aufsammelte, die Bänke aufstellte und die Rosenblätter in den Kamin warf. Sie nickte beifällig, streichelte dann aber weiter Azizas Rücken, bis das Zittern allmählich nachließ. Leon hatte sich inzwischen umgesehen und den Hinterausgang gefunden. Er kehrte mit einem Eimer voll Wasser zurück und machte sich dann am Kamin zu schaffen.

»Ich bin eine Törin gewesen, Almut«, wisperte Aziza.

»Vielleicht. Er hat dir Gewalt angetan?«

»Ja, das auch. Ich schäme mich so.«

»Wo ist deine Bedienerin?«

»Weggelaufen.«

»Komm, du musst die Kleider wechseln und dich waschen. Ich helfe dir nach oben.«

»Danke.«

Almut stützte sie, als sie gemeinsam die steile Treppe erklommen, und schweigend folgte ihnen Leon mit dem Wassereimer. Er stellte ihn ab und ließ sie alleine.

Vorsichtig zog Almut ihrer Schwester das Gewand

aus und half ihr, sich zu reinigen. Dabei begutachtete sie die Prellungen an den Rippen und die Abschürfungen an den Knien.

»Hast du eine Salbe?«

»Ja, in dem Kästchen dort.«

Ein feiner Blüten- und Minzduft entströmte der weichen Paste, die sie auf die wunden Stellen auftrugen, und schließlich bürstete Almut ihr das lange, zerzauste Haar sorgfältig aus, bis es wieder in glänzenden Wellen über ihren Rücken fiel. In einem einfachen blauen Leinenkleid trat Aziza schließlich aus ihrer Schlafkammer und begab sich nach unten.

Die Stube war gekehrt, Teller und Krüge standen wieder auf den Borden, im Kamin brannte ein Feuer, auf dem Tisch warteten ein Korb mit weißem Brot und Töpfe mit Butter und Honig auf sie. Leon sah ihnen entgegen und verbeugte sich nun auch vor Aziza.

»Ich hätte der schönsten Blume des Morgenlands schon viel früher meine Aufwartung machen sollen«, sagte er und nahm ihre beiden Hände in die seinen. Unglücklich sah Aziza zu ihm auf.

»Die Blume ist welk und gebrochen.«

»Aber nein, wohledle Dame. Kleine Wunden können Euren Liebreiz nicht mindern, sie werden schon bald verblasst sein. Doch auch Euer Herz, Euer Geist und Eure Seele sind verletzt. Wollt Ihr Euch uns anvertrauen, Euer Lieblichkeit?«

Er führte sie zum Tisch, und zu dritt nahmen sie Platz.

»Ja, erzähle uns, Schwester, was geschehen ist. Hat er dein Herz gebrochen?«

»Mein Herz ist biegsam, der Schmerz wird abklingen, aber meine Seele hat er gedemütigt und meinen Geist beleidigt. Und das vergebe ich nicht.«

Ein klein wenig von ihrem Feuer war zurückgekehrt, und das Messer, das durch das weiche Brot fuhr, hätte auch die Kehle des Verführers durchschneiden können.

»Sein Name ist Roderich von Kastell. Er hat die Stadt verlassen. Mit einem Gutteil meiner Goldmünzen.«

»Die verstreuten Münzen, die ich hier aufgelesen habe, stellen aber einen hübschen Batzen dar«, gab Leon zu bedenken.

Aziza schnaufte höchst unanmutig. »Wertloser Dreck, gefälscht. Als ob ich so etwas nicht auf den ersten Blick erkenne! Das ist es, was mich so wütend gemacht hat. Er hat sie ausgetauscht, ohne mein Wissen. Ich stellte ihn gestern Abend zur Rede, und... es endete damit, dass er mich niederschlug und schändete. Ich war danach eine Zeit lang ohne Besinnung, und als ich erwachte, hatte ich nicht mehr die Kraft, den Schaden zu beseitigen. Ich blieb einfach inmitten der Trümmer liegen, bis Ihr mich vorhin gefunden habt.«

»Von einem Roderich von Kastell habe ich noch nie gehört. Doch es sieht ganz danach aus, als ob er der Mann sein könnte, nach dem ich dich neulich gefragt habe, Aziza.«

»Machst du mir Vorwürfe?«

Almut lächelte dünn.

»Nein. Aber nun, da du dich nicht mehr an deine strengen Regeln halten musst, könntest du mir die Antworten geben, nach denen ich gesucht habe.«

»Das bin ich dir schuldig. Du hast richtig vermutet, die Flinderlein habe ich von ihm erhalten. Es hätte mich stutzig machen müssen, dass er über diesen vergoldeten Tand verfügte. Er hat ihn auf einer Handelsreise in Nürnberg erstanden.«

»Händler also ist er? Mit welchen Gütern?«, fragte Leon ruhig nach, obwohl Almut ahnte, dass Zorn in ihm brodelte.

»Angeblich mit Kupfer«, spuckte Aziza und wies auf das Häuflein Münzen. »Aber er war auch besessen von der Idee, daraus Gold zu machen.«

»In Form von Vergoldung?«

»Nein, durch Transmutation.«

»Ein Alchemist. Das eröffnet weitere Aussichten, ihm auf die Spur zu kommen. Was weißt du noch von ihm, Schwester?«

»Er hat tatsächlich vor Ostern im Adler gewohnt und der Wirtin als Dank die Flinderlein gegeben. Dann hat er eine Unterkunft in einem Haus ›Unter Guldenwaagen‹ gefunden. Nicht sehr bequem, weshalb er oft zu mir kam. Er hat auch einen seltsamen Diener, einen mageren Kerl mit einem grauen Haarkranz und unruhigen Augen.«

»Mit einer Mönchstonsur?«

»Einer natürlichen. Derich rief er ihn, aber ich habe ihn nur zweimal kurz gesehen.«

»Hat er ihn jetzt begleitet?«

»Ich weiß es nicht. Schon möglich. Ich weiß auch nicht, wohin er aufgebrochen ist. Er erzählte nur etwas von einem kostbaren Stein, den er kaufen wolle.«

»Wozu er dein Gold benötigte.«

Leon mischte sich wieder ein und ließ sich eine genaue Beschreibung von Roderichs Aussehen geben, und als Aziza geendet hatte, nickte er Almut zu. »Daher

180

fiel also Euer Verdacht auf mich, Frau Almut. Schwarzhaarig, mit einer Vorliebe für schwarze Kleider, dunkle
Hautfarbe, ein fremdländischer Name ...«

»Verzeiht Ihr mir, Leon?«

»Selbstverständlich. Und ich verstehe Euch sogar. Eure liebreizende Schwester aber weckt in mir
den ernsthaften Wunsch, nähere Bekanntschaft mit
meinem Doppelgänger zu machen.«

»Eine Begegnung, vermute ich, die kein reines Vergnügen für den Herrn Roderich darstellen wird?«

Leons weiße Zähne blitzten in seinem dunklen Gesicht auf. Es war kein freundliches Lächeln.

»Lasst noch ein Stück von ihm übrig, Leon, ich will
meinen Anteil ebenfalls.«

»Blutrünstig, Frau Begine?«

»Wenn es die Stunde gebietet. Aber kommen wir auf
das Näherliegende zurück. Aziza, was hast du ihm von
deinen Freunden erzählt. Oder von Ivo vom Spiegel?«

»Zu viel, fürchte ich. Auch wenn ich nicht geschwät-
zig bin, so hat er mir in manch stiller Stunde ...«, sie
sah etwas betreten zur Seite, um Leons Blick auszuweichen, »... einiges entlockt.«

»Auf einem weichen Lager, und nach dem Liebes-
spiel plaudert es sich leicht«, schnurrte der.

»Er hat mir die Ehe versprochen«, flüsterte Aziza
und riss ein Stück Brot in kleine Fetzen.

Für Almut erklärte das weit mehr als alles andere.
Mochte ihre Schwester auch leichtherzig scheinen
und von Mann zu Mann flattern, so sehnte sie sich
tief in ihrer Seele doch nach Beständigkeit. Aber sie
war eine Bastardtochter, und damit galt sie als unehr-
lich. Die fest gefügte städtische Gesellschaft würde sie

immer ablehnen, sie konnte kein Handwerk erlernen, kein Stift oder Kloster würde sie aufnehmen, und eine Ehe war wenn, dann nur mit ihresgleichen denkbar. Mit einem reisenden Händler zum Gatten konnte sie ihre Vergangenheit aber hinter sich lassen, in einer anderen Stadt als ehrbare Bürgerin leben. Tröstend legte Almut ihr den Arm um die Schultern und nahm das Brot aus ihrer Hand.

»Ist schon gut, meine keusche Schwester«, murmelte Aziza. »Es gibt Wichtigeres. Ich habe von dir gesprochen, von meiner Mutter, ich habe ihm von Esteban und Fabio erzählt, die nach Spanien gereist sind, und …«

»Hast du ihm zufällig auch von Christine, der Buchmalerin, berichtet?«

Aziza überlegte und nickte dann. »Das habe ich tatsächlich. Esteban hat mir nämlich zum Abschied ein kleines Blumenbild von ihr gegeben. Das habe ich Roderich irgendwann mal gezeigt.«

»Von dem Brevier, das er Ivo geschenkt hat, hast du ihm vermutlich auch berichtet?«

Wieder nickte Aziza, und Almut zeigte Leon die Zusammenhänge auf, die sich ihr damit erhellten.

»Es gab eine Verbindung zwischen dem Vergolder Thomas und Roderich von Kastell. Ich vermute sehr stark, dass Gold das gemeinsame Band darstellt. Welcher Zusammenhang aber besteht zwischen Ivo vom Spiegel und Roderich? Denn er war es, der zufällig jenes Brevier dort fand, wo Thomas umgebracht worden ist.«

»Wenn ein Vergolder und ein Kupferhändler Geschäfte miteinander machen, kommt so etwas heraus«, stellte Leon fest und klimperte mit den gefälschten Münzen. »Wenn Thomas ein Saufaus war, dann hatte Roderich bestimmt Angst, dass er seine üblen Geschäftspraktiken ausplaudern würde.«

»Weshalb Ihr ihn für den Mörder selbst haltet. Das wäre unverfroren.«

»Es ist auch unverfroren, Fälscherei zu betreiben und Frauen Gewalt anzutun. Ist dieses Brevier von großem Wert?«

»Es ist ein einzigartiges Kunstwerk«, bestätigte Almut.

»Der Vergolder arbeitete im Kloster, in dem auch mein Vater wohnte. Wie Ihr sagtet, gab es einen Streit zwischen den beiden, weil er diesen Thomas in seiner Zelle vorgefunden hat. Was, wenn er sich da hineinbegab, weil Roderich ihn beauftragt hat, das Brevier zu stehlen und es ihm im Adler zu übergeben?«

»Dort hat Thomas sich geweigert, es ihm auszuhändigen, weil Roderich ihm nicht den gewünschten Lohn dafür zahlen wollte oder hat im Gegenzug versucht, ihn zu erpressen. Weshalb er ein schnelles Ende im Braukessel fand. Dabei ist ihm unbemerkt das Brevier aus der Tasche gefallen.«

Leon nickte. »Um den Verdacht von sich abzulenken, schreit Roderich kurz darauf Zeter und Mordio und beschuldigt meinen Vater, der Mörder zu sein.«

»Und da dein Ivo sich weiterer Befragungen entzogen hat, fand Roderich es an der Zeit, die Stadt zu verlassen, bevor jemand diesen Schluss zu ziehen in der Lage war«, fügte Aziza hinzu.

»Schön und gut, so ähnlich hätte es sein können, wäre da nicht noch das verschlüsselte Pergament, das Pitter bei dem Toten gefunden hat.«

»Ein Mosaiksteinchen, für das wir so lange keinen Platz finden, wie nicht bekannt ist, was der Text bedeutet.«

»Richtig, Leon. Clara, Ihr habt sie gestern kennengelernt, arbeitet daran und hat auch schon eine Methode entdeckt, das Rätsel zu lösen. Doch es bedarf des Fleißes und der Geduld, den richtigen Schlüssel zu finden.«

»Dann wollen wir abwarten und sehen, was wir in der Zwischenzeit herausfinden können. Ich kenne mich mit dem Geschäft des Vergoldens nicht aus. Dennoch würden wir mehr über Roderich von Kastell herausfinden, wenn wir uns sein zweifelhaftes Geschäft näher anschauten.«

Ein fleißiges Bienchen brummelte durch die Hintertür und ließ sich auf dem Honigtopf nieder. Almut schaute geistesabwesend zu, wie sich der braungelbe Leib über den goldenen Inhalt neigte, und wie von ungefähr musste sie an die goldene Statue denken, die nun in der Klause über die hornhäutige Seele ihres Paters wachte.

»Rebbe Goldfarb!«, formte ihre Zunge schneller, als ihr Verstand es gewahr wurde. Dann wiederholte sie noch einmal zufrieden: »Rebbe Goldfarb. Aziza, du solltest dich ausruhen. Du hast eine schreckliche Nacht hinter dir und Schmerzen. Aber Ihr, Leon, begleitet mich zu einem guten Bekannten, der uns über die Kunst aufklären wird, wie man unedles Metall zu Gold macht. Dürfen wir eine von diesen Münzen mitnehmen, Schwester?«

»Alle, wenn du willst. Sie sind kaum einen Bettel wert.«

Almut half Aziza noch, sich zu Bett zu legen, dann

brach sie mit Leon zum Judenviertel auf, das hinter dem Rathaus begann.

Eine eigene Schutzmauer mit festen Holztoren umschloss das Quartier, in dem die Juden lebten und ihren Geschäften nachgingen. Sie dienten zu ihrer Sicherheit, nicht um sie einzusperren. Almut erzählte ihrem Begleiter, dass just in ihrem Geburtsjahr die Kölner das Viertel überfallen hatten, weil sie den Juden die Schuld am Ausbruch der Pest gegeben hatten. Viele waren umgebracht worden, andere geflohen. Den Stadtvätern war das insgeheim wohl ganz recht gewesen, auch wenn sie das öffentlich nie zugegeben hätten. Denn erst nach und nach hatten sie wieder einigen vermögenden Händlern erlaubt, sich unter ihrem Schutz in dem Getto anzusiedeln. Aber auch heute noch kam es dann und wann zu neuen Repressalien.

»Nicht nur in Köln, Frau Almut, leiden die Juden darunter. In anderen Städten müssen sie gelbe Abzeichen an den Kleidern tragen oder Fransen an den Mänteln oder besonders geformte Hüte, damit ein jeder sie sofort erkennt.«

»Hier ist es den Männern lediglich untersagt, ihren Bart zu schneiden. Aber vor zwei Jahren wurden zwei von ihnen von unserem Erzbischof gefangen genommen, obwohl der Rat der Stadt sie unter ihren Schutz gestellt hat. Es hat sich daraus ein fürchterlicher Zank zwischen den Schöffen und dem Rat entwickelt.«

Leon nickte und sah sich dann in der eng bebauten Gasse um.

»Wisst Ihr, wie wir in diesem Gewirr den Rebbe finden, Frau Almut?«

»Nein, aber ich habe einen Mund, den ich zum Fragen benutzen kann.«

»Frauen sind so praktisch veranlagt«, murmelte ihr Begleiter.

»›Des Gerechten Zunge ist kostbares Silber; aber der Gottlosen Verstand ist wie nichts.‹«

Leon schnaubte, und Almut wandte sich an einen kleinen Jungen, der ihnen mit einem zahnlückigen Lächeln den Weg zum Haus des Rebbe wies. Als sie an die Tür klopften, öffnete ihnen eine rundliche Frau mit vorsichtigem Blick. Leon hielt sich hinter der grauen Begine zurück und überließ ihr das Reden. Almut gab also ihren Stand und Namen an und berief sich auf Meister Krudener, und der Blick, der auf ihr ruhte, wurde freundlicher.

»Tretet ein. Der Rebbe ist hinten«, sagte die Frau kurz angebunden und führte sie zu einem vollgestopften Studierzimmer.

Rebbe Goldfarb war ein kleiner magerer Mann, der aussah, als sei seine ganze körperliche Präsenz in seinen Bart hineingewachsen, der in grauschwarzen Wellen fast seine gesamte Brust bedeckte und in einem spitzen Zipfel endete. Seine beweglichen dunklen Augen huschten aufmerksam, aber nicht unfreundlich über sie.

»Frau Sophia, ich erinnere mich. Die Begine, die der Miriam so große Achtung erweist. Geht es Euch wohl?«

»Mir ja, Meister Goldfarb, doch meine Miriam steht nun in einem engen Gefängnis, um einem zu Unrecht Beschuldigten Trost zu spenden. Aber das ist eine andere Geschichte. Ich bin gekommen, um Euren Rat zu suchen, Rebbe. Meiner Schwester Aziza ist ein Tort angetan worden.« Sie wies auf Leon, der sich weiterhin größter Zurückhaltung befleißigte. »Leon de Lambrays und ich haben sie eben besucht. Man hat sie beraubt und ihr stattdessen dieses hier überlassen.« Leon legte auf ihren Wink hin den Beutel mit Münzen auf den Tisch.

»Daher braucht Ihr den Rat eines Goldschmieds oder eines Gelehrten.«

»Beides, wenn Ihr zu geben bereit seid, Meister Goldfarb. Schaut diese Münzen an.«

Er öffnete den Lederbeutel und holte ein Goldstück heraus. »Ah bah!«, rief er, warf es in die Luft und fing es wieder auf. Dann drehte er sich zu der Münzwaage um, die auf dem Tisch stand, und legte es hinein.

»Wie ich's mir dachte. ›Falsche Waage ist dem Herrn ein Gräuel; aber ein volles Gewicht ist sein Wohlgefallen.‹«

»Lehrt uns der große Salomo«, stimmte ihm Almut zu. »›Denn zweierlei Gewicht und zweierlei Maß sind dem Herrn ein Gräuel.‹«

Goldfarb zwinkerte amüsiert.

»Ihr habt an Weisheit dazugewonnen, Frau Begine.« Dann rieb er die Münze über einen glatten Stein und betrachtete den Rand. »Blattgold auf Kupfer aufgetragen, und das nicht einmal gut. Wer tat es?«

»Wer könnte es tun?«

»Goldschläger, Vergolder, manche Maler und ich. Aber nicht solchen Pfusch!«

»Ihr würdet es auf die Weise tun, wie Ihr auch meine Ma…Miriam vergoldet habt?«

»Sicher, sicher.«

Leon hatte das Geschehen weiterhin stumm verfolgt,

nun aber stellte auch er eine Frage, die Almut zunächst überraschte, ihr aber dann erstaunlich scharfsinnig erschien.

»Wenn jemand einem anderen weismachen wollte, er sei des Goldmachens kundig, wird er also diese plumpe Methode nicht anwenden, sondern die Eure?«

»Wollt Ihr mir unterstellen, ich behauptete, Gold machen zu können, junger Freund?«

»Gewiss nicht. Aber ich habe den Verdacht, dass jener, den wir suchen, es tun könnte.«

»Wen sucht Ihr?«, kam es scharf von dem Rebbe. Almut schritt ein, bevor Leon antworten und noch mehr Missbilligung auslösen konnte. Sie entdeckte immer mehr Ähnlichkeit zwischen Vater und Sohn.

»›Eine linde Antwort stillt den Zorn, aber ein hartes Wort erregt Grimm‹. Beherzigt dies, Ihr edlen Herrn.«

Goldfarb nickte anerkennend, und Leon gab mit ruhiger Stimme an: »Roderich von Kastell nennt er sich. Ich bezweifle aber, dass es der Name ist, den er bei der Taufe erhalten hat.«

»Ah, ein Betrüger und Lügner. Aber ein Freund der Alchemia?«

»Meine Schwester nannte das Wort Transmutation. Es ist ein Begriff aus jener Kunst, stimmt's?«

»Die Wandlung. Viele suchen danach, wenige verstehen diesen Prozess, der Unedles in Edles verwandelt. Und noch weniger Menschen wissen um den *lapis philosophorum*, der dazu benötigt wird.«

Leon hob die Augenbrauen, und Almut legte ihm warnend die Hand auf den Arm. Doch es war diesmal nicht Argwohn, sondern ehrliches Interesse, das er äußerte.

188

»Man benötigt den Stein der Weisen zur Goldher-
stellung?«

»So heißt es.«

Nun wurde auch Almut aufgeregt: »Aziza hat berichtet, dass er ihr Geld genommen hat, um einen kostbaren Stein zu kaufen.«

»Wenn er ein Adept der chymischen Kunst ist, so
wird er wissen, was und wo er zu suchen hat«, erklärte der Rebbe und schmunzelte in seinen Bart. »Doch
ein Lügner und Betrüger wird tatsächlich einen Stein
zu kaufen trachten.«

»Wo würde er das tun?«

»Wo anders als bei einem Lügner und Betrüger? Oder,
anders ausgedrückt, bei einem Scharlatan. Da ich, liebe
jungen Freunde, keinen Umgang mit dererlei Schwind-
lern pflege, kann ich Euch nicht weiterhelfen.«

»Ihr habt uns schon geholfen. Meister Goldfarb. Denn
jetzt wissen wir wenigstens, in welchen Kreisen wir
zu suchen haben.«

»Habt Acht auf Eure Schritte in jener Gesellschaft,
Frau Almut. Menschen dieses Schlages verfügen über
die Kraft der Illusion, die Arglose verzaubert, Einfäl-
tige gefügig macht, Haltlose in ihren Bann zieht und
Schwache in den Irrsinn treibt.«

Mit einem Schauder in der Stimme zitierte Almut:
»›Sie stürzen die trauernde Mutter in den Abgrund des
Wahnsinns. Sie verderben den Schwachen mit ihrer
Wollust und verführen den Verstoßenen, ihren Dämo-
nen zu dienen.‹«

»So kann man es auch ausdrücken. Welch Ursprungs
sind diese düsteren Worte, Frau Almut?«

»Die Warnung unserer Seherin.«

»Dann sucht Ihr nicht nur *einen* Mann, Frau Almut. Vielleicht müsst Ihr noch ganz andere fürchten als ihn. Seid auf der Hut. Seid wachsam. Auch Ihr, junger Löwe.«

Sie verabschiedeten sich von Rebbe Goldfarb und wanderten gedankenversunken Richtung Eigelstein. Erst vor dem Tor sprach Leon de Lambrays wieder.

»Ich werde mich nach diesem Derich erkundigen.«

»Ich werde Abt Theodoricus aufsuchen. Kommt morgen nach der Non zum Kloster Groß Sankt Martin.«

»Warum zum Abt, Frau Almut? Was kann er noch tun?«

»Mehr als Ihr glaubt. Er ist ein sehr guter Freund Eures Vaters.«

»Dann will ich ihn ebenfalls aufsuchen.« Doch auf einmal wirkte der wohlgestalte, mannhafte Leon ein wenig verlegen. Almut sah mit leicht schief gelegtem Kopf zu ihm auf, und in ihren Augen schimmerte ein verstehendes Lächeln auf.

»Meine Schwester wird nichts dagegen haben, Leon, wenn Ihr ihr einen freundschaftlichen Besuch abstattet.«

»Frau Almut, Ihr seid mir unheimlich.«

»Weil ich in Eurem Gesicht lesen kann? Nun, das habe ich an Eurem Vater lange geübt.«

Er lachte und verbeugte sich galant vor ihr, als sie das Tor zum Beginenhof öffnete.

## 24. Kapitel

Die lerneifrigen Jüngferchen sangen gemeinsam ein erbauliches Lied, und ihre nicht immer ganz reinen Töne schallten durch die geöffneten Läden der Schulstube. Zwei Mägde schrubbten am Brunnen Töpfe, Kessel und Pfannen, Elsa und Gertrud ernteten Kräuter in den Beeten, eine jede die, die sie um ihrer Profession willen benötigten. Die mäkelige Ziege hätte es ihnen gerne gleichgetan, war aber an einem kurzen Strick angebunden und musste ins Gras beißen. Die träge Sau ließ sich nicht blicken, sie hatte sich mit den Ferkeln in den Stall zurückgezogen. Teufelchen patrouillierte auf der Mauer und hielt nach unvorsichtigen Jungvögeln Ausschau, und oben am Himmel kreiste ein Falke. Magda, auf ihren Stock gestützt, trat vor die Tür des Haupthauses und betrachtete das rege Leben in ihrem Reich. Dann trat sie zu Almut, die vor der Kapelle stand und darüber sinnierte, wen sie überreden konnte, ein kleines Glöckchen zu stiften.

»Du bist viel unterwegs in den letzten Tagen.«

»Ja, Magda. Ich weiß. Aber was soll ich machen? Ich kann doch nicht die Hände in den Schoß legen und dem Schicksal seinen Lauf lassen.«

»Nein, das ist nicht deine Art. Aber *kannst* du denn etwas tun?«

»Ich tappe an vielen Stellen noch im Dunkeln, Magda, aber eines ist inzwischen wirklich klar – es gibt jemanden, der hinter der Sache steckt. Wir kennen jetzt seinen Namen und wissen, wie er aussieht. Er ist ein skrupelloser Mensch und vermutlich ein Mörder. Was wir nicht wissen, ist, warum er Ivo vom Spiegel vernichten will und wo er sich derzeit aufhält. Aber beides«, knurrte sie mit zusammengebissenen Zähnen, »kriegen wir noch heraus.«

»Du begibst dich in Gefahr, Almut«, mahnte die Meisterin.

»Richtig. Ich begebe mich in Gefahr. Meine Schwester hat sich auch hineinbegeben, und Ivo steckt ganz tief darin. Wenn ich nichts tue, um ihn zu retten, Magda, wird er sterben. Und dann ist mein Leben nichts mehr wert. Also – was habe ich zu verlieren?«

»Nichts, wie es scheint. Der junge Lambrays steht dir zur Seite?«

»Er und manch anderer.«

»Wenn du meine Hilfe brauchst…«

»Danke. Magda. Du gibst mir ein ruhiges Heim, einen Ort, an dem ich mich besinnen kann und Trost finde. Das hast du von Beginn an getan.«

»Jeder Kämpfer braucht von Zeit zu Zeit einen Ort zur Einkehr und Besinnung. Und jeden Kämpfer, scheint's, zieht es irgendwann wieder hinaus, um nach höheren Zielen zu streben.«

»Ich strebe doch gar nicht nach höheren Zielen.«

»Doch, das tust du, Almut. Jede Frau, die ein Leben an der Seite eines Mannes wie Ivo vom Spiegel verbringen will, muss diesen Antrieb haben. Halte mich auf dem Laufenden, damit ich nicht von den Ereignissen oder gar Katastrophen überrascht werde.«

»Wenn es dir genehm ist, komme ich gleich…«

»Almut! Almut!« Bela kam von der Pforte und wedelte mit den Händen. »Da ist ein junger Mann, der mit dir sprechen will. Er streitet sich mit Pitter.«

»Ei wei!«

»Komm heute nach dem Abendmahl in meine Stube. Der hübsche Weinhändler hat mir eine Probe seines burgundischen Weins zukommen lassen. Er wird dir die Kehle glatt machen, wenn du mir von deinen Plänen berichtest. Nun geh und besänftige die Streithähne.«

Ein edles Pferd wartete geduldig neben seinem Herrn, der in einer höchst eleganten, burgunderroten Houppelande und mit einem feschen, federgeschmückten Barett auf seinen glänzenden Locken die Zügel in der Hand hielt. Pitter hingegen, in seiner ausgefransten Tunika, staubigen Bundschuhen und einer verwegen um den Kopf gewickelten Gugel, bildete ein krasses Gegenteil zu ihm.

»Es ist Euer Hochnäsigkeit also zu beschwerlich, das feine Ross selbst zum Adler zu bringen? Hat Euer Aufgeblasenheit Angst, sich die hübschen Stiefelchen staubig zu machen? Oder schmerzen Euer Weichhäutigkeit die Füßelein, wenn sie ein paar Schritte über die Gassen gehen sollen?«, höhnte der Päckelchesträger mit breitem Grinsen.

»Ich habe eine dringende Botschaft meines Herrn abzuliefern. Und du bist doch derjenige, der den Reisenden behilflich sein will.«

»Für lau und für Gotteslohn? Der guten alten Zeiten wegen?«

»Deine Forderung ist unverschämt. Dafür kann ich das Pferd drei Tage einstellen.«

»Na, dann tu's doch. Hindere ich Euer Geizigkeit daran?«

Almut lauschte dem Geplänkel mit wachsender Heiterkeit. Pitter hatte schon beim ersten Zusammentreffen mit dem vornehmen Knappen des Ritters Gero einen spitzbübischen Spaß daran gehabt, Fredegar zu ärgern. Sie ließ die beiden noch ein paar verbale Schläge austauschen, aber als Pitter begann, in die tiefste Kölschtasche zu greifen und den jungen Herrn lauthals einen Kniesbüggel zieh, griff sie ein.

»Der Herr Fredegar hat gewiss einen langen Ritt hinter sich und ist hungrig. Der Herr Pitter hat schon harte Arbeit am heutigen Tag geleistet und hat gewisslich ebenfalls Hunger. Ich lade die Herrn ein, mir in Gertruds Küche zu folgen.«

Beide wandten sich sofort zu ihr um, und Fredegar versank in eine tiefe Verbeugung. Pitter hingegen, noch immer zu Albernheiten aufgelegt, fabrizierte einen wackeligen Knicks, den er seiner Schwester Susi abgeschaut hatte.

»Sehr hübsch. Sehr anmutig. Was geschieht mit dem Ross? Soll es im Kräutergarten weiden?«

»Nein, Frau Almut«, sagte Pitter feixend und stieß einen gellenden Pfiff aus. Eine kleinere Ausgabe seiner selbst kam um die Ecke geschossen, was auf ein Komplott schließen ließ.

»Edy, bring das Pferd zum Adlerschmied. Sag der Wirtin, du bekommst heute meinen Teil Suppe. Ich speise bei den Beginen.«

Almut kramte in dem Beutel an ihrem Gürtel nach einer kleinen Münze und wollte sie Pitters Hilfskraft, der Ähnlichkeit nach ein jüngerer Bruder, in die Hand drücken, aber Pitter, ganz Mann von Welt, schüttelte den Kopf. »Kost nix. Ist ja für einen alten Freund.«

»Ach, auf einmal!«, fauchte Fredegar. »Nur weil Frau Almut…«

»Aus! Schluss jetzt, sonst gibt's keinen Speckpfannkuchen.«

Der Knappe riss sich zusammen und reichte, wenn auch etwas zögerlich, dem Jungen die Zügel.

»Er ist ein bisschen temperamentvoll. Bist du sicher, dass du damit zurechtkommst, Edy?«

»Klar!«

Es schien wirklich so. Der Kleine tätschelte den glänzenden Pferdehals und murmelte etwas in das zuckende Ohr, dann folgte das Tier ihm gutmütig die Straßen hinauf zur Schmiede.

Ebenso gutmütig folgten die beiden Jungen Almut in die Küche.

»Was glaubst du denn, für wen ich alles kochen soll?«, maulte Gertrud. »Muss ich denn alles füttern, was du auf der Straße aufliest?«

»Macht Euch meinethalben keine Umstände. Ich bin mit einem trockenen Stück Brot zufrieden, Frau Köchin.«

»Ich nicht, Frau Köchin. Ich mag Eure Speckpfannkuchen«, verkündete Pitter und nahm eines der vorwitzigen schwarzen Kätzchen auf, das seinen Schuh beschnüffelt hatte. Er setzte es sich auf die Schulter, wo es sofort mit dem Gugelzipfel zu spielen begann. »Aber dem da könnt Ihr ruhig hartes Brot geben, an dem er sich die Zähne ausbeißt.«

»Nichts da, ihr esst, was auf den Tisch kommt! Alle. Auch du, Almut.«

»Jawohl!«

Almut nahm das zweite schwarze Kätzchen, drückte es dem verblüfften Fredegar in die Hand und nahm selbst den getigerten Streuner auf. Sofort krallte sich das Tierchen an ihrem Gewand fest und schnurrte.

»Wir müssen aufpassen, dass wir nicht aus Versehen drauftreten«, erklärte sie Fredegar, der mit verwundertem Staunen das winzige Pelzchen betrachtete.

»So ein Kleines habe ich noch nie in der Hand gehalten. Bei uns sind sie sehr scheu.«

Der Duft von bratendem Speck zog durch die Küche, und eifrig klapperte der Löffel in der Schüssel, in der Gertrud den Eierteig rührte. Almut schenkte sich und den Jungen mit Wasser verdünnten Wein ein und fragte dann neugierig: »Bringt Ihr mir Botschaft von Herrn Gero, Fredegar?«

»Ja, Frau Almut. Ich habe ein Schreiben für Euch und soll Euch alle Auskünfte geben, die Ihr wünscht. Mein Herr wäre gerne selbst gekommen, doch ihn binden Pflichten an seinen Lehnsherren. Aber er lässt Euch ausrichten, dass Ihr über meine Dienste verfügen sollt. Was immer ich kann, Frau Almut, will ich für Euch tun. Mein Herr und ich sind Euch auf ewige Zeiten zu Dank verbunden, dass Ihr den Mörder von Frau Bettine gefunden habt.«

»Schon gut, schon gut.« Unbehaglich nippte Almut an ihrem Becher. Derartiges Lob machte sie verlegen. Dann aber nahm sie das gesiegelte Schreiben aus Fredegars Hand und las es gründlich. Hardwin, der Pferdeknecht, hatte tatsächlich in den Diensten des Ritters gestanden. Er war vor sechs Jahren zu ihm gekommen und hatte sich die ganze Zeit über als sehr kundiger und zuverlässiger Mann erwiesen. Seinen Angaben zufolge hatte er zuvor einem Kaufmann aus Nürnberg gedient

und davor er einen Gelehrten auf dessen Reisen begleitet. Wie weit seine Angaben natürlich der Wahrheit ent-
sprachen, konnte der Ritter nicht beurteilen. Doch sein
Eindruck war, dass der Mann vertrauenswürdig sei.

»Habt Ihr den Pferdeknecht Hardwin kennengelernt,
Fredegar?«

»Nur zu gut«, antwortete der, erstmals mit einem
Grinsen. »Er hat mir das Reiten beigebracht. Unbarmherzig! Jedes Mal, wenn ich vom Pferd gefallen bin, hat
er mich gezwungen, wieder aufzusteigen und weiterzu-
reiten.«

»Hat deinem hochwohlgeborenen Arsch nicht ge-
schadet«, konnte Pitter sich nicht verkneifen und erhielt von Gertrud im Vorbeigehen eine kräftige Kopf-
nuss.

»In meiner Küche benimmt man sich«, knurrte sie
und goss den Pfannkuchenteig auf den brutzelnden
Speck in der großen Pfanne.

»Ich könnte Hilfe von euch beiden brauchen, also
schließt Frieden und hört mit dem Gezanke auf.«

»Wollt Ihr Euern Pater aus dem Gehäus holen, Frau
Almut? Ich bin dabei!«

»Pssst, Pitter!«

»Ah, klar! Wände haben Ohren. Wir gehen nachher
zum Rhein, da lässt es sich ruhig schwätzen.«

Gertrud brummte zustimmend. »Will gar nichts
wissen von deiner Geheimniskrämerei, Almut. Aber
hier kommen zu viele neugierige Nasen rein. Edelnasen«, ergänzte sie und schnitt den dicken Speckpfannkuchen in drei gleich große Teile.

»Edelnasen?«

»Aus Bilk. Und nun esst!«

Gesättigt setzten sie den Vorschlag, zum Rhein zu wandern, kurz darauf um, und auf dem Weg durch das Eigelsteintor zum Flussufer fasste Almut noch einmal die neuesten Erkenntnisse zusammen. Fredegar war entsetzt über Ivo vom Spiegels Los, Pitter über Azizas Schicksal. Als beide ihre Gefühle wieder im Griff hatten, waren sie mehr als begierig zu helfen.

»Dieser Roderich oder sein Diener Derich haben die Kanalratten aufgestöbert. Pitter, was weißt du von den Menschen, die in den unterirdischen Gängen hausen?«

Der Päckelchesträger schüttelte sich, und wehrte ab: »Mit denen hab ich nichts zu tun und will auch nichts zu tun haben.«

»Versteh ich ja, aber – auf welche Weise bekommt man von ihnen Auskünfte?«

»Mit Gold. Oder Fressen. Obwohl ich nicht weiß, was sie mit Gold täten. Es heißt, wer einmal in die Unterwelt einzieht, kommt nicht wieder hervor. Was sie brauchen, nehmen sie sich. Die Gänge, Frau Almut, führen in Keller. In Lagerräume und Stapelhäuser im Hafen.«

»Pitter, ich verlange nicht von dir, dass du mit ihnen sprichst, aber halt die Ohren offen, ob jemand in der letzten Zeit mit ihnen zusammengetroffen ist.«

»Gut, mach ich.«

»Wirst du Wohnung im Adler nehmen, Fredegar?«

»Ja, Frau Almut.«

»Versuch von den Gästen so viel wie möglich über diesen Roderich oder seinen Diener herauszufinden. Roderich hat um die Osterzeit dort ein Zimmer gemietet.«

»Gut. Mach ich.«

»So, nun mein Plan. Ich habe, als Pater Ivo eingemauert wurde, als Maurergeselle die Steine gesetzt. Die Klause selbst ist stabil gebaut, aber bei der Öffnung, die ganz zum Schluss verschlossen wurde, habe ich einen Mörtel aus Wasser und Sand verwendet. Man kann also die Steine sehr leicht herausnehmen.«

»Gewitzt seid Ihr aber schon, Frau Almut!« Bewunderung schwang in Pitters Worten mit. Sie hatten das Ufer erreicht und setzten sich auf die Böschung. Der Strom führte wenig Wasser, der Mai war trocken gewesen, und im hellen Sand hatte sich Treibholz angesammelt. Schwerbeladene Schiffe zogen gemächlich vorbei, ein Floß trieb flussabwärts, Kähne und Nachen kreuzten ihre Fahrt zum anderen Ufer, und stromauf drehten sich langsam die Räder der Getreidemühlen, die mitten im Rhein verankert waren. Schwalben haschten in waghalsigen Sturzflügen nach Mücken, Möwen und Enten ließen sich auf den glitzernden Wellen schaukeln.

»Ja, die Steine kann man leicht entfernen, schwerer wird es mit dem Insassen«, seufzte Almut.

»Aber warum denn? Es muss doch furchtbar sein, in so einer engen Kammer eingeschlossen zu sein!«

»Er will es so. Aber wenn er es wahr macht und fastet, wird er über kurz oder lang zu schwach sein, sich zu wehren. Ich muss inzwischen einen Plan machen, wie wir ihn ungesehen dort herausbekommen und zu seinem Vater bringen können.«

»Nachts – es geht nur in der Nacht, denke ich.«

»Richtig. Und zwar dann, wenn niemand mehr durch die Gassen streift. Ich brauche Wasser und Mörtel, um die Klause danach wieder zu verschließen, und das braucht seine Zeit.«

»Und ein, zwei Männer, die den Pater in das Haus derer vom Spiegel tragen.«

Almut nickte. »Und dort jemanden, der uns aufmacht und ihm hilft, wieder zu Kräften zu kommen.«

»Darum solltet Ihr Euch kümmern, Frau Almut. Ich und meine Männer werden mal die Gegend heute Nacht auskundschaften. Der Edelknabe hier wird sich im Adler einen ansaufen und die Ohren gespitzt halten.«

»Ich saufe nicht.«

»Nein? Euer Hoffärtigkeit nippt nur wie ein Vögelein? Warte ab, bis du das Bier von Frau Franziska zu kosten bekommst.«

»Bier?« Ein ganzes Fass Abscheu schwang in diesem einzelnen Wort aus Fredegars Mund mit, und Almut musste lachen.

»Ich trinke auch gewürzten Wein lieber, Fredegar, aber die Adlerwirtin ist berühmt für ihr Bier. Versuch es wenigstens mal. Aber nicht zu viel. Manchmal verwendet sie eine etwas zu wirkungsvolle Grut.«

Nachdenklich rieb Pitter seine Nase.

»Die könnte nützlich sein, wenn man jemanden zum Plaudern bringen will.«

Das leuchtete Almut umgehend ein, sie sah aber auch die Gefahr darin. Dennoch – es war eine Überlegung wert.

»Du kannst sie bitten, einen Kessel Bilsenbier zu brauen, Pitter. Aber seid gewarnt.« Sie erhob sich und schüttelte den trockenen Rheinsand aus den Falten ihres grauen Gewandes. Der Klang der Glocken schwebte über die Stadtmauer und kündete die neunte Stunde des Tages. »Ich muss ins Kloster. Begleitet mich einer der Herren?«

Beide sprangen auf und boten ihr, ein jeder auf seine eigene unnachahmliche Weise, ihre Dienste an.

»Klar!«

»Es ist mir eine Ehre, Frau Almut, Euch schützendes Geleit zu geben.«

»Schwaadlappe!«

## 25. Kapitel

»Ich mache mir bitterste Vorwürfe, Frau Almut. Bitterste. Es war meine Eitelkeit, die mich dazu bewogen hat, den schlitzohrigen Vergolder zu beauftragen. Ich wollte unbedingt, dass zu Pfingsten die Apostelgruppe, die Bertram geschnitzt hat, in ihrem goldenen Glanz erstrahlt. Das tut sie jetzt, aber zu welchem Preis!«

Der Abt lief ruhelos in seiner Stube auf und ab, während Almut, still die Hände im Schoß gefaltet, auf der gepolsterten Bank saß und seinen verzweifelten Selbstanklagen zuhörte. Sie fragte sich, warum Leon de Lambrays noch nicht aufgetaucht war. Sie hatten doch am Vortag verabredet, gemeinsam den Abt aufzusuchen. Aber möglicherweise war er aufgehalten worden. Darum hörte sie zunächst Theodoricus alleine zu, der nun über Ivo vom Spiegel sprach.

»Er hüllt sich in abgrundtiefes Schweigen, rührt das Brot nicht an, das wir ihm auf den Sims legen, und trinkt nur ein wenig von dem Wasser. Ich weiß einfach nicht weiter, Frau Almut.«

»Er hat schon häufiger gefastet, ehrwürdiger Vater. Einige Tage wird er noch aushalten«, murmelte sie. Theodoricus war den Künsten der Küche äußerst zugeneigt, und sie bezweifelte, dass er das Fasten aus eigenem Erleben kannte. »Was den Vergolder anbelangt – da bezweifle ich inzwischen, dass ihn der Zufall ins Kloster geweht hat. Er scheint nämlich mit dem Mann bekannt gewesen zu sein, der Ivos Brevier im Adler gefunden hat. Beide sind über Nürnberg hier angereist. Ich weiß zwar nicht warum, aber dieser Roderich von Kastell oder beide haben von langer Hand geplant, Pater Ivo zu schaden.«

Theo hielt in seiner Wanderung inne und setzte sich in den gepolsterten Sessel.

»Ich achte Eure *investigationes* hoch, Frau Almut. Doch stellt sich mir die Frage, woher sie wissen konnten, dass ich dringend einen Vergolder suchte?«

»Erstens war das Stadtgespräch, denn Ihr habt Euch ja leider mit den Zünftigen angelegt. Und zweitens – wäre es nicht um das Vergolden gegangen, hätte man einen anderen Weg gefunden, im Kloster Nachforschungen über Ivo vom Spiegel anzustellen, vermute ich. Ihr nehmt Gäste auf, Pilger, Mönche aus anderen Klöstern, weltliche Reisende. Dass es einen Auftrag für die Vergoldung der Schnitzereien gab, nutze Roderich nur zufällig sehr geschickt aus.«

Die Finger beider Hände bildeten ein spitzes Dach vor Abt Theos Brust. Almut ahnte, dass sie eine ganze Weile auf eine Antwort würde warten müssen, dann aber sicher eine überraschende Auslegung zu hören

202

bekäme. Sie schickte also in der kontemplativen Stimmung des Nachmittags ihre Gedanken ebenfalls auf eine Reise über gewundene Wege.

Auf dem Fenstersims landete eine Taube und gurrte leise, ein Bienchen summte geschäftig vorbei und stieß mit einem leisen Plopp an das Fenster. Zwei Sperlinge flatterten tschilpend umeinander, und eine Elster schimpfte krächzend mit einer Artgenossin. Im Hof unten unterhielten sich gedämpft einige Mönche, ein Pferd wieherte in den Ställen, und mit dumpfem Schlagen einer Axt wurde Feuerholz gespalten. Sonnenstrahlen fielen durch die runden Glasscheiben und malten Kringel auf den glatt polierten Holzboden. Es roch nach Bienenwachs und Weihrauch, nach altem Pergament und Dornentinte.

Schließlich sprach der Abt.

»Der Camerarius hatte ein strenges Augenmerk auf Thomas, weil er sich zu häufig am Bierfass bediente. Er erinnert sich, den Vergolder einige Male mit einem unserer Gäste im Gespräch beobachtet zu haben. Welcher Gast das war, weiß er nicht mehr, nur dass er ein Mönch in brauner Kutte war.«

Almut tauchte aus ihrem Gedankengang auf und überdachte dies.

»Ein junger oder alter Mönch?«

»Ich habe mich mit dem Gastmeister unterhalten. Es waren mehrere fremde Brüder seit Ostern bei uns. Ältere und jüngere. An manche konnte er sich recht gut erinnern, aber nicht an alle. Aber wenn Ihr wollt, sprecht mit ihm und auch dem Camerarius selbst. Habt Ihr eine Vermutung?«

»Der Diener von Roderich, Derich, machte auf meine Schwester einen mönchischen Eindruck. Vielleicht weil er nur noch über einen grauen Haarkranz verfügte.«

»Auch eine Kutte kann sich jeder besorgen, meint Ihr? Ihr unterstellt also, dass dieser Roderich ihn hergeschickt hat, um unser Leben auszukundschaften?«

»Es wäre, wie mir scheint, ein Leichtes gewesen, oder nicht?«

»Was, Frau Almut, macht Euch diesen Roderich so verdächtig?«

»Die Tatsache, dass er meiner Schwester Gewalt angetan, sie beraubt hat und seit vorgestern spurlos verschwunden ist. Außerdem hat er Goldmünzen gefälscht.«

Bedächtig tippten die Fingerspitzen aneinander.

»Der Bote?«, fragte Theodoricus unerwartet, und Almut zuckte zusammen. Den Boten des Erzbischofs hatte sie gänzlich vergessen.

»Ihr habt recht, ehrwürdiger Vater. Auch der Tod des Kuriers ist ein zweckdienlicher Zufall. Es passt in das hinterhältige Webmuster, das zu Ivos Schaden gewoben wird. Jemand wusste, dass er unterwegs war und mit welcher Botschaft!«

»Jemand, der Zutritt zur Hofhaltung des Erzbischofs in Poppelsdorf hatte.«

»Ein unscheinbarer Mönch oder ein Goldhändler.«

Theodoricus erhob sich wieder und öffnete das Fenster weit. Er sah in den lieblichen Maitag hinaus, wo sich lange Federwolken über den Himmel zogen. Dann drehte er sich abrupt um.

»Wenn wir diesen Faden weiterverfolgen, Frau Almut...«

»…dann solltet Ihr unbedingt das Schreiben des Erzbischofs untersuchen.«

Der Abt strahlte über sein ganzes rundes Gesicht.

»Ihr seid wahrlich eine scharfsinnige Person, Frau Almut.«

»Wer Münzen fälscht, fälscht auch Dokumente.«

»Ihr sagt es. Denn alles andere würde ansonsten unsinnig erscheinen. Warum sollte Ivos Widersacher den Boten töten, wenn der Dispens abgelehnt wurde?« Theodoricus trat zur Tür, rief seinen Adlatus herbei und bat ihn, besagtes Pergament umgehend herbeizuschaffen.

»Es würde auch die schroffe Antwort des Diakons erklären, der ausrichten ließ, es gäbe keinen Grund mehr zu verhandeln. Ihm muss unsere Bitte geradezu wie das Angebot weiterer Bestechungsgelder geklungen haben.«

»Bestechungsgelder«, wiederholte Almut trocken.

»Je nun, so läuft es. Ah, hier ist das fragliche Dokument. Danke, Johannes.« Der Abt legte es auf sein Lesepult und meinte: »Ihr könnt versichert sein, Frau Almut, ich werde es gründlichst untersuchen. Wenn sich tatsächlich beweisen lässt, dass es eine Fälschung ist, werde ich Ivo davon umgehend in Kenntnis setzen. Es mag seine Haltung ändern.«

»Dennoch, ehrwürdiger Vater – den echten Dispens haben wir damit noch lange nicht.«

»Das überlasse ich zunächst einmal Eurer Findigkeit.«

»Ja. Ich verfolge weitere Spuren. Eine davon – nun, heute Nacht werden sich ein paar junge Burschen in der Nähe der Klause herumtreiben.«

»Ich hoffe, der Pater wird dadurch nicht in seiner Andacht gestört.«

»Noch nicht, ehrwürdiger Vater. Aber auf Grund dieser Umtriebe könnte es in einigen Tagen zu einer ziemlich – mhm – drastischen Unterbrechung seiner Einkehr kommen.«

»Ich kann nur hoffen, dass die Klause dadurch keinen Schaden nimmt.«

»Keinen äußerlich sichtbaren, das verspreche ich.«

»Wie geht es eigentlich Gauwin vom Spiegel, Frau Almut?«

Ein Klopfen an der Tür hinderte Almut an der Antwort. Bruder Johannes streckte nochmals den Kopf in die Stube und kündigte an: »Leon de Lambrays bittet um Erlaubnis, dich zu sprechen, Vater Abt.«

»Wer?«

»Lasst ihn eintreten, ehrwürdiger Vater.«

»Nun, wenn Frau Almut es wünscht.«

Leon erschien in der Tür, und Theodoricus erstarrte mitten in der Drehung seines Körpers. Dann beendete er die Bewegung, und er sah Almut an.

»Narren mich meine Augen?«

»Nein, ehrwürdiger Vater.«

Leon machte eine respektvolle Verbeugung in ihrer beider Richtung.

»Ein Verwandter von Ivo vom Spiegel?«

»Sein Sohn«, erklärte Almut. »Er hat Euch wohl nicht sein ganzes Leben gebeichtet?«

»Verzeiht, dass ich zu spät komme, aber ich bin bei meinem Großvater aufgehalten worden«, entschuldigte sich Leon. »Ich wollte eigentlich die Frau Begine zu Euch begleiten, ehrwürdiger Vater.«

Theodoricus musterte ihn noch immer, und Leon ließ es in geduldiger Haltung über sich ergehen.

»Ich kannte Ivo schon, als er in Eurem Alter war. Ihr müsst meine Überraschung verstehen. Ihr seid eine jüngere Ausgabe seiner selbst. Ihr habt seine Augen und das schwarze Haar, wenngleich ich mich nicht an Locken erinnern kann. Er trug sie immer kurz geschnitten. Und Eure Lippen sind weicher – ich nehme an, Eure Mutter ist von großer Schönheit?«

»Weil der Herr vom Spiegel sie begehrte?«

»Das auch, aber eher weil Ihr sie weitertragt.«

Leon lächelte, und Almuts Herz machte einen undisziplinierten Sprung. Die Ähnlichkeit mit seinem Vater war wirklich atemberaubend. Doch lächelte der gestrenge Pater Ivo selten, aber wenn er es tat, verwandelte er sich, und die Jahre fielen von ihm ab.

»Setzt Euch, Leon de Lambrays. Frau Almut hat Euch, vermute ich, mit der Situation bereits vertraut gemacht?«

»Sie tat es.«

Er nahm neben Almut Platz, und sie sagte: »Ihr kamt soeben von Herrn Gauwin, Leon. Die letzte Frage des ehrwürdigen Vaters galt seinem Befinden. Könnt ihr Sie beantworten?«

»Er hat sich, wie Ihr vermutet habt, erfreut gezeigt. Ivo vom Spiegel hatte seinem Vater, verzeiht, Herr Abt, meine Existenz jedoch bereits gebeichtet.«

Theodoricus brummelte etwas, in dem das Wort Vertrauen vorkam, und Almut musste schmunzeln. Das Vertrauen des Herrn vom Spiegel genossen nur wenige, und selbst seine engsten Freunde wussten nicht alles über ihn.

Just in diesem Moment kam ihr die Erleuchtung.

»Mist, Ma … Vergebung. Ehrwürdiger Vater, ich glaube, Pater Ivo weiß auch in diesem Fall mehr, als er uns anvertraut hat. Ich fürchte sogar, ihm ist sein Widersacher bekannt, und er glaubt, dass er weit gefährlicher ist, als wir nur ahnen können.« Kälte kroch ihren Rücken empor.

»Ihr meint, er hat diesen Roderich erkannt und seine Machenschaften durchschaut?«

»Ihn oder den seltsamen Mönch, der hier zu Gast war. Oder diejenigen, die hinter ihm stehen. Wenn wir, wie Ihr vorhin vorschlugt, diesen Faden im Muster weiterverfolgen, dann haben wir es nicht mit der Tat eines Einzelnen zu tun. Es handelt sich um eine Verschwörung mehrerer. In der auch eine Frau eine Rolle spielt, wenn man Rigmundis' Vision berücksichtigt. Was immer Ivo vom Spiegel in der Vergangenheit getan hat, hat diese Leute seit seinem Ersuchen um Entbindung von den Gelübden auf den Plan gerufen.«

»Womit der Mönch ein besonderes Gewicht erhält, denn die Weltlichen können von unseren Verhandlungen mit dem Erzbischof Friedrich, die im Übrigen sehr diskret geführt wurden, wenig wissen.«

»Welcher Mönch?«, wollte Leon wissen.

»Der Diener Derich, wenn er denn wirklich Roderichs Diener ist. Es ist ein wenig weit hergeholt, aber der Vergolder hat sich einige Male mit einem Gast hier im Kloster unterhalten, einem Mönch in brauner Kutte. Ehrwürdiger Vater, ich habe eine Idee. Bertram hat ein ausgezeichnetes Gedächtnis für Gesichter. Ich würde mich gerne noch einmal mit ihm unterhalten.«

»Tut das. In der Zwischenzeit möchte ich mich gerne mit Euch unterhalten, Leon de Lambrays.«

»Und ich mich mit Euch, Herr Abt.«

Almut verabschiedete sich also von beiden, und Bruder Johannes geleitete sie zu Bertrams Werkstatt. Der bearbeitete gerade einen fast zwei Ellen hohen Holzblock aus dunkel gemasertem Ebenholz. Er legte den Stichel bei Seite und begrüßte sie freundlich.

»Ein großes Werk im Entstehen, Bertram?«

»Och, nur so ein Versuch.«

»Das Holz sieht sehr edel aus.«

»Vielleicht gelingt der Versuch ja«, war seine verschmitzte Antwort.

»Das vermute ich bei dir eigentlich. Aber, Bertram, ich habe noch einige Fragen wegen des Vergolders.«

»Habt Ihr mehr herausgefunden?«

Sie erzählte es ihm, und Bertram dachte nach.

»Ja, ich erinnere mich, er war sogar zweimal hier in der Werkstatt.«

»Kannst du ihn mir beschreiben? Oder…«, sie wies auf ein Stück Holz, das schon für einen Kopf vorbereitet war, »sein Gesicht schnitzen?«

Bertram schloss die Augen und wog das ovale Holz in den Händen.

»Es ist seltsam, Frau Almut. Normalerweise kann ich mich an so etwas gut erinnern. Aber hier will sich kein Bild formen. Wisst Ihr, die meisten Menschen tragen in ihren Zügen Zeichen ihres Lebens. Gedanken und Gefühle graben Linien und bilden Polster, kerben Falten oder entblößen das Gebein unter der Haut. Genauso handeln meine Hände dann, wenn ich es schnitze. Ich spüre ihrem Wesen nach – aber bei diesem Mann ist nichts. Nichts, als hätte er eine tote Seele.«

Wieder zog der kalte Schauder über Almuts Rücken.

»Kannst du dich denn zumindest erinnern, wann er hier war?«

»Lasst mich überlegen. Ja, ich gab gerade dem Apostel Paulus den letzten Schliff, und das war in der Woche nach Ostern. Thomas war seit zwei Tagen bei uns. Dann fiel er mir noch einmal auf, als ich mit Matthäus begann, und das war kurz vor dem ersten Maitag. Danach – war er nicht mehr hier. Oder? Doch, doch, Frau Almut!« Bertrams Augen leuchteten aufgeregt. »Er war hier, als Pater Ivo zurückkam. Ich habe gesehen, wie er nach dem Zank mit Thomas hinter ihm das Kloster verließ. Ist er ihm gefolgt?«

»Das nehme ich sehr stark an. Hast du mitbekommen, worüber sich Thomas und er unterhalten haben?«

»Nein, Frau Almut. Sie sprachen leise, und ich war sehr vertieft. Tut mir leid.«

»Das muss dir nicht leidtun, Bertram. Deine Arbeit wiegt weit mehr als das Belauschen böser Buben. Du hast mir wirklich sehr geholfen. Falls du dich an das Gesicht doch noch erinnern kannst oder der Mönch hier wieder auftaucht, dann gib dem Vater Abt umgehend Bescheid.«

Almut kehrte zu Theodoricus zurück und berichtete ihm von ihren Fundstückchen, dann bat sie Leon, sie zum Beginen-Konvent zurückzubegleiten.

# 26. Kapitel

Die Stimme vor der Klause, es war diesmal eine andere als am Tag zuvor, hatte ihr abendliches Gift versprüht, und die hornhäutige Seele des Insassen wand sich in höllischen Qualen. Es hatte begonnen, was er befürchtet hatte. Die Maurin war ihr erstes Opfer. Mit großem Genuss hatte die Stimme ihm geschildert, was sie mit ihr angestellt hatten. Und mit hässlicher Befriedigung davon gesprochen, was mit der Begine demnächst geschehen würde. »Aber das sollte dir Genugtuung verschaffen, Ivo«, hatte es gezischelt. »Denn sie ist alles andere als keusch, dein frommes Weibchen. Schon hat sie einen jungen Mann an ihrer Seite. Einen hübschen Kerl, für den sie schon bald die Beine spreizen wird. Noch bevor du hier vermodert bist und dein faulender Leib zum Himmel stinkt, wird sie ihn auf ihr Lager gelockt haben. Wir lassen sie beobachten, Ivo, und wir berichten dir getreulich, wie sie es mit ihm treibt.«

Es kamen noch mehr Drohungen, manche beinahe albern, andere von einer so perfiden Bösartigkeit, dass er sich nur mit aller Gewalt daran hindern konnte, aufzuspringen und mit den bloßen Fäusten die Wand einzuschlagen.

Nun war der Quälgeist fort, und die nächtliche Stille war eingekehrt. Doch die Pein war geblieben, trotz Psalmen und Litaneien, trotz inbrünstigem Gebet an Maria, die Krone des Himmels. Er hatte sich selbst verflucht, weil das unablässige Psalmodieren seinen Mund hatte so trocken werden lassen, dass er dem Becher Wasser nicht widerstehen konnte. Warum kam die gnädige Dunkelheit nicht über ihn, warum konnte er nicht versinken in jene schmerzlose Nacht vor dem endgültigen Schlaf?

Noch nicht einmal der gewöhnliche Schlummer war ihm vergönnt, denn gerade machten sich irgendwelche Lümmel vor der Klause zu schaffen. Johlend zogen sie um die Kirche, warfen mit Steinen nach seinem Gehäus, und erst als die Nachtwächter einschritten, wurde es wieder ruhiger.

»*O clemens, o pia, o dulcis Virgo Maria. Ora pro nobis, sancta Dei Genetrix*«, murmelte er, und hob seine Augen bittend zu der goldenen Gestalt auf seinem schlichten Altar. »Du hättest nicht zu mir kommen dürfen, Maria, milde, gütige Gottesgebärerin. Sie hätte dich behalten müssen, denn in den Stürmen des Lebens hast du ihr Halt gegeben. Denn Stürme kommen auf sie zu. Gib ihr Halt, Maria, Schild der Streitenden. Schütze sie und lasse sie Zuflucht finden. Hülle sie in deinen Mantel, Maria, und berge sie unter deiner mütterlichen Obhut. Und wenn sie einen anderen Mann gefunden hat, dann segne diese Verbindung...«

Sein Murmeln wurde leiser, sein Körper sackte vornüber, und in seiner Schwäche verließ seine Seele ihren Körper und wanderte über verschlungene Pfade zurück in die Vergangenheit. Düstere Kreuzgänge durchquerte sie, in kalten Kathedralen kauerte sie unter Kreuzen, kniete blutend in Krypten, klagte in klammen Kerkern und dumpfen Kellern. Sie bettete sich auf fauliges Stroh und vermodernde Lumpen, Verfall stank aus feuchten Gemäuern. Eisenringe umklammerten sie, Geißeln peitschten auf sie nieder, und die rote Glut, angefacht von Dämonen, erwartete sie, um sie zu verzehren. In den Schatten lag sie gebunden, hilflos, ohne Hoffnung auf Auferstehung. Doch als der gähnende Schlund der schwarzen Verzweiflung sich anschickte, sie zu verschlingen, erfüllte ein leises Klagen die Dunkelheit. Ein zartes Locken und Rufen, das die Verlorenen ans Licht zu holen verlangte. Ein Singen und Klingen, ein feiner Strang aus Tönen, der sich zu einem melodischen Flechtwerk verdichtete, umspann die gefolterte Seele und zog sie hinan. Die Töne betteten sie auf das weiche Gras unter dicht belaubten Bäumen, Tau netzte ihre Wunden und weiches Sonnenlicht badete ihre Verletzungen in heilender Wärme. Und als sie sich gestärkt fühlte, wanderte sie in die Helligkeit. Sie zog über die grünen Hügel, erheiterte sich in knorrigen Olivenhainen, atmete den bittersüßen Duft der Orangen, fand Erquickung an klaren Quellen und gab dem Drängen nach, durch die golden schimmernden Mauern der Stadt zu ziehen, um dort in das Herz der Gelehrsamkeit einzudringen.

Hier fand sie Frieden.

Und Erinnerung.

Als sie zurückkehrte in den Körper, den sie verlassen hatte, nahm sie ein Stück davon mit.


Ivo vom Spiegel erwachte in seiner Klause mit schmerzenden Gliedern und dem Wissen, dass ihn im Traum eine Botschaft erreicht hatte. Aber er konnte sie nicht fassen, so sehr er sich auch bemühte. Steif und ungelenk stieg er von seinem ungemütlichen Lager und schaute zu der schmalen Fensteröffnung. Wie jeden Tag lag neben dem Wasserbecher das Brot. Aber heute leuchtete zusätzlich eine Rosenblüte auf dem Sims.

Und ein eifriges Honigbienchen landete gerade jetzt in der blutroten Wiege.

Wie üblich zerbröselte er das Brot und warf es für die Spatzen auf das Pflaster. Das Wasser – nun, es konnte nicht schaden, selbst das härteste Fasten erlaubte Wasser – trank er durstig aus.

Die Blume? Er hätte sie gerne nach draußen geworfen, aber solange das Bienchen sich noch darin vergnügte, hinderte eine seltsame Scheu ihn daran.

## 27. Kapitel

Die braune Kutte hing wie an einer Vogelscheuche von Pater Henricus herunter, sein Gesicht war asketisch streng, seine Haut, obwohl er die Mitte der Zwanzig noch nicht überschritten hatte, pergamentblass. Geduldig hörte er jedoch zu, was die Begine ihm zu beichten hatte.

»Mein größtes Vergehen in der vergangenen Woche, Pater, war mein Gezänk mit Lena, der Pastetenbäckerin. Ich bereue es sehr, dass ich sie eine hohlköpfige Ziege genannt habe, denn unsere Ziege ist sehr klug.«

»Ihr bereut nicht, Frau Lena beschimpft zu haben?«

»Nein. Sie hat böses Geschwätz verbreitet, und sie ist von der ›Art, die Schwerter als Zähne hat und Messer als Backenzähne, und verzehrt die Elenden im Lande und die Armen unter den Leuten‹.«

In den hageren Zügen des Franziskaners malte sich Erstaunen ab, und Almut schickte ein Stoßgebet zu

Maria, der Hüterin ihrer Zunge. Es war schon wieder passiert.

»Vergebung, Pater Henricus. Ich habe das nicht mit Absicht getan. Ich bereue.«

»Wie bitte?«

»Ich wollte das nicht sagen.«

»Dass Ihr die Nachbarin für eine gefährliche Schwätzerin haltet?«

»Das tue ich, aber ich wollte es nicht mit den Worten Salomos ausdrücken.«

»Ihr habt eine wunderliche Auffassung von Sünde, Frau Almut. Hat sie falsches Zeugnis geredet wider ihren Nächsten?«

»Ja, das hat sie. Sie hat unserer Edlen von Bilk nachgesagt, sie habe den bösen Blick.«

»Das ist eine Behauptung, für die, wenn sie haltlos ist, ich sie auch gerügt hätte. Warum aber wolltet Ihr es nicht mit den Worten des Weisen tun?«

Jetzt war es an Almut, Erstaunen zu zeigen.

»Ihr habt nichts dagegen, wenn ich die Bibel zitiere?«

»Nicht, wenn es im rechten Maß geschieht. ›Die Heilige Schrift lesen, heißt von Christus Rat holen‹, sagt unser gütiger Franziskus. Es freut mich, dass Ihr die Sprüche Salomos beherzigt. Es liegt viel Gutes darin. Was, meine Tochter, habt Ihr noch zu beichten?«

»Ich habe mich – wieder einmal – meinem Vater widersetzt. Er will mich eben mit einem sehr ehrbaren Dachdeckermeister verheiraten, der drei erwachsene Söhne hat.«

»Den Eltern zu gehorchen ist dem Herrn eine Freude, doch das Leben in Keuschheit ist höher zu achten.

Ich würde es sogar begrüßen, Frau Almut, wenn Ihr Euch unseren Schwestern anschließen wolltet, denn ein solch aufgeweckter und gelehriger Geist würde unsere Gemeinschaft bereichern.«

Schwankend zwischen Geschmeicheltsein und Heiterkeit fasste Almut nach der Träne Mariens an dem Kettchen um ihren Hals und bat die himmlische Mutter um Haltung und Beistand.

»Danke Pater. Ich hoffe, Ihr nehmt es mir nicht übel, wenn ich das Beginenleben vorziehe.«

»Natürlich nicht. Aber solltet Ihr Euch je anders entscheiden, werden wir Euch freudig aufnehmen.«

Almut nickte und überlegte krampfhaft, was sie ihrem Beichtiger noch an Sünden anbieten konnte. Es war recht schwierig, denn Henricus war ein hochgelehrter Mann, der den Sinn seines Lebens in der Erforschung der Natur sah. Die üblichen Schwächen der Menschheit schienen ihn nicht anzufechten, Keuschheit entsprach seinem natürlichen Empfinden, Völlerei war ihm zur Gänze fremd, weltliche Güter interessierten ihn nicht. Er lebte in der Sphäre des Geistes, und nur sein Pflichtgefühl veranlasste ihn, dieses hohe Reich hin und wieder zu verlassen, um den priesterlichen Dienst am Nächsten wahrzunehmen. Die Beginen hatten es sehr schnell bemerkt, und sie hüteten sich, ohne es je miteinander abgesprochen zu haben, den Pater mit ihren sie wirklich bewegenden Sünden und Sorgen zu konfrontieren. Also kam auch für Almut weder die Angst, Trugbildern verlorener Kinder ausgesetzt zu sein, noch ihre Wut auf Lena wegen der Mordanklage gegen Ivo vom Spiegel als Beichtgegenstand in Frage.

Nur eine Kleinigkeit fiel ihr ein, die sie noch erwähnen konnte.

»Ich habe mich der Ausgelassenheit und alchemistischen Spielen hingegeben, Pater Henricus.«

Das Auffunkeln von Neugier in seinen Augen erfreute sie, und mit farbigen Worten schilderte sie Trines Experimente mit den bunten Feuern, denen er aufmerksam zuhörte.

»Was für ein ungewöhnliches Mädchen, diese Trine!« Henricus' Worte klangen anerkennend. »Das erinnert mich an ein Geschehen, von dem in unserem Orden erzählt wird. Die Alchemia in der rechten Weise angewandt, hat uns schon viele Erkenntnisse über Gottes wunderbare Schöpfung geschenkt.«

Almut lehnte sich zufrieden mit ihrer geschickten Themenwahl auf ihrem Stuhl zurück. Die wöchentliche Beichte fand wie üblich in den Räumen der Beginen statt, wobei die Türen jedoch offen blieben. Daher zuckte sie auch zusammen, als Clara plötzlich, noch bevor der Franziskaner zu erzählen begann, mit einem Juchzen in der Stimme zu ihr hinüberrief: »Ich hab's!«

»Verzeiht!« Almut stand auf und ging in das Nebenzimmer. Sie ahnte, was die Gelehrte herausgefunden hatte, und wollte sie am Weiterreden hindern. Pater Henricus mochte nichts dagegen haben, dass sie die Bibel zitierte. Ob er die Übersetzungen von Clara jedoch guthieß, darauf wollte sie es lieber nicht ankommen lassen.

»Komm zu uns herüber, Clara, Pater Henricus wollte mir gerade eine Geschichte erzählen.«

Clara verstand und schlug den Folianten zu.

»Ich glaube, Pater, Frau Clara würde ebenfalls gerne erfahren, was Ihr zu berichten habt. Ihr wisst, sie ist an Gelehrsamkeit unser leuchtendes Beispiel, und Eure Erzählung mag auch ihr Wissen mehren.«

Ein haardünnes Lächeln huschte kurz über die schmalen Lippen des Franziskaners. Völlig unempfindlich gegenüber Schmeicheleien war er also doch nicht, stellte Almut für sich fest.

»Nun, dann hört. Vor ungefähr zwanzig Jahren hat einer unserer Brüder in einem Kloster bei Freiburg alchemistische Experimente betrieben. Er zerstampfte in einem Mörser Salpeter, Schwefel und Kohle, um eine bestimmte Materie herzustellen. Doch er wurde unterbrochen und aus seinem Laboratorium gerufen. Er stellte also den Mörser mit dem Stößel zusammen auf den Ofen. Kurze Zeit später ereignete sich eine gewaltige Explosion. Als sich daraufhin alle in dem rußgeschwärzten Raum versammelt hatten, bemerkten sie, dass der herausgeschleuderte Stößel so fest in einem Deckenbalken steckte, dass er nicht mal nach dem Berühren mit den Reliquien der heiligen Barbara herausgezogen werden konnte.«

»Das, was Euer Bruder hergestellt hat, scheint tatsächlich der Mischung zu gleichen, die Trine verwendet hat. Aber ihr ist noch nicht der Stößel in die Decke gefahren«, sagte Almut und musste grinsen. »Doch es kracht und blitzt gewaltig. Sie hat es aber zudem geschafft, dieses Pulver mit anderen Súbstanzen zu mischen und bunte Flammen damit zu erzeugen.«

Bedächtig nickte Henricus. »Auch ich habe mit dem Pulver von Bruder Bertholf Schwarz experimentiert. In kleinen Dosen kann man tatsächlich Knall- und Licht-

218

effekte damit erzeugen. Gewöhnliches Salz als Zugabe färbt es beispielsweise gelb, die Salze vom Kupfer bringen grüne Flammen hervor.«

»Sie hat auch rote, blaue und weiße Blitze erzeugt. Ich werde sie fragen, womit sie das erreicht, Pater Henricus.«

»Ich wäre Euch sehr verbunden, Frau Almut. Es ist ein faszinierendes Forschungsgebiet. Wäre es denn machbar, dass ich mich selbst mit der jungen Alchemistin einmal unterhalte?«

»Ihr werdet mich als Übersetzer brauchen, Pater, denn Trine ist taubstumm.«

»Eure Talente sind bemerkenswert, Frau Almut.«

»Nein, ich habe nur einige Jahre mit ihr zusammengelebt und sie sehr lieb gewonnen. Aber Ihr könnt auch Meister Krudener aufsuchen. Ich habe den Verdacht, dass Ihr Euch mit dem Apotheker sehr gut verstehen würdet, wenn Ihr seine Abneigung gegen Kutten und Tonsuren überwindet.«

Clara fügte hinzu: »Und das tut Ihr am einfachsten, wenn Ihr ihm ein wissenschaftliches Traktat zusendet und ihn um seine Meinung bittet.«

»Ihr habt Meister Krudener schon zuvor mehrmals als Apotheker erwähnt. Befasst auch er sich mit der hohen Kunst der Alchemia?«

»Ich glaube fast, er beherrscht sie sogar besser als viele andere, die damit herumlaborieren.«

»Hat er je die Transmutation durchgeführt?«

Es zeigte sich tatsächlich so etwas wie brennende Neugier in Pater Henricus' Zügen.

»Transmutation? Das ist die Verwandlung unedler Substanzen in Gold, hörte ich.«

»So sagt man, Frau Almut.«

»Nun, ich glaube, er hat eine ganz eigene Meinung dazu.«

Wenn sie geglaubt hatte, den eifrigen Pater damit zu ernüchtern, hatte sie sich gründlich getäuscht. Denn nun geschah vor ihren Augen eine wahre Transmutation. Der asketische Franziskaner lächelte nämlich wirklich und verwandelte sich dadurch in einen Menschen von Fleisch und Blut.

»Gut, gut. Ich will seine Bekanntschaft suchen.«

»Dann richtet ihm einen Gruß von Frau Sophia aus, bevor er Euch rauswirft. Das wird seine rüden Beschimpfungen dämpfen.«

»Frau Sophia seid Ihr?«

»Er nennt mich manchmal so.«

»Mhm.«

Clara hatte mit steigendem Interesse zugehört und konnte sich nicht zurückhalten zu fragen: »So war also Euer Bruder Bertholf auf der Suche nach dem roten Leu? Man sagt ja, dass man mit ihm die Verwandlung durchführen kann. Haltet Ihr ihn für mineralisch oder pflanzlich?«

»Ah, auch Ihr seid bewandert? Es gibt viele, die einen wertvollen Stein suchen, andere ein Pulver oder das Elixier des Lebens.«

»Hat ihn jemand in seinem Besitz?« Almut, an ihr Gespräch mit Rebbe Goldfarb erinnert, interessierte weniger die Art des Stoffes; sie sah eine Gelegenheit, Roderichs Fährte weiterzuverfolgen. »Kennt Ihr jemanden, der den *lapis philosophorum* sein Eigen nennt?«

»Wenn ich das täte, hätte ich ihn schon lange aufgesucht. Und viele andere auch. Ob er ihn dann noch hätte, bleibt dahingestellt.«

»Dann will ich anders fragen – kennt Ihr jemanden, der behauptet, ihn zu besitzen?«

»Es gibt immer wieder Scharlatane und Wichtigtuer, die das tun. Warum wollt Ihr das wissen, Frau Almut?«

Sie überlegte, ob sie dem Pater die ganze verworrene Angelegenheit aufdecken sollte, entschied sich jedoch dagegen. Zu viele der Verwicklungen müsste sie ihm verständlich machen. Sie unterbreitete ihm eine geläuterte Form der Wahrheit.

»Jemand, der meine Schwester betrogen hat, indem er ihr gefälschte Goldmünzen untergeschoben hat, ist zu einem Mann aufgebrochen, der angeblich diesen Stein besitzt. Sie hat ein großes Bedürfnis, den Fälscher aufzutreiben und anzuklagen.«

»Ja, das ist ein guter Grund. Es gibt zwei, drei Männer, von denen ich gehört habe, zwei von ihnen waren reisende Quacksalber, die die Stadt schon vor Ostern verlassen haben, der andere ist einer, der sich zwar ein großes Laboratorium eingerichtet hat, aber…«

»Aber?«

»Um die vielen komplexen Schritte korrekt durchzuführen, die notwendig sind, um den Stein zu erhalten, fehlt es meinem Vetter an Geist.«

»›Wer zugrunde gehen soll, der wird zuvor stolz; und Hochmut kommt vor dem Fall.‹«

Maria hatte nicht schnell genug einschreiten können, und so wurde Almut über und über rot, als die letzten Worte ihre Lippen verlassen hatten.

Pater Henricus war allerdings ebenso errötet.

»Ihr habt recht, Frau Almut. Es ist das Laster, wie unser Name schon sagt. Selbst alle Übungen in Demut haben es nicht verhindern können, dass ich mich über den Tropf erhaben fühle.«

»Es ist auch mein Laster, Pater Henricus«, gestand Clara leise. »Somit habt Ihr meine böseste Sünde bereits gehört.«

»Wer bin ich, dass ich richten soll!«

»Ihr seid ein guter Mensch, Pater Henricus. Mir habt Ihr sehr geholfen. Und es würde Frau Claras und meine Seele erleichtern, wenn Ihr uns Buße auferlegtet und von unseren Sünden freisprächet.«

Er tat es gemessen und angemessen, und beide Beginen gestanden dem Franziskaner eine besonnene Haltung zu. Nach erteilter Absolution gingen sie mit ihm nach unten, um ihn zum Tor zu geleiten.

Auf dem Hof aber, neben dem Brunnen, trafen sie Teufelchen an, die erstmals mit ihrem Nachwuchs außerhalb der Küche spielte. Sie boten ein possierliches Bild. Die schwarze Katze lag auf dem Boden und ließ die Kleinen nach ihrem Schwanz haschen. Immer wieder zuckte er gerade dann fort, wenn sich eines der Tätzchen hineinkrallen wollte. Enttäuscht von der mütterlichen Gewandtheit patschte der junge Tiger seinen Geschwistern auf die Kehrseite, die wiederum sprangen empört Teufelchen in den Nacken, was diese sich mit Langmut gefallen ließ, und sie schnurrte aufmunternd.

»Sie sind gute Mütter, die Katzen«, murmelte Pater Henricus. »Sie unterrichten ihre Kinder sorgfältig.«

»Ihr mögt Katzen?« Almut hatte schon zu häufig abfällige Bemerkungen über die nächtlichen Jägerinnen gehört, um das so einfach zu glauben.

»Aber natürlich, Frau Almut. Unser heiliger Franziskus hat uns Menschen sogar die Tiere besonders ans Herz gelegt. ›Alle Geschöpfe der Erde fühlen wie wir, alle Geschöpfe der Erde streben nach Glück wie wir, alle Geschöpfe der Erde lieben, leiden und sterben wie wir. Also sind sie uns gleichgestellte Werke des allmächtigen Schöpfers.‹«

Das getigerte Kätzchen ließ von seinen Geschwistern ab und begann, an Almuts grauem Rock emporzuklettern. Sie klaubte es auf und setzte es sich, wie schon so oft zuvor, auf die Schulter. Daran gewöhnt, begann es, mit den Falten ihres Gebändes zu spielen.

»Und dieses Tier, Frau Almut, nennt man sogar ein Marienkätzchen.«

»Wie das?«

»Seht Ihr nicht, wie der Schöpfer ihm das M auf die Stirn gezeichnet hat?«

Almut nahm das zappelnde Pelzchen in die Hand und besah es sich. Richtig, das Fellmuster ergab den Buchstaben M über den Augen. Teufelchen, um ihr Kind besorgt, strich ihr um die Beine und maunzte. »Mirr iam, mirr iam.«

Pater Henricus verabschiedete sich von Clara, und Almut, im Staunen gefangen, setzte die Tigerkatze seiner Mutter vor die Nase.

»Hier hast du deine kleine Mirriam zurück«, flüsterte sie.

»Brrrip«, lobte Teufelchen sie und begann, ihre Tochter gründlich zu putzen.

»Also, ich muss schon sagen, unsere Meisterin hat eine gute Wahl mit Pater Henricus getroffen«, bemerkte Clara. »Ein außergewöhnlicher Mann, belesen, gelehrt und großmütig im Geist. Und ernsthaft bemüht, seinen Hochmut zu besiegen.«

Sie schlenderten über den Hof zurück zu ihrem Häuschen.

»So hochmütig fand ich ihn gar nicht. Aber jetzt, wo du es erwähnst – ich hätte ihn fragen sollen, wer sein Vetter, der Tropf, ist. Denn der scheint mir ein erstrebenswertes Ziel von Roderich von Kastell zu sein.«

»Aber das hat er doch gesagt.«

»Hat er das?« Sie kletterten die Stiege hoch, und über ihre Schulter erklärte Clara mit einem kleinen Grinsen:

»Overstoltz.«

»Ei wei! Pater Henricus stammt von den Overstoltzens ab? Na, dann hat er wirklich mit seinem Hochmut gekämpft. Ein beachtenswerter Mann, in der Tat. Ein Overstoltz, der zu den Minderbrüdern geht. Aber nun, Clara, verrat mir endlich, was du herausgefunden hast.«

Sie betraten Claras Kammer, und die Gelehrte schlug den Folianten wieder auf und deutete mit einem Finger auf einen Satz.

»Dies ist die Warnung, die der Sohn des Harfenspielers uns zu beachten mahnt: *luxuriosa res vinum et tumultuosa ebrietas quicumque his delectatur non erit sapiens.* ›Der Wein macht Spötter, und starkes Getränk macht wild: Wer davon taumelt, wird niemals weise.‹«

»Stimmt. Und jetzt?«

»Jetzt werde ich diese Botschaft bald enträtselt haben.«

»Und wie?«

Clara zwinkerte mit den Augen. »Lass mir meine Geheimnisse.«

»Na gut. Aber warte nicht zu lange damit. Du weißt, alles ist wichtig, was mit dem Vergolder zusammenhängt.«

»Ja, ich weiß, Almut.« Clara war wieder ernst geworden. »Übrigens – entschuldige, dass ich vorhin gelauscht habe. Absichtlich tat ich es nicht. Aber Lena mag für übles Geschwätz sorgen und unsere Besucherin schmähen, aber wenn unsere Edle auch keinen bösen Blick hat, neugierig ist sie allemal. Sie hat hier und da Fragen nach dem schönen Leon gestellt.«

»Verständlich, oder?«

»Natürlich. Du solltest es nur wissen.«

»Ja, danke. Gertrud hat sie auch als neugierige Edelnase bezeichnet. Aber ganz ehrlich, Clara – eine kleine Schwäche hat doch jeder Mensch. Ihre ist eben die Neugier.«

»Die, die dir ebenfalls eigen ist – nur auf anderen Gebieten, nicht wahr?«

»Richtig. Genau deswegen werde ich Meister Krudener einen Besuch abstatten.«

»Um ihn auf den wissbegierigen Franziskaner aufmerksam zu machen?«

»Das, und um ihn nach dem alchemistischen Overstoltz zu fragen. Außerdem, Clara, dein böser Ausschlag heilt zwar allmählich ab, aber ich könnte ihn nach einem Mittel fragen, das gegen die Schmerzen hilft.«

»Ja, sie sind immer noch stark. Manchmal – manchmal könnte ich weinen«, seufzte sie und legte den Kopf in die Hände.

»Dann will ich hören, was er empfiehlt. Oder willst du mich gar begleiten?«

»Wann suchst du ihn auf?«

»Warum nicht gleich? Bis zur Vesper ist noch lange Zeit.«

## 28. Kapitel

Bei der müden Frau in der Hinterstube eines Hauses auf dem Berlich war es nicht die Natur, die für die frühzeitig einsetzenden Wehen sorgte, sondern eine wohldosierte Menge Mutterkorn. Sie kannte diese Prozedur bereits, es war nicht das erste Mal, dass sie schwanger geworden war. Ihr Beruf brachte dieses Risiko mit sich. Ihr schlaffer, erschöpfter Leib krümmte sich in Krämpfen, während die Hebamme bei ihr saß und über allgemeinen Klatsch und Tratsch plauderte. Wenn es die Schmerzen erlaubten, antwortete die Hure ihr, und so sammelte die Wehmutter allerlei delikate Neuigkeiten über die Kundschaft des Hauses am Berlich. Schließlich war es so weit, und das ungewollte, ungeliebte Kind eines hohen Geistlichen verließ seine vergiftete Heimat, noch bevor die Seele den Körper betreten hatte.

Geschwind sorgte die Hebamme dafür, dass die Spuren der Geburt verschwanden, gab der Frau noch einen stärkenden Trank und verließ mit ihrem großen Beutel über den Hinterausgang das beliebte, aber heimliche Haus.

Eine kurze Nachricht wurde von einem verlässlichen

Boten überbracht, und schon bald wechselte Gold die Hände. Ein hagerer Mönch in brauner Kutte befreite die Hebamme von der Last der Sünde.

## 29. Kapitel

»Ich will Euch den Vorgang an einem schlichten Beispiel aufzeigen«, belehrte Meister Krudener sie und wies auf den Kessel, in dem Trine die Bierwürze kochte. »Es ist ein alchemistischer Vorgang, der über viele Schritte hin die Verwandlung der Urmaterie in einen höchst edlen Stoff beschreibt.«[*]

Clara und Almut lauschten aufmerksam, die kleine graue Katze hatte es sich neben ihnen gemütlich gemacht und sogar der Papagei hielt seinen Schnabel.

»Die *materia prima* ist in diesem Fall die Gerste. Sie wird eingeweicht, und die Körner verlieren bei diesem Vorgang ihre Härte. Wir nennen es die Putrefaction oder Fäulnis. Anschließend wird das Wasser abgegossen, und der Keim nährt sich aus dem weichen Korn. Dieses ist die Digestion, die Selbsterwärmung, in der sich die wirkende Substanz vom Nutzlosen trennt. Dann wird ihm die Feuchte entzogen, das gekeimte Korn wird über dem Feuer gedarrt, die Coagulation, die Verfestigung beginnt. Das verfestigte Malz wird gemahlen – der Vorgang, der der Calcination in

---

[*] Der Alchemist und Benediktiner Basilius Valentinus beschrieb dieses Verfahren in seiner Schrift »Der Triumphwagen des Antimonii« Anfang des 15. Jahrhunderts.

der mineralischen Welt entspricht. Das darauf folgende Kochen der Substanz entspricht der Destillation, und während dieses Prozesses wird das vegetabilische Sal, die Würze, hinzugegeben. Hier nehmen wir die Hopfengrut, die die kundige Trine soeben zubereitet. Alles das beginnt zu gären, und durch das Aufsteigen der Hefen klärt sich die Flüssigkeit – die Clarification. Durch einfaches Filtern trennen wir zum Schluss das eine vom anderen, die Separation, und schon haben wir flüssiges Gold erhalten.«

»Ganz ohne die Verwendung des roten Leu, wie ich sehe«, bemerkte Almut erheitert. »Sehr aufschlussreich, Meister Krudener.«

»Sicher, und wenn man es erst einmal verstanden hat, kann man diesen Vorgang auf vieles übertragen. Aber wie ich Euch kenne, Frau Sophia, geht es Euch nicht ausschließlich um eine Erklärung alchemistischer Vorgänge.«

»Da habt Ihr recht. Es diente nur zu unserem Verständnis. Wir sind nämlich auf der Suche nach dem *lapis philosophorum*, dem roten Leu oder dem Stein der Weisen.«

»Tatsächlich? Hofft Ihr etwa, damit Ivo vom Spiegel helfen zu können?«

»Genau das ist unser Bestreben.«

»Frau Almut, ich habe Euch für weit scharfsinniger gehalten. Wollt Ihr mit Zaubersteinen und hohlem Schein Ivo aus seiner Klause befreien?«

»Schweig, arger Wicht! Dir soll mein Wuchthammer den Mund verschließen!«, krähte der Papagei plötzlich, und Clara musste sich mit der Hand den Mund verschließen, um nicht in unbotmäßiges Gelächter auszubrechen. Almut hingegen, die bereits Bekanntschaft mit dem vorlauten Vogel gemacht hatte, erlaubte sich lediglich ein Lächeln.

»Aha!«, grummelte Krudener. »Auf falsche Fährten verlockt mich Eure Frage?«

»Sagen wir so – es steckt mehr dahinter. Es gibt angeblich einen Mann, einen aus der Familie Overstolz, der sich den alchemistischen Künsten widmet, wenn auch nach Aussagen unseres Beichtigers mit geringem Witz, und der in dem Ruf steht, besagten Stein zu besitzen.«

»Johann Overstolz. Kenne ihn. Er werkelt auf der Burg Efferen herum. Ein Tropf.«

»Eben diesen Titel verlieh ihm sein Vetter, Pater Henricus, ebenfalls.«

»Und was wollt Ihr dann von diesem Quacksalber?«

»Ein Roderich von Kastell scheint ihn aufgesucht zu haben, um die Kunst des Goldmachens von ihm zu erlernen.«

Meister Krudener stand auf und schritt im Raum auf und ab. Dabei umwehten ihn die weiten Ärmel seiner Robe, und all die zerbrechlichen Glasgefäße, die Tiegel und Phiolen, die Kolben und Flaschen waren beständig in Gefahr, von Tischen und Borden gefegt zu werden und auf dem Boden zu zerschellen. Aber irgendeine gütige Macht sorgte dafür, dass kein dramatisches Unglück geschah.

»Roderich von Kastell, sagt Ihr. Mir will es vorkommen, als hätte ich diesen Namen schon einmal gehört.«

»Verkehrt Ihr mit Münzfälschern und Mördern, Meister Krudener?«

»Nicht, nein. Ist er der Mann, der Ivo angeklagt hat?«

»So ist es.«

»Eine schlechte Mischung – ein Tropf und ein Verbrecher. Es wird nichts Gutes daraus erwachsen.«

»Das fürchte ich auch.«

»Was wollt Ihr tun?«

»Einen Freund auf seine Spur setzen.«

Der Apotheker sah bedrückt drein.

»Ich habe die Klause aufgesucht und versucht, mit Ivo zu reden. Aber er schweigt oder murmelt Gebete. Er verstreut sein Brot für die Vögel und hungert sich selbst zu Tode. Was treibt ihn, Frau Almut?«

»Schatten aus der Vergangenheit, Meister Krudener. Die ich versuche zu finden. Und in ein paar Tagen werden wir ihn aus der Klause befreien. Gegen seinen Willen, fürchte ich, und dann werde ich Eure Hilfe benötigen.«

»Zählt darauf!«

»Wie geht es seinem Vater?«

»Er ist schwach, aber er lebt. Ich habe Arzneien für ihn zubereitet, die sein Herz stärken, aber wie lange es noch schlägt, vermag ich nicht zu erraten.«

Während sie sich unterhielten, hatte Trine sich an Clara gewandt, und war nun dabei, ihr die kleinen Beutel zu zeigen, die sie angefertigt hatte. Sie machte dem Apotheker ein Zeichen, und der rollte verzweifelt mit den Augen.

»Manchmal ist sie noch ein richtiges Kind«, brummte er.

»Lasst sie Clara das bunte Feuer vorführen. Vorhin hat uns Pater Henricus von seinem Ordensbruder berichtet, der ähnliche Experimente gemacht hat. Ich glaube, sie würde es gerne sehen.«

»Na gut. Eins, Trine. Nur eins!«, gab er dem jungen Mädchen streng zu verstehen. Trine nickte, drückte Clara den Beutel in die Hand und wies mit einer werfenden Bewegung zum brennenden Kamin.

»Soll ich wirklich?«

»Nur zu, Clara. Es kracht, aber es sieht hübsch aus.«

Das tat es, und blaue Funken stoben die Esse hoch, gefolgt von einem zweiten Knall und goldenen Lichtern.

»Eins, hatte ich gesagt«, krächzte Krudener.

»Heiß bist du Feuer, und viel zu hoch, weich Flamme, fort!«, krächzte der Papagei und verbreitete wütend graue Federchen. Die Katze hatte sich schon lange zuvor verkrochen.

»Ich hab nur eins geworfen, das andere hatte Frau Clara«, signalisierte Trine, und Almut lachte.

Bald darauf wanderten die Beginen zurück zum Eigelstein, Clara mit einem Topf frischer Salbe und einem Pulver, das möglicherweise die Schmerzen lindern würde. Mehr als die Arzneien aber hatte ihr der Besuch bei Krudener gutgetan, erschien es Almut. Mochte sie auch häufig zimperlich sein, wenn es um schwere oder unangenehme Arbeiten ging, die ihr von der Krankheit aufgezwungene Untätigkeit hatte sie niedergedrückt. Der Gang durch die Stadt aber munterte sie auf, und sie versprach, sich sogleich an die Entschlüsselung des Rätsels zu setzen.

Almut hingegen wollte die letzte Helligkeit nutzen, um den gewachsten Boden der Kapelle zu polieren. Mit einem Korb voller Lumpen betrat sie den süß duftenden Raum und erfreute sich für einen kleinen Augenblick an dem Lichtspiel, das durch die roten und gelben Gläser in der Rosette fiel. Dann aber entdeckte sie das Bündel, das auf dem einfachen Steinsockel lag, auf den später der Altartisch gelegt werden sollte. Sie schlug das schmuddelige Tuch auf und erstarrte.

»Nein. Es ist keine Einbildung. Nein.«

Wie schon beim ersten Mal drehte sich ihr Magen um, und sie drückte fest die Hände gegen ihren Bauch. Mühsam atmete sie ein und aus, bis sich die Aufregung in ihrem Inneren einigermaßen gelegt hatte. Dann faltete sie das Tuch wieder um den kleinen Körper und legte es mit zittrigen Händen in den Korb. Diesmal würde sie Magda aufsuchen. Nicht Gertrud. Sie brauchte Hilfe. Dringend.

Mit weichen Knien verließ sie die Kapelle, und als sie den Hof halb überquert hatte, trat eine der Mägde auf sie zu, die am Brunnen Wasser geholt hatte.

»Heilige Jungfrau Maria, Ihr seht aus, als wäre Euch der Tod begegnet, Frau Almut. Gebt mir den Korb, gleich fällt er Euch aus den Händen.«

Doch Almut hielt den Henkel umklammert und versuchte die Magd abzuschütteln. Die war ungeschickt und stieß dabei den Eimer um, sodass ihr das Wasser an den Rock spritzte.

»Lass nur, es geht schon«, stieß sie hervor und eilte, so schnell es ging, ins Refektorium.

Magdas Tür stand offen, sie saß am Fenster und schob ihren Lesestein über eine winzige Handschrift.

»Heilige Mutter Gottes, wie siehst du aus, Almut!«,

rief sie, als die Begine sich bleich und taumelnd an der Türzarge festhielt.

»Hilf mir, Magda, bevor ich wahnsinnig werde.«

Ungeachtet ihrer schmerzenden Hüfte eilte die Meisterin zu ihr, nahm ihr den Korb ab und führte sie mit festem Griff zu ihrem Sessel.

»Was ist passiert?«

»Im Korb. Ich fand es in der Kapelle.«

Misstrauisch musterte Magda die Lappen und zog dann mit spitzen Fingern daran. Almut hatte den Blick abgewandt und drückte sich wieder die Hände gegen den revoltierenden Magen.

»Ich verstehe nicht ganz, es ist zwar frevelhaft, solche Lumpen in die Kapelle zu werfen, aber das ist doch kein Grund, sich dermaßen aufzuregen.«

»Es ist wieder fort?«, fragte Almut tonlos.

»Was?«

»Das tote Kind.«

»Almut, dir geht es bestimmt nicht gut. Hast du Fieber?«

»Nein. Nur ein krankes Gehirn. Ich sehe Dinge, wo sie nicht sein sollen.«

»Tote Kinder?« Mitgefühl klang in der Stimme der Meisterin mit.

»Fehlgeburten.«

Magda legte den Arm um sie und streichelte ihr die Schultern.

»Du machst dir zu viele Sorgen. Du hast dir viel zu viel aufgebürdet.«

»Nein, nein. Es ist nur, dass mich der Fluch einholt.« Trostlos begann Almut zu schluchzen.

»Was für ein Fluch?«

»Meine gestorbenen Kinder. Meine verlorenen Kinder. Ich konnte sie nicht behalten.«

»Almut, das ist Jahre her.«

»Sie kommen zurück. Ich sehe sie so deutlich vor mir, ja, ich kann sie sogar berühren. Ich dachte, da in der Kapelle … Ich dachte, ich hätte wieder eines gefunden. Ich dachte, ich hätte es in den Korb gelegt …«

»Mhm.«

Almut schnupfte und wischte sich die Nase.

»Es ist nicht das erste Mal?«

»Nein, schon dreimal.«

»Fass dich und erzähl es mir!«, kam der strenge Befehl, und er half Almut mehr als weiteres Mitleid. Gequält berichtete sie der Meisterin von dem Katzenkind und dem Fötus auf ihrem Bett.

»Almut, hast du solche – mhm – Erscheinungen früher schon mal gehabt?«

»Nein, noch nie. Nur Träume. Von den Kindern habe ich früher oft geträumt. Aber in den letzten Monaten nicht mehr. Nur jetzt wieder.«

»Ich halte dich für eine sehr verständige Frau, Almut. Wenn mir Rigmundis so etwas erzählt hätte, wären meine Bedenken größer. In deinem Fall frage ich mich aber – könnte es sein, dass dir jemand sehr hässliche Streiche spielt?«

»Aber wer und warum? Und vor allem, Magda – wo kommen die toten Kinder her?«

»Der Frage möchte ich im Einzelnen nicht nachgehen. Aber du weißt, es gibt Engelmacherinnen …«

»Das ist ja grausam.«

»Jemand ist grausam. Jemand, der weiß, wie eng du Ivo vom Spiegel verbunden bist. Glaubst du wirklich, dass diejenigen, die ihn vernichten wollen, nicht auch dir nach dem Leben trachten könnten?«

»Mich in den Wahnsinn treiben. Maria, barmherzige Mutter, Rigmundis hat es gesehen. ›Sie errichten Mauern um den Schuldlosen und lassen ihn bittere Kräuter essen. Sie stürzen die trauernde Mutter in den Abgrund des Wahnsinns.‹«

»Wer hat dir die Körper ins Zimmer legen, wer hat sie schnell genug entfernen können, nachdem du sie entdeckt hast?«

»Jede von uns, Besucher, unsere Mägde…«

»Wem bist du auf dem Weg zwischen der Kapelle und diesem Platz hier begegnet, Almut?«

»Nur einer Magd, einem ziemlich tölpelhaften Geschöpf. Ich glaube, sie ist noch nicht lange bei uns.«

»Die Maren? Sie ist für die Nys eingesprungen, die ihre Muhm pflegen muss.« Nachdenklich strich die Meisterin über die weiche Pelzdecke, die über die Lehne des Sessels hing. »Ich werde sie mir mal vornehmen.«

»Es ist…«

»Ja?«

»Die Edle von Bilk. Ich weiß, es ist Geschwätz, und ich habe Lena schon gewaltig angefahren deswegen, aber sie behauptet, sie hätte den bösen Blick.«

»Du verdächtigst sie, weil sie unser Gast ist?«

»Nein. Ach – ich bin durcheinander.«

»Ich weiß. Ich werde mit meinem Bruder noch einmal über die Edle sprechen. Mir schien sie bisher sehr hilfsbereit und freundlich. Und welche Beziehung sie zu Ivo vom Spiegel haben könnte, will mir nicht einleuchten.«

»Sie hat einige Jahre in Spanien gelebt.«

»Nach dem Tod ihres Mannes. Da war der Herr vom Spiegel allerdings schon im Kloster.«

»Ja, das stimmt. Ich sehe Gespenster, Magda.«

»Nein. Ich selbst habe dich gebeten, Vorsicht walten zu lassen. Tue es auch weiterhin. Und nun wollen wir essen gehen. Bist du in der Lage, dich ganz normal zu verhalten?«

»Das Essen wird mir schwerfallen, Magda. Denn ob Trugbild oder echt – die Kinder …« Almut musste hart schlucken.

»Bete.«

»Ja.«

Es half ein wenig, die Träne Mariens barg einen kleinen Trost, und Almut war in der Lage, ein paar Löffel von der Linsensuppe mit geräucherten Würsten zu sich zu nehmen.

Aber in der Nacht lag sie lange wach und zermarterte sich den Kopf, um all die losen Enden zusammenzufügen, die sie in Händen hielt.


## 30. Kapitel

»Sie glaubt, dass sie wahnsinnig wird. Sie glaubt, die Kinder, die sie verloren hat, würden wiedergehen und sie strafen. Lange wird es nicht mehr dauern, und sie wird schreiend durch die Straßen laufen.«

Gehässig lachte die flüsternde Stimme vor der Klause.

Pater Ivo verschränkte die Hände, bis die Knöchel weiß hervorstanden.

»Du kannst nichts tun, Ivo. Sie werden sie in die Tollkammer stecken und binden. In ihrem Zimmer werden sie die verwesenden Leichen der Kinder finden, die sie aus den Gräbern gescharrt hat. Aber damit wollen wir noch ein wenig warten. Denn der schöne junge Mann tändelt um sie herum und weckt ihre Sehnsucht. Schon nennt sie ihn vertraulich bei seinem Namen. Leon, flüstert sie sehnsüchtig, und ihre Lider flattern, wenn sie ihn ansieht.«

Die verknoteten Finger lösten sich, und ein kaum hörbares Stöhnen entfloh Pater Ivos Lippen. Es schien den Besitzer der Zischelstimme nicht zu erreichen, denn sie fuhr ungerührt fort: »Zu dumm nur, dass die aufsässige Begine das Augenmerk auf eine ungeschickte Magd gelenkt hat. Nun muss das Trampel leider verschwinden. Wir werden uns morgen darum kümmern und das, was von ihr übrig bleibt, an einer passenden Stelle hinterlassen.«

Die Knöchel verschränkten sich wieder fest und wütend.

»Du kannst auch da nichts tun, Ivo. Nichts, du bist hier eingemauert und sitzt fest. Das Herz deines Vaters wird immer schwächer, hört man. Es wird ihn nicht beglücken, die Leiche einer dummen Magd in seinem Hof vorzufinden.«

Die gefalteten Hände drückten nun an die Stirn, wie um das Bild zu vertreiben, das die Stimme heraufbeschworen hatte. Sie kannte keine Gnade, den wahren Dolchstoß versetzte sie ihm mit den nächsten Worten: »Das Schicksal nimmt seinen Lauf, und du hast den Weg der Vernichtung gewählt. Ein weiser Entschluss, Ivo, den du nie gefasst hättest, wäre das echte Schreiben des Erzbischofs in deine Hände gelangt. So aber wirst du bald an den Toren der Hölle stehen, noch immer in Banden, ein Sünder ohne Reue.«

Es war die jahrzehntelange Selbstbeherrschung, die Pater Ivo davon abhielt, eine unbedachte Bewegung zu machen und auch nur einen Laut auszustoßen.

»Beeindruckt, Ivo? Oder bist du schon tot? Nein, das bist du nicht. Du streust weiterhin das gute Brot für die Vögel aus. Aber bald wirst du selbst dazu zu schwach sein. Und dann, Ivo, werde ich dir das kostbare Dokument in diese Klause werfen. Sie werden es finden, wenn sie einst dein Gerippe aus dem steinernen Sarg befreien und dich verscharren. Herr Ivo vom Spiegel, nun gehabt Euch wohl. Ich komme wieder, wenn sich die Dinge weiterentwickelt haben.«

Das bösartige Zischeln verstummte, und Pater Ivo zitterte hilflos vor Wut. Umsonst, alles umsonst. Die Bösartigkeit jener, die ihn verfolgten, war ohne jede Grenzen. Sie machten ihn schuldig am Leid, ja sogar am Tod anderer. Sie machten ihn zum Mörder durch Untätigkeit. Die Bitterkeit stieg ihm in die Kehle, sein leerer Magen brannte wie Feuer, sein Körper verkrampfte sich bei der Erkenntnis, hilflos gefangen zu sein.

Lange saß er, stumm, wie von innen heraus erfroren, in seiner Klause, hörte die Nachtwächter nicht die Stunde ausrufen, hörte das Lied der braun gefiederten Sängerin nicht, die dankbar für die Brotkrumen vor der Klause ihm aus voller Kehle ein Ständchen brachte, hörte die junge Stimme nicht nach ihm rufen, die ihm Trost spenden wollte. Er war in sich und seine Schuld versunken, verhärtet und erstarrt.

Der Mond aber erhob sich über den Horizont, wanderte über die Stadt, und sein Licht brach durch die Wolken, just als sein Antlitz auf der Klause ruhte. Es schlich sich ein silbriger Strahl durch die schmale Öffnung und fand jene, die seinem Wandel gebot. Der Heiligenschein zwischen den ihn haltenden Hörnern begann heller und heller zu leuchten, und als die beiden Monde miteinander vereint waren, entfalteten sie ihre Macht.

Ivo vom Spiegel blinzelte, als die unerwartete Helligkeit seine schmerzenden Augen traf. Er wollte die Quelle dieser Störung zur Seite räumen, doch dann hielt er inne.

Die Statue, die seine Begine vor zwei Jahren aus den Trümmern eines alten Tempels gegraben hatte, dessen Steine sie für den Bau eines Stalls verwenden wollte, hatte er eigenhändig geweiht. In den Heiligenschein, die runde Scheibe über ihrem schönen Gesicht, hatte er ein Kreuz geritzt und es mit einem Strahlenkranz umgeben. Doch er wusste, dass diese Figur das Abbild einer sehr viel älteren Mutter war, die lange vor Maria geliebt und verehrt wurde. Damals, als er dies der Begine erklärt hatte, hatte er ihr auch geraten, sie möge sie, wenn sie in großer Not war, mit ihrem ursprünglichen Namen rufen.

Er hatte lange gefastet, sein Körper war schwach und ausgezehrt, doch sein Geist erhob sich in einen kristallklaren Zustand der Erkenntnis.

Während seine Gedanken die Laute formten, mit der er den Geist der Statue rief, war ihm, als ob sie zu ihm zu sprechen begann.

»Ich bin die älteste Tochter der Zeit,

Ich erlege denen, die Unrecht tun, Strafe auf.
Bei mir ist das Gesetz.
Ich bin die Herrin des Krieges.
Ich bin die Herrin von Blitz und Donnerkeil.
Ich bin in den Strahlen der Sonne.
Was ich beschließe, wird ausgeführt.
Vor mir weicht alles zurück.
Ich löse, die in Fesseln sind.
Ich bin Siegerin über das Schicksal.
Mir gehorcht das Schicksal...«

Die alte Hymne, vor Zeiten in irgendeiner alten Schrift gelesen, nun erwacht aus den Tiefen der Erinnerung, verklang in dem Einsamen, und er verlor die Besinnung.

## 31. Kapitel

Almut war müde, und die stumpfsinnige Arbeit des Polierens kam ihr gerade recht. Sie kniete auf dem Boden der Kapelle und rieb mit kräftigen, gleichmäßigen Bewegungen über das glatte Holz. Immerhin hatte sie an diesem Samstagmorgen schon einige Dinge in die Wege geleitet. Sie hatte Nachricht an Leon gesandt und um ein Treffen gebeten, Frau Nelda Bescheid gegeben, dass sie im Laufe des Nachmittags vorbeikommen würde, kurz mit Pitter gesprochen, der nun wusste, wann die Nachtwächter ihre Runde um Groß Sankt Martin machten und dass jemand in der Dämmerung bei der Klause gestanden hatte, der längere Zeit auf den Inclusen eingeredet hatte. Wer es war, hatten die heimlichen Beobachter aber nicht erkennen können, noch nicht einmal, ob es Mann oder Weib war, denn die Gestalt hatte sich in einen weiten Kapuzenmantel gehüllt. Das klang nicht gut. Auch die Tatsache, dass die tollpatschige Magd an diesem Morgen ihrer Arbeit fernblieb, war bedenklich. Andererseits machte es die Annahme glaubhafter, dass man wirklich ein grausames Spiel mit ihr trieb und sie an ihrer geistigen Gesundheit nicht zu zweifeln brauchte. Auf der anderen Seite aber festigte sich in ihr dadurch auch die Erkenntnis, dass auch sie einer Bedrohung ausgesetzt war. Das war ihr deshalb besonders unheimlich, weil sie niemanden kannte, der ihr derart feindlich gesinnt sein könnte. Sicher, sie hatte mit Lena, der Pastetenbäckerin, einen heftigen Streit gehabt, aber sie hielt die dralle Frau nicht für so hinterhältig, ihr tote Kinder unterzuschieben. Das Kätzchen – ja, vielleicht. Außerdem war es nicht ungefährlich, sich diese kleinen Leichname zu besorgen. Jemand musste tatsächlich gute Beziehungen zu einer Hebamme oder einem Arzt haben. Sie nahm sich vor, Pitter danach zu fragen. Er kannte nicht nur die besseren Herbergen und gut geführten Badestuben, die zuverlässigen Barbiere und Kräuterhändler, sondern auch die heimlichen Häuser, die Baderhuren, die Engelmacherinnen und Giftmischer. Die dunkle Seite der Stadt war seinem jungen Leben nie verborgen gewesen, und er bewegte sich auf den finsteren Pfaden ebenso leichtfüßig wie auf den breiten Straßen.

Sie hatte gut die Hälfte des Bodens zu seidigem Glanz poliert, als Bela in der Tür erschien.

»Der junge Edelmann bittet, dich sprechen zu dürfen, hochedle Frau Almut«, verkündete sie mit einem dramatischen Knicks, der etwas an Anmut einbüßte, weil unter dem gerafften Rock schlammverschmierte, bloße Beine erschienen.

»Bleib ja vor der Tür stehen. Ich komme schon.«

»Ist der wohledlen Frau Almut nicht recht, wenn meine Füße denselben Boden berühren, auf dem du stehst, was?«

»Du hast den Stall ausgemistet, ich habe das Holz poliert. Beides sind sehr edle Aufgaben. War Fredegar hochnäsig zu dir?«

Bela kicherte. »Er ist ein feines Herrchen. Noch zwei, drei Jahre, und man möchte sich die Lippen nach ihm lecken wie nach einer knusprigen Wildschweinkeule.«

»Dann will ich mir mal anhören, was der Sonntagsbraten unter den Männern zu vermelden hat.«

Fredegar wartete im Hof auf sie und plauderte mit der Edlen von Bilk, die einen Korb voll Kräuter für Elsa geerntet hatte. Sie war sichtlich erfreut über das artige Benehmen des jungen Mannes. Doch als Almut näher kam, verabschiedete sie sich mit einem herzlichen Lächeln. Fredegar verbeugte sich vor der Begine, und seine Reverenz fiel bei Weitem eleganter aus als die der Pförtnerin.

»Folg mir ins Refektorium, Fredegar. Magst du einen Becher Apfelwein?«

»Danke, Frau Almut, gerne. Ich bringe wichtige Nachrichten«, sprudelte er hervor.

Sie wies ihm einen Platz am unteren Ende des langen Tisches an und füllte zwei irdene Becher aus der Kanne, die für die eifrigen Handarbeiterinnen am anderen Ende bereitstand. Rigmundis, Irma und Ursula sahen kurz von ihren Näharbeiten auf, kümmerten sich aber nicht weiter um Almut, die mit dem Knappen nun halblaut das Gespräch begann.

»Was sind die wichtigen Nachrichten, die du bringst? Hardwin?«

»Ja, Hardwin ist wieder zurückgekommen. Heute morgen, noch vor der Terz. Aber der Schmied hat ihn gleich zu fassen bekommen und ihn beschuldigt, das Pferd gestohlen zu haben.«

»Ei wei!«

»Ja, Frau Almut. Der Pferdeknecht hat es abgestritten, aber die kleine Kratzbürste hat gezetert und geflucht, und der Schmied hat ihn niedergeschlagen. Dann haben sie ihn auf den Karren gepackt und zum Turm gebracht.«

»Manchmal sind die beiden ein wenig zu rasch in ihrem Handeln.«

»Ja, sie zeigten wenig Bedacht. Denn ein Pferdedieb kommt gewöhnlich nicht mit dem gestohlenen Tier zurück. Es tut mir leid, ich kam nicht dazu einzugreifen. Die Wirtin ist ja eine eifrige Köchin und ihr Bier ist tatsächlich gut, aber, der Herrgott sei mir gnädig – kann die eine Beißzange sein!«

»Schon gut, Fredegar. Ich werde mich darum kümmern. Wir werden Hardwin im Turm besuchen. Sicher hilft es sogar, wenn du für ihn im Namen deines Herrn bürgst.«

»Ja, das ist eine gute Idee, Frau Almut.«

»Mal sehen. Die Büttel des Vogts können auch rechte Trottel sein. Aber für mich ist es sogar von Vorteil, dass Hardwin dort festsitzt, denn ich habe ein paar Fragen an ihn und möchte nicht, dass er mir entwischt. Hast du sonst noch etwas herausgefunden?«

»Ich habe gelauscht und hier und da Fragen gestellt. Einige kannten Thomas, den Vergolder. Er war ein rechter Saufkumpan und hatte immer genug Geld, um andere freizuhalten. Warum das so war, darüber munkelte man. Er hat sich, wie es heißt, ein-, zweimal mit einem schwarzhaarigen Mann getroffen, und angeblich haben dabei Goldmünzen heimlich die Hände gewechselt.«

»Das wird Roderich von Kastell gewesen sein.«

»Er war auch an dem Tag dort, als der Thomas im Bierkessel ersoffen ist. Aber wann er gekommen und gegangen ist, das weiß niemand genau.«

»Er wird dem Vergolder aufgelauert haben.«

»Anzunehmen. Und dann dieser Diener, nach dem Ihr gefragt habt. Der sich als Mönch verkleidet. Der ist ein wirkliches Rätsel. Es gibt hin und wieder Mönche, die dort einkehren, aber die sind mit Namen bekannt. Aber ich hab mir gedacht, er könnte womöglich seine Verkleidung in der Taverne abgelegt haben. Ihr sagt, Bertram konnte sich nicht an sein Gesicht erinnern. Darum könnte er derjenige sein, an den sich manche Gäste zu erinnern glauben, weil er so ein unscheinbarer Mann war. Es gab da nämlich einen maulfaulen Fremden. Er trug eine speckige Lederkappe, verzehrte immer nur einen Kanten Griebenbrot und blieb in seiner dämmrigen Ecke sitzen, ohne je mit jemandem ein Wort zu wechseln. Die Fidgin hat ihm ein paar Mal das Bier gebracht, und sie meint, er habe so leblose Augen, dass es sie jedes Mal gruselte.«

Almut kannte die Fidgin, sie gehörte zu den lerneifrigen Jüngferchen, die sich oft bei der Adlerwirtin ein paar Münzen im Ausschank verdienten. Sie neigte zu dramatischen Übertreibungen, vor allem, wenn es um Ärgernisse oder Katastrophen ging. Aber hier deckte sich seltsamerweise ihre Aussage mit der Bertrams, der das Gesicht des Mönches als seelenlos beschrieb.

»Verkleidungen sind nicht schwer zu beschaffen, und viele Leute schauen erst auf das Äußere und schließen daraus auf den Menschen.«

»So habe ich mir das auch gedacht. Wisst Ihr, Frau Almut, dann könnte er auch der Mann gewesen sein, der das Pferd verkauft hat.«

»Das Pferd?«

»Es heißt doch, dass der Herr vom Spiegel an jenem Samstag ein Ross von dem Schmied erstanden hat, das man später als das Tier des Kuriers erkannte.«

»Fredegar, du bist unübertrefflich! Das Pferd hatte ich ganz vergessen. Wie siehst du den Zusammenhang?«

Fredegar, sichtlich geschmeichelt, bekam blitzende Augen, als er eifrig seinen Gedankengang erläuterte.

»Der Mann kam am Freitag, bevor der Mord an Thomas geschah, mit einem gut gepflegten Grauschimmel zum Schmied und erzählte ihm, sein Herr sei in Geldnöten und müsse das Tier verkaufen. Dem Simon gefiel das Pferd, und sie einigten sich ziemlich rasch. Besonders gut kann der Schmied sich aber nicht an den Mann erinnern, nur dass er der Diener eines vornehmen Herrn gewesen sei, weil er ein blaues Wams aus gutem Tuch trug und einen kupferbeschlagenen Gürtel. Die Wirtin entsinnt sich, blonde Haare bemerkt zu haben, die ihm unter der Gugel über die Stirn gefallen seien.«

»Eine einfache und wirkungsvolle Verwandlung. Vor allem, wenn man ein nichtssagendes Gesicht sein Eigen nennt. Wenn es stimmt, was ich mir ausgerechnet habe, hat Roderich oder sein Diener Derich den Kurier umgebracht und das Pferd mitgenommen. Derich war an dem Tag später im Kloster als Mönch verkleidet und hat miterlebt, wie Pater Ivo den Vergolder verprügelt hat. Vermutlich hat er ebenfalls gehört, dass er ein Pferd kaufen wollte. So wird ein stimmiges Bild daraus.«

»Ja, Frau Almut. So könnte es gewesen sein. Hardwin, Frau Almut, könnte uns bestimmt sogar noch Weiteres dazu beitragen, denn er war zu der besagten Zeit in der Schmiede. Deswegen glauben die Wirtsleute auch, dass er irgendwie daran beteiligt war. Aber das stimmt nicht.«

»Dann wollen wir ihn nachher eingehend befragen. Entweder er steckt mit diesen Schurken unter einer Decke, oder er weiß etwas über sie, das uns von Nutzen sein kann.«

Die Glocken läuteten zur Sext, und nach und nach fanden sich die Beginen im Refektorium ein. Almut sah Fredegar warnend an, als der zu einer Antwort ansetzte.

»Es ist Zeit für das Mittagsmahl. Möchtest du mit uns speisen, Fredegar?«

»Wird es Euch auch nicht zu viele Mühen bereiten?«

Sie lächelte ihn an.

»Wenn du zu schweigen weißt, sicher nicht.«

Als Magda eintrat, erhob sie sich und fragte die Meisterin um Erlaubnis, einen Gast bewirten zu dürfen. Fredegars ehrerbietige Verbeugung und seine höflichen Worte verfehlten auch hier ihre Wirkung nicht, und gnädig nickte sie.

»Auch ich habe einen Besucher, der unser karges Mahl teilen wird. Der Herr de Lambrays traf soeben ein und bat, mit dir sprechen zu dürfen, Almut.«

Hinter ihr tauchte Leon auf, und zusammen mit Fredegar wurde die einfache Bohnensuppe für die zwölf Beginen ein wahrer Sonntagsbraten.

Flankiert von zwei stattlichen Begleitern stand Almut am frühen Nachmittag am Eigelsteintor, dessen Turm den Wachen als Gefängnis diente. Der Turmvogt gab sich unwillig, zwei Stadtfremden und einer grauen Begine zu erlauben, den Gefangenen, einen gefährlichen Verbrecher und Pferdedieb, zu sprechen. Doch mit heimlichem Vergnügen lauschte Almut, wie der Sohn seines Vaters mit lässiger Arroganz den armen Hauptmann zügig zu einem ausgefransten Stück Pergament zusammenfaltete und ihr junger Gefolgsmann mit ausgesuchter Höflichkeit ein ritterliches Hoheitssiegel daraufdrückte. Sie musste nicht einmal Maria um Beistand für ihre spitze Zunge anrufen, beide Herren führten ein sauber geschliffenes Schwert, und kurz darauf wurden sie zu der kargen Zelle geführt, in der Hardwin zusammengesackt auf einer gemauerten Bank saß.

Er sah hoch, als die drei eintraten, und wieder konnte die Begine das sprachlose Erstaunen im Blick eines Mannes erleben, der einem Geist aus der Vergangenheit begegnete.

»Herr Ivo!«, keuchte der Pferdeknecht und fiel auf die Knie.

»Nicht der Herr vom Spiegel, Mann. Lambrays ist mein Name. Aber wie wir hörten, hast du dich nach dem Herrn erkundigt. Und ihm hinterherspioniert.«

»Oh Gott. Heiliger Mauritius, steh mir bei. Ich schwöre, Herr. Ich schwöre, Frau Begine, nie habe ich meinem Herrn hinterherspioniert. Ich schwöre, Jung-Fredegar, Eurem und des Ritters Freund habe ich nie Böses gewollt.«

Almut betrachtete den Mann zu ihren Füßen. Die Spuren, die das harte Zusammentreffen mit den Schmiedefäusten hinterlassen hatte, zeichneten sich in seinem Gesicht ab. Die geschwollene Wange und die aufgeplatzte Lippe mussten ihm wehtun, aber seine Augen sahen bittend und ehrlich zu ihr hoch. Sie leuchteten grün aus einem braungebrannten Gesicht, das wie verwittertes Holz wirkte, und der graubraune Pelz, aus dem sein Wams gefertigt war, wiederholte sich in seinen kurzen, struppigen Haaren. Es flog sie kurz der Gedanke an, dass Bertram hingerissen sein müsste, dieses Gesicht schnitzen zu können. Das Leben hatte es beschrieben, und es waren Härte, starker Wille, Trauer und nun Angst darin zu lesen. Keine Verschlagenheit, keine Tücke.

»Du weißt, wer ich bin, Hardwin?«, fragte sie und gab ihrer Stimme einen nüchternen Klang.

»Frau Almut seid Ihr. Und mein Herr, so heißt es, ist Euch zugetan.«

»Du bist neu in der Stadt, woher weißt du das?«

»Ich bin so neu nicht, nur lange fort gewesen. Es gibt noch Menschen, die sich an mich erinnern. Sie habe ich gefragt. Sie werden auch für mich bürgen, Frau Almut.«

248

»Warum bist du mit dem Pferd des Schmieds verschwunden?«

»Weil mein Herr in Gefahr ist und ich seinen Feind suchte.«

»Kennst du ihn?«

»Ja, Frau Almut. Ich weiß, wer ihn vernichten will.«

Leon, Fredegar und Almut sahen sich schweigend an. Die Neuigkeit war fast zu gut, um wahr zu sein.

»Wer?«

»Ramon Rodriguez de Castra. Ich sah ihn im Adler, zusammen mit dem Schlitzohr. Ich forschte weiter nach, und die Spur führte mich nach Düsseldorf.«

»Nach Düsseldorf?«

»Dort hat er Geschäfte mit dem Grafen Wilhelm von Jülich getätigt.«

»Gold?«

»Ja. Ihr wisst bereits viel. Doch ich habe auch einiges zusammengetragen. Was immer Ihr von mir wissen wollt, will ich Euch sagen.«

Erstmals erhob Leon seine Stimme, und sie klang scharf wie ein Peitschenknall.

»Was verbindet Euch mit dem Herrn vom Spiegel?«

»Ich war sein Reitknecht, Herr. Bis vor vierzehn Jahren. Da schickte er mich fort.«

»Weil Ihr ihn betrogen habt.«

»Nein, weil er mich retten wollte. Aber das erfuhr ich erst sehr viel später. Bis vor einem halben Jahr hielt ich ihn für tot.«

»Ihr wart mit ihm in Sankt Gallen?«

»Ja, Frau Almut.«

»Leon, wir werden den Schmied überzeugen müssen, die Anklage zurückzuziehen.«

Hardwin, noch immer auf Knien, senkte seinen Kopf, fuhr sich mit der schmutzigen Hand über die Stirn.

»Lasst uns draußen beraten.«

»Ist recht.«

Sie wollte gehen, doch Fredegar, der die ganze Zeit still geblieben war, trat auf Hardwin zu.

»Du hast von Frau Bettina gehört?«

»Ja, Jung-Fredegar. Und der Ritter erzählte von Pater Ivo. Als ich nachfragte, war er so gütig, mir mehr von ihm zu berichten. Darum bat ich ihn um Urlaub, um meinen Herrn aufzusuchen. So gelangte ich nach Köln.«

Leicht legte der Knappe dem Pferdeknecht die Hand auf die Schulter und forderte sanft: »Steh auf, Hardwin.«

»Das habe ich zu Euch auch immer gesagt, wenn Ihr vom Pferd gefallen seid.«

»Richtig.«

»Dass ich das Reittier vom Schmied ausgeliehen habe, war eine Dummheit. Ich will ihn bezahlen, wenn es sein Schaden war.«

»Wir werden sehen.«

Leon schob Fredegar aus der Zelle, und Almut folgte ihnen nachdenklich.


»Ihr glaubt ihm nicht?«

»Ich bin mir nicht sicher, Frau Almut. Es wird hier ein Verwirrspiel betrieben, das nicht ganz einfach zu durchschauen ist.«

Sie hatten Leon von den Verkleidungen berichtet, die Roderichs Diener benutzte, und er erhellte jetzt eine weitere Täuschung. Mit einem Nicken stellte sie fest: »Ramon Rodriguez de Castra hat seinen Namen sehr einfach in Roderich von Kastell gewandelt. Es hört sich nicht mehr sehr fremdländisch an.«

»Ein Name aus den spanischen Ländern.«

»In denen Euer Vater einst gelernt und gelehrt hat, Leon. Das Muster verdichtet sich.« Sie wanderten vom Eigelstein Richtung Adler, und Almut blieb in Sichtweite der Schmiede stehen. »Einst hat mir Ivo vom Spiegel anvertraut, dass er einem Mann Geld geliehen hat, eine große Summe. Als er es zurückforderte, hat dieser Mann ihn verraten, um nicht zahlen zu müssen.«

»Ein alter Feind, der nun fürchtet, dass man von ihm fordert, was er nicht zu geben bereit war?«

»Ich glaube, er hat gehofft, man würde Euren Vater zum Tod auf dem Scheiterhaufen verurteilen, und befürchtete, dass er nun, da er überlebt hat und die Freiheit nahe war, Vergeltung üben würde.«

»Das könnte so manches erklären. Ihr traut Hardwin?«

»Zunächst einmal ja. Obwohl er möglicherweise feige gehandelt hat, als er Euren Vater verließ. Aber das zu beurteilen ist schwer. Ich denke aber, wir brauchen ihn und sein Wissen.«

»Auch wenn es uns unter Umständen in die Irre führt?«

»Wir brauchen jede Spur, Leon. Denn auch ich scheine Ziel der Verschwörer zu sein.«

»Hat man Euch angegriffen?«

Sie berichtete kurz von den Kindern, und Fredegar wurde blass. Leon nickte nur kurz und sagte: »Gehen wir den Schmied überzeugen.«

Simon stand im Hof der Schmiede und entlud den Esels-karren. Mehlsäcke, Schinken und Kohlköpfe schleppte Fidgin in die Küche, und der Esel versuchte, sie dabei ins Hinterteil zu beißen. Derbe Schimpfworte prassel-ten auf das arme Grautier nieder, und die Wirtin kam hinzugelaufen, um ihre Helferin zurechtzuweisen. Man war allenthalben schlechter Laune.

»Der Kohl ist faulig, und bei den Mehlsäcken hast du dich auch wieder bescheißen lassen. Ist Steingries drin, verflixt. Ich muss alles durchsieben!«, zeterte Fran-ziska.

»Dann komm das nächste Mal mit und handle du mit dem Müller«, murrte der Schmied. »Ich hab Bes-seres zu tun, als deine Einkäufe zu erledigen.«

»Besseres?«, keifte die kleine Wirtin. »Besseres, als für deinen ungeborenen Sohn zu sorgen? Mit schmut-zigen Bauern mein Bier saufen, das ist besser? Mit den Holzköpfen aus dem Wik würfeln? Das ist besser?«

Fidgin untermalte das Gezeter mit einem Kreischen, denn der Esel hatte sein Ziel erreicht und herzhaft zu-gekniffen.

Almut trat entschlossen zu den Streithähnen.

»Ich grüße Euch, Wirtsleute. Beendet Euren Disput und gewährt mir eine Bitte.«

»Frau Almut!« Franziska wandte sich mit hochro-tem Kopf zu ihr um. »Ach ja, Ihr wollt schon wieder in meinen Ecken nach Staub und Mäusen stöbern. Ge-nau wie der vornehme Herr Knappe, was? Meine Gäste aushorchen und Unruhe stiften.«

»Nein, ich möchte, dass Ihr, Simon, die Anklage ge-gen Hardwin, den Pferdeknecht, zurückzieht, damit man ihn aus dem Turm entlässt.«

»Kommt überhaupt nicht in Frage«, kreischte die Wirtin aufgebracht. »Der hat unser Pferd gestohlen. Und der hat mich mit seinen bösen Blicken behelligt. Der ist ein Dieb und ein Wüstling!«

»Beruhigt Euch, Franziska. Und besinnt Euch auf Euren Witz. Würde ein Dieb seine Beute zurückbringen?«

»Er hat's aber mitgenommen. Ohne ein Wort zu sagen. Und seine Arbeit hat er auch nicht getan.«

»Ihr werdet ihm dafür den Lohn vorenthalten, und für das entliehene Reittier wird er Euch eine Miete zahlen.«

»Pah, das glaubt Ihr. Solches Gesindel macht hohle Versprechen. Nichts da, es bleibt bei der Anklage. Und ich werde ihn auch noch der Hexerei zeihen, so wie der immer geguckt hat!«

»Frau Franziska, Hardwin war der Reitknecht des Herrn Gero von Bachem und mir ein guter Lehrer. Er ist ein ehrenwerter Mann und...«

»Er ist ein Beutelschneider und Schurke. Und ich bin sicher, er hat noch mehr auf dem Kerbholz als nur Pferdediebstahl. Er hat genauso rumgeschnüffelt und heimlich getan wie Ihr, und bestimmt hat er auch den Mann in meinem Bier ersäuft.«

»Es langt, Franziska. Beschuldigungen dieser Art bringen Euch nur ins Unglück. ›Ein falscher Zeuge bleibt nicht ungestraft; und wer frech Lügen redet, wird nicht entrinnen.‹ So steht es geschrieben.«

»Wer ist denn hier der falsche Zeuge?«, geiferte die Wirtin weiter, die Hände auftrumpfend in die Hüften gestemmt, und der Esel wieherte zustimmend.

»Werdet Ihr jetzt endlich den Mund halten, damit

wir mit Eurem Mann reden können? Denn er, nicht Ihr, wird über die Anklage entscheiden.«

»Ach, dem Trottel soll ich eine Entscheidung überlassen? Der kann ja noch nicht mal einen faulen Kohlkopf von einem frischen unterscheiden. Der hat den Halunken doch eingestellt.«

»Ruhe, Weib!«, donnerte Almut die aufgeplusterte Wirtin mit der Lautstärke an, die sie auf den lärmenden Baustellen ihres Vaters gelernt hatte. Verdutzt schloss die Wirtin ihren Mund, und in die Stille fragte Leon: »Schmied, wie viel verlangt Ihr als Miete für das Pferd und den Schaden, den die Abwesenheit des Knechtes verursacht hat?«

»Nichts«, grummelte Simon. »Ist ja kein Schaden entstanden. Das Ross ist gut gepflegt und der Besitzer hat's nicht bemerkt.«

»Dennoch hattet Ihr Unannehmlichkeiten. Nehmt dies dafür.« Er händigte dem Schmied ein paar Münzen aus, und der nahm sie mit einem kurzen Nicken an. »Werd gleich im Turm vorsprechen.«

»Du lässt dich bestechen?«, kreischte Franziska und wollte nach den Geldstücken greifen. Doch nun wachte auch der phlegmatische Schmied aus seiner Ruhe auf und donnerte sie ebenfalls an: »Ruhe, Weib! In die Küche mit dir!«

»Du auch? Du?« Die kleine Wirtin schluchzte plötzlich auf und hielt sich die Hand vor den Mund. Dann rannte sie ins Haus. Simon sackten die Schultern nach unten, und er sah Almut entschuldigend an.

»Es ist wegen dem Kind. Ihr geht's manchmal nicht so gut, und dann wird sie ein bisschen zänkisch. Ich kümmere mich um den Hardwin. Aber erst um sie.«

254

»Schon gut, Simon. Ich verlasse mich auf Euch.«

Sie drehte sich zu Fidgin um, die begeistert dem Wortwechsel zugehört hatte, und gab ihr den guten Rat, sich schleunigst an ihre Arbeit zu machen. Dann strebte sie dem Hoftor zu, während die beiden Männer ihr folgten.

»Sie ist eine Kratzbürste, mit oder ohne Kind«, murmelte Fredegar. »Wie hält der Schmied es nur mit ihr aus?«

»Er hat ein dickes Fell, das manchmal ordentlich gekratzbürstet werden muss«, beruhigte ihn Almut und lächelte ihn an. »Sie passen ganz gut zusammen. Willst du uns zu dem Herrn Gauwin vom Spiegel begleiten, Fredegar, oder hast du andere Pläne?«

»Ich … nun ja, eigentlich wollte ich mit Pitter …«

»Dich mit dem Gassenvolk gemein machen? Nur zu. Aber pass auf, dass sie dir nicht die hübsche Feder an deinem Barett knicken.«

»Dann knicke ich ihre Nasen ein wenig ein.«

Eine höfliche Verbeugung noch, und dann schlug der junge Knappe seinen Weg in die ärmliche Straße ein, in der Pitter zu Hause war.


## 32. Kapitel

Mit einem nachdenklichen Leon an ihrer Seite wanderte Almut mit zügigem Schritt Richtung Alter Markt. Ihre Müdigkeit war verflogen, sie fühlte sich voller Tatendrang. Sie hatte den wahren Namen des Mannes gefunden, der das Unheil gestiftet hatte und in ihren

Gedanken formte sich das Muster neu, das die Ereignisse gewebt hatten. Es reichte jetzt tiefer und tiefer in die Vergangenheit, und wenn es irgendeine Erklärung gab, so würden Hardwin und Meister Krudener mit ihrem Wissen über Ivos Leben neue Verknüpfungen aufzuzeigen wissen. Auch Gauwin vom Spiegel mochte etwas dazu beitragen, doch mussten sie Rücksicht auf seine fragile Gesundheit nehmen. Ihr Besuch heute galt mehr Frau Nelda, der Haushälterin, deren Hilfe sie benötigte, wenn sie Pater Ivo aus seiner Klause befreien wollte.

Sie erreichten das Eckhaus an der Lintgasse, und Leon klopfte an die Tür. Niemand öffnete. Sie warteten eine Weile, dann versuchte er es noch einmal kräftiger. Noch immer kam niemand, um sie einzulassen.

»Ich fürchte, hier ist etwas geschehen. Der Majordomus ist sonst immer gleich an der Tür«, sagte Leon und klopfte noch einmal.

»Hoffentlich geht es Herrn Gauwin nicht schlechter.«

»Es steht zu befürchten, Frau Almut. Doch seht, da ist jemand am Fenster.«

Ein Schatten zeigte sich hinter den bleiverglasten Scheiben im ersten Stock, und Almut hob den Arm, um ein Zeichen zu machen. Kurz darauf öffnete die Haushälterin selbst. Sie sah blass und verstört aus.

»Kommt herein. Es ist ein Unglück geschehen.«

»Der Herr?«

»Nein, er ist wohlauf, soweit sein Herz es zulässt. Aber wir haben … es ist ziemlich schrecklich, und wir wissen noch nicht, was wir tun sollen.«

»Was ist vorgefallen?«

»Wir haben eine Frau gefunden. Ich fürchte... Gott ja, ich fürchte nicht nur, ich weiß es. Sie ist tot. Sie lag im Holzschuppen. Der Knecht hat sie gefunden, als er Feuerholz machen wollte.«

»Wann?«

»Eben gerade.«

»Kennt Ihr sie?«

»Nein?«

»Ist ihr Gewalt angetan worden?«

»Nein.«

»Blut?«

»Nein.«

»Wie alt ist sie?«

»Ein junges Ding, stämmig und mit roten, harten Händen.«

»Ei wei!«, flüsterte Almut, die eine böse Ahnung beschlich. »Lasst mich sie sehen.«

»Könnt Ihr uns raten, was zu tun ist, Frau Almut? Oder Ihr, Herr de Lambrays? Wir wollen den Herrn damit nicht belasten. Es würde ihn unnötig aufregen.«

»Wir wollen uns zunächst das Opfer ansehen, Frau Nelda. Dann entscheiden wir, was zu machen ist. Wissen die anderen Hausbewohner davon?«

»Die Tochter und die Base des Herrn betreten die Wirtschaftsgebäude nie. Genauso wenig wie die Besucher«, erklärte sie, während sie das Haus durchquerten und durch die Hintertür in den umbauten Hof traten. In dem Schuppen, in dem säuberlich aufgestapelt das Holz lagerte, lehnte eine menschliche Gestalt.

»Maren, die Magd.«

»Ihr erkennt sie, Frau Almut?«

»Ja. Sie hat bei uns ausgeholfen und ist heute früh

nicht zur Arbeit erschienen.« Almut trat näher an die Tote heran, berührte sie und hob ihre Kleider an. Ihre Glieder waren steif, doch weder schien ihr Kopf unnatürlich abgewinkelt, noch hatte sie sichtbare Würgemale am Hals. Auch Blut schien nicht an der Kleidung zu sein.

»Sie kann noch nicht lange tot sein. Gestern, kurz vor der Komplet, ist sie mir noch am Brunnen begegnet.«

»War sie krank?«

»Nein, zumindest nicht sichtbar. Ich fürchte – aus verschiedenen Gründen –, dass sie ermordet wurde.«

Die Haushälterin wahrte Fassung, aber ihr Gesicht färbte sich grünlich. »Wie? Wer? Warum?«

»Das Wie wird uns Meister Krudener verraten können. Schickt einen Boten zu ihm, Frau Nelda. Er soll auch Trine mitbringen. Wir, Leon, sollten uns in der Zwischenzeit hier im Hof umsehen. Irgendwie muss Maren hineingekommen oder -gebracht worden sein. Vielleicht finden wir Spuren.«

Die Haushälterin verschwand, und Almut sah Leon an. »Ich vermute, dass sie es war, die gestern das tote Kind in die Kapelle gelegt und es mir dann wieder aus dem Korb genommen hat. Sie hat sich sehr ungeschickt angestellt, und es gab ein kleines Gerangel um den Korb.«

»Glaubt Ihr, sie hat Euch das angetan?«

»Nein. Sie hat im Auftrag eines anderen gehandelt. Derjenige hat jetzt dafür gesorgt, dass sie ihn nicht mehr verraten kann. Genau dieser Jemand hat sie dort platziert, wo sie den größten Schaden anrichten kann. Im Hause des schwerkranken Gauwin vom Spiegel.«

Leon nickte.

»Ich prüfe die Mauern und Eingänge. Roderichs – oder Ramons – Handlanger werden sie bei Nacht hier hineingebracht haben.«

»Das sollte man annehmen.«

Auch Almut trat aus dem Schuppen. Sie war mit dem Tod vertraut genug, um sich nicht vor ihm zu grausen. Oft genug hatte sie an Siechelagern gesessen und den letzten Atemzügen der Kranken gelauscht, hatte Leichen gewaschen und die Toten für die Beerdigung gekleidet. Die Magd war ihr zwar kaum bekannt, aber sie wollte ihr die letzte Würde lassen. Leise zog sie die Tür hinter sich zu und setzte sich auf den Hackklotz an der Wand. Es würde wenig helfen, Anklage gegen jemanden zu erheben, der flüchtig wie eine Schimäre war. Roderich hatte die Stadt aller Wahrscheinlichkeit nach verlassen, sein Diener wechselte die Rollen und Verkleidungen wie ein Gaukler. Andere Verbündete kannte sie nicht, aber es gab sicher weitere, die seinen Befehlen gehorchten. Aber man musste herausfinden, ob die Magd Verwandte oder Freunde hatte, und für die musste eine Erklärung gefunden werden.

Als Frau Nelda zurückkam, bat sie sie, eine weitere Nachricht zu ihrer Meisterin zu schicken mit der Bitte, sie möge sich nach den Angehörigen der Magd erkundigen. Auch der Majordomus fand sich in dem Holzschuppen ein, blass und ein wenig fahrig. Er war schon ein alter Mann, der lange dem Haus gedient hatte und, wie Almut wusste, dem alten Herrn vom Spiegel sehr zugetan war. Er machte einen überaus besorgten Eindruck. Als Leon mit einem abgesplitterten

Stückchen Holz von seinem Rundgang zurückkehrte, ließ er sich von ihm die Vorgänge schildern. Leon tat es in kurzen Worten und schloss dann: »Wie es aussieht, hat man sie über die Mauer hinter dem Fasslager gehoben. Mit zwei kräftigen Männern, vermute ich, ist das leicht getan.«

»Sie wird also schon tot gewesen sein, als man sie herbrachte.«

»Tod oder sterbend, ja. Aber mehr werden wir uns erst zusammenreimen können, wenn wir wissen, was sie umgebracht hat.«

Während sie auf den Apotheker und seine Gehilfin warteten, ließ sich Almut von Frau Nelda schildern, wie es Gauwin vom Spiegel ging, und bat sie auch darum, in den nächsten Tagen bereit zu sein, einen weiteren Mann zu pflegen.

»Er wird schwach sein oder sogar ohne Besinnung. Er hungert schon seit fünf Tagen, und ich fürchte, vor Montag werden wir ihn nicht befreien können. Die Messen und Andachten sorgen sonntags für zu viel Unruhe um die Kirche herum.«

»Bringt ihn, wann immer es Euch passt, Frau Almut. Ich habe das große Turmzimmer für ihn gerichtet. Dort ist er ungestört und kann auf den Söller hinaus, wenn ihm der Sinn nach frischer Luft und weitem Himmel steht. Und Krankennahrung halten wir derzeit immer in der Küche bereit.«

»Ihr denkt sehr gründlich mit, Frau Nelda. Ja, er wird sich nach Freiheit sehnen, darf aber nicht gesehen werden. Danke.«

»Frau Almut, wer tut uns das alles an?«, schluchzte die Haushälterin plötzlich auf. »Und warum?«

»Weil es gottlose Schurken gibt, fürchte ich, die vor langer Zeit von dem Herrn Ivo empfindlich in die Schranken gewiesen worden sind und nun auf Rache sinnen, Frau Nelda. Wir sind ihnen auf der Spur. Doch die Dinge sind verworren. Aber nun ist ein weiterer Mann aufgetaucht, Frau Nelda. Er nennt sich Hardwin und behauptet, einst Herrn Ivos Reitknecht gewesen zu sein.«

Die Haushälterin wischte sich mit der Schürze über die feuchten Wangen und sah überrascht drein.

»Hardwin! Lieber Herr Jesus! Er lebt?«

»Ein bisschen angeschlagen, da er einem Schmied zwischen Hammer und Amboss geraten ist, doch er lebt. Ihr kennt ihn also?«

»Der Herr Gauwin hat ihn vor – ach, über dreißig Jahren – in Dienst genommen. Als Stallbursche fing er an, denn damals waren die Herren noch viel auf Reisen, und die Pferde mussten gut versorgt werden. Er war ein anstelliger junger Bursche, und der Herr Ivo hat Gefallen an ihm gefunden. Er hat ihn auf seinen Fahrten begleitet, doch dann ist er spurlos verschwunden. Das war um die Zeit, als wir die Botschaft bekamen, dass der junge Herr in Sankt Gallen der Ketzerei angeklagt worden sei.«

»Diese Geschichte möchte ich gerne von ihm selbst erfahren. Darf ich auch ihn zu Euch bringen?«

»Nur zu gerne, auch ich möchte seine Geschichte wissen.«

Ein flüchtiger Hauch von Röte war in die Wangen der Haushälterin gestiegen, und Almut erlaubte sich eine kleine Mutmaßung. Frau Nelda und Hardwin mochten im gleichen Alter stehen, und der Pferdeknecht war

261

zwar kein schönes, doch auch heute noch ein durchaus ansehnliches Mannsbild…

Endlich trafen Meister Krudener und Trine ein, und nachdem sie ihnen die Umstände geschildert hatten, machten sich beide daran, die Tote zu untersuchen.

»Keine Wunden, keine gebrochenen Knochen, und – vergewaltigt wurde sie offensichtlich auch nicht. Bleibt nur eine Todesart übrig.«

Trine hatte die starre Leiche ebenfalls begutachtet und mit ihren feinfühligen Händen abgetastet. In ihrem lebhaften Gesicht las Almut Mitleid und Traurigkeit, aber auch einen Anflug von Zorn. Dann beugte sie sich über sie und roch an ihren Haaren, Händen und an ihren Lippen.

»Was macht das Mädchen da?«, flüsterte Leon.

»Sie hat einen ungewöhnlich ausgeprägten Geruchssinn. Ich nehme an, weil sie nicht hören kann. Sie kann auch besser fühlen als wir gewöhnliche Menschen. Ihr wird Maren mehr erzählen als uns zu Lebzeiten.«

»Ihr könnt Euch aber mit ihr verständigen, und dieser Apotheker ebenso.«

»Wir haben eine Zeichensprache mit den Händen gelernt, und Trine ist gewandt darin, von unseren Gesichtern und Körpern zu lesen.«

Trine erhob sich und machte Almut ein Zeichen.

»Du weißt, woran sie gestorben ist?«

»Eine blaue Pflanze, wie die Kapuze eines Mönchs. Man wird gefühllos davon, dann erstickt man.«

»Blauer Eisenhut«, übersetzte Almut für die anderen. »Ein hochgefährliches Gift. Die Pflanze wächst in Elsas Kräutergarten. Und bestimmt in anderen Gärten auch.«

»Eine kleine Menge der Wurzel reicht aus, um einen Menschen umzubringen«, bestätigte auch Meister Krudener.

»Mit Gift morden Frauen«, knurrte Leon.

»Oder Feiglinge. Es ist ein hinterhältiger Mord und passt zu den ganzen anderen Schandtaten, die bisher vollbracht wurden. Wir müssen schleunigst überlegen, was wir den Angehörigen der Magd erzählen, damit nicht auch noch eine Anklage gegen den Herrn des Hauses erhoben wird.«

»Oder gegen die Beginen, Frau Almut. Denn zuletzt wurde sie bei Euch gesehen – und der Eisenhut wächst, wie Ihr selbst sagt, in Eurem Kräuterbeet.«

»Auch das gilt es zu bedenken.«

Trine hatte sich wieder neben die Tote gekniet und strich ihr mit den Fingerspitzen über die Brust und die Arme, als ob sie etwas suchte. Die Magd trug ein nicht sehr sauberes Untergewand aus Leinen und darüber einen braunen, groben Kittel, der von einem breiten, geflochtenen Ledergürtel zusammengehalten wurde. An dem Gürtel hingen, nicht unüblich, zwei Beutel, ein kleiner war aus Leder, der andere ebenfalls aus grobem Leinen. Aber sie waren es nicht, die Trines Aufmerksamkeit auf sich zogen. Sie fuhr am Halssaum des Kittels entlang und nickte befriedigt.

Almut gab ihren Hinweis an Frau Nelda weiter, die fasziniert den Untersuchungen zugesehen hatte. Sie kam umgehend mit einer kleinen Handarbeitsschere zurück, und Almut trennte dort, wohin Trine gewiesen hatte, die Naht auf.

Zehn Goldmünzen holten sie aus dem Saum hervor.

»Lohn für treue Dienste«, knurrte Almut und fuhr mit dem Rand einer der Münzen über den Pflasterstein und zeigte dann das Kupfer vor, das durch die Goldschicht schimmerte.

Und dann erschreckte sie die Umstehenden mit einem geradezu wölfischen Grinsen.

»Jetzt drehen wir den Spieß um!«

»Wie das, Frau Almut?«

»Weil wir Anklage erheben gegen Roderich von Kastell, Falschmünzer und Betrüger, wohnhaft ›Unter Guldenwaagen‹. Denn von ihm stammen diese Münzen. Er wird sie dann auch wohl umgebracht haben.«

Ein Blick in Leons Gesicht zeigte ihr, dass er ihren Schachzug in seiner ganzen Tragweite erkannte und billigte. Seine weißen Zähne blitzten in dem dunklen Gesicht auf, aber ein freundliches Lächeln war es nicht.

»Eine ausgezeichnete Lösung. Ich werde das übernehmen. Als Enkel dieses Hauses wird mir der Vogt mit Sicherheit Gehör schenken.«

»Frau Nelda, bringt mir Nadel und Faden, ich will den Saum wieder zunähen. Die Münzen haben wir in ihrem Beutel gefunden.«

»Enkel?« Meister Krudener schenkte Leon erst jetzt seine volle Aufmerksamkeit. Er schlug sich an die Stirn, sodass sein eigenwilliger Kopfputz verrutschte. »Ivos Sohn. Ich muss mit Blindheit geschlagen sein.« Er fing das gezaddelte Ende seines Turbans auf, ehe sich die ganze Stoffmasse aufrollte, und rückte die Kopfbedeckung wieder an ihren Platz. »Wenn Ihr irgendwann einmal Zeit habt, Herr Leon, dann würde es mich sehr freuen, mich mit Euch zu unterhalten. Ich kenne Euren Vater schon seit vielen Jahren.«

»Er hat sich – trotz seines schroffen Wesens – augenscheinlich doch Freunde gemacht. Ich bin erstaunt, wie viele ich in den letzten Tagen kennenlernte.«

»Er hat sich genauso viele Feinde gemacht, vergesst das nicht, Leon«, mahnte Almut. »Aber Meister Krudener gehört sicher zu seinen besten Freunden. Und Ivo vom Spiegel braucht sie alle.«

## 33. Kapitel

Traum und Wirklichkeit begannen ineinander zu verschwimmen, die Zeit verlor ihre Bedeutung für Pater Ivo. Mal schlummerte er, mal glaubte er zu wachen, dann wieder trugen ihn die Wellen des Schlafes in vergangene Zeiten, mal hörte er Stimmen vor der Klause, mal solche aus seinem Inneren. Er ließ sich treiben, hatte die Kraft nicht, sich an die Oberfläche emporzuarbeiten, den Willen nicht, sich dem Leben zu stellen. Doch nagte und nagte leise die giftige Schlange an ihm, die sein abendlicher Besucher in sein Herz versenkt hatte.

Der Dispens, es gab ihn. Seine Freiheit war zum Greifen nahe gewesen.

Er hätte die Begine …

Nicht an die Begine denken.

Sie war mit einem anderen Mann zusammen.

Oder?

Das Bild der grau gewandeten Begine mit den klugen Augen tauchte vor ihm auf und wollte nicht schwinden.

»Glaube, Liebe, Hoffnung, diese drei«, flüsterte sie.

Glaube, Liebe und Hoffnung hatte er verloren.

Sie hatte sie nicht verloren.

»Sie tändelt mit einem schönen Mann, sie nennt ihn vertraulich schon beim Namen. Leon ruft sie ihn.«

Leon?

Leon, ein kleines, schwarzhaariges Bündel mit grauen Augen. Vor so vielen Jahren hatte er seinen Sohn in den Armen gehalten. Und ihn verlassen. Zu jung, zu leichtsinnig, zu verantwortungslos. Das Abenteuer lockte. Der Ruf nach Salamanca ereilte ihn, der Drang war mächtiger als die Pflicht, auf dem Weingut zu bleiben und seinem Sohn ein Vater zu sein.

Salamanca, das goldene Herz der Gelehrsamkeit.

Salamanca, der Born der Lebensfreude.

Salamanca, der nachtschwarze Brunnen des Verrats.

Wie die bunten Gläser eines Kirchenfensters ordneten sich die Fetzen und Fetzchen seiner Träume und Visionen, die Worte der zischelnden Stimme und die Bilder seiner Erinnerungen zusammen und formten ein leuchtendes Gemälde, in dem ihm offenbar wurde, auf welche Weise sie alle zusammenwirkten.

Er erkannte darin seinen Widersacher und schauderte.

Es war weit schlimmer, als er vermutet hatte – nicht einer der hohen Geistlichen war es, sondern aus dem Abschaum geboren, vom Unflat genährt, von Gier getrieben, von Hass beseelt waren die Dämonen der Vergangenheit auferstanden, um sich an ihm zu rächen.

An sich und an denen, die er liebte.

Denn er liebte noch. Würde er sonst so leiden?

Er liebte sie, mehr als sein Leben.

Seine Begine.

Seinen Sohn.

Seinen Vater.

Seine Freunde.

Was hatte er getan?

Was sollte er tun?

Benommen blinzelte er in das Sonnenlicht, das durch das schmale Fenster fiel. Der Becher mit Wasser, das Brot lagen wie täglich auf dem Sims.

Er fühlte sich zu elend, um das Brot für die Vögel zu zerstreuen, und gequält schloss er seine Augen.

Ein Honigbienchen brummelte in seine Klause, setzte sich auf seine Hand und kitzelte ihn mit ihren Fühlern.

Gestört von diesem Gefühl schlug er nach dem Insekt, und erbost senkte die Biene ihren Stachel in die Haut. Gift drang brennend in sein Fleisch, dann riss sich das Tierchen todesmutig los.

Rüde durch den zusätzlichen Schmerz aus seinem Dämmern gerissen, wischte er den Stachel aus dem Handgelenk und saugte an der Einstichstelle. Dabei sah er dem kleinen Tier nach, das noch eine Runde durch die Klause flog und sich dann taumelnd auf dem Altar niederließ.

Zu Mariens Füßen starb die Biene ihren Opfertod.

Er aber erkannte das Zeichen.

Dankbarkeit überwältigte ihn.

Ehrfürchtig kniete er nieder, barg den Kopf in den Händen und tat etwas, von dem nur seine Mutter und seine Amme wussten, dass er es konnte.

Ivo vom Spiegel weinte.

Dann brach er das Brot und aß es.

## 34. Kapitel

Die kleine Schar graugewandeter Beginen kehrte vom sonntäglichen Kirchgang zurück. Lediglich Clara, die wieder einmal unter zermürbenden Schmerzen litt, und die Edle von Bilk, die mit Freunden die Messe in Sankt Aposteln besuchen wollte, waren nicht dabei. Als die kleine Prozession das Tor zum Konvent am Eigelstein erreicht hatte, erwartete sie dort ein Mann in einem graubraunen Pelzwams.

Almut, die neben Magda ging, erklärte leise: »Das ist Hardwin, von dem ich dir berichtete. Demnach hat der Schmied sein Versprechen eingelöst.«

»Almut, ich verstehe ja, dass du mit vielen Leuten zusammentreffen musst, aber wir haben doch inzwischen allzu häufig Männer zu Gast.«

»Keine Sorge, ich werde ihn nicht zu uns bitten. Aber erlaube mir, ihn zu dem Haus derer vom Spiegel zu begleiten. Dort wird er gewiss Aufnahme finden.«

»Ja, das scheint mir die beste Idee zu sein.«

Almut wartete, bis ihre Schwestern den ummauerten Bereich ihres Heims betreten hatten, und grüßte Hardwin dann mit einem kurzen Kopfnicken.

Er sah weit besser aus als am Vortag. Seine Kleidung war frisch gewaschen, er hatte wohl ein Badehaus und einen Barbier aufgesucht, die Spuren der Schmiedefäuste waren verblasst.

»Folge mir, Hardwin. Wir werden den Herrn Gauwin vom Spiegel aufsuchen.«

»Ist das klug, Frau Almut? Er ist hinfällig, hörte ich.«

»Er schon, Frau Nelda ist es nicht.«

»Sie werden mich nicht mit offenen Armen empfangen.«

»Wir werden sehen. Auf der Straße können wir nicht
bleiben, und der Adler scheint mir unter Berücksichti-
gung der Umstände auch kein gutes Quartier für dich
zu sein.«

»Also dann.«

Frau Nelda empfing sie, und zwischen ihr und dem
Reitknecht herrschte ein Moment des schweigenden
Wiedererkennens.

»Ich habe mit Herrn Gauwin über deine Rückkehr
gesprochen, Hardwin. Geh mit Frau Almut zu ihm.
Aber bedenke, das derzeitige Schicksal seines Sohnes
ist ihm unbekannt. Er glaubt ihn sicher im Kloster.«

»Ist er das nicht?«

»Nein, Hardwin. Aber dazu später mehr.«

Der alte Herr saß warm in Pelzdecken gehüllt in der
Stube, ein Schatten seiner selbst, doch seine Augen
leuchteten lebhaft auf, als er die Begine und ihren Begleiter begrüßte. Seinen ältlichen Schachpartner bat er, sie
allein zu lassen, und der Mann schlurfte hinaus.

»Frau Almut, es ist eine Freude, Euch zu sehen. Wo
habt Ihr diesen abtrünnigen Lumpenhund gefunden?«

»Im Turm natürlich, beschuldigt, ein wehrloses
Ross entführt zu haben.«

»Unter die Pferdediebe bist du also geraten, Knecht?«

»Geliehen hab ich es, nicht gestohlen. Darum bin
ich ein freier Mann, Herr.«

»Wo hast du dich all die Jahre herumgedrückt?«

»In aller Welt, Herr. Bis nach Sankt Gallen begleitete
ich Euren Sohn. Dort aber wurde er Opfer eines Verrats. Ihr mögt es mir glauben oder nicht, als die Scher-

gen kamen, um ihn zu holen, jagte er mich fort. Ich habe dennoch versucht, meinen Herrn zu entlasten, aber sein falscher Freund lockte mich in einen Hinterhalt und setzte alles daran, mich zu Tode zu prügeln. Das ist ihm zwar nicht gelungen, aber ein halbes Jahr war ich kaum fähig zu kriechen. Als ich wieder über mein Leben verfügen konnte, hörte ich von der Verurteilung. Dass mein Herr Ivo begnadigt worden ist, habe ich erst zu Beginn dieses Jahres erfahren. Herr, ich traute mich nicht, nach Köln heimzukehren. Es war feige, ich weiß, aber sein Schicksal belastete mein Herz und meine Seele zu sehr.«

»Mhm«, brummte Gauwin vom Spiegel, und Almut verstand. Denn auch Ivos Vater hatte nicht den Mut gefunden, seinen Sohn auf dem Weg zum Scheiterhaufen zu begleiten. Sein Weib tat es, und erwirkte dabei sogar die Gnade.

»Herr, ich habe in den vielen Jahren, die ich mit Eurem Sohn verbracht habe, manches gelernt. Sprachen, Fähigkeiten, Menschenkenntnis. Ich fand Arbeit, hier und da, bis es mich nach Ahrweiler verschlug. Dort bin ich vor fünf Jahren in den Dienst des Ritters Gero von Bachem getreten. Über ihn hörte ich von einem Pater Ivo, der recht viel Ähnlichkeit mit meinem Herrn zu haben schien. So bin ich nun hier, um ihm zu dienen, so er für mich noch Verwendung findet.«

»Der verdammte Junge hat sich im Kloster verkrochen. Nur weil der vermaledeite Friedrich ihm den Dispens verweigert hat«, grollte Gauwin vom Spiegel.

»Friedrich?«

»Friedrich von Saarwerden, der Erzbischof. Doch hier habe ich eine gute Meldung, Herr Gauwin. Abt Theo prüft soeben die Möglichkeit, ob das Schreiben gefälscht sein könnte. Es gibt Hinweise, dass dem ermordeten Kurier ein nachgemachtes Dokument untergeschoben worden ist.«

Almut sah, dass Hardwin leicht zusammenzuckte, und nahm sich vor, ihn dazu später noch zu befragen.

»Dann soll er sich beeilen. Ich will den Sturkopf von meinem Sohn noch einmal bei mir haben, bevor ich diese Welt gegen eine bessere eintausche. Und ich will Euch, in Herrgotts Namen, miteinander verbunden sehen, Frau Almut.«

»Regt Euch nicht auf, Herr Gauwin. Er hat Freunde, und sie suchen nach allen Wegen, ihm zu helfen.«

»Und du, Knecht? Wirst du ihm auch helfen?«

Hardwin kniete vor dem Herrn vom Spiegel nieder.

»Ich werde tun, was immer nötig ist, Herr. Ich habe nie vergessen, wie gütig Ihr und Euer Sohn mir gegenüber wart. Verfügt über mich und mein Leben.«

»Brauchst du Unterkunft und Lohn?«

»Ich kann für mich sorgen, Herr.«

»Es wäre besser, er würde in Eurem Haus Lohn und Brot erhalten, Herr Gauwin«, warf Almut ein. »Es könnte sein, dass ich seine Dienste benötige.«

»Wenn das so ist. Frau Nelda wird ein Lager für dich finden.«

»Danke, Herr.«

Die alten Augen ruhten nun auf Almut, und Hardwin begab sich auf leisen Sohlen aus dem Raum.

»Kind, was verschweigt Ihr mir?«

»Nichts, Herr Gauwin.«

»Belügt mich nicht. Mein Herz ist müde, aber es schlägt noch, mein Geist ist nicht so trübe geworden, dass ich nicht erkenne, auf welchen Katzenpfötchen Ihr mich alle umschleicht. Setzt Euch und berichtet.«

Almut gehorchte und senkte den Kopf. Lügen fiel ihr nicht leicht, und der Blick des Mannes vor ihr war scharf und durchdringend. Sie selbst hasste es genau wie er, im Unklaren gehalten zu werden, und so begann sie stockend: »Euer Sohn wird morgen oder übermorgen wieder bei Euch sein. Aber – er ist halsstarrig wie ein Esel.«

»Er ist in Schwierigkeiten und lehnt die Hilfe seiner Freunde ab? Ist es das, was Ihr meint?«

»Er hat seine Gründe dafür, und trotz allem achte ich sie. Ein Feind ist aufgetaucht, den wir zu entdecken versuchen. Hardwin mag uns dabei eine große Hilfe sein, denn er kennt ihn aus der Vergangenheit.«

»Dann nutzt sein Wissen. Frau Almut«, der alte Herr richtete sich energisch auf, »der Pferdeknecht ist der Sohn meines ehemaligen Stallmeisters. Er war ein aufrechter Junge, übermütig zwar, aber die Tiere folgten ihm aufs Wort. Meine Kinder und er sind wie Geschwister aufgewachsen. Vertraut ihm.«

»Ja, Herr Gauwin.«

»Ich kann mir einigermaßen vorstellen, was meinen Sohn umtreibt. Er glaubt, durch harte Buße das Unheil abzuwenden, das den Seinen durch ihn droht. Habe ich recht?«

»Ja.«

»Welche Art von Buße hat er sich auferlegt? Geißelt er sich?«

»Nein, er fastet.«

»Stopft ihn wie eine Gans, wenn es nötig ist!«, grollte

der Herr vom Spiegel, und ganz kurzfristig wurde Almut bei der Vorstellung von einem Kichern erfasst.

»Es ist schwierig, wisst Ihr. Er hat sich in eine Klause zurückgezogen.«

»Verdammter Bengel!«

»Wie …«

»Schon gut, Frau Almut. Schon gut. Aber …«

»Ich selbst habe die Mauer hochgezogen, Herr Gauwin. Und ich war sehr ungeschickt beim Mörtelmischen.«

»Ungeschickt. Aha. Ihr wollt ihn gegen seinen Willen zu mir bringen – ein mutiges Vorhaben, Frau Almut. Ich hoffe, es gelingt Euch beizeiten.«

»Ich hoffe und bete ebenfalls darum.«

»Dann geht und tut, was Ihr könnt. Meine Gebete begleiten Euch.«


Hardwin saß in der Küche und hatte ein Stück Braten und einen Korb Brot vor sich, und die Haushälterin schnitt unaufgefordert eine weitere Scheibe Fleisch ab, die sie auf ein knuspriges Stück Brot legte und Almut auf einem Holzbrett reichte.

»Nehmt Euch, was immer Ihr braucht, Frau Almut. Ich muss mich jetzt um den Herrn kümmern. Er wird müde sein.«

»Danke, Frau Nelda.«

Als sie fort war, hatte sie die Küche für sich alleine, und Almut nickte Hardwin zu.

»Ramon Rodriguez de Castra.«

»Ein Schwein.«

»So weit sind wir ebenfalls gekommen.«

»Er, sein Freund Philip von Sinzig und seine Schwester begegneten dem Herrn Ivo in Salamanca. Junge Adlige, wie es schien, recht gebildet, führten ein ausschweifendes Leben und schlugen meinen Herrn in ihren Bann. Er hatte Geld – sie gaben es aus. Wir zogen nach Granada, und dort rettete mein Herr einen jungen Arzt.«

»Georg Krudener.«

»Ihr kennt ihn?«

»Ein Freund. Weiter.«

»Mein Herr brachte ihn nach Köln und musste dafür seine Kumpane verlassen. Sie trafen ein Jahr nach ihm hier ein, angeblich vollkommen verarmt, und schröpften meinen Herrn mehr denn je. Es kam zu einem Streit, er weigerte sich schließlich, mehr zu zahlen, und reiste nach Sankt Gallen ab, um dort in der Klosterbibliothek seine Studien wieder aufzunehmen. Sie folgten ihm und verrieten ihn wegen eines ketzerischen Traktats.«

»Warum, Hardwin, hat Herr Ivo sich von den dreien derart ausnehmen lassen? Ich kenne ihn ein wenig, und mir ist es immer so vorgekommen, als sei er ein besonnener Mann.«

»Heute, Frau Almut, mag er besonnen sein. Damals war er ein wilder, leidenschaftlicher Mann. Sein Sohn sieht ihm ähnlich, aber er ist trotz seiner Jugend ruhiger, als mein Herr es war. Und…«

Der Pferdeknecht schien nach den rechten Worten zu suchen, und Almut hatte eine blitzartige Erkenntnis.

»Die Schwester, nicht wahr? Sie war sehr schön und heißblütig. Er sprach einmal davon, wie sehr ein Weib mit Leidenschaft die Sinne eines Mannes verwirren kann. Tat sie das?«

»Ja, Herrin, das tat sie. Verzeiht, Herrin, es muss Euch verletzen, das von dem Mann zu hören, den Ihr achtet und – liebt?«

Almut senkte mit geröteten Wangen das Haupt.

»Verzeiht, wenn ich Euch zu nahe trat, Herrin. Nur will mir keine andere Erklärung einfallen, warum Ihr Euch so sehr für ihn einsetzt. Und der Herr Leon ist es nicht, der Euer Herz berührt, obwohl er ein prachtvoller junger Herr ist.«

»Nein, Hardwin. Es verletzt mich nicht, dass Ivo vom Spiegel vor Jahren eine Liebschaft hatte. Es war – einst. Es ist nicht mehr. Meister Krudener erzählte von einer ungemein schönen, geistreichen Frau, die auch er sehr bewunderte. Und ja – er nannte sie die Dame de la Castra oder so ähnlich.«

»Almodis Rodriguez de Castra. Ramons Schwester. Mein Herr war ihr verfallen, Frau Almut, und nichts und niemand konnte ihn von der Schlechtigkeit dieser Buhle überzeugen. Bis er hier in Köln herausfand, dass sie ihn mit dem Freund ihres Bruders betrog.«

»Ei wei! Daher die Weigerung, weiter zu zahlen.«

»Es kam zu einem furchtbaren Streit. Ihr wisst, wie Herr Ivo mit Worten zu fechten versteht?«

»Oh ja, ich habe es dann und wann erlebt.«

»Ihr Hass auf ihn war ebenso leidenschaftlich wie zuvor ihre Liebe.«

»Wohin führte sie ihr Weg, nachdem sie Herrn Ivo verraten hatten?«

»Ich weiß es nicht, Frau Almut. Als ich endlich genesen war, war ihre Spur kalt geworden. Ich sah Ramon erst hier wieder, als er im Adler auftauchte, um sich mit dem Vergolder zu treffen. Es berührte mich wie ein

Schlag. Ihr müsst wissen – ich fand auf meinem Weg in die Stadt kurz zuvor den ermordeten Kurier. Ich sah sogar das Pergament aus seiner Tasche lugen. Hätte ich nur gewusst, was es für meinen Herrn bedeutet, ich hätte es ohne Umschweife an mich genommen.«

»Du hast ihn gefunden? Aber keine Meldung gemacht?«

»Berittene aus der Stadt kamen die Straße entlang, und – ja, ich gebe es zu, ich war feige. Ich wollte nicht neben dem noch warmen Leichnam eines erzbischöflichen Kuriers entdeckt werden. Ich versteckte mich im Gebüsch.«

»Eher klug als feige. Was hast du anschließend getan?«

»Alte Bekannte aufgesucht, mich umgehört. Herr Gero hatte von dem Gasthof zum Adler berichtet, und dort suchte ich um Arbeit nach. Inzwischen hatte ich mehr von meinem Herrn und den Beginen vernommen, von den Verwicklungen, in die Ihr gemeinsam verstrickt wart.«

»Die Adlerwirtin hat mir erzählt, dass Ivo an dem Samstag, an dem der Vergolder ermordet wurde, ein Pferd von Simon gekauft hat. Warum hast du dich deinem Herrn nicht zu erkennen gegeben?«

»Weil ich zu jenem Zeitpunkt nicht in der Schmiede war, Herrin, sondern für den Wirt ein paar – mhm – Wildschweine – mhm – gefunden habe.«

»Ach ja, sie laufen ihm gelegentlich zu.« Almut musste sich eine gewisse Erheiterung eingestehen. Der wackere Adlerwirt versorgte seine Gäste gut, und niemand würde ihn je beschuldigen, mit den Wilderern Geschäfte zu machen.

Hardwin nickte bedächtig und fuhr dann fort: »Ich habe jedoch mit dem Schlitzohr am Abend zuvor ein paar Worte gewechselt. Er war ein sehr geschwätziger Kerl, und ich habe allerlei über Pater Ivo erfahren. Der Vergolder sprach auch von seinem Freund Roderich, aber das weckte keinen Argwohn in mir. Ich hatte vor, bei meinem Herrn vorzusprechen, aber dann kam eben an diesem Samstag Ramon in die Schenke. Ich verbarg mich im Stall, denn mir wurde auf der Stelle klar, dass Roderich von Kastell und Ramon Rodriguez de Castra ein und dieselbe Person waren. Mir entging auch nicht, dass Ramon dem Großmaul später in die Braustube folgte. Er hat ihn umgebracht.«

»Das vermuteten wir.«

»Wieder war ich feige, Herrin. Ich wollte Ramons Blick nicht auf mich lenken. Aber von dem Schlitzohr hatte ich zuvor erfahren, dass sie von Düsseldorf gekommen waren, und so machte ich mich dort auf Fährtensuche.«

»Ich hatte geglaubt, Thomas stamme aus Nürnberg.«

»Stammt er auch. Ramon hat ihn dort auf seiner Reise von Venedig aufgelesen. Das muss nahezu vor einem Jahr gewesen sein. Ich habe es an jenem Abend von ihm erfahren. Der Vergolder hat sich, als er dem Bier reichlich zugesprochen hatte, mir gegenüber gebrüstet, dass er alles zu Gold machen kann, was man ihm vorlegt. Ich nehme an, wegen derartiger Fälschereien hat man ihn aus der Zunft ausgestoßen, und Ramon, goldgierig wie vor Zeiten schon, muss er wie ein Geschenk des Himmels erschienen sein.«

»Und umgekehrt.«

»Richtig.«

»Welche Rolle spielt Almodis in dieser Scharade?«

»Ich habe sie noch nicht auftreiben können. Das verwundert mich, denn sie ist ein Weib, das überall mit seiner Schönheit Aufsehen erregt.«

»Sie ist älter geworden.«

»Sie kennt Mittel und Wege, Herrin, ihre Jugend zu erhalten. Sie hat schon damals mit dem alchemistischen Wissen geliebäugelt.«

»Wie ihr Bruder.«

»Er war vom Goldmachen fasziniert, sie von der Dämonenbeschwörung.«

»Hoffen wir, dass einer der Dämonen sie in sein Reich entführt hat. Viel größere Sorge macht mir der Diener Ramons, dieser Derich.«

»Mir auch. Er ist nicht zu fassen. Aber ich werde mich darum kümmern.«

Almut nannte ihm die wenigen Dinge, die sie über ihn zusammengetragen hatten. Dann berichtete sie von Ivos Entscheidung, als Incluse zu leben, und sah den Pferdeknecht erbleichen.

»Nein – das ist grausam. Das ist ... Herrin, er muss da raus. Er ist ein Mann, der die Freiheit liebt. Er braucht Raum zum Leben. Es wird ihn umbringen.«

»Er will sich umbringen. Aber ich werde ihn daran hindern«, knurrte Almut. »Ihr werdet mir dabei helfen.«

»Selbstverständlich.«

»Auch wenn Ihr Euren Herrn dafür niederschlagen müsst?«

»Sogar dann. Obwohl ...«

»Er fastet.«

»Trotzdem. Ihr kennt ihn nicht so gut wie ich, mit Verlaub.«

Ein neuer Aspekt aus dem Leben des Mannes, den sie liebte, brach sich in ihrer Erkenntnis Bahn.

»Ein Raufer, zu Zeiten?«

Hardwins Augen blitzten auf.

»Hatten manchen Händel gemeinsam gefochten.«

»Ei wei!«

»Wie man hört, Herrin, seid auch Ihr nicht völlig wehrlos.« Hardwin hüstelte. »So man Geschichten glauben sollte, die Euch mit Fackel und Geißel schildern.«

»Ich hatte Herrn Geros Gedächtnis anempfohlen, diese Episode zu vergessen.«

Das faltenreiche Gesicht des Pferdeknechts verzog sich zu einem fröhlichen Lächeln.

»In *meiner* Achtung sinkt Ihr dadurch nicht, Herrin.«

»Warum, Hardwin, nennst du mich eigentlich so beharrlich Herrin? Ich bin weder von Stand, noch gehört mir dieses Haus.«

»Ihr seid von höchstem Stand, was mich anbelangt. Und über kurz oder lang werdet Ihr die Herrin dieses Hauses und damit auch die meine sein. Selbst wenn ich Herrn Ivo auch zu diesem Zwecke niederschlagen muss.«

»Uch.«

»Aber viel mehr vertraue ich darauf, dass er ganz von alleine auf den Gedanken kommt, sich Euch zu Füßen zu werfen.«

»Na, wenn du dich da mal nicht täuschst. Aber zuvor gilt es, die nächsten Schritte zu durchdenken. Du

wirst mit einigen Leuten sprechen müssen. Höre, Hardwin.«

Er hörte, und je länger er lauschte, desto vergnügter
leuchtete sein Gesicht.

»Ich hätte da einen Plan«, verkündete er schließlich.

»Gut.«

## 35. Kapitel

Lodewig hatte keine angenehme Zeit hinter sich, auch
wenn die Pasteten der Frau Lena würzig, saftig und sät-
tigend waren. Aber die Unterhaltung, die sein Freund
Bertram mit seiner Mutter führte, war alles andere
als leicht zu verdauen. Die beiden Novizen aus Groß
Sankt Martin hatten Erlaubnis erhalten, den Nachmittag bei der Pastetenbäckerin zu verbringen, weil das
Gewissen den jungen Schnitzer plagte und er seine
Mutter dazu bewegen wollte, ihre Äußerungen über
Pater Ivos Schuld am Tod ihres Bruders Claas Schreinemaker zurückzunehmen.

Lena wollte nicht hören. Sie wollte um keinen Preis
glauben, dass Claas zehn Jungfrauen kaltblütig ermordet hatte. Viel leichter schien es ihr, dem unergründlichen Benediktiner die finstersten Machenschaften
unterzuschieben. Bertram redete und brachte Argumente, zeigte Verbindungen und zählte Beweise auf.
Lena kreischte und schimpfte und weinte und geiferte.
Lodewig schwieg. Aber er bewunderte die Geduld seines Freundes, der wieder und wieder beschrieb, wie er

die von Claas angefertigten Holzbüsten der toten Jungfern gefunden hatte, die ihm schließlich die Augen geöffnet hatten.

»Aber Claas ist tot, und man hat den schrecklichen Pater gesehen, wie er seinen Leichnam in den Bach geworfen hat!«, hielt seine Mutter ihm entgegen.

»Wer hat es gesehen?«

»Leute, die dabei waren.«

»Wer hat dir das gesagt, Mutter?«

»Ein frommer Mönch. Ein wirklich frommer Mönch. Nicht so ein scheinheiliger wie dieser Bruder Ivo.«

»Woher wusste der fromme Mönch davon?«

»Woher? Woher? Er kümmert sich um die Armen und Ausgestoßenen. Um solche, auf die sonst keiner hört.«

»Zu welchem Orden gehört er denn? Ich möchte es aus seinem Mund hören, was er erfahren hat, Mutter.«

»Weiß nicht.«

»Trug er die schwarze Kutte der Benediktiner, die weiße der Dominikaner oder die braune der Minderbrüder?«

»Sie war braun. Ja, braun war sie.«

»Und seine Haare? War er noch jung, oder waren sie schon grau?«

»Warum willst du das nur wissen, Bertram? Warum quälst du mich damit?«

»Mutter, ich will, dass die Wahrheit ans Licht kommt. Welche Farbe hatten seine Haare?«

»Er war grauhaarig.«

»Kannst du sein Gesicht beschreiben?«

»Es war gütig. Und jetzt langt es mir. Es gibt nichts

weiter zu sagen. Claas wurde von dem Bruder Ivo tot-
gemacht. *Das* ist bewiesen.«

»Das ist nicht bewiesen, Frau Lena. Ihr werdet selbst
in Teufels Küche geraten, wenn Ihr weiterhin solche Lügen über den Herrn vom Spiegel verbreitet«, mischte
sich nun auch Lodewig ein. »Unser Abt wird mit den
Minderbrüdern sprechen, und den Mönch, der Euch
von Pater Ivos Handeln berichtet hat, selbst befragen.
Wenn es ihn denn gibt.«

»Warum sollte es ihn nicht geben?« Lodewigs ruhige
Worte hatten die erste Verunsicherung bei der Pastetenbäckerin verursacht.

»Weil ein brauner Mönch mit grauen Haaren bei uns
im Kloster spioniert hat, Mutter. Ein falscher Mönch,
wie wir inzwischen wissen.«

»Aber er hat Leute gesprochen, die es gesehen haben!«

»Das möchten wir von ihm selbst hören, Frau Lena.
Welche Leute das waren, und was sie gesehen haben.
Bertram aber hat gesehen, was sein Onkel getan hat.
Ihm glaubt Ihr weniger als einem namenlosen Mann,
der sich eine Kutte übergestreift hat? Ihr glaubt Eurem
eigenen Sohn nicht, dass er die Machenschaften des
Schreinemakers durchschaut hat? Ja, sogar krank da-
rüber geworden ist?«

Die Bäckerin rutschte nun tatsächlich unbehaglich
auf ihrem Hocker hin und her.

»Aber Claas war ein so guter Mann. Was er alles für
uns getan hat...«

»Und was hat Pater Ivo für mich getan?«

Noch unbehaglicher knetete Lena ihre Schürze.

»Frau Lena, ich mache Euch einen Vorschlag. Wenn

wir den Mann aufgetrieben haben, der sich als Minderbruder ausgibt, und Euch beweisen können, dass er ein Betrüger ist, geht Ihr dann zu Abt Theodoricus und erklärt, dass Ihr die Beschuldigungen gegen Pater Ivo zurückzieht?«

Sie murmelte eine Weile vor sich hin, dann aber stieß sie trotzig hervor: »Wenn er ein Betrüger war, vielleicht. Aber ich sag nicht, dass Claas ein Mörder war.«

»Das braucht Ihr nicht, Frau Lena. Nur, dass Pater Ivo keiner ist. Denn er war es nicht. Und nun müsst Ihr mich entschuldigen, ich habe den Beginen noch eine Botschaft zu überbringen.«

»Die stecken auch damit drin. Die haben eine Teufelsanbeterin bei sich aufgenommen.«

»Frau Lena, ich kann Euch nur raten, Vorsicht walten zu lassen. Ihr seid verbittert, und Eure Worte kommen unbedacht. Es wird auf Euch zurückfallen.«

»Du bist schon ein richtiger kleiner Priester, Lodewig!«, fauchte sie, und nun war es wieder Bertram, der beschwichtigend auf sie einredete.


Lodewig klopfte an der Pforte der Beginen und wurde von Bela eingelassen. Er musste eine Weile warten, denn Almut, die er zu sprechen wünschte, war unterwegs. Noch immer fühlte sich der pummelige Novize nicht besonders behaglich unter Frauen, aber die Ereignisse der vergangenen Monate hatten ihm eine gewisse Beherztheit geschenkt, die, unterstützt durch Pater Ivos Vertrauen in seine Fähigkeiten, sich zu einer langsamen Blüte entwickelte. Bescheiden wie er war, würde es ihn jedoch verdutzt haben, hätte jemand ihm zu seiner geschickten Überredung der Pastetenbäckerin gratuliert.

Sein Unbehagen aber fand bald ein Ende, denn die Begine betrat mit energischen Schritten das Refektorium und begrüßte ihn mit einem herzlichen Lächeln.

»Du hast Nachrichten vom ehrwürdigen Vater für mich, Lodewig?«

»Ja, Frau Almut. Er meint, es sei wichtig. Und das finde ich auch.«

»Dann lass sie mich hören.«

»Also, das war so, Frau Almut. Als ich gestern Abend dem Pater wie üblich Brot und Wasser ans Fenster stellte, da hat er mit mir gesprochen.«

»Oh, tatsächlich?«

»Ja, Frau Almut. Er hat mich angeschnauzt!«

»Wie erfreulich!«

»Ja, das fand ich ebenso. Er verlangte gefälligst ein gebuttertes Brot.«

Mit großer Freude beobachtete er, wie das Gesicht der Begine erleichtert aufleuchtete.

»Ich trug diesen Wunsch umgehend dem Vater Abt vor, denn eigentlich sollte er nur trockenes Brot erhalten.«

»Wie reagierte der ehrwürdige Vater auf diese Bitte?«

»Mit einem tief empfundenen ›Halleluja!‹, Frau Almut. Dann gab er Weisung, ihm sofort ein altbackenes Brot mit Butter und einen Krug Honigwasser zu bringen.«

»Wie klug.«

»Ja, nicht? Frisches Brot nach langem Fasten bereitet Beschwerlichkeiten.«

»Hat er noch mehr gesagt? Pater Ivo, meine ich?«

»Nein, aber er hat das Brot umgehend zu sich genommen und auch das Getränk. Ich habe ein paar Krumen für die Spatzen vor der Klause ausgestreut, damit alles wie zuvor aussah.«

»Du bist ein kluger Bursche, Lodewig.«

»Ich weiß nicht. Ich dachte nur, weil Pitter gesehen hat, dass manchmal abends jemand zur Klause kommt.«

»Darum werden wir uns auch noch kümmern. Danke für deine Botschaft. Richte dem Vater Abt meine Grüße aus.«

»Das werde ich tun.«

»Und – mhm, warte mal.« Die Begine verschwand und kam gleich darauf mit zwei süßen Wecken zurück. »Einer für dich, den anderen legst du Pater Ivo auf den Sims.«

Lodewig zwinkerte, dann grinste er.

»Eine prächtige Idee.«


Sie auszuführen war sein nächster Schritt, aber als er mit Bertram Richtung Dombaustelle wanderte, schlossen sich ihnen Pitter und einer seiner Freunde an.

»Hat man Euch von der Kette gelassen, ehrwürdige Herren Novizen?«

»Wir haben Pflichten erfüllt.«

»Süße Pflichten, was? Das sind doch Rosinenwecken. Und gleich zwei!«

»Sie sind nicht für uns bestimmt.«

»Oh nein. Damit hast du vollkommen recht. Die sollen Joeris und meinen Magen füllen.«

Pitter grapschte nach dem Gebäck, und Lodewig entzog sie ihm. Ein kleines Gerangel begann, und erst als Bertram einschritt, hielt der Gassenjunge inne.

»Sie sollen einen sehr leeren Magen füllen, Pitter. Außerdem sind sie ein Gruß.«

Pitter verstand sofort.

»Klar! Aber nicht zwei. Einer reicht.«

»Dann iss den zweiten«, bot Lodewig friedlich an und reichte dem Päckelchesträger den Wecken. Der riss ihn in der Mitte auseinander und reichte die Hälfte seinem Begleiter. Die andere stopfte er sich umgehend in den Mund. Nicht so Joeris, der schlug seinen schäbigen Umhang auseinander und steckte ein Stückchen von seiner Weckenhälfte in den kleinen Holzkäfig, den er darunter verborgen hatte. Rote Augen schimmerten auf, und mit einem gierigen Schnappen verschwand das Gebäck zwischen den Zähnen einer weißen Ratte.

»Holla, woher hast du die denn? Ist die zahm?«

Bertram beugte sich vor und wollte seinen Finger durch die Gitterstäbe stecken, doch Joeris warnte: »Pass auf, die beißt.«

»Wir wollen noch eine fangen«, unterrichtete Pitter die Novizen und grinste. »Wollt Ihr mitkommen?«

Halbwüchsige junge Männer, die über ein paar Stunden freie Zeit verfügten, konnten sich, selbst wenn sie Anwärter auf den geistlichen Stand waren, einer solchen Verlockung nicht entziehen. Der süße Wecken wurde noch getreulich abgeliefert, dann begaben sich die vier Helden zum Duffesbach. Dieser weit aus dem Vorland entlang der alten Römermauer fließende Bach versorgte allerlei Handwerker mit Wasser. Färber, Gerber, Metzger hatten sich an seinen Ufern angesiedelt, und daher war das, was sich zur Mündung hin ergoss, auch eine rechte Kloake. Für Ratten war es jedoch ein Paradies, zumal sie auch in den alten Aduchten Behausung fanden, die unter der Stadt ein weit verzweigtes Netz bildeten.

Joeris war der Fachmann unter den Rattenfängern. Ein Stückchen Wecken nutzte er als Köder, und zu viert lagen sie alsbald auf der Lauer und beobachteten, wie sich die Nagetiere aus ihren Verstecken hervorwagten und sich der aus Weidenzweigen geflochtenen Falle näherten.

Ein großes, graues Exemplar war ihr erster Fang, und nun sollte die eigentliche Belustigung beginnen. Die weiße Ratte nämlich stand in dem Ruf, ein wahrer Kämpfer zu sein, der alle anderen Gegner bisher besiegt hatte. Die Gefangene wurde also zu der Weißen in den Käfig gesperrt, und gebannt beobachteten die Zuschauer, wie sie einander misstrauisch beäugten.

Unvermittelt griff die weiße Ratte an. Die andere quietschte, Fell wurde gerupft, Bisse verabreicht. Und dann, ganz plötzlich, warf sich die graue auf den Rücken und blieb erstarrt liegen. Die weiße gönnte ihr einen verächtlichen Blick und begann dann, ihr das Fell am Bauch zu putzen.

»Mist, das war kein Kampf. Die graue hat gleich aufgegeben. Wir brauchen eine neue. Das war keine Herausforderung! Da ist ja noch nicht mal Blut geflossen.«

Joeris war unzufrieden und ließ die Gefangene frei. Bertram hingegen war nicht ganz so fasziniert von dem Vorschlag.

»Warum willst du denn, dass sie sich blutig beißen?«

»Das macht mehr Spaß. Ist spannender, als wenn eine nur demütig nachgibt.« Er grinste den Novizen an. »Aber das versteht ein Mönchlein wie du nicht.«

Bertram zuckte mit den Schultern, blieb aber dennoch bei ihnen, denn Pitter hatte die Falle mit einem neuen Stück Wecken präpariert und sie aufgestellt.

Wieder dauerte es eine Weile, dann aber zog die spitze Schnauze einer Ratte ihre V-förmige Bahn durch das seichte Wasser und näherte sich dem schlammigen Ufer. Der Geruch aus der Falle schien sie anzuziehen, aber dann machte sie eine unerwartete Kehrtwendung und lief auf ein klumpiges Stück Lehm zu, das an der gemauerten Befestigung des Baches zu kleben schien.

Der Lehm bewegte sich, und die Ratte huschte in die Falten, die er bildete.

Schreckensbleich starrten die vier die graubraune Masse an, aus der blutunterlaufene Augen schimmerten. Joeris verschwand wie ein Geist, Pitter wollte sich anschließen, aber Lodewig befahl unerwartet streng: »Bleib.«

»Ja, bleibt.« Eine heisere Stimme, kaum hörbar, kam aus dem zahnlosen Mund, und ein schauriger Ton folgte. Es mochte der Versuch eines Lachens sein.

»Wer bist du?«, fragte Bertram, der sich langsam wieder gefasst hatte.

»Weiß nich.«

»Jeder weiß, wer er ist.«

»Vergessen.«

Die roten Augen blinzelten in das Licht, denn die Wolken, die sich seit dem Mittag vor die Sonne geschoben hatten, gaben ein paar Strahlen frei. So war auch die Gestalt deutlicher zu erkennen. Es war eine Frau, die Lumpen an ihrem Körper starrten vor Schmutz, die langen grauen Haare hingen verfilzt über ihre Schultern, ihre Haut war grau und voller Schwären.

»Was machst du hier?«, flüsterte Pitter, den sonst nicht viel erschüttern konnte.

»Sonne sehen. Letztes Mal. Lange her.«

»Du kommst von da unten?« Er wies auf den halb von Gestrüpp überwachsenen Rundbogen in der Mauer, der zu den Kanälen führte.

»Ja, von unten. Wollt ihr uns besuchen? Der Dicke da ist uns willkommen!« Wieder folgte der schaurige Laut.

»Warum ich und die anderen nicht?«, wollte Lodewig wissen, aber Pitter kniff ihn in den Arm.

»Frag lieber nicht. Lass uns verschwinden.«

Lodewig schluckte, und eine böse Ahnung überkam ihn. Dennoch blieb er und beobachtete, wie zwei weitere Ratten sich dem Geschöpf näherten. Diesmal machte die Frau keine Bewegung, und die Tiere drängten sich ebenfalls in die schmutzigen Falten ihrer Kleider.

»Mein Freunde.«

»Die Ratten?« Bertram überwand seinen Ekel und betrachtete sie genauer. »Oh Gott, Ihr seid eine Aussätzige.«

»Kein hübsches Ding mehr.«

»Du brauchst Hilfe.«

»Nein. Sterbe.« Die blutunterlaufenen Augen schlossen sich wieder. »Hölle.«

»Nein«, erklärte Lodewig bestimmt. »Nicht, wenn du bereust.«

»Bist du schon Priester?«

»Nein, aber das zu versprechen bedarf es nicht eines Priesters.«

»War einer hier. Der hat die Hölle versprochen.«

»Es war ein Priester bei dir, der dir die Hölle versprochen hat?«

»Hat die Dämonen gerufen.«

»Priester rufen die Dämonen nicht. Das ist unsinnig.«

»Was weißt du schon?«

»Er hat dir sicher gesagt, dass du beten sollst, um nicht in die Hölle…«

»Grüne Dämonen. In Flammen.«

»Wirst es geträumt haben.«

Doch die Frau schauderte und zerrte mit ihren Fingerstummeln an den Lumpen.

Bertram aber zog den ungeheuren Schluss.

»Ein Mönch in brauner Kutte. Er wollte von dir wissen, wer am Ostertag den Mann umgebracht hat?«

»Ostertag? Ich weiß nichts von Ostern.«

»Aber von dem Toten.«

Das schaurige Geräusch ertönte noch einmal.

»Von Toten weiß ich viel.«

»Was habt Ihr dem Mönch erzählt?«

»Geht weg.« Sie hustete herzzerreißend, und blutiger Schaum quoll über ihre Lippen.

»Bertram, lass sie«, flüsterte Lodewig. Und dann tat der pummelige Novize etwas, das den beiden anderen die Haare zu Berge stehen ließ. Er trat nämlich näher zu der Frau, setzte sich zu ihr und nahm ihre verunstalteten Hände in die seinen.

»Was immer du getan hast, Weib, es wird dir vergeben. Dein Weg war lang und du hast gelitten. Doch der

Herr ist auch für dich gestorben und vergibt dir deine Sünden.«

Die blutunterlaufenen Augen starrten ihn an.

»Glaub ich nicht«, röchelte sie.

»Du brauchst es nicht zu glauben. Ich werde für dich beten. Nenn mir deinen Namen.«

»Marie.«

Leise und mit beinahe zärtlicher Stimme betete Lodewig für die Sterbende, und allmählich glätteten sich die zerstörten Züge.

»Wo du hingehst, wird dir die Sonne scheinen und deine Wunden werden heilen, Marie. Überantworte deine Seele den Händen des Erlösers und vertraue auf seine Liebe.« Er sprach den Segen und zeichnete das Kreuz über sie.

Dann erhob er sich aus dem Schlamm des Ufers und ging schweigend, die Hände in den Kuttenärmeln, davon.

Bertram und Pitter folgten ihm, und erst als sie auf der Höhe von Groß Sankt Martin waren, sprach Lodewig wieder.

»Ich werde es beichten müssen. Es war entsetzlich anmaßend.«

»Es war verdammt mutig«, widersprach Pitter mit ungewohntem Ernst. »Und du wirst mal ein verdammt guter Priester werden.«

»Ich weiß nicht.«

»Ich schon«, sagte Bertram. »Und wir beide werden vor der Beichte in die Badestube gehen und versuchen, saubere Kutten zu bekommen.«

»Ja, gleich. Pitter, warum wollte sie, dass ausgerechnet ich in ihr Versteck komme?«

»Weil du so schön fett bist, Lodewig. Es heißt, diese Kanalratten ernähren sich von Menschenfleisch.«

Lodewig wurde grün im Gesicht.

## 36. Kapitel

Seit seinem Körper wieder Nahrung zugeführt wurde, bereitete er Pater Ivo größere Pein als die ganze Zeit zuvor. Er war ein tätiges Leben gewöhnt, hatte auf den Gütern des Klosters schwer gearbeitet und in den Weinbergen gewerkt. Seit sechs Tagen aber nun hatte er nicht mehr Raum, als er mit drei kleinen Schritten durchmessen konnte. Solange er gefastet hatte, versucht hatte, in den Dämmerzustand zu entfliehen, oder auf den Knien psalmodiert hatte und dabei schwächer und schwächer wurde, war ihm die Einschränkung seiner Bewegungsfreiheit nicht so schwer gefallen. Doch nun brach seine unterdrückte Natur durch, und er haderte mit sich selbst. Geduld war seine Stärke nicht. Zwar glaubte er nun, dass er bei einer passenden Gelegenheit aus der Klause entkommen konnte – und endlich war er Theodoricus dankbar dafür, dass er das Gelübde bei dem Einmauerungsritual übergangen hatte – aber zur Untätigkeit und Unbeweglichkeit verurteilt zu sein, das nagte an ihm.

Außerdem begann es in der Klause höchst ungemütlich zu werden. Die Sonne war kräftig geworden und heizte den halben Tag lang die Steine auf. Nur wenig frische Luft drang durch das kleine Fenster und – zugeben – es stank inzwischen in dem engen Raum. Seine weiße Kutte war verschwitzt, und Haut und Haare fühlten sich klebrig an.

Es war auch noch schwerer geworden, die Stimme zu ertragen, nun, da er wusste, wem die eine gehörte und wen die andere gesandt hatte.

An diesem Abend hatte sie von der Magd gesprochen, die sie vergiftet hatten. Als er erfuhr, dass sie ihren Leichnam tatsächlich in den Hof seines Vaterhauses gebracht hatten, wäre er fast aufgesprungen und hätte etwas Unverzeihliches gebrüllt. Noch immer kochte die Wut in ihm, und mit einem geknurrten: »Mist, Maria!« schlug er mit der geballten Faust gegen die Wand der Klause.

Sand rieselte vor seine Füße. Vier Ziegel hatten sich aus dem Verbund gelöst und nach außen verschoben. Ungläubig sah er die Mauer an. Sehr langsam kroch Verstehen in sein Bewusstsein.

Darum also hatte sich die Begine als Mauergehilfe verkleidet.

Sie hatte dafür gesorgt, dass er nicht gefangen war. Er konnte jederzeit die Steine abtragen und in die Freiheit treten.

Oder auch nicht.

Oder besser noch nicht.

Er schaute durch die Öffnung, ob sich jemand in der Nähe aufhielt. Es war alles ruhig. Also langte er beherzt nach draußen und schob die Ziegel wieder an ihren Platz.

Immerhin war es eine Erlösung zu wissen, dass die Möglichkeit bestand, aufzustehen und fortzugehen.

Eine Welle von Zuneigung durchfloss ihn, eine stille Dankbarkeit für ihr vorausschauendes Handeln. Und tiefstes Vertrauen in ihre Fähigkeit, das Richtige zu tun. Mochten seine Feinde auch mit Heimtücke und Ruchlosigkeit vorgehen, sie konnten nicht wissen, auf welchen verschlungenen Wegen seine Begine zu denken und zu handeln bereit war, wenn sie sich ein Ziel gesetzt hatte.

Er konnte nur hoffen, dass die Anschläge, die man für sie vorgesehen hatte, ihr keinen so großen Schaden zufügten, dass sie an der Ausführung ihrer Pläne gehindert wurde.

Wenn Lodewig das nächste Mal mit dem Brot kam, würde er ihm eine Warnung an sie mitgeben. Mit diesem Vorsatz setze er sich nieder, um sein Gespräch mit Maria aufzunehmen.

Der süße Wecken lag zu ihren Füßen.

Ihn hatte er nicht angerührt.

Aber die barmherzige Mutter musste sich in dieser Nacht einige höchst martialische Gebete anhören.

## 37. Kapitel

Selbst Leon musste zugeben, dass Hardwin ein Mann von großer praktischer Begabung war. Er hatte für allerlei kniffelige Fragestellungen Lösungen bei der Hand, die sich auch durchführen ließen. Unvergleichlich vor allem war sein Vorschlag, wie man die Nachtwächter und sonstige Neugierige von der Umgebung der Kirche fernhalten konnte.

Überhaupt hatten sich alle Beteiligten nach und nach heimlich im Hause vom Spiegel eingefunden und nicht nur Ideen, sondern auch die absonderlichsten Hilfsmittel zusammengetragen. Es galt, so wenig wie möglich Aufsehen zu erregen und die Klause nach der Befreiung des Insassen so wieder herzurichten wie zuvor, damit niemand bemerkte, dass sie nunmehr unbewohnt war. Eingeweiht in das Vorhaben waren zudem Meister Krudener und Trine, Pitter und Fredegar, Frau Nelda und der Majordomus. Letztere hatten die wichtigste Aufgabe, die Rückkehr Ivos vor den anderen Hausbewohnern geheim zu halten.

Trine erklärte mit Almuts Hilfe Fredegar und Pitter das Geheimnis der kleinen Pergamentbeutelchen, und sprachlose Bewunderung stand in den Augen der jungen Männer, als das erste bunte Feuer versteckt im Keller explodierte. Der Gassenjunge sprudelte geradezu über vor Ideen, was man mit diesem Zauberwerk alles anrichten konnte, und es bedurfte vieler mäßigender Worte von Hardwin und der Begine, um ihn auf die Ernsthaftigkeit der Lage hinzuweisen. Aber Almut hatte den Verdacht, dass Trine in der nächsten Zeit recht eindringlich hofiert werden würde.

Dann galt es irgendwann nur noch, auf die Dunkelheit zu warten.


Die Glocken hatten zur Komplet gerufen, die Sonne war untergegangen, und die Stundenkerze hatte zwei weitere Ringe verzehrt, als Almut die Kleidung eines Maurergesellen anlegte und zu ihren Helfern und Freunden trat.

»Wollen wir es angehen?«

»Ja, Frau Almut.«

»Pitter, Trine und Fredegar. Ihr beginnt.«

Mit einem breiten Grinsen schulterte Pitter den Sack mit den kleinen Beutelchen, die Trine gefertigt hatte. Fredegar hatte Zunder und Stahl in ausreichender Menge dabei, und Trine umarmte ihre Freundin noch einmal heftig.

»Es wird ein mächtiger Spaß werden«, gestikulierte auch sie grinsend.

»Lasst euch nur nicht erwischen!«

»Ihr auch nicht, Frau Almut.« Fredegar hatte ebenfalls ein breites Grinsen im Gesicht.

Die drei zogen los, und Almut packte den Eimer mit frisch angerührtem Mörtel auf den Schürreskarren, auf dem eine in Decken gehüllte, schauerlich anzusehende Gestalt ruhte.

»Wenn er auch nur den kleinsten Widerstand leistet, schlagt Ihr ihn nieder, Leon, Hardwin.«

Leon zeigte ein schiefes Lächeln.

»Er wird mich hinterher zur Hölle schicken.«

»Darauf müsst Ihr es ankommen lassen. Meister Krudener, Euch obliegt der Kleiderwechsel.«

»Ja, Frau Almut. Ich hoffe, er widersetzt sich nicht.«

»Puh, wir werden sehen. Und nun!«

Das erste scharfe Knallen war zu hören, und im Schutze der Nacht eilten die vier die Lintgasse hinunter, bogen Richtung Sankt Brigiden ab und hielten an der Klause.


Ivo vom Spiegel hörte das Krachen und Knattern und wunderte sich darüber. Auch ferne Schreie und Warnrufe ertönten. Vermutlich war irgendwo in den eng bebauten Gassen ein Feuer ausgebrochen. Dann aber nahm er die leisen Geräusche vor der Mauer wahr und wappnete sich. An diesem Abend war sein Quälgeist noch nicht vorbeigekommen, um ihn mit neuen Bösartigkeiten zu bedenken. Jetzt war es wieder so weit. Er lehnte sich zurück, um nicht gesehen zu werden.

»Ivo vom Spiegel, ich bin es, Almut. Hört Ihr mich?«

Das war tatsächlich der Gipfel der Hinterlist. Nein, er würde nicht darauf reagieren.

»Herr Ivo, wacht auf. Ihr müsst mich anhören!«

Nein. Er musste niemanden anhören. Und die giftige Schlange erst recht nicht.

Vorsichtig zog er sich noch weiter zurück.

»Ihr seid wach, Herr, und ihr habt Euer Brot gegessen. So antwortet mir doch!«

War es wirklich die Stimme seiner Peiniger? Neugierig geworden beugte er sich wieder ein wenig nach vorne. Doch in der Dunkelheit konnte er nur die Umrisse einen Kopfes erkennen. Dann aber wurde die Stimme scharf und fuhr ihn an: »Heilige Mutter Maria, ›besser einer Bärin begegnen, der die Jungen geraubt sind, als einem Toren in seiner Torheit‹.«

»›Besser im Winkel auf dem Dach sitzen, als zusammen mit einer zänkischen Frau in einem Hause‹«, grollte er, erntete ein erleichtertes: »Gelobt sei der Herr!«, und ein kleines Lachen.

Dann verschwanden die ersten Ziegel.

Für einen kleinen Moment erwog er, sich ungeduldig und mit Kraft gegen die Mauer zu werfen, um seine ersehnte Befreiung zu beschleunigen. Doch dann hielt ihn die Vernunft davon ab. Dort draußen handelten Leute, die wohlüberlegt vorgingen, und sein Eingreifen konnte ihre Pläne zerstören. Geduld, ja, und Vertrauen in ihr Vorgehen wurden von ihm erwartet.

Beides Dinge, die ihm plötzlich unsagbar schwerfielen.

So harrte er beherrscht aus, bis eine schmale Öffnung entstanden war.

»Kommt heraus. Seid Ihr kräftig genug, es alleine zu tun?«, fragte die vertraute Stimme seiner Begine.

Er hatte es geglaubt, aber die lange Untätigkeit hatte seine Muskeln verkrampft. Jemand packte ihn, half ihm vor die Klause. Ein anderer zerrte an seiner Kutte, und mit einem unwirschen »Lasst das!«, wehrte er die zugreifenden Hände ab.

Ein dumpfer Schlag gegen seine Schläfe war das Letzte, was er mitbekam.

»Schnell, Meister Krudener. Reicht mir den Strohmann.«

Mit Hilfe des Apothekers richtete Almut die nun weißgekleidete Gestalt auf der Bank her und zog ihr die Kapuze über den Totenschädel. Dann steckte sie ihre Marienfigur in den Beutel an ihrem Gürtel, den inzwischen trockenen Wecken, der neben ihr lag, bedachte sie mit einem zärtlichen Lächeln, und die kleine Honigbiene berührte sie sanft mit der Fingerspitze und deckte sie mit einem welken Rosenblatt zu.

Leon hatte den bewusstlosen Herrn vom Spiegel an Stelle des Strohmannes in den Karren gelegt und mit einer Decke verhüllt. Krudener und er brachten ihre Ladung im Laufschritt nach Hause. Der Pferdeknecht half Almut, die Mauer wieder hochzuziehen. Dann eilten auch sie zurück.

Die jungen Feuerwerker warteten schon mit rußverschmierten Händen und Gesichtern im Hof und kicherten vergnügt über ihren Streich.

»Davon wird der Nachtwächter noch lange singen«, gluckste Fredegar.

»Und die aal Berta wird noch bis in den Morgen ihr Gottseibeiuns beten.«

»Die Dirnen fanden mein buntes Feuer sehr hübsch. Sie wollen so etwas für ein Fest haben«, gestikulierte Trine.

»Ihr seht alle drei aus, als wäret ihr nur knapp der Hölle entronnen«, stellte Almut fest und musste ebenfalls lächeln. Sie war unendlich erleichtert, dass ihr Streich so gut gelungen war. Leon und der Majordomus waren eben dabei, den bewusstlosen Ivo vom Spiegel ins Haus zu tragen, und sie sollte sich ihnen anschließen. Aber Hardwin vertrat ihr den Weg.

»Verzeiht, Herrin, aber tut das nicht.«

»Er braucht mich jetzt. Ich bin nicht unerfahren in der Pflege von Schwachen.«

»Ich weiß. Doch auch ich kenne mich damit aus, und – er wird, mit Verlaub gesagt, sehr brummig sein, wenn er aufwacht.«

Almut schnaubte. »Was seine Brummigkeit anbelangt, bin ich das eine oder andere von ihm gewöhnt.«

»Sicher, Herrin. Sonst verstündet Ihr ihn ja auch nicht so gut. Aber ich bin sein Knecht. Es wird ihm leichter fallen, meine Dienste anzunehmen. Lasst ihn seine Würde wahren.«

Almut wollte aufbegehren, doch dann erschloss sich ihr sein Argument.

»Ja. Es war unbesonnen. Gebt mir Kunde, wann er mich zu sehen bereit ist.«

»Selbstverständlich.«

Pitter und Fredegar hatten sich am Brunnen gewaschen und lungerten im Hof herum, aber Almut schickte sie fort. Trine und Meister Krudener waren bereits nach Hause gegangen, und die Haushälterin winkte Almut nun in ihr Reich und bot ihr an: »Ihr könnt heute Nacht nicht mehr in den Konvent zurückkehren. Ich habe Euch ein Zimmer gerichtet.«

»Danke. Ich habe der Meisterin geraten, meine Abwesenheit damit zu begründen, dass ich meiner Stiefmutter bei der Pflege ihrer erkrankten Kinder helfen muss. Man wird mich nicht vermissen.«

»Sehr gut. Folgt mir, die Stunde ist weit fortgeschritten, und Ihr müsst müde sein. Und glaubt mir, für Herrn Ivo wird zuverlässig gesorgt.«

Die kleine Stube war gemütlich, ein kleines Feuer brannte im Kamin, und die Decken und Laken rochen leicht nach Lavendel. Es war Frau Neldas eigener Raum, aber Almut erhob keine Einwände. Müde war sie jedoch nicht, viel eher aufgedreht und unruhig. Deshalb befreite sie aus ihrer Tasche die Marienstatue und stellte sie auf den Tisch neben dem Kamin.

»Alma Redemptoris Mater«, begann Almut leise zu beten, und der Stern des Meeres leuchtete sanft in der roten Glut des Kaminfeuers. Die vertrauten Worte beruhigten ihre aufgewühlten Gefühle allmählich, und glücklich strich sie mit dem Zeigefinger über das kühle Metall der Statue.

»Ich bin froh, dass du wieder bei mir bist, Maria. Und ich danke dir, dass du ihm beigestanden hast in den Tagen der Einsamkeit und Bitternis. Nun ist er frei, auch wenn noch nicht zur Gänze. Aber es wird ihn aufmuntern zu hören, dass Abt Theodoricus das Dokument wirklich als Fälschung im Verdacht hat. Zwar mag es ein Fehler des erzbischöflichen Schreibers gewesen sein, es auf einen Tag zu datieren, an dem Friedrich noch gar nicht in Poppelsdorf weilte, aber es kann auch sein, dass der Fälscher diesen Umstand nicht wusste, als er das Pergament anfertigte. Das Siegelwachs ist verwischt, auch das kann natürlich in der Eile geschehen und muss kein Beweis dafür sein, dass es ein nachgemachter Abdruck ist. Aber alles in allem gibt es zu Hoffnung Anlass.«

Mariens mildes Gesicht strahlte Ruhe und Zuversicht aus, und dankbar seufzte ihre fromme Tochter.

»Wir müssen natürlich den echten Dispens noch finden. Immerhin ist es Leon gelungen, die Wachen davon zu überzeugen, dass Ramon die Magd gekannt und vermutlich umgebracht hat.« Almut schickte einen dankbaren Gedanken an ihre Schwester, die ebenfalls eine Aussage zu den gefälschten Münzen gemacht hatte. »Wenn er die Stadt wieder betritt und erkannt wird, wird dieser Lump eine böse Überraschung erleben«, knurrte sie, und Maria, Schild der Streitenden, schien den Tonfall zu billigen.

»Eine weitere Spur haben Pitter und die Novizen entdeckt. Schrecklich muss diese Begegnung mit der Sterbenden am Kanal gewesen sein. Aber so hat sich wenigstens bestätigt, dass es der falsche Mönch war, der Lena mit den Gerüchten um Schreinemakers Tod versorgt hat. Hoffentlich erwischen wir diesen Derich bald.« Viel war an diesem Tag geschehen, und die Gedanken entglitten Almut nun allmählich. Hardwins

Bericht über den jungen Ivo vom Spiegel zauberte seine Gestalt vor ihre Augen. Ganz allmählich begann sie sich daran zu gewöhnen, ihn nicht in der schwarzen Kutte der Benediktiner zu sehen. Vielleicht hatte er damals auch eine kurze Schecke getragen und eng anliegende Beinkleider. Er musste prachtvoll ausgesehen haben. Groß, mit kräftigen Schultern und ... Nein, besser sie stellte es sich nicht zu genau vor.

»Ich könnte eifersüchtig werden, Maria, du Ursache unserer Freude.«

Spielte da ein verständnisvolles Lächeln um die Lippen der himmlischen Königin?

»Aber ich werde nicht eifersüchtig, nein. Es ist lange vorbei, und diese Almodis – Mist, Maria. Sie trägt sogar meinen Namen. Ich *bin* eifersüchtig!«

Ein Scheit fiel in sich zusammen, und ein Funkenregen stob im Kamin auf. Doch unbeeindruckt fuhr Almut fort: »Wo mag sie heute stecken? Hat sie zusammen mit ihrem Bruder diese Untaten ausgeheckt? Lauert sie noch darauf, seiner wieder habhaft zu werden?«

Das aufflackernde Feuer ließ Marias Schatten tanzen, und in dieser Bewegung huschte ein Mosaiksteinchen an seinen Platz.

»Düsseldorf!«, keuchte Almut, und eine Stichflamme schoss auf. »Heilige Maria, bewahre uns. Kann es sein? Der Gedanke ist ungeheuerlich. Aber – verdammt, Maria ...«

Krachend barst das Holzscheit.

»Entschuldige, liebreiches Herz, vergib mir meine wütenden Worte, aber ich bin ungehalten. Ja, richtig ungehalten. Wenn ich es recht überlege, Maria, du

Schutz der Gepeinigten, dann würde es alles erklären. Wer sich mit Gaukeleien verjüngen und verschönern kann, der hat ebenso die Mittel, sich unauffällig zu machen. Ein sanftes Wesen vorzugeben, hilfreich und tröstend aufzutreten, die Ohren offen zu halten und sich in Kammern und Stuben zu schleichen. Die Edle von Bilk hat niemandem ihren Namen genannt, aber ich könnte drauf schwören, dass er Almodis lautet.«

Die Flamme war zur Ruhe gekommen, und selbst die Schatten blieben ruhig an ihrem Platz. Mariens Miene war still und gefasst. Doch die kirschrote Glut zauberte eine verborgene Wildheit in ihre Augen. Es war, als erfülle eine neue Kraft das Abbild der ewigen Mutter. Aber es lag auch eine Mahnung darin, die Almut richtig deutete.

»Ich werde vorsichtig sein, Herrin der Engel, ich verspreche es. Aber mit deiner Hilfe werde ich ihr die Maske abreißen und ihre Schlechtigkeit offenbar machen. Morgen. Morgen werde ich mit ihm sprechen. Morgen – ach, es ist schon heute, die Stunden verrinnen. Ich werde schon bald bei ihm sein.«

Noch ein langer, recht glücklicher Seufzer schloss das Gebet, dann kroch Almut in das Bett und zog die Decke über sich.

Das vielgeliebte Herz der Tochter des himmlischen Vaters wachte über den Schlaf einer mutigen Begine und schenkte ihr Träume... je nun, nicht eben jungfräuliche.

## 38. Kapitel

Theodoricus nickte bedächtig.

»Ja, Frau Almut, ich werde Euch die Beichte abnehmen, wenn es Euch denn ein Bedürfnis ist, Euer Gewissen zu erleichtern.«

»Danke, ehrwürdiger Vater.«

In der Stille der Abtswohnung schilderte Almut ihr sündiges Verhalten vom Vortag und erleichterte damit zunächst auch die Seele des ehrwürdigen Vaters.

»Ich selbst habe mit dem Herrn vom Spiegel nur wenig gesprochen. Sein Sohn und sein Reitknecht sind um ihn, und mit ihnen hat er viele Dinge auszutauschen. Ich glaube, das Wiedersehen zwischen Hardwin und ihm hat beide sehr bewegt.«

»Dann ist Ivo also in einigermaßen guter Verfassung. Das freut mich zu hören.«

»Körperlich ja, ehrwürdiger Vater, doch er grollt wie der Drache auf den Rheinhöhen, und ich muss gestehen, auch ich war kurz davor, Feuer zu spucken, als ich hörte, dass diese Almodis im Besitz des echten Dispens' ist.«

»Was?«

Der behäbige Theodoricus fuhr auf, als hätte ihn der Leibhaftige mit der Mistgabel gepiekst.

»Sie hat es ihm voller Häme an der Klause mitgeteilt. Und das macht es für mich schwierig, in den Konvent zurückzukehren.«

»Warum das? Was hat das damit zu tun?«

Sie schilderte es ihm, und dem Abt quoll förmlich Rauch aus der Nase.

»Seid Ihr ganz sicher? Sie ist bei Euch zu Gast?«

»Ziemlich sicher. Wir haben beschlossen, dass wir alle nun sehr umsichtig verfahren müssen. Sie weiß hoffentlich nichts davon, dass der Herr vom Spiegel seine Klause verlassen hat. Sie hat ihm angedroht, sie beabsichtige, mir weitere Schwierigkeiten machen zu wollen. Also werde ich auf der Hut sein müssen, wenn ich weitere Nachforschungen anstelle. Das hat Ivo überhaupt nicht geschmeckt, aber selbst er musste zugeben, dass er gut daran täte, im Haus zu bleiben und uns das Handeln zu überlassen. Aber er schien darob äußerst unwirsch.«

Theodoricus bemühte sich sichtlich, seine Erregung zu unterdrücken, und wurde nach einer Weile wieder der bedächtige Mann, der seine Gedanken und Worte sorgsam wägte. Schließlich fragte er: »Wie steht es um die Gesundheit Gauwins vom Spiegel, Frau Almut?«

»Ich hörte, dass die kurze Aufwartung, die sein Sohn ihm gemacht hatte, ihn aufgemuntert hat. Sie haben gestritten. Herr Gauwin ist zwar weiterhin schwach, aber sein Geist ist klar.«

»Ich werde ihm einen Besuch abstatten.«

»Eine gute Idee. Eine weitere Bitte hätte ich an Euch, ehrwürdiger Vater.«

Der Abt lächelte etwas verzerrt.

»Was immer in meiner Macht steht. Das wisst Ihr doch, denn Ihr habt ›glühende Kohlen auf mein Haupt gehäuft‹, wie der weise Salomo sagt. Die Menge Kohlen auf meinem Haupt kann ich kaum noch tragen.«

»Dann werdet jetzt einige davon los, indem Ihr den Abt der Minderbrüder fragt, ob sie einen unscheinbaren, grauhaarigen Mann bei sich aufgenommen haben, der sich der Ausgestoßenen in den Kanälen annimmt. Und der sich nach Ostern eine Weile am Hof des Erzbischofs aufgehalten hat.«

»Dieser Mönch, der auch bei uns zu Gast war?«

»Der nämliche. Ihr solltet Bertram mitnehmen, wenn Ihr die Brüder besucht. Er hat ein gutes Gedächtnis für Gesichter.«

»Aber Ihr glaubt nicht, dass wir ihn dort finden oder von ihm hören?«

»Richtig. Ich möchte nur sichergehen, dass es nicht doch einen echten braunen Mönch gibt. Dann muss auch Frau Lena verstehen, dass der Mann, der ihr von Ivos Verhalten in den Kanälen berichtet hat, ein Betrüger ist.«

»Ich werde mich morgen früh darum kümmern.«

»Danke.« Almut reckte sich und stand auf. »Ich werde jetzt zum Konvent zurückkehren und darauf achten, der Edlen von Bilk so wenig wie möglich unter die Augen zu kommen. Darf Bertram mich begleiten? Er wollte noch einmal mit seiner Mutter sprechen.«

»Natürlich, Frau Almut. Und – ah, bevor ich es vergesse – von Euren Sünden seid Ihr natürlich freigesprochen.«

Der Abt segnete sie und brachte sie bis zur Werkstatt des jungen Holzschnitzers.

Bertram stand an dem Bord, auf dem sich unzählige Holzstücke unterschiedlichster Größe und Formen befanden, und wog ein armlanges Scheit in einer Hand. Mit den Fingern der anderen tastete er die Oberfläche ab, als ob er versuchte, in der Textur und Maserung etwas zu lesen.

»Vorbereitung für ein neues Kunstwerk?«

»Ah, Frau Almut! Ja, ich suche nach etwas Bestimmtem. Aber ob es ein Kunstwerk wird, das weiß ich noch nicht.«

»Bisher ist eigentlich alles, was dein Schnitzmesser berührt hat, zu einem Werk größter Schönheit geworden.«

»Das ist es ja gerade. Aus diesem wird etwas entstehen, was von entsetzlicher Hässlichkeit zeugt.«

»Dann war es mein Fehler, das falsche Wort gewählt zu haben. Deine Werke werden immer beseelt sein und den Betrachter auf das Wesen der Dargestellten lenken. Wenn du die Hässlichkeit ausdrücken willst, so wird es dir genauso gelingen, wie du Demut, Liebe und Heiligkeit deinen Figuren einzuprägen weißt.«

»Vielleicht. Das Holz zumindest passt zu der Idee, die mir vorschwebt.«

Almut sah sich das graue, knorrige Stück an.

»Was ist es?«

»Die Wurzel einer Esche. Sie hat lange im Wasser gelegen.«

»Es sieht aus, als ob es schwer zu bearbeiten sei.«

»Das wird es sein. Aber ich will es so.« Dann sah er die Begine zweifelnd an. »Dem Vater Abt wird es nicht gefallen. Er zieht wahre Schönheit vor.«

»Ich habe keine Bedenken, Bertram, dass es dennoch jemanden geben wird, der auch an einem Werk vollkommener Hässlichkeit aus deinen Händen Gefallen findet. Aber würdest du mich bitte zum Konvent begleiten?«

Unter freundlichem Geplauder wanderten die beiden durch die schmale Bechergass zum Domhof. Die Arbeiter auf der Baustelle räumten ihre Werkzeuge zusammen, Lehrlinge fegten Steinsplitter, Sand und Gipsbrocken zusammen, die Männer aus der Tretmühle des Krans auf dem Südturm kamen müde über den Platz geschlichen. Neben einem Säulenkapitell und einer Reihe kleiner Kreuzblumen fachsimpelte der Parler mit dem Dombaumeister, offensichtlich aber nicht auf die friedfertigste Weise. Gesten und Tonfall wirkten unfreundlich.

Almut lenkte ihre Schritte stracks auf die beiden zu.

»Was wollt Ihr heute von ihm schnorren?«, fragte Bertram belustigt. Es hatte sich herumgesprochen, dass die Begine sich gerne Rat bei dem Baumeister holte und jederzeit ein begehrliches Auge auf allerlei Baumaterial hatte.

»Mal sehen, was ich bekommen kann. Sieht man es mir so deutlich an?«

»Das Maßwerk fördert das Glitzern in Euren Augen, Frau Almut. Ich kenne das. Ein schöner Baumstamm weckt ähnliche Gelüste in mir.«

Meister Michael sah sie kommen, und winkte sie mit einer grüßenden Handbewegung zu sich.

»Ich grüße Euch, Frau Baumeisterin«, sagte er, und der Parler starrte sie entgeistert an.

»Nicht doch, Meister Michael. Allenfalls Gesellin.«

»Die Frau Begine hat soeben ihre erste Kapelle eigenhändig fertig gestellt«, erklärte der Dombaumeister dem Parler, der sich deutlich auf den Arm genommen fühlte und sich eiligst verabschiedete.

»Er glaubt es nicht.«

»Nein, und das ist sein größter Fehler. Er glaubt vieles nicht, was für ihn besser wäre zu glauben. Aber so ist das nun mal. Wie steht das Befinden, Frau Almut? Und Ihr seid der junge Schnitzer von Groß Sankt Martin, wenn ich mich recht erinnere?«

»Ja, Meister Michael.«

»Ich sah kürzlich ein paar Eurer Arbeiten. Mit dem freien Stein möchtet Ihr nicht arbeiten?«

»Ihr schmeichelt mir, Meister Michael. Aber ich ziehe das Schnitzmesser dem Meißel vor. Und warmes Holz dem kalten Stein.«

Almut hatte in der Zwischenzeit die zierlich gearbeiteten Kreuzblumen begutachtet, die auf den zahlreichen Fialen und Wimpergen Wurzeln schlagen sollten. Die Vorstellung, ihrem Kapellchen zwei davon auf das Dach zu setzen, überwältigte sie geradezu. Aber sie unterdrückte tapfer die Bitte, die ihr auf der Zunge lag, und stellte stattdessen die Frage, mit der sie sich schon seit Tagen beschäftigte.

»Meister Michael, das Gebäude meiner Kapelle ist vollendet, doch noch muss eine letzte Arbeit getan werden. Ich brauche eine schöne Altarplatte. Zuerst hatte ich an Holz gedacht, aber immer wenn ich in den Raum schaue, will mir ein heller Stein besser gefallen. Was könnt Ihr mir raten?«

»Ein weißer Stein? Glänzend poliert würde natürlich Marmor edel wirken.«

»Ja, doch Marmor ist auch sehr teuer.«

»Sandstein ist hell und leicht zu bearbeiten, mit einem kleinen Blattfries sähe es schmuck aus.«

»Der Stein mag billig sein, der Steinmetz ist es nicht.«

Meister Michael nickte lächelnd.

»Ihr wisst um die Probleme. Aber habt Ihr schon

mal daran gedacht, eine Platte aus dem Gossenstein schneiden zu lassen? Er ist von lichtem Braun und hat eine schöne Maserung, gerade wie Holz, und dem Marmor recht ähnlich.«

»Gossenstein? Den kenne ich nicht, Meister Michael. Es hört sich nicht gerade vornehm an.«

»Ist er aber doch. Man schneidet ihn aus den alten Kanälen, draußen vor der Stadt. Er scheint sich aus den Ablagerungen des Wassers gebildet zu haben, das sie einst geführt haben. Ihr habt ihn bestimmt schon oft gesehen, man verwendet ihn gerne für kleine Säulen oder Grabplatten.«

»Ich werde darauf achten, Meister Michael. Es hört sich passend an.« Währenddessen wanderte ihr Blick wieder zu der kleinen steinernen Anpflanzung von Kreuzblumen, und bevor Maria ihrer Zunge Einhalt gebieten konnte, formte sie schon die Frage: »Braucht Ihr eigentlich alle davon?«

Der Dombaumeister lachte auf.

»Ja, Frau Almut, jede einzelne. Der Dom ist ein gewaltiges Bauwerk, und noch viel mehr dieser Ornamente werden benötigt.«

»Ja, natürlich. Nun, ich danke Euch für Euren Rat, Meister Michael. Meinen Gruß an Frau Druitgin.«

»Und den meinen an Euren Herrn Vater. Ihn solltet Ihr übrigens auch nach dem Gossenstein fragen. Er wird wissen, wo man ihn billig beziehen kann.«

Bertram und sie setzten ihren Weg zum Eigelstein fort, und leise murrte sie: »Mir zwei Stück zu überlassen hätte ihm nicht wehgetan.«

Bertram lachte leise.

Bela an der Pforte begrüßte Almut kurz darauf mit der mitfühlenden Frage nach der Gesundheit ihrer Geschwister, und sie gab ihr eine ausweichende Antwort. Es gelang ihr anschließend, bis zum gemeinsamen Abendessen allen anderen aus dem Weg zu gehen, und erst am langen Refektoriumstisch sah sie die Edle von Bilk wieder. Es kostete sie große Anstrengung, sie nicht eindringlich zu mustern, um die bösartige Frau hinter der gutmütigen Maske zu erkennen. Mit mühsam gesammelter Miene machte sie sich über die Graupensuppe her und lauschte der Lesung, die diesmal recht holprig aus Mettels Mund erklang. Erst als die Mägde die allseits beliebten Nonnenfürzchen hereinbrachten und man allgemein beglückt aufseufzte, fiel die Anspannung ein wenig von ihr ab. Die goldgelb ausgebackenen Mandelküchlein wurden mit einer cremigen Soße aus Wein, Honig und Eigelb gegessen, und das Naschmäulchen Almut konnte trotz aller Vorsicht und Wachsamkeit nicht widerstehen, als die Edelfrau ihr die Hälfte ihrer Portion zuschob, mit der Begründung, die süße Speise schmerze ihr an den Zähnen. Danach aber bat sie um die Erlaubnis, sich in ihre Kammer zurückzuziehen, denn sie habe eine lange, anstrengende Nacht hinter sich.

Das zumindest war nicht gelogen. Sie war müde und legte das graue Obergewand ab. Nur mit dem Hemd bekleidet schlüpfte sie unter die Decke und schloss, obwohl es noch hell war, erschöpft die Augen.

Er war unnahbar gewesen, als sie um die Mittagszeit endlich Zutritt zu Ivo vom Spiegel erhalten hatte. In dem achteckigen Turmzimmer, das ihm von jeher als Wohnung im Haus seines Vaters gedient hatte, hatten sich auch Leon und Hardwin aufgehalten, was ihr verbot, persönlichere Worte an ihn zu richten. Aber außer dass er etwas magerer aussah, hatte der Aufenthalt in der Klause keine Spuren hinterlassen. Er trug wiederum den langen Talar eines Gelehrten, seine grauen Haare waren sorgsam gestutzt und von der mönchischen Tonsur war nichts mehr zu erkennen. Seine Stimmung hingegen war nur als dräuend zu beschreiben, vor allem, als sie ihren Verdacht ausgesprochen hatte. Er hatte nur genickt, und sie erhielt die strenge Warnung, sich nicht in Gefahr zu begeben.

Morgen, morgen würde sie gewiss Gelegenheit haben, ein paar Worte mit ihm unter vier Augen wechseln zu können. Während die Wellen des Schlafes sie überfluteten, wurden diese Worte süßer und süßer, und die Antworten darauf verloren ihre Barschheit. Ja, seine Stimme wurde sogar weich und sanft, und lockend klangen die Worte an ihr Ohr.

»Komm Almut, Liebes, komm und steh auf. Sie warten schon auf dich. Komm, ich will dich laben. Will dir süßen Trank geben. Trinke, mein Herzchen, trinke. Es wird dich leicht machen und deine Schritte beschwingen. Komm, meine Feine, meine Schöne. Komm zur Treppe.«

Willig trank sie den gewürzten Wein, der ihr an die Lippen gehalten wurde. Wunderbar leicht war ihr Kopf, und gehorsam folgte sie dem zärtlichen Flüstern.

»Hurtig, hurtig! Wir müssen uns eilen. Hab keine Angst, sie sehen dich nicht. Der Mond ist nur noch eine schmale Sichel, und die Nacht liegt wie ein schützender Mantel über dir. Eile, eile, sorgliche Mutter, die Kinder rufen nach dir. Hörst du sie rufen, deine Kleinen? Hörst du sie weinen? Hörst du sie jammern nach deinen Brüsten? Nie hast du sie gestillt. Nie hast du sie gewiegt, nie hast du ein Lied für sie gesummt. Nur die Totenklage kennen sie aus deinem Mund. Schnell, schnell, lauf. Sie harren deiner in kalter Erde. Die Würmer haben ihr Gebein abgenagt, die Asseln ihre Augen gefressen, die nicht das Licht der Welt gesehen haben. Rette sie, rette sie, treulose Mutter. Getötet hast du sie in deinem Leib, ein Sarg war dein Bauch, eine Leichenhalle der Ungeborenen. Hierher, hierher, gottverlassene Mutter. Hier liegen die Knochen deiner Kinder, die tot aus deinem Leib gefahren sind. Ihre Seelen schreien nach dir, befreie sie aus dem schwarzen Grund ihrer Gräber.«

Es war dunkel und kühl, Feuchtigkeit klebte an ihren Füßen, Feuchtigkeit durchdrang das Hemd, als sie sich niederkniete und in der Friedhofserde scharrte. Sie musste sie herausholen. Sie musste sie in den Armen halten. Ihre Kinder durften hier nicht vermodern. Ihr lieblichen, hilflosen Söhne und Töchter. Sie wimmerten und weinten, sie klagten und riefen ihren Namen.

»Antworte ihnen, rufe sie, rufe sie. Ruf deine Kinder laut bei ihren Namen«, flüsterte es neben ihr, und schluchzend schrie sie die Taufnamen der verlorenen Kinder in die stille Nacht. Wie von Sinnen grub sie mit den bloßen Händen, stieß auf Wurzeln und Kröten, Kiesel und Knochen.

Sie schrie weiter und weiter, wehrte sich laut und kreischend, als die starken Hände sie packten und sie fortzerrten. Sie schlug um sich wie toll und biss und geiferte. Dann wurden ihre Arme gebunden und ihre

Füße und sie selbst schließlich an ein hölzernes Bett-
gestell.

Dann senkte sich die Nacht über Almut.

## 39. Kapitel

Aziza strahlte den Händler an und zwackte ihm auf
diese Weise eine Münze nach der anderen ab. Doch an
diesem Morgen war ihre zur Schau gestellte Heiterkeit
nur eine brüchige Maske, denn das, was der Mann nun,
in Leinentücher gewickelt, in seiner Kiepe verstaute,
waren liebgewordene Dinge, die sie in vielen Jahren
zusammengesammelt hatte. Fein ziselisierte Messingteller, schlanke Kannen und breitrandige Schalen, mit
Amethysten besetzte Pokale, schimmernd polierte
Öllämpchen und emaillierte Dosen verkaufte sie, um
wieder zu Geld zu kommen.

Sie hätte auch die Kredite zurückfordern können, die
sie an Handwerker und Krämer vergeben hatte, aber
das hätte diese Leute in Schwierigkeiten gebracht und
ihr einen schlechten Ruf eingetragen. Also trennte sie
sich lieber von ihrem Messinggeschirr.

Der Verlust ihrer Goldstücke war in vielerlei Hin-
sicht ein böser Schlag gewesen. Denn neben dem Geld-
verleih war sie auch als vertrauenswürdige Wechslerin
bekannt, und die vielen Besucher Kölns, die aus allen
Teilen des Landes kamen, baten sie oft, fremde Münzen in heimische Währung zu tauschen, vor allem aber
schwere Golddukaten oder Florins in kleinere, hand-
habbarere Einheiten zu wechseln. Man konnte zwar

ein Pferd mit Gold bezahlen, eine Mahlzeit aber erhielt man für Kupfer. Andere Reisende hingegen wollten ihr Kleingeld in größere Stücke gewechselt haben, die auch in fernen Ländern anerkannt waren.

Es dauerte sie daher auch, dass sie den Spezereienkaufmann und sein Weib fortschicken musste, die für ihre Fahrt nach Venedig Zecchinen benötigten. Einen ganz kleinen Moment war sie versucht, ihnen die Münzen auszuhändigen, die in ihrem Lederbeutel ruhten. Die Gefahr, dass sie die gefälschten Goldstücke erkannt hätten, wäre gering gewesen, denn der Mann schien halbblind zu sein. Er sah sich die ganze Zeit mit angestrengt zusammengekniffenen Augen um und war schon beim Eintreten über die Türschwelle gestolpert. Die Frau hingegen widmete sich weit mehr ihrem Putz und Flitter. Sie hatte gleich den gewölbten Silberspiegel neben dem Fenster entdeckt und zupfte beständig an ihrem Samtgewand herum, rückte an ihrer perlenbesetzten Haube und drapierte den hauchdünnen Schleier immer wieder neu. Bis jemand die beiden auf die vergoldeten Kupfermünzen aufmerksam gemacht hätte, wären sie schon weit von Köln entfernt gewesen.

Aber Azizas Ehrlichkeit siegte schnell. Sie verwies den Venedigreisenden an einen anderen Geldwechsler, geleitete sie noch zur Tür und feilschte anschließend weiter mit dem Händler, der sein besonderes Augenmerk auf ein exquisites Räuchergefäß gerichtet hatte.

Als sie sich einig waren, und das Geld in Azizas Kaste klingelte, mahnte er jedoch zum Abschied: »Seid vorsichtig, Frau Aziza. Diese beiden vorhin – die haben sich ziemlich genau umgesehen.«

»Haben sie das? Mir wollte scheinen, dass er einen recht trüben Blick hatte und sie in ihr eigenes Bild verliebt war. Aber, dennoch, danke. Ich werde Acht geben. Wenngleich – viel zu rauben gibt es ja jetzt nicht mehr bei mir«, schloss sie mit einem schiefen Lächeln.

## 40. Kapitel

Die Meisterin sah Clara ungläubig an.

»Sie ist nicht in ihrem Zimmer, aber ihr Gewand hängt noch am Haken?«

»Alle anderen Kleider, ihre Schuhe und ihre Trippen sind auch noch da. Auch ihre Marienstatue. Es ist sehr seltsam, Magda.«

»Hat Bela oder Mettel sie an der Pforte gesehen?«

»Nein. Zumindest nicht heute Morgen. Ich glaube auch, dass sie in der Nacht fortgegangen ist, so verrückt das klingt. Ich habe zwar von dieser Baldriantinktur genommen, damit ich besser einschlafen kann, aber ich meine, irgendwann leise Stimmen und die knarrende Stufe unserer Stiege gehört zu haben.«

Magda überlegte einen Moment, dann meinte sie: »Almut hat eine Reihe schwieriger Aufgaben zu lösen.«

»Ich weiß, Magda. Sie hat mir das eine oder andere anvertraut. Du meinst, es hätte sie jemand heimlich gerufen?«

»Wäre doch denkbar.«

»Aber nur im Hemd und barfuß würde sie nie auf die Straße laufen.«

»Es sei denn, jemand hätte mit Kleidern auf sie gewartet.«

»Um aus der Stadt zu fliehen?«

Magda schüttelte den Kopf. »Ich kann es mir nicht vorstellen. Sie hat mir gestern noch eine ungeheuerliche Sache erzählt, die ich mich zu glauben weigerte, aber…«

»Aber nun?«

»Unser Pitter kommt gleich zum Unterricht, nicht wahr?«

»Meistens kommt er pünktlich.« Clara erlaubte sich ein kleines Grinsen. »Er ist ein Mann, der an seinen Magen denken muss, und Gertrud hat immer einen Kanten Brot und einen Zipfel Wurst für ihn bereit.«

»Dann schick ihn, sowie sein Bauch befriedigt ist, zu mir.«

»Du machst dir Sorgen.«

»Ja.«

»Ich auch.«


Pitter stieg mit zwiespältigen Gefühlen die Treppe des Haupthauses empor. Es war das erste Mal, dass er zur Meisterin der Beginen bestellt worden war. Sicher, er hatte die würdige Dame Magda von Stave schon häufig gesehen, aber seine vielfältigen Erfahrungen mit den Großen und Mächtigen der Stadt hatten ihn von klein auf einen gesunden Respekt vor den Angehörigen des Patrizierstandes gelehrt.

Hastig durchforstete er seine lebhafte Vergangenheit, ob er sich ihr gegenüber irgendwann einmal unbotmäßig verhalten hatte, fand aber nichts, was über das Plündern der konventseigenen Vorratskammern

hinausging. Und das wurde von der Köchin sanktio-
niert.

Höflich klopfte er an der Tür und wurde kurz angebunden hereingebeten.

»Pitter, der Päckelchesträger?«

»Zu Euren Diensten, hochedle Dame.«

»Du bist, wie ich mir sagen ließ, ein Junge, der über
vielerlei Nachrichten gebietet.«

»Ich höre das eine oder andere.«

»So höre denn umgehend nach, ob Frau Almut sich
im Haus derer vom Spiegel aufhält.«

Pitter schnappte nach Luft. Er hatte angenommen,
ihre nächtliche Arbeit solle geheim bleiben. Dass die
Meisterin ihn darauf ansprach, ließ ihn Schlimmstes
ahnen. Ihren Blick, mit dem sie ihn maß, den konnte
man guten Gewissens als bohrend bezeichnen.

»Frau Meisterin, warum schickt Ihr nicht eine Eurer
Mägde …«

»Pitter, ich muss dich bitten, mein Denkvermögen
nicht zu unterschätzen.«

Wie unangenehm. Pitter wand sich in höchst neuar-
tigen Qualen. Er schätzte Frau Almut sehr, und er hoffte, dass sie nicht in Schwierigkeiten geraten war.

»Pitter!«

»Ja, hochedle Dame?«

»Ich fürchte, Frau Almut ist in Schwierigkeiten.«

*Wat ene dress, verdammp!*

»Pitter?«

Die Meisterin sah tatsächlich höchst besorgt aus.

»Ist der Herr vom Spiegel noch in der Stadt?«

Er spürte, wie sein Adamsapfel beim trockenen
Schlucken auf und nieder stieg.

»Ich geh und horch mal, Frau Meisterin.«

»Tu das, mein Junge.«

Der Herr war im Haus, Frau Almut hatte noch niemand gesehen – das war die Auskunft, die der Päckelchesträger von der Haushälterin bekam. Da Pitter aber keine halben Sachen machte, stellte er auf eigene Faust einige Befragungen an. Frau Almut war am späten Nachmittag mit Bertram zusammen von Groß Sankt Martin zum Eigelstein gegangen und hatte dort ihr Heim nachweislich betreten. Wenn die Meisterin besorgt war, muss sie am Abend oder in der Nacht verschwunden sein. Wenn er die Frage richtig gedeutet hatte, dann glaubte sie, dass sie mit dem Pater ausgerückt war. Das aber glaubte Pitter nicht. Seine Begegnungen mit Pater Ivo und seine umfängliche Menschenkenntnis hatten ihn gelehrt, dass dieser Mann vor nichts fortlaufen würde. Also war die Begine alleine ausgebüxt. Und das möglicherweise nicht freiwillig.

Pitter kannte genug Kameraden, die gerne den Nachtdienst übernahmen. Angezechten Besuchern von außerhalb konnte man leicht den Beutel schneiden, andere suchten artige oder unartige Unterhaltung und zahlten gerne für die Vermittlung von allerlei Spielgefährten, wieder andere brauchten einfach einen ortskundigen Fackelträger oder handfesten Begleiter, um sich gegen die Rabäuche zu schützen, die in finsteren Ecken lauerten, um ihnen die Beutel zu leeren.

Manches ging Hand in Hand.

Augen und Ohren hatten sie alle in diesem Gewerbe. Doch die nächtlichen Arbeiter hatten die Augen derzeit geschlossen. Es brauchte eine Weile, bis Pitter von sechs seiner Kumpels Antworten erhielt. Aber was er zu hören bekam, weckte die schlimmsten Befürchtungen. Zwar hatte niemand Frau Almut erkannt, aber irgendwann nach Mitternacht waren die Wachen gerufen worden, weil am Kirchhof von Sankt Lupus Geschrei gewesen sei. Ein anderer wusste von einer Tollwütigen im Hemd, die Gräber schändete und von zwei Bewaffneten überwältigt werden musste.

Bedrückt trottete Pitter zum Eigelstein zurück.

Magda von Stave erwartete ihn mit sorgenvollem Gesicht.

»Hat Frau Almut heute Nacht ihr Zimmer verlassen, Frau Meisterin? Vielleicht nur im Hemd?«

»Pitter – großer Gott, ja. Also ist es wahr?«

»Ein närrisches Weib wurde aufgegriffen, hochedle Dame. Ich weiß, Frau Almut ist nie närrisch. Aber sie könnte schlecht geträumt haben und ist vielleicht wandeln gegangen.«

»Wo hat man das närrische Weib hingebracht?«

»Die Wachen werden sie in die Tollkammer im Turm gebracht haben. Es hieß, sie habe sehr lautes Getöse gemacht.«

»Danke, Pitter. Schweig bitte darüber. Hier ist dein Botenlohn.«

Einige Münzen wurden ausgehändigt, und noch bedrückter schlich sich Pitter in die Schulstube, um an den Lektionen teilzunehmen. Doch kurz darauf schickte Frau Clara auf einen Wink der Meisterin die Lerneifrigen fort.


»Heilige Jungfrau Maria!«, rief Magda aus, als sie das schlammige, zerzauste Bündel Mensch sah, das mit starken Lederriemen gebunden war. »Befreit sie augenblicklich von den Fesseln!«, herrschte sie den Wächter an.

»Nein, Frau. Sie ist toll und gefährlich.«

»Das ist sie nicht. Macht sie los. Auf der Stelle!«

»Sie ist eine Unholde, und wir müssen die Stadt vor den Irrwitzigen schützen.«

Die Meisterin hatte wenig Geduld mit dem Sturköpfigen, und mit Eissplittern in der Stimme beschied sie den Mann: »Dein Hauptmann, Idiot, wird wissen, wie er mit dir zu verfahren hat, wenn ich mit ihm gesprochen habe.«

Sie rauschte hinaus, und Clara setzte sich zu Almut auf die Bettkante.

»Bleibt von ihr fort. Sie ist gewalttätig.«

»Noch ein Wort, und ich werde ebenfalls gewalttätig!«, erwiderte Clara mit ruhiger Stimme. Doch es mochte etwas in ihren Augen gestanden haben, das den Wächter einen Schritt zurücktreten ließ. Ein anderer Bewohner der Tollkammer ließ herzhafte Winde fahren, ein dritter begann zu lallen und zu sabbern.

»Almut, hörst du mich?«

Heiser und ganz leise kam es: »Ja, Clara.«

Sacht streichelte Clara das schmutzige Gesicht und wischte ihr die dreckverklebten Haare aus der Stirn. Es dauerte eine Weile, bis Magda zurückkehrte, in ihrem Schlepp den kleinlauten Hauptmann, der den knappen Befehl gab, das Weib loszubinden und in die Obhut der Beginen zu geben.

Clara, die vorausschauend ein Bündel Kleider mitgebracht hatte, half der zitternden Almut in ihr graues Gewand, dann stützten sie sie beide, und sehr langsam wanderten sie die Straße zum Konvent hinunter.

Erst als die Glocken zur Non läuteten, war Almut wieder so weit ansprechbar, dass sie der Meisterin, die alle Stunde nach ihr schaute, berichten konnte, was ihr geschehen war. Danach döste sie wieder ein und wurde eine Weile später von einem seltsamen Gefühl an ihrem Ohrläppchen geweckt.

Es saugte jemand daran.

Sie tastete nach ihrem Ohr und bekam einen kleinen, kratzigen Tatzenhieb auf die Finger.

»Das hat sie bei mir auch gemacht. Ich werde eine eitrige Wunde davontragen. Du weißt doch, wie empfindlich meine Haut ist«, nörgelte Clara, die neben ihrem Bett saß.

Über Almuts Brust tappste Mirriam, drehte sich ein paar Mal in einer Deckenfalte um sich selbst und fiel in den prompten Katzenkinderschlaf.

Almut legte ihre Hand um den kleinen Tigerpelz und schloss dankbar die Augen.

Noch immer war ihr Mund trocken und ihre Pupillen waren unnatürlich erweitert, was, wie Clara sie aufklärte, Elsa der Wirkung von Tollkirsche und Mandragora zuschreiben konnte. Von ihren sorgsam gehüteten Vorräten dieser starken Arzneien fehlte denn auch ein Quantum.

Wer auch fehlte, war die Edle von Bilk.

# 41. Kapitel

Mit Staunen sah Fredegar zu, wie der Alchemist das flüssige Silber in einen Tiegel gab. Noch nie hatte er einen solchen Stoff gesehen. Schwer wog das Zeug, er hatte die Flasche in der Hand gehalten. Als bei dem Umfüllen in das Mischgefäß einige Tropfen auf den Tisch fielen, bildeten sie nicht etwa eine Lache, sondern kleine, lebendig herumhüpfende Perlen. Der Mann fing sie ein und ließ sie ebenfalls in den Tiegel fallen, wo sie sich sofort mit der restlichen Flüssigkeit verbanden. Unter dumpfen Beschwörungen ließ er dann einen übel riechenden Rauch aufsteigen, der den Tiegel umhüllte. Dann wog er auf einer kleinen Apothekerwaage ein geringes Quantum Goldflimmer ab und rührte es in das Quecksilber. Auch dabei vollführte er einige geheimnisvolle Gebärden. Doch viel erstaunlicher als das Gewedel mit den Händen fand Fredegar die Tatsache, dass sich das edle Metall einfach in der metallischen Flüssigkeit aufzulösen schien wie Salz in Wasser.

Das aufgeputzte Weib neben ihm gab einen empörten Laut von sich, als sie das Gold verschwinden sah.

»Keine Angst, es ist nicht verloren«, beruhigte sie Roderich von Kastell und legte ihr den Arm um die drallen Hüften. »Das ist die Goldhefe, die ihre Kraft in der Mischung entfalten wird.«

Mit theatralischer Geste hielt der Alchemist nun ein recht lieblos gehämmertes Bronzekreuz in die Höhe, damit alle sich von der Qualität der Arbeit überzeugen konnten. Dann spülte er es mit einer Flüssigkeit ab, die er Quickbeize nannte, und mit allerlei gewichtigen Handlungen trug er das silbrige Amalgam aus dem Tiegel mit einer feinen Metallbürste auf die Oberfläche auf. Wieder zeigte er das Kreuz vor und dann begann er, einige unverständliche Worte zu murmeln, während er es mit einer Zange über ein schwach glühendes Holzkohlefeuer hielt und immer wieder mit einer Hasenpfote bestrich. Dabei verwandelte sich das Amalgam allmählich, und als er das Kreuz schließlich aus der Hitze nahm, erstrahlte es wie durch Magie in reinem Gold.

Roderich von Kastell lachte laut auf über Fredegars verdutzten Blick.

»Ja, so einfach ist es, Gold zu machen, junger Freund.«

Die drei Frauen und zwei weitere männliche Gäste brachen in Beifallsrufe aus, und Diener reichten mit Wein gefüllte Pokale herum.

Dass sich Fredegar in dieser illustren Gesellschaft befand, hatte er Gauwin vom Spiegel zu verdanken. Oder besser gesagt, dem ausgetüftelten Plan der Herren Ivo und Leon und Hardwins Fingerfertigkeit. Tags zuvor war man nämlich übereingekommen, dass es an der Zeit war, sich Roderich, als der Ramon sich ausgab, an die Fersen zu heften. Auf Fredegar war die Wahl gefallen, da er für den Fälscher ein völlig Unbekannter war. Zudem sprach für ihn, dass er die Sitten der vornehmen Gesellschaft beherrschte.

»Wir müssen uns Zutritt zur Burg verschaffen und herausfinden, ob er sich dort aufhält, und wenn ja, welche Pläne er hat«, hatte der Herr vom Spiegel gefordert. »Darum, Knappe, wirst du als Bote des Venedighändlers vanme Hirze dort vorsprechen und dem Herrn der Burg ein Angebot von Waren vorlegen.«

Leon hatte hinzugefügt: »Der Herr Gauwin hat uns darauf gebracht, Fredegar. Mit dem vanme Hirze stehen die Overstoltzens in Geschäftsbeziehung, und der Johann Overstoltz ist bekannt dafür, dass er einen Großteil seines Vermögens für ausgefallene Ingredienzien ausgibt, um seiner Neigung zu frönen.«

»Er hat sich der Alchemia und den magischen Künsten verschrieben, der Trottel«, erläuterte Ivo vom Spiegel hilfreich.

Die sorgfältig geschriebene Liste wunderbarer Waren aus dem Morgenland las Fredegar mit Staunen. Da wurde Kampfer, Weihrauch und Myrrhe angeführt, das kannte er zumindest noch. Borax, Terpentin und Kurkuma waren ihm fremd, an Paradieskörner und Drachenblut entzündete sich seine Phantasie, aber der wichtigste Posten sollte das Quecksilber sein.

»Was ist, wenn er Fragen dazu hat?«

»Dann, Knappe, wirst du den jungen Tölpel spielen, der zwar feine Manieren hat, aber vom Geschäft noch nichts versteht. Das wird dich doch nicht überfordern?«

Mildernd fügte Leon hinzu: »Ich habe mit dem Hirze zu tun gehabt, ich beschreibe dir sein Geschäftsgebaren und seine Angewohnheiten nachher.«

»Danke, Herr de Lambrays.«

»Und nun wollen wir das Dokument ordentlich siegeln«, verkündete Hardwin und nahm Fredegar das Pergament aus der Hand.

»Woher habt Ihr das Siegel der Hirze?«

»Frag nicht, Knappe.«

325

Es hatte seinen Dienst getan, der Burgherr hatte es, ohne ihm einen genauen Blick zu schenken, erbrochen und mit offensichtlichem Vergnügen das Angebot gelesen. Da der Überbringer kurz vor der Komplet eingetroffen war, und das abendliche Mahl soeben aufgetragen wurde, lud er den ansehnlichen jungen Mann ein, daran teilzunehmen. Die anwesenden Damen erfreute dies, und auch Ramon, wie üblich in tiefstes Schwarz gewandet, nahm keinen Anstoß an seiner Gegenwart. Höflich, aber zurückhaltend unterhielt sich Fredegar, auch wenn er bemerkte, dass die Gäste nicht alle zu den Vornehmsten gehörten. Er schnappte die eine oder andere hilfreiche Bemerkung auf, und dann wurde die Gesellschaft zu einer alchemistischen Vorführung in das Laboratorium geführt, wo Johann Overstoltz seine Kunst im Goldmachen bewies.

Man staunte, man fachsimpelte, und Ramon beglückte die Anwesenden mit dem Hinweis auf geheime Rezeptbücher, smaragdene Tafeln, in die uraltes Wissen eingeritzt war, Schriftrollen und Texte über den Einfluss der Planeten. Angeblich verfügten vor allem die Juden und die Mauren über Kenntnisse magischer Kräfte und mysteriöser Substanzen, die sie aber eifersüchtig hüteten.

Weit nach Mitternacht erst bezog Fredegar sein Lager neben einem der trunkenen Gäste und hatte eine Weile alle Hände voll damit zu tun, sich dessen zärtlichen Aufmerksamkeiten zu erwehren.

Schon im Morgengrauen machte er sich daher müde und unausgeschlafen auf den Heimweg und geriet zum Dank für seine Mühen auch noch in ein heftiges Gewitter.

## 42. Kapitel

Christi Himmelfahrt begann mit einem Donnerschlag, wie es sich gehörte. Die schwarzen Wolken hatten sich am frühen Morgen zusammengeballt und entluden Feuer und Wasser über der Stadt. Dann aber zogen sie, vertrieben von einer frischen Brise, davon, und ein klarer, strahlender Sonnentag lud die Frommen zum Kirchgang ein.

Almut hatte sich körperlich von dem Giftanschlag erholt, doch die verschwommenen Erinnerungen an ihre Wahnbilder machten ihr noch zu schaffen. War sie tatsächlich auf dem Friedhof gewesen und hatte in der Erde nach ihren Kindern gesucht? Elsa hatte ihr erzählt, dass die Wirkung der Arzneien die Sinne verwirrten. Es sei auch möglich, Stimmen zu hören, die einen riefen oder lockten. Aber dazu hatte Almut eine andere Meinung. Sie gab sich selbst die Schuld, dass sie bei dem Abendessen den süßen Kuchen und ihrer köstlichen Soße nicht hatte widerstehen können. Darin war vermutlich das Mittel verborgen gewesen, das sie betäubt hatte. Aber dann meinte sie sich zu erinnern, dass jemand bei ihr war, der ihr einen Becher Würzwein an die Lippen gesetzt und sie anschließend aus dem Hof geführt hatte. Die Stimmen mochten ihrem verwirrten Hirn entsprungen sein, aber viel eher glaubte sie, dass zunächst tatsächlich jemand auf sie eingeredet hatte. Einer Sache war sie nun jedoch ganz sicher – die Edle von Bilk war Almodis. Sie war verschwunden, und mit ihr der Dispens. Alles das war äußerst ärgerlich.

»Fühlst du dich kräftig genug, mit uns in die Kirche zu gehen?«, fragte Clara an der Tür, und Almut, die sich gerade den weißen Schleier über das Gebände legte, bejahte das.

Über die feuchten Straßen zogen sie gemeinsam zu Sankt Brigiden, der kleinen Pfarrkirche, die Almut besonders gerne aufsuchte. Ein Blick auf die Klause zeigte, dass Lodewig seinen Aufgaben gewissenhaft nachkam. Dutzende von tschilpenden Spatzen pickten das zerbröselte Brot vor dem Fenster, und der Becher mit Wasser stand unberührt auf dem Sims.

Wie üblich half Almut das immer gleiche Ritual der Messe, ihren inneren Frieden zu finden. Die Litaneien machten sie wohlig schläfrig, der Weihrauch umhüllte sie mit vertrautem Duft, und warme Sonnenstrahlen ergossen sich über ihren Rücken. Sie schreckte ein wenig auf, als plötzlich das Kreuz auf dem Altar in die Höhe fuhr und mit einem rasselnden Geräusch bis unter die Kuppel glitt. Gleichzeitig regnete es Blumen von oben herab.

»Aaah!«, rief die staunende Menge, der so recht bildhaft die Himmelfahrt des Erlösers vor Augen geführt wurde. Die darauffolgenden Gebete wurden mit besonderer Inbrunst verrichtet.

Dann schließlich war der Gottesdienst beendet, und ruhig geworden schritt Almut wieder neben Clara her.

»Ich habe den Spruch übrigens entschlüsselt«, erklärte diese, als sie sich dem Dom näherten. »Aber ich bin mir nicht sicher, ob du damit etwas anfangen kannst.«

»Oh, hervorragend. Irgendwas wird er schon bedeuten. Ich werde ihn heute Nachmittag zu meinem Besuch bei Herrn Gauwin mitnehmen.«

Leise, nur für Almut hörbar, murmelte Clara: »Deinen Pater willst du aufsuchen, nicht den alten Mann.«

»Na und?«

Clara schenkte ihr ein wissendes Lächeln und meinte: »Ich habe da noch etwas gefunden, das ich dir geben will. Einen Text.«

»Du hast doch wieder etwas geschrieben?«

»Nein, nicht ich. Karsil hat diese Worte Salomos einst für mich übersetzt, und ich glaube, sie werden deine Erkenntnisse mehren.«

Clara wirkte heiterer als seit Tagen, stellte Almut fest und fragte: »Es geht dir offenbar besser; sind die Schmerzen vergangen?«

»Noch nicht ganz, aber der Ausschlag ist abgeheilt, und der Rest wird sich auch ergeben. Weißt du, ich habe viel nachgedacht. Ich kann nicht glücklich leben, ohne meinen Geist anzustrengen. Aber es gibt mehr Wetzsteine als die Bibel, an denen ich ihn scharf halten kann. So wie du es auch tust.«

»Ich?«

»Du wetzt den deinen an praktischen Problemen. Ich sollte mich vielleicht auch einmal daran versuchen.«

»Pass nur auf, dass du dir dabei nicht deine zarten Fingerchen verletzt.«

Clara kicherte.

»Das werde ich wohl. Aber besser die Finger als das Herz.«

Almut stellte erfreut fest, dass sich in Clara tatsächlich eine Wandlung vollzogen hatte. Zupackend wie Almut selbst würde sie nie werden, aber wenn sie ihre Klugheit einmal auf die täglichen Aufgaben statt auf ihre wissenschaftlichen Theorien anwenden wollte, dann mochten alle davon gewinnen.

Als sie in ihrem Häuschen angekommen war, reichte Clara ihr das Pergament mit dem verschlüsselten Vers und deutete auf die Rückseite, auf der sie die Lösung notiert hatte. Almut las sie mit wachsendem Staunen und schüttelte dann den Kopf. »Ei wei, das hätte ich nicht erwartet. Mhm. Also, klüger bin ich jetzt auch nicht.«

»Sagte ich doch. Aber bestimmt hat dein Pater eine Idee.« Dann reichte sie ihr noch eine ordentlich aufgewickelte Schriftrolle. »Das hier lies mit Bedacht, meine Freundin. Und wenn die Zeit gekommen ist, wirst du wissen, wie du die Worte mit großem Nutzen verwenden kannst.«

Neugierig wie sie war, hätte Almut zwar gerne sogleich einen Blick darauf geworfen, aber das Festessen wartete, und die Beginen eilten zum Refektorium.

Gertrud hatte sich selbst übertroffen. Wie es die Tradition verlangte, wurde an Himmelfahrt Geflügel zubereitet. Ein maurisches Hühnergericht mit Backpflaumen und Datteln wartete auf dem langen Tisch, Kapaune vom Spieß lagen mit goldgelb knuspriger Haut in Holzschüsseln, gefüllte Tauben umgab eine gekräuterte Weinsoße, und eine Pastete mit Geflügelleber schwamm in einer Buttertunke.

Obwohl sie von allem kostete, konnte Almut sich nicht so recht an den Köstlichkeiten ergötzen. Sie war unruhig, und es drängte sie, das Haus am Alter Markt aufzusuchen.

Um die neunte Stunde endlich stand sie vor der Tür und wurde von Frau Nelda eingelassen.

»Der Herr ist auf dem Söller, Frau Almut. Und seine Laune ist nicht sehr sonnig angesichts der Botschaften, die ihn erreicht haben.«

Alarmiert packte Almut sie am Arm.

»Was für Botschaften?«

»Dieser Gassenjunge ...«

»Oh nein!«

»Lasst es Euch nicht verdrießen, Frau Almut. Ich glaube, er ist vor allem in Sorge um Euch. Geht hoch und vertreibt die Wolken!«

Sie erklomm mit raschen Schritten die Stiege und kam ein wenig außer Atem auf dem zinnenbewehrten Dach des Turms an, wo Ivo vom Spiegel über das schimmernde Band des Rheins blickte. Kaum hörte er sie, kam er auch schon auf sie zu und herrschte sie an.

»Was habt Ihr getan, Begine?«

»Eine Dummheit. Wie üblich«, antwortete sie zerknirscht und dachte an die Mandelküchlein, die ihr Verderben gewesen waren.

»Ihr habt Euch zur Närrin gemacht.«

»Ja, vollends, Herr, und es tut mir leid, dass es so weit gekommen ist. Ich hätte besser Acht geben müssen.«

»Ich hatte Euch geraten, Vorsicht walten zu lassen.«

»Ja, Herr, und ich wollte Euren Rat auch befolgen. Aber ...«

Sie sah mutig zu ihm auf. Er trug einen graublauen Talar aus schwerer Seide, und plötzlich wandelte sie das schändliche Gefühl der Eitelkeit an. Viel zu deutlich wurde sie sich ihres grauen, an manchen Stellen geflickten Gewands bewusst, dessen Saum von den feuchten Gassen schmutzig geworden war. Das straffe

Gebände versteckte ihre Haare und verhüllte ihre Wangen. Ihre Fingernägel waren rissig, und die schwarze Friedhofserde hatte auch das heiße Bad nicht ganz gelöst.

Beschämt senkte sie wieder den Kopf. Er war ein Patrizier, ein würdiger Herr. Jetzt mochte er sie so sehen, wie sie wirklich war.

»Begine?«

Der barsche Ton war verflogen.

»Ja.«

»Sie hat Euch ein Leid getan.«

»Es ist vorbei.«

»Nein, das ist es nicht. Schaut mich an.«

Zögernd blickte sie wieder hoch, und in den grauen Augen unter den schwarzen Brauen las sie Sorge.

»Der Päckelchesträger hat mir berichtet, man habe Euch in die Tollkammer gebracht. Da ich Euch bisher für ein Weib von überlegenem Verstand gehalten habe, konnte ich nicht glauben, dass Ihr ihn aus eigenem Willen verloren habt. Was also hat sie getan, um Euch in den Wahnsinn zu treiben?«

Er würde vor Zorn verglühen, fürchtete sie. Aber es hatte keinen Sinn, ihm die Tat zu verschweigen. Also wappnete sie sich, ihm standzuhalten, und berichtete so nüchtern wie möglich von ihrem nächtlichen Ausflug auf den Friedhof.

Ganz ruhig hörte er zu, mit keiner Bewegung verriet er seine Gefühle, doch seine Augen waren schwarz geworden.

»So hat sie die alten Wunden genutzt, um Euch Schmerzen zu bereiten. Sie ist von teuflischer Gewitztheit. Aber die Zeit wird kommen, und ich werde Vergeltung üben. Für alle Taten, besonders aber für diese«, versprach er leise und mit beherrschter Stimme.

»Sie ist fort.«

»Sie wird gefunden werden.«

Almut war dankbar dafür, dass er die Fassung bewahrte, und fügte mit etwas leichterem Mut hinzu: »Wir haben eine weitere kleine Spur entdeckt.«

»Wir eine größere, die zu Hoffnung Anlass gibt. Aber berichtet von der Euren.«

Almut zog das Pergament des Vergolders aus der Tasche.

»Es lag bei dem ersäuften Schlitzohr im Adler. Clara hat es entziffert. Nur…«

Auch er las die Worte, und seine Brauen zogen sich über der Nase zusammen.

»Ein Scherz, das.«

»Ich weiß es nicht. Er war ein Saufaus, der Thomas.«

»Er muss es unserem Bruder Braumeister entwendet haben. Von ihm stammen die Worte. Aber was wollte er damit?«

»Er wusste offensichtlich nicht, wie der Text zu deuten war, und vermutete etwas anderes dahinter, könnte ich mir vorstellen.«

»Das geheime Rezept. Natürlich. Es muss ihm etwas bedeutet haben.«

»Ein Geschenk? Wie sagt der Weise so trefflich: ›Viele schmeicheln den Vornehmen, und wer Geschenke gibt, hat alle zu Freunden?‹«

Ivo vom Spiegel wanderte dies bedenkend über den Söller und kehrte dann zu der Begine zurück.

»Oder es handelt sich um Ware, die für Geld zu verkaufen ist. Nur dass er in die falsche Lade gegriffen hat.« Ein kleines Fältchen zuckte in seinem Augenwinkel auf. »Wir werden uns einen Reim darauf machen. Das habt Ihr gut gelöst, Begine. ›Eine tüchtige Frau ist ihres Mannes Ehre.‹«

»Tatsächlich?«

Almut machte einen Schritt zurück, als er näher trat, und spürte den sonnenwarmen Stein der Zinne in ihrem Rücken.

»Ich meine mich erinnern zu können, Euch schon einmal gesagt zu haben, wie hässlich ich diesen Kopfputz finde, der Euer Haar bedeckt.«

Schon hatte er mit einer unerwartet kundigen Bewegung den Schleier gelöst und den steifen Leinenkranz von ihrem Scheitel genommen. Ihr langer Zopf, der von dem Tuch gehalten worden war, fiel ihr wie ein rotbrauner Seidenstrang über die Schulter.

»Herr?«

»Nein, die Flechte lasse ich Euch. Für heute.«

Seine Hand legte sich in ihren Nacken, und als sie in seine Augen sah, war die zornige Schwärze verschwunden.

Dafür hatte etwas anderes Raum gegriffen, und wenn sie sein Mienenspiel richtig deutete, konnte es tatsächlich so etwas wie Schalk sein.

Das überraschte sie ernsthaft.

»Wollt Ihr meine Ehre mehren, Begine?«

»Wie könnte ich?«

»Als mein tüchtiges Weib?«

Sie war heilfroh, dass die Mauer hinter ihr sie stützte.

»Ihr …«

»Der Dispens ist erteilt, und ich bin frei, ein neues

Gelübde abzulegen. Diesmal sollte Theo mich nicht daran hindern können.«

Almut schluckte. Alles Mögliche hatte sie von diesem Besuch erwartet, nicht aber das. Ja, sie hatte sich gewünscht, dass er sie eines Tages fragen würde, sie hatte geträumt davon, sich danach gesehnt. Aber sie hatte nicht erwartet, dass es wirklich geschehen würde. Zu fern war diese Hoffnung in der letzten Zeit gerückt. In ihrer Not sandte sie Maria, der himmlischen Braut, eine Bitte um Beistand.

Und die barmherzige Mutter, die den Sinn ihrer Tochter kannte, gab ihrer Zunge den Wink, die Worte des Weisen zu sprechen.

»›Es ist dem Menschen ein Fallstrick, unbedacht Gelübde zu tun, und erst nach dem Gelobten zu überlegen.‹«

Die Fältchen um seine Augen vertieften sich, und seine dunkle Stimme wurde weich wie Samt.

»Dann werde ich zuvor bedenken und prüfen, ob es zu einem Fallstrick werden kann. ›Steh auf, meine Freundin, meine Schöne, und komm her. Denn siehe, der Winter ist vergangen, der Regen ist vorbei und dahin.‹«

»Jenes alte Lied zitiert Ihr wieder, Herr?«

»Es ist an der Zeit, Begine, dass Ihr es ganz zu hören bekommt.«

Der Druck seiner Hand in ihrem Nacken wurde stärker, und sie sah sich gezwungen, ihr Kinn anzuheben. Er half ihr mit einem Finger nach und beugte sich dann über ihre willig geöffneten Lippen.

Die Zinne bot ihr nicht mehr genügend Halt, viel mehr Stütze fanden ihre Arme, als sie sie auf seine Schultern legte.

»Und nun, Weib, glaubt Ihr noch immer daran, dass ich unbedachte Gelübde tue?«

Sie rang zwar noch ein klein wenig nach Atem, aber ihre Mundwinkel zuckten verdächtig, als sie salbungsvoll sprach: »›Der Mund des Toren bringt ihn ins Verderben, und seine Lippen bringen ihn zu Fall.‹«

»Bringen meine Lippen Euch zu Fall? Nun, dann haltet Euch fest an mir, ich will Euch das Verderben noch einmal bringen.«

Er tat es, und anschließend musste sich Almut tatsächlich mit zitternden Knien an ihn lehnen.

So fand sie Leon, der, ebenfalls mit verdächtig zuckenden Mundwinkeln, fragte: »Ist mein Herr Vater so schwächlich geworden, dass Ihr ihn stützen müsst, Frau Almut?«

Der Arm um ihre Hüfte hatte die Wirkung einer Schraubzwinge, als sie versuchte, sich zu entwinden.

»Ihr werdet, mein Sohn, zur Kenntnis nehmen, dass meine Manneskraft mich noch nicht verlassen hat.«

»Das wird nicht nur mich, sondern vor allem das edle Weib in Eurem Arm erfreuen. Dennoch bin ich gekommen, um Nachrichten zu bringen. Jung Fredegar ist eingetroffen und will berichten.«

»Dann wollen wir seinen Worten lauschen.«

Almut bedauerte für einen winzigen Moment, dass sich der feste Griff löste, aber dann schloss sie sich Leon an, der hinter Ivo vom Spiegel die Stiege hinabging. Auf einem Treppenabsatz hielt Leon plötzlich inne und drehte sich zu ihr um. Ein seltsamer Ausdruck lag auf seinen schönen dunklen Zügen.

»Was bewegt Euch, Leon? Schlimme Botschaften?«

»Nein, Frau Almut. Es ist nur... er hat mich eben

das erste Mal seinen Sohn genannt«, antwortete er leise. Ebenso leise sagte Almut: »Oh – ja, das tat er. Und mich sein Weib.«

Die Ohren des Herrn vom Spiegel bewiesen eine außerordentliche Hellhörigkeit, denn von unten donnerte es: »Was haben mein Sohn und das Weib dort oben zu turteln?«

Eilig liefen sie die Stufen hinunter und betraten das Turmzimmer, in dem Fredegar und Hardwin auf sie warteten. Der junge Mann mochte eine leichte Erschöpfung fühlen, doch ein Becher Wein und einige gebratene Hühnerbeinchen hatten ihn erfrischt, und er konnte den Zuhörern eine bündige Darstellung dessen liefern, was er auf der Burg Efferen erfahren hatte.

»Was du gesehen hast, Knappe, ist ein übliches Vorgehen, um unedle Gegenstände mit einer dünnen, aber festen Schicht Gold zu versehen, die besser haftet als das Blattgold, das die Vergolder auftragen«, erläuterte Ivo vom Spiegel. »Mit Magie hat es nichts zu tun, aber es beeindruckt die schlichten Gemüter.«

»Ramon ist aber kein schlichtes Gemüt, Herr vom Spiegel«, wandte Leon ein.

»Nein, das ist er nicht. Er ist zwar besessen von der Goldmacherei, aber auch ein Verfahren wie das, was dort vorgeführt wird, mag ihm gefallen, um seine Fälscherei zu vervollkommnen.«

»Ich glaube nicht, dass der Overstoltz ihm die Prozedur verraten will. Er hat einen ziemlichen Hokuspokus darum gemacht, und manches blieb hinter dem Rauch und seinen weiten Ärmeln verborgen.«

»Scharlatan!«

»Ich glaube, Rebbe Goldfarb könnte uns diesen Vorgang in einfachen Worten erläutern, wenn er wollte«, meinte Almut, die sich an den Besuch bei dem alten Juden erinnerte, und Leon nickte.

»Kommen wir zu Ramon zurück«, forderte der Herr vom Spiegel. »Was sind seine Pläne?«

»Ich weiß es nicht genau, Herr. Er wird versuchen, hinter dieses Goldmachen zu kommen und auch andere Geheimnisse zu lüften, die der Burgherr besitzt. Sie haben sehr viel von alten Schriften gesprochen, in denen etwas von kosmischen Kräften und Mysterien steht.«

»Mhm«, brummte Ivo vom Spiegel. »Besitzt er welche oder haben sie Namen genannt?«

»Ja, er hat einige kostbare Folianten und er sprach von weiteren. Aber es waren fremdländische Bezeichnungen. Sie sagen, es sind Bücher der Mauren und Juden.«

»Manche von ihnen bergen große Weisheit. Aber die Geheimnisse, die die Quacksalber darin suchen, enthüllen sie nicht.«

»Ihr kennt solche Werke?«, konnte Almut nicht unterdrücken zu fragen.

»Ich kenne einige. Es tut hier nichts zur Sache.« Doch dann flackerte ein Fünkchen Heiterkeit in seinen Augenwinkeln auf. »Ich bin aber gerne bereit, neugierigen Beginen zu späterer Zeit das eine oder andere daraus zu verraten.«

Zufrieden lehnte Almut sich zurück und hörte Fredegars Bericht über das anschließende Gelage zu und bedauerte insgeheim den jungen Mann, den das zügellose Verhalten sichtlich angewidert hatte.

»Hat man dich zu Untaten gezwungen, Junge?«,

fragte Ivo vom Spiegel mit sanfterer Stimme als sonst nach.

»Nein, Herr. Ich konnte mich erwehren.«

»Gut. Deine Schilderung war hilfreich. Auch diese Art Feiern mögen ein Grund für Ramons Verweilen sein. Er schätzt solche Ausschweifungen.«

»Können wir auf diese Weise seiner habhaft werden?«, fragte Leon. »Ihn, wenn er trunken ist, von dort fortbringen?«

Hardwin schüttelte den Kopf.

»Nein, Herr Leon. Das wäre ungeschickt. Wir brauchen ihn hier in den Stadtmauern, um Anklage zu erheben. Ihn trunken oder bewusstlos aus der Burg zu entführen, ist mit großen Gefahren verbunden.«

»Richtig. Ich will ihn hierhaben. Wir brauchen ein Mittel, um ihn in die Falle zu locken.«

Es herrschte eine ganze Weile Schweigen in dem Raum, und ein jeder hing seinen Überlegungen nach.

Almut war es, die schließlich die Stimme erhob.

»›Eine gute Botschaft aus fernen Landen ist wie kühles Wasser für eine durstige Kehle.‹«

»So sagt der Weise. Welche Botschaft soll die durstige Kehle netzen, Begine?«

»Eine aus fernen Landen natürlich. Eine maurische oder jüdische.«

»Das, Herrin, wird für Ramon mit großer Gewissheit ein Köder sein, nach dem er schnappen wird.«

Hardwin sah sie mit Achtung an, und auch sein Herr nickte.

»Wir brauchen jemanden, der ein Werk besitzt, das ihn reizt, und einen Boten, der ihm Nachricht davon bringt.«

»Wir könnten versuchen, Rebbe Goldfarb zu überreden, seinen Namen verwenden zu dürfen«, schlug Almut vor.

»Wenn er einwilligt, ist er eine gute Adresse. Das Buch Aesch Mezareph des Rabbi Abraham wird als Köder dienen, denke ich – ob es der Jude nun besitzt oder nicht.«

Fredegar hatte aufmerksam zugehört und bot, wenn auch nicht mit glücklicher Miene, an: »Ich kann morgen wieder zur Burg reiten, Herr vom Spiegel, wenn Ihr es wünscht.«

»Nein, Knappe, deine Aufgabe ist erfüllt. Wir brauchen einen anderen zu diesem Zweck. Einen, den er kennt und dem er vertraut.« Er sah Almut an und fragte: »Eure Schwester, die Maurin, wird sie uns helfen?«

»Sie besitzt ein kleines, sehr scharfes Messer, das sie gerne einsetzen würde. Ja, sie hilft uns.«

»Ich möchte nicht…«

»Leon, nicht sie soll die Botin sein. Aber sie kennt die Leute, mit denen Ramon verkehrte.«

Mit nur geringer Überraschung gewahrte Almut, dass Leon sich um Aziza sorgte. Mit erheblich größerer Überraschung aber nahmen alle Fredegars Vorschlag auf.

»Herr vom Spiegel, der beste Überbringer der Nachricht wird sein Diener Derich sein.«

»Wohl wahr. Aber wir haben ihn noch nicht aufgetrieben.«

»Ich könnte mir aber vorstellen, wann und wo man ihn antrifft. Ihr habt doch behauptet, es seien zwei unterschiedliche Stimmen gewesen, die mit Euch an der Klause gesprochen haben.«

»Ja, die eine gehörte Almodis, die andere Ramon.«

»Nein, das glaube ich nicht. Er hatte die Stadt bereits verlassen, bevor Ihr Euch – mhm – zurückgezogen habt. Ich glaube, die andere Stimme gehörte Derich. Da die beiden Euch noch immer in der Klause wähnen, werden sie sich dort auch wieder einfinden.«

»Das ist sehr klug gedacht, Herr Fredegar«, lobte Hardwin den Jungen. »Wir werden ihm dort auflauern und...«

Der Knappe grinste plötzlich.

»Pitter hat eine Schleuder.«

Der Herr vom Spiegel stand auf und legte ihm die Hand auf die Schulter.

»Das, junger Mann, ist ein blendender Vorschlag. Such den Päckelchesträger und bring ihn her. Wir überlegen unterdessen, wie wir dann mit unserer Beute verfahren.«

Sie berieten sich, bis die Glocken zur Vesper läuteten, und wägten die verschiedenen Möglichkeiten ab. Auch die, dass man Almodis auf diese Weise überwältigen könnte.

Hardwin war jedoch der Einzige, der es wagte, dem Herrn vom Spiegel die sie alle bewegende Frage zu stellen:

»Was wollt Ihr tun, wenn wir sie – wie auch immer – bezwungen haben, Herr?«

Alle Blicke wandten sich ihm zu. Er stand hoch aufgerichtet mitten im Raum, aber seine Augen waren in die Ferne gerichtet. Sie hatte ihn verführt, gedemütigt, bestohlen, verraten und beinahe gebrochen. Sie hatte seinen Tod gewollt und Verderben über seine Freunde gebracht.

341

Almut fühlte, wie sich ihr Herz zusammenzog. Wie groß mochte sein Hass auf sie sein? Wie groß sein Wunsch nach Rache? Sie hatte den Tod verdient, sie war eine giftige Schlange, die selbst keine Gnade kannte. Aber würde sie selbst damit leben können, wenn er sich die Hände mit ihrem Blut befleckte?

»Ich habe genug Beweise, um sie als Zauberin anzuklagen, als Mörderin und Diebin. Sie hat mich der Inquisition überantwortet. Ich werde dasselbe für sie tun.«

»Sie wird Wege finden zu entkommen.«

»Nein.«

Was immer er vorhatte, verschwieg er. Doch musste er sich seiner Beweise sehr sicher sein. Er schien fest davon überzeugt, dass es für sie kein Entrinnen mehr geben würde. Was auch immer geschehen sollte, es erleichterte Almut, dass er seinen Zorn im Zaum zu halten in der Lage war.

Kurz darauf traf Fredegar mit Pitter ein, der sich mit großen Augen in dem prächtigen Raum umsah. Besonders das hohe Pfostenbett mit seinen Damastdraperien schien ihn zu faszinieren. Aber auch der von schimmernden Marmorsäulen umgebene Kamin, die leuchtenden Farben der Gobelins an den Wänden, das dunkle Holzmaßwerk, das den großen Schrank zierte, und die hohen silbernen Kerzenständer. Ungewohnt zurückhaltend hockte er sich auf den Rand eines mit dunkelrotem Leder gepolsterten Sessels und wartete darauf, angesprochen zu werden.

Almut tat es, weil sie ahnte, dass der Gassenjunge sich erstmals in seinem Leben eingeschüchtert fühlen mochte.

»Pitter, wir brauchen deine Hilfe. Fredegar hat dir berichtet, was wir herausgefunden haben?«

»Ich soll den Derich schnappen.«

»Schnappen werden die Männer ihn, aber du könntest ihnen mit einer gezielten Steinkugel die Arbeit erleichtern.«

Endlich tauchte das übliche, spitzbübische Grinsen auf Pitters Gesicht wieder auf, und er bestätigte lapidar: »Klar!«

»Sie kamen nach der Komplet, wenn die Dämmerung sich bereits gesenkt hatte«, fügte Ivo vom Spiegel hinzu.

»Ich hab gute Augen, Pat... Herr.«

»Ich weiß. Bring dich nicht in Gefahr, Junge. Diese beiden werden ganz in der Nähe sein«; er deutete auf Hardwin und Leon.

»Wir unterhalten uns gleich noch über die Einzelheiten, Pitter«, schlug der Reitknecht vor. Der Päckelchesträger nickte und wollte sich erheben.

»Warte einen Augenblick, Pitter«, hielt Almut ihn zurück, der der verschlüsselte Text wieder eingefallen war. »Wir haben die seltsamen Worte auf dem Pergament enträtselt, das du gefunden hast. Schau – was sagen sie dir?«

Pitter wischte seine Hand am Kittel ab und nahm das Schreiben entgegen. Seine Lippen bewegten sich lautlos beim Lesen, dann schüttelte er ratlos den Kopf. Auch Hardwin, der ihm über die Schulter gesehen hatte, meinte: »Was soll das sein?«

»Der Herr vom Spiegel wusste, dass es zu den Unterlagen gehört, die der Bruder, der das Bier braut, angefertigt hat. Thomas glaubte wohl, es sei das Rezept, das er damit erwischt hat. Aber viel weiter bringt uns das nicht.«

»Doch, Herrin. Dann bringt es uns sehr viel weiter.«

»Was? Wie das?«

Jetzt war es Hardwin, der grinste.

»Der Graf Wilhelm von Berg, bei dem sich Ramon in Düsseldorf aufgehalten hat, ist ein großer Freund des kölschen Bieres. Für die Rezeptur hätte er sicher einiges gezahlt.«

»Ei wei, so wird ein Schuh draus«, sagte Almut und musste leise lachen.

»Dann hätt et ewwer jrad nochmals jot jejange«, feixte Pitter.

»Tja, sieht aus, als ob die Düsseldorfer nun bei ihrem alten Bier bleiben müssten«, fügte der Herr vom Spiegel mit Genugtuung hinzu.


## 43. Kapitel

Sie hatten an diesem Abend kein Glück. Niemand erschien an der Klause, und als die Nachtwächter ihre erste Runde beendet hatten, beschlossen Leon, Hardwin und Pitter, die Beobachtung aufzugeben. Der Päckelchesträger versprach, am kommenden Abend wieder bereit zu sein, und verschmolz mit den nächtlichen Schatten, der Pferdeknecht verabschiedete sich, um noch ein spätes Mahl bei Frau Nelda einzunehmen, und Leon machte sich auf den Weg zu seinem Quartier. Er wohnte, wenn er Köln besuchte, bei einem befreundeten Weinhändler in der Gereonsstraße, und einer Laune folgend wählte er den Weg dorthin an der Burgmauer entlang. Zweimal hatte er seit dem Morgen, an dem er mit Almut die zusammengeschlagene Aziza in ihrem Heim gefunden hatte, im Haus der schönen Maurin vorbeigeschaut, aber sie nur einmal angetroffen. Sie hatte sich sehr kühl verhalten, was er angesichts dessen, was ihr widerfahren war, verstand. Auch jetzt hatte er nicht die Absicht, sie zu so später Stunde aufzusuchen, aber die kleine Sehnsucht nach ihr wollte wenigstens durch den Anblick ihres Hauses befriedigt werden.

Schon als er in die Burgstraße einbog, roch er den Holzrauch. Zunächst wunderte er sich darüber, denn die Nacht war warm, niemand brauchte mehr ein Kaminfeuer, um zu heizen, und für Handwerksarbeiten war es zu dunkel.

Dann aber sah er den glutroten Schein und rannte los. In dem Augenblick rief auch eine andere Stimme, aufgeschreckt von Qualm und Ruß: »Feuer! Feuer!«

Fensterläden sprangen auf, Türen öffneten sich, jemand brüllte nach Wasser.

Es war der Giebel von Azizas Haus, aus dem einzelne Flammen schlugen. Das Fachwerkhaus war zwar mit Ziegeln gedeckt, unter diesen aber lag zum Schutz vor kalten Winden und Feuchtigkeit eine dicke Schicht trockener Strohbündel.

Leon kämpfte sich den Weg durch die inzwischen zahlreich auf die Gasse strömenden Nachbarn frei. Feuer in den eng bebauten Vierteln konnte schnell genug auf eine ganze Häuserzeile übergreifen, und man versuchte zu retten, was zu retten war. Vom Brunnen her bildete sich eine Eimerkette, jemand lehnte eine

Leiter an das Haus. Man reichte ihm die gefüllten Gefäße, damit er sie in das aufflackernde Feuer entleeren konnte. Dichter Dampf stieg auf, als Leon die Tür erreichte. Sie war verriegelt, und ein Stich von Panik durchfuhr ihn. Warum hatte Aziza noch nichts bemerkt? War sie noch im Haus?

»Hat jemand eine Axt oder einen Hammer?«, fragte er den nächsten Mann, der eine Kanne Wasser herbeischleppte.

»Ist die maurische Hure noch drin?«, fragte der entsetzt.

»Scheint so. Der Riegel liegt vor.«

Der Mann verschwand und kam gleich darauf mit einem schweren Hammer zurück. Ein kräftiger Schlag, und die Tür sprang auf.

»Aziza!«, brüllte Leon in den dunklen Raum.

»Aziza!« Er nahm die Stiege mit großen Sprüngen.

»Aziza!« Er musste husten, als er in die raucherfüllte Kammer trat.

Ein Balken krachte, und glühende Splitter fielen auf das Bett. Sie entzündeten das Kopfpolster. Auch die Decke brannte. Leon stürzte sich mit einem Keuchen auf die leblose Gestalt. Mit aller Kraft zerrte er die Frau aus dem Zimmer. Oben auf der Stiege riss er sich das Wams vom Leib und drückte es auf ihre brennenden Haare, um die Flammen zu ersticken. Dann warf er sich Aziza über die Schulter und taumelte hustend und mit tränenden Augen die Treppe hinunter.

Zwei Frauen kreischten auf, als er auf die schlammige Gasse trat, die von dem verschütteten Wasser aufgeweicht war.

»Hat sie's erwischt?«

»Weiß nicht. Wasser – einen Eimer für mich!«

Jemand reichte ihm einen kleinen Zuber, und er goss das Wasser mit Schwung über die Maurin.

Sie würgte und hustete, aber sie kam zu sich.

»Geht weg hier, der First stürzt ein!«, warnte sie jemand, und wieder hob Leon seine Last auf. Ein Schuster wies ihn in sein Haus auf der anderen Straßenseite. Er taumelte unter Azizas Gewicht und brach vor der Tür in die Knie. Die Hausbewohnerin half ihm mit kräftigen Armen auf, und gemeinsam legten sie die nasse, zitternde, um Atem ringende Aziza auf eine hölzerne Bank.

»Leon?«, krächzte sie.

»Unangekündigt, aber doch zur rechten Zeit.«

»Das Haus?«

»Es brennt. Schweigt, Euer Hals muss rau sein.«

»Decke. Bitte.«

»Hier, Frau Nachbarin«, sagte die Schustersfrau und legte eine raue Wolldecke über ihre halbnackte Besucherin. »Ich bringe Euch einen Becher Honigmilch. Das wird helfen.«

Aziza musste noch immer erbärmlich husten, aber in kleinen Schlückchen nahm sie das Getränk zu sich, wobei Leon sie stützte. Die Schusterin berichtete unterdessen von dem Geschehen auf der Gasse.

»Euer Dach steht in Flammen und ist eingestürzt. Aber die beiden Häuser daneben können sie wohl retten. Es sind jetzt auch die Wachen gekommen und reißen die Balken ein. Gott, arme Frau Nachbarin. Ihr habt alles verloren.«

»Habt Ihr ein Hemd für sie, Schusterin? Ich zahle es Euch auch.«

»Natürlich Herr, und niemand muss zahlen. Nicht bei der Frau Maurin. Die hat uns genug geholfen, seit sie hier wohnt.«

Von draußen klangen Schreie und Flüche herein, es prasselte und krachte, und rote Glut tanzte vor den Fenstern. Aziza lag wie betäubt auf der Bank, und Leon schauderte es in der rauchigen Luft. Doch seine Gedanken rasten. Das Feuer war im Dach ausgebrochen, und das war höchst ungewöhnlich. Meist war es Funkenflug aus den Kaminen, der ein Feuer auslöste, oder niedergebrannte Kerzen, umgefallene Lampen, deren Öl sich im Stroh auf dem Boden ergoss. In Azizas Zimmer aber hatte es nicht gebrannt, sondern über ihr im Gebälk. Der entsetzliche Verdacht keimte in ihm auf, dass Vorsatz dahinterstecken mochte. Zu gerne hätte er ihr Fragen gestellt, aber sie wirkte wie zerbrochen unter der kratzigen Decke. Selbst als die gutmütige Frau ihr mit seiner Hilfe den braunen Kittel überzog, ließ sie es sich wie eine Gliederpuppe gefallen. Die Nachbarin hatte auch eine fettige Salbe mitgebracht, die sie auf einige Brandblasen auf ihren Wangen und am Hals verteilte, wo die brennenden Haare die Haut versengt hatten.

Es dauerte bis zum Morgengrauen, bis die letzte Glut gewissenhaft erstickt war. Die brennenden Dachbalken waren ins Hausinnere gestürzt und hatten den oberen Boden in Brand gesetzt. Aber die Wassermassen hatten verhindert, dass das gesamte Innere von den Flammen verzehrt worden war. Doch verkohlte Holzbohlen, Wasser, Asche und Ruß hatten den unteren Bereich unbewohnbar gemacht. Auch die Nach-

barhäuser hatten durch den Funkenflug einigen Schaden erlitten, waren aber weitgehend unversehrt geblieben. Einige Verletzungen hatte es gegeben, und ein
paar Plünderer waren mit derben Knütteln vertrieben
worden. Azizas Husten hatte sich einigermaßen beruhigt, und als Leon ihr vorschlug, sie zu den Beginen zu
bringen, nickte sie dankbar.

## 44. Kapitel

»Almut, komm schnell! Almut!«

Almut ließ das Messer und den Korb fallen, den sie
gerade mit taufeuchten Kräutern füllen wollte, und
sprang auf. Mettel an der Pforte half einer schwankenden Frau aus einem Tragstuhl, und ein zerlumpter
Mann stützte sie.

Es dauerte einen Moment, bis sie die beiden erkannte.

»Aziza, Schwester!« Sie legte ihr den Arm um die
Hüfte und zog sie an sich. Heiser flüsterte Aziza:
»Kannst du mir helfen?«

»Aber natürlich, Liebes. Was ist passiert?«

»Man hat ihr das Dach über dem Kopf angezündet«,
knurrte Leon. Auch er sah grauenhaft aus. Sein Wams
war in den Flammen geblieben, sein Hemd zerrissen
und rußig, schwarze Bartstoppeln und Asche gaben
seinem Gesicht das Aussehen eines Mohren.

»Wir werden uns um sie kümmern, Leon. Ihr aber
sucht besser ein Badehaus auf, bevor Euch die Wachen als einen Dämonen aus der Hölle verhaften.« Sie

schnüffelte vernehmlich. Der Rauchgeruch, der den beiden anhing, war recht penetrant.

»Ich werde zu gerne Euren Rat befolgen, Frau Almut. Aber später werde ich noch einmal vorsprechen, wenn es erlaubt ist.«

»Selbstverständlich, Leon. Aziza, schaffst du die wenigen Schritte zu Elsas Apotheke?«

»Ja.«

Doch sie stützte sich dabei auf Almuts Arm, und kleine Schauder durchfuhren sie immer wieder.

Elsa nahm sich ihrer sofort an, und Almut berichtete Magda kurz von dem Vorfall.

»Ich werde sie in mein Zimmer bringen. Sie ist viel zu verstört, um sich um irgendetwas zu kümmern.«

»Natürlich. Wie entsetzlich, das Heim zu verlieren.«

»Alles Geld, alle Kleider, all die schönen Dinge, die sie so liebte. Ich werde meine Stiefmutter bitten, sie aufzunehmen, wenn sie sich etwas besser fühlt.«

»Eine gute Idee.«

»Ich hoffe nur, dass ich damit das Verderben nicht auch noch über meine Eltern bringe«, sagte Almut düster. »Mir gefiel Leons Bemerkung nicht, dass man ihr Haus angezündet hat. Ich fürchte, da steckt noch mehr dahinter.«

Ihre Ahnungen bestätigten sich, als sie sich zur Terz an das Bett setzte, in dem ihre Schwester mit halb offenen Augen döste.

»Der Händler hat mich gewarnt«, flüsterte sie heiser. »Ich bin schon wieder so dumm gewesen.«

»Nein, das bist du nicht, Aziza. Wir haben es mit drei oder mehr ausgesprochen bösartigen Menschen zu tun, Roderich – Ramon – und seine Schwester Almo-

350

dis und ihren Handlanger Derich kennen wir inzwischen.« Sie erzählte ihr, was sie über diese drei herausgefunden hatte, und Aziza hörte schweigend zu. Dann richtete sie sich auf und trank von dem mit Wasser verdünnten Wein, um ihre vom Rauch raue Kehle zu befeuchten.

»Ein unscheinbarer Mann und eine schöne, eitle Frau waren bei mir und wollten ihre Münzen in Zecchinen wechseln. Hätte ich es getan ...«

»Hättest du es getan, würdest du jetzt im Kerker sitzen. Sie hatten bestimmt gehofft, dass du ihnen die falschen Münzen mit Freude aushändigen würdest. Trotz allem, Aziza, gut zu wissen, dass sie einen Fehler gemacht haben. Den ersten. Weitere werden folgen. Ich nehme an, du hast gestern das Haus für eine Weile verlassen?«

»Ich war am Nachmittag auf dem Markt und bei einem Seidenspinner. Am Abend habe ich mich mit Freunden zu einem gemeinsamen Mahl getroffen.«

»Dann hatten sie genug Zeit, in dein Haus zu gelangen und das Feuer vorzubereiten. Wie, wissen wir nicht, aber sie müssen auf dem Dach gewesen sein. Du wärst in deinem Bett verbrannt ... barmherzige Mutter, wie entsetzlich!«

»Ja, deine barmherzige Mutter muss ein Auge auf mich gehabt haben.« Aziza hustete.

Almut nahm die Marienstatue von dem Tisch am Fenster und stellte sie auf den Schemel neben den Wasserkrug in Reichweite des Bettes.

»Oder Leons Schritte gelenkt haben.«

Aziza schlug die Hände vor das Gesicht und schluchzte trocken auf.

351

»Er mag dich«, stellte Almut fest.

»Kaum. Er trifft mich immer, wenn ich völlig zerschlagen bin.«

»Eben.«

Ungläubig schüttelte Aziza den Kopf.

»Dann ist er dir also nicht gleichgültig?« Ein zarter Hauch von Heiterkeit flog Almut an, als sie die familiären Konsequenzen bedachte.

»Wie seh ich denn aus, Schwester? Wie ein gerupftes Huhn.« Sie fuhr sich durch die kurzen Locken, die ihr salbenverschmiertes Gesicht umgaben.

»Sie wachsen wieder nach. Die Brandblasen sind nicht so schlimm, dass sie Narben hinterlassen werden, behauptet Elsa. Und, mit Verlaub, auch Leon sah vorhin nicht eben frisch wie der Maienmorgen aus.«

»Das macht doch nichts.«

»Eben.«

»Er ist so anders«, sagte sie ganz leise.

»Kein Herzog, kein reicher Fernhändler, kein hoher Geistlicher…«

»Das ist doch vorbei. Woher weißt du…?«

»Auch keusche Beginen haben Augen und Ohren. Aber nun schlaf ein paar Stunden, Schwesterlieb. Dann sieht die Welt schon freundlicher aus. Morgen ziehst du zu Frau Barbara. Dort hast du mehr Bequemlichkeit als bei uns arbeitsamen grauen Weibern.«

Azizas Hand legte sich über Almuts.

»Ich habe große Achtung vor euch. Auch wenn ich oft gestichelt habe.«

»Ich weiß.«

»Ich glaube, die Galmeisalbe, die Meister Krudener für meinen brennenden Ausschlag angerührt hat, könnte bei den Brandwunden deiner Schwester ebenso hilfreich sein.«

Clara und Almut räumten die Brotkörbe vom Refektoriumstisch, wo sie ihr mittägliches Mahl eingenommen hatten.

»Hast du noch davon?«

»Nein, aber ich gehe jetzt mit Ursula zum Neuen Markt. Wir wollen farbige Wolle besorgen. Da kann ich in der Apotheke vorbeischauen und ihn bitten, mir einen Tiegel mitzugeben.«

»Wenn dir das nicht zu schwer wird.«

»Ach, ja, du weißt ja, meine empfindlichen Füße. Aber ich quäle mich eben.«

Clara, stellte Almut fest, hatte zu einer leichten Art gefunden, sich selbst ein wenig zu verspotten.

Als sie fort war, schlich Almut leise die Stiege zu ihrem Zimmer empor. Aziza schlief noch, und so nahm sie endlich das Pergament zur Hand, das Clara ihr am Tag zuvor gegeben hatte. Mit wachsendem Staunen las sie die Worte der Übersetzung, und als sie geendet hatte, seufzte sie sehnsuchtsvoll. Noch nie hatte sie einen schöneren Text gelesen, noch nie einen wortgewaltigeren. Noch nie einen, der weniger in die Bibel gehörte, denn keine Androhung göttlicher Strafen, keine Mahnung vor Sünde und Gottlosigkeit war darin zu finden, sondern er mutete fast wie ein Minnelied an. Claras Gatte musste ihr unsagbar zugeneigt gewesen sein, dass er diese Bibelstelle für sie übersetzt hatte.

Sehr sorgsam rollte sie das Schriftstück wieder zusammen und hing ihren träumerischen Gedanken nach.

Die jäh von Gepolter unterbrochen wurden.

Keuchend stand Clara in der Tür.

»Almut. Sie ist bei Krudener.«

»Wer?«

»Bilk. Er hofiert sie.«

»Pest und schwarze Galle. Ich muss zu ihm.«

»Du gehst nicht alleine. Ich komme mit.«

Aziza wachte auf und hustete.

»Schwester, wenn jemand nach mir fragt – ich bin bei Krudener. Almodis den Hals umdrehen.«

Ohne auf eine Antwort zu warten, stürzte Almut zur Tür. Aziza griff nach der Marienfigur auf dem Tischchen neben sich.

»Soll sie mitnehmen. Schutz!«

Clara nickte und legte sie in den Korb mit Wollnocken an ihrem Arm. Dann hastete sie hinter Almut her.


Die Begine hetzte mit weit ausholenden Schritten durch die Gassen. Clara hatte Mühe, neben ihr zu bleiben, und unter Schnaufen beantwortete sie die kurzen Fragen.

»Trine war es. Ich versteh sie nicht so gut wie du. Wachstäfelchen. Hat Schlange mit zwei Zungen gemalt. Darum war ich gewarnt.«

»Hat sie dich gesehen?«

»Nein. Bin nicht ins Labor. Nur durch den Vorhang gespäht.«

»Aber erkannt hast du sie?«

»Die Stimme. Sie hat ein Prachtgewand getragen. Rot, mit Pelz und Perlen. Kostbare Haube. Ganz verändert.«

354

»Krudener?«

»Katzbuckelt vor ihr.«

Almut erinnerte sich, dass der Apotheker einst mit großer Achtung und Wohlwollen von der Dame de Castra gesprochen hatte. Ihre Rolle in dem Verrat an Ivo vom Spiegel kannte er offensichtlich nicht. Es würde schwierig werden.

Es wurde schwierig.

Sie stürmte in die Apotheke, und diesmal kündigte Almut ihr Kommen nicht durch einen Ruf an, sondern schob sogleich den Vorhang zur Seite, der in die hinteren Räume führte.

Die Überraschung hatte sie auf ihrer Seite. Krudener, dessen Haltung hingerissene Bewunderung ausdrückte, stand neben der am Tisch sitzenden Almodis, die eine Schriftrolle in den Händen hielt. Trine hatte ihren Platz am Kamin, wo sie in einem Kessel rührte.

Alle drei sahen verblüfft auf.

»Frau Almut, so stürmisch? Gibt es einen Notfall?«

»Ja, Meister Krudener.« Sie machte einen Schritt auf den Tisch zu. »Almodis von Bilk.«

»Aber, aber, Frau Almut. Ich habe Euch nicht gestattet, mich so vertraulich anzureden.«

»Ihr habt mir nichts zu gestatten. Vielmehr werdet Ihr mir Rede und Antwort stehen!«

»Georg, diese Frau ist toll. Sie ist eine Irrwitzige. Beschützt mich vor ihr.«

Hilfesuchend klammerte Almodis sich an Kruderns weiten Ärmel.

»Aber nein, meine Liebe. Frau Almut ist vielleicht manchmal ein wenig heftig in ihren Worten, aber eine kluge und besonnene Frau.«

»Ungeheuer besonnen, und ich werde es auch bleiben, sofern Ihr mir den echten Dispens umgehend aushändigt, Almodis«, zischte Almut.

Almodis lachte perlend auf. »Nein, nein, was trübt Euren Geist, Frau Almut? In der Tollkammer muss die Umnachtung über Euch gekommen sein. Ihr braucht doch keinen Dispens, um die Beginen zu verlassen.«

»Ja, Frau Almut. Was unterstellt Ihr der edlen Dame?«

»Ich unterstelle ihr und ihren Kumpanen den Mord am erzbischöflichen Kurier und die Fälschung des Dokuments, das Ivo vom Spiegels Lösung von den Gelübden betrifft.«

»Ich habe Euch ja gesagt, Georg, sie ist dem Wahn anheimgefallen. Könnt Ihr Euch vorstellen, ich sei zu einer solch üblen Tat fähig? Ivo war mein Freund, ja mein Geliebter.«

Der allererste Anflug eines Zweifels schwang in Krudeners Tonfall mit.

»Es muss ein Missverständnis vorliegen, Frau Almut.«

»Nein. Wir haben Beweise. Ihr und Euer Bruder seid Fälscher, Diebe, Mörder und Brandstifter.«

»Was für eine unsinnige Unterstellung. Ach, ich ahne es – Euer Irrsinn rührt aus der Eifersucht.«

Wieder folgte das perlende Lachen.

»Eifersucht? Auf Euch?«

Die von Verachtung triefende Stimme ließ das Lachen verebben. Almodis sprang auf, und in ihren Augen flackerte Wut.

»Natürlich Eifersucht. Was habt Ihr denn schon zu bieten? Schwielige Hände, einen Verstand wie ein

Maurerknecht und einen vertrockneten Leib, den Ihr mit schmutzigen Lumpen bedeckt.«

Almut hörte Clara leise »Dispens« murmeln und besann sich gerade noch rechtzeitig, sonst hätte besagte schwielige Hand das spöttisch lächelnde Gesicht getroffen.

»Was ich zu bieten habe, Almodis, ist weit mehr als Eure künstliche Schönheit. Denn wie der Weise schon sagt: ›Eine schöne Frau ohne Zucht ist wie eine Sau mit einem goldenen Ring durch die Nase.‹«

»Bibelsprüche. Pah. Das wird dem Pater gefallen, glaubt Ihr? Ihr irrt, dummes Weib. Was er von einem Bettschätzchen verlangt, könnt Ihr ihm nicht bieten. Prüde Keuschheit und Zimperlichkeit hat er immer verlacht.«

»Ich werde darüber nicht mit Euch streiten. Übergebt mir den Dispens, und ich will Eure Beleidigungen vergessen.«

Diesmal war das Lachen schrill, und Krudener stand das Entsetzen ins Gesicht geschrieben.

»Dann holt ihn Euch doch!«, fauchte Almodis und zerrte das kostbare Pergament aus ihrer Gürteltasche. Sie wollte einen Satz zum Kamin machen, aber Almut trat ihr in den Weg.

Almodis war flink, sie rammte ihr den Ellenbogen in den Magen, und die Begine knickte mit einem Stöhnen zusammen.

»Nicht, Almodis. Nicht!«, krächzte Krudener.

Die Edle von Bilk versuchte erneut, das Dokument in das Kaminfeuer zu werfen, aber diesmal stand ihr Trine im Weg. Bevor sie sie zur Seite stoßen konnte, hatte Almut sich wieder gefangen, und diesmal traf die schwielige Hand. Die kostbare Haube flog in die Flammen.

»Verflucht sollt Ihr sein, nichtswürdige Hure. Höre mich Satanas, bei deiner Macht verfluche ich dieses Weib. Die Qualen der Hölle...«

»Almodis, nein!«, bat Krudener und drückte sich an die Wand.

Almut wurde laut, um die zeternde Frau zu übertönen.

»Ruft Eure Dämonen, ruft Euren satanischen Herrn, er wird mir nichts anhaben!«

»So, glaubt Ihr!«, kreischte Almodis, stieß mit einer Hand einen Mörser um und verstreute den Inhalt auf dem Tisch. Es ging ungeheuer schnell. Eine Kerzenflamme entzündete das Pulver und Stichflammen schossen empor. Mit hasserfüllter Stimme rief sie weitere Höllenbewohner herbei.

»Maria, erbarme dich und schütze uns vor dem Unheil!«, rief Clara.

»Fahr hin zur Hel, von Hunden zerfleischt«, krähte der Papagei.

Almut fegte das Zauberfeuer mit einem Pergament vom Tisch und versuchte, Almodis den Dispens aus der Hand zu reißen, den diese triumphierend hochhielt.

Sie entzog ihn Almuts Griff und lachte böse.

Almut packte sie.

Sie wand sich, kam frei.

Almut riss sie an den Haaren zurück, bevor sie den Kamin erreicht hatte.

Ihre Krallen fuhren ihr ins Gesicht.

Mit erhobenen Armen versuchte Almut sich zu schützen.

Ein schmerzhafter Tritt traf ihr Schienbein.

Ihre Faust Almodis' Brust.

Und dann sah sie zu Trine auf, die verstört versuchte, einzugreifen. Sie machte ihr ein kurzes Zeichen, und in den Augen des taubstummen Mädchens glomm eine wilde Energie auf.

Almodis war gegen den Tisch gefallen, erhob sich aber wieder und stürzte sich, Unflat schreiend, auf Almut. Diese wehrte sich mit Händen und Füßen. Stoff riss, ihr Gebände verrutschte, ihre Haare lösten sich.

Ein gewaltiges Krachen erfolgte.

Blaue, grüne, goldene und rote Funken tobten um Almodis.

Karaffen klirrten, Schüsseln schepperten, Säure fraß sich in Säume. Almodis jaulte entsetzt auf.

»Gellend heult Garm von Gnipahellir«, tönte der Papagei.

Krudener leerte ein Schaff Schmutzwasser über Almodis glosendes Gewand.

Zum Dank schlug sie ihm ins Gesicht, und er stolperte mit blutender Lippe gegen die Bank.

Dann, von einer Höllenwut getrieben, wandte Almodis sich Almut zu. Ihre Lippen von Irrsinn verzerrt, ihre Zähne gebleckt griff sie nach dem Schürhaken.

»Heilige Maria, Schild der Streitenden, höre mich!«, rief Almut und wich zurück.

Clara hatte ihren Korb auf den Tisch gestellt, und als Almut vor den blindwütigen Schlägen Almodis' zurücktaumelte, landete ihre Hand in den Wollnocken. Sie erspürte das Metall darin und griff zu. Als ihre Gegnerin mit dem Schürhaken zustieß, drehte sie sich zur Seite.

Maria, die Stärke der Gerechten, fuhr in Almuts Arm.

Mit einem dumpfen Schlag traf die Statue Almodis' Schläfe.

Sie verdrehte stumm die Augen und sank nieder.

In die Stille krähte der Papagei: »Gluten sprüht er und Gift speit er; entgegen geht Gott dem Wurm.«

»›Die Erde bebte und wankte, und die Grundfesten der Berge bewegten sich und bebten, da er zornig war. Rauch stieg auf von seiner Nase und verzehrend Feuer aus seinem Munde; Flammen sprühten von ihm aus‹«, rezitierte Clara mit erhobener Stimme den Psalm des Steineschleuderers.

Trine aber war es, die das zerdrückte Pergament aus den Fingern der Gefällten löste.

Almut starrte die Marienfigur in ihrer Hand an.

»Gebenedeit sei die glorreiche Jungfrau, würdige mich, dich zu loben«, murmelte sie. »Wie kommt sie in meine Hand?«

»Deine Schwester hat sie in meinen Korb gelegt. Der Rest…« Clara zuckte mit den Schultern.

Krudener rappelte sich auf und betrachtete das Schlachtfeld. Scherben, Ruß, verschüttete Flüssigkeiten, Holzsplitter und auseinandergerissene Pergamente lagen überall herum. Es roch stechend nach Säure, verbranntem Schwefel und anderen unangenehmen Ingredienzien.

»Tut mir leid, Meister Krudener«, sagte Almut bedrückt.

»Muss es nicht. Ich trage selbst die größte Schuld daran.« Er sah auf Almodis nieder, der ein Fädchen Blut in die Haare sickerte. »Sie hat das wirklich alles getan, dessen Ihr sie beschuldigt habt?«

»Ja, das hat sie. Und noch weit mehr, fürchte ich.«

»Was tun wir mit ihr?« Trine hatte sich niedergebeugt und ihr die Hand auf die Stirn gelegt. Sie gab ein Zeichen, und Almut übersetzte: »Sie wird noch eine Weile ohne Besinnung sein. Doch wenn sie aufwacht, wird sie versuchen zu fliehen«, fügte sie hinzu.

»Um weiteren Schaden anzurichten, vermutet Ihr.«

»Noch sind ihr Bruder und sein Handlanger auf freiem Fuß.«

»Was schlagt Ihr vor, Frau Sophia?«

Almut überlegte, dann meinte sie: »Bindet sie an Armen und Beinen mit festen Riemen, und bringt sie in Euren Gebeinekeller. In der Schwärze dort, bei den Dämonen und Kanalratten, wird sie sich zu Hause fühlen. Legt sie in einen der steinernen Särge, dort mag sie in ihrem eigenen Schmutz warten, bis der Herr vom Spiegel sich ihrer annimmt.«

»Sie hat ihn wirklich verraten?«

»Sie hat ihn mit seinem Freund, Philip von Sinzig, betrogen, und als er sie zur Rede stellte, hat sie ihn als Ketzer verraten. Wie es aussieht, ist aber sie diejenige, die weit mehr den falschen Weg eingeschlagen hat. Die dunkle Seite der Magie, die Dämonenzauber und Gifte sind ihre Profession.«

»Ich werde tun, was Ihr sagt.«

Als sie die Edle von Bilk, Almodis Rodriguez de Castra, dem Dunkel übergeben hatten, halfen Clara und Almut dem Apotheker, das verwüstete Labor aufzuräumen, während Trine Kannen mit Wasser herbeischleppte und sie im Kessel erhitzte.

»Das Kind hat recht, Almut. Du siehst genau so schrecklich aus wie deine Schwester gestern«, erklärte Clara, und Almut schaute an ihrem zerfetzten, angesengten Gewand herab, dessen Saum von verschütteter Säure zerfressen war. Ihr einst weißes Gebände lag angekohlt am Rande des Kamins und ihre Haare wallten in wilder Unordnung über ihren Rücken.

»Ei wei«, seufzte sie. »So kann ich dem Herrn vom Spiegel nicht unter die Augen treten.«

Clara begann leise zu lachen. »›Kann auch jemand ein Feuer unter dem Gewand tragen, ohne dass seine Kleider brennen?‹«

»Offensichtlich nicht.« Almut hob den Rock an und betrachtete die Brandlöcher. Dann aber lächelte auch sie. »Clara, du hast heute viel für mich getan, und ich danke dir von Herzen.«

»Ich hab mir dabei das Knie angestoßen. Du weißt doch, wie empfindlich meine Gelenke sind.«

Trine wies Almut in Krudeners Badekammer, und nachdem sie an einigen Fläschchen geschnuppert hatte, gab sie ein paar Tropfen Rosenöl in die Kanne heißen Wassers und wusch sich die Spuren des Kampfes ab. Das taubstumme Mädchen begann, ihre wirren Haare auszubürsten, und unter ihren kundigen, heilenden Händen beruhigten sich ihre aufgewühlten Gefühle.

Sie hatte einen Sieg errungen, und nach und nach wurde ihr klar, was sie getan hatte. Sie war in Gefahr gewesen. In großer, ja sogar in Todesgefahr. Almodis hatte jede Beherrschung verloren, und Blutrunst hatte

ihr Handeln gelenkt. Trotz der beruhigenden Bürsten-
striche zitterte Almut plötzlich, und Trine legte ihr
die Finger auf die Stirn, um mit sanfter Kraft darüber
zu streichen. Schließlich atmete sie tief ein. Ivo vom
Spiegel würde entsetzlich grollen, wenn sie ihre Tat
beichtete. Aber, sie sog den süßen Rosenduft ein und
schloss die Augen, vielleicht gab es einen Weg, ihn zu
besänftigen. Das Zittern ließ nach, und eine innere
Hitze stieg in ihr auf. Sie fragte sich, ob sie wirklich
so begehrenswert für ihn war wie vor Zeiten Almodis.
Zwar war sie verheiratet gewesen und wusste, was auf
dem ehelichen Lager von ihr erwartet wurde. Aber die
Leidenschaft, die seiner einstigen Geliebten eigen war,
die würde sie ihm nicht schenken können. Sie dachte
an den jungen Ivo – jetzt, da sie Leon kannte, konnte sie sich ein recht gutes Bild von seinem Aussehen
machen. Aus den Bemerkungen seiner Freunde hatte
sie hier und da Stückchen zusammengetragen, die ihr
sein Wesen nähergebracht hatten. Bevor er sich verbittert und enttäuscht in das Klosterleben gefügt hatte, konnte er leichtherzig tändeln und glühend lieben,
und seine neckenden Küsse hatten ihr gezeigt, dass er
diese Neigung nur unterdrückt, nie aber ausgemerzt
hatte. Wie anders war sie selbst. Tändelei hatte sie,
außer ganz flüchtig als junges Mädchen, nie betrieben, und glühende Liebe war ihr noch nie beschieden
worden.

Solange er der schwarze Benediktinerpater war, hatte sie sein hartes Urteil gefürchtet, aber allmählich die
feinen Risse in der Mauer entdeckt, hinter der er seine
Gefühle verborgen hatte.

Nun war die Mauer gefallen, sie selbst hatte ihn befreit, Stein um Stein – und nun packte sie die Angst vor dem, was sie freigesetzt hatte.

Ihre Fingerspitzen trafen auf den goldenen Anhänger mit der Träne Mariens, der zwischen ihren Brüsten ruhte. Und die himmlische Braut neigte huldreich ihr Ohr, als die Begine leise betete: »Sieh, oh liebreichste Mutter, ich biete dir mein Herz, wie es überströmt von aller Seligkeit, und in ihm stelle ich dir vor all jene göttliche Liebe ... Ich liebe ihn, gütigste Maria. Leite mich, damit er Gefallen an mir finde. Denn die Nachricht, die ich ihm bringen werde, wird alte Wunden aufreißen und Bitternis wecken. Er wird sich erinnern an Lust und Süße, Verrat und Demütigung. Er zeigt es nie und wahrt die Fassung, aber ich glaube ihn zu kennen, und seine Seele ist alles andere als hornhäutig. Ich werde ihn verletzen und möchte einen Trost für ihn bereithalten. Maria, bitte gib, dass meine Zuneigung ihn erreicht.«

Trine hatte ihr einen langen, festen Zopf geflochten und reichte ihr ein sauberes, weißes Leinentuch, damit sie ihre Haare bedecken konnte. Dann raffte Almut das am Saum angesengte Gewand und trat aus dem Baderaum in das nun wieder präsentable Laboratorium. Meister Krudener sah ihr entgegen und verbeugte sich schweigend vor ihr.

»Berichtet Ivo von meiner Verblendetheit und richtet ihm aus, dass die Verräterin nicht entkommen wird, bis er Gericht über sie hält.«

»Macht Euch nicht zu viele Vorwürfe, Meister Krudener. Sie ist eine Zauberin und hat Euch behext, wie so viele andere auch.«

Dann nahm sie den Dispens und die kleine Marienstatue und barg beides sorgsam in dem Beutel an ihrem Gürtel. Die Perle in ihrem goldenen Rankwerk schimmerte nun auf ihrer Brust, und dergestalt gewappnet schritt sie in Claras Begleitung zu dem Haus am Alter Markt.

## 45. Kapitel

Wie ein eingesperrter Wolf schritt Ivo vom Spiegel in seinem Turmzimmer auf und ab. Seit er die Klause verlassen hatte, nagte die erzwungene Gefangenschaft in seinem luxuriösen Käfig an ihm. In den unteren Räumen herrschte geschäftiges Leben, Besucher kamen, Geschäfte wurden abgewickelt, Neuigkeiten von Märkten und Stapelhäusern ausgetauscht, Verträge abgeschlossen und Pläne geschmiedet. Obwohl krank und schwach, hielt Gauwin vom Spiegel noch immer die Fäden in der Hand, auch wenn seine Tätigkeiten sich vornehmlich darauf konzentrierten, sein Haus zu bestellen.

Ivo vom Spiegel konnte keinen Anteil daran nehmen, denn noch durfte niemand erfahren, dass er sich wieder in Freiheit befand. Aber diese Freiheit beschränkte sich darauf, oben auf dem Söller von Ferne das Treiben auf dem Alter Markt zu beobachten.

Schlimmer aber noch empfand er es, zur Untätigkeit in seiner eigenen Sache gezwungen zu sein. Er war ein Mann der Tat, und dass er es seinen Freunden überlassen musste, für ihn die vielfältigen Nachforschungen anzustellen, bereitete ihm Unbehagen. Sein Sohn war am Nachmittag bei ihm gewesen und hatte ihm von dem Brand in Azizas Haus berichtet. Auch von den Mutmaßungen, die sich durch das Befragen der Nachbarschaft ergeben hatten. Jemand konnte sich an einen Unbekannten erinnern, der sich an der Mauer zu schaffen gemacht hatte, über die man in die Höfe und Gärten hinter den Häusern gelangte. So mochte der falsche Mönch, der Handlanger, in das Haus der Maurin eingedrungen sein und unter dem Dach das Feuer vorbereitet haben. Anscheinend hatte er pechgetränkte Lumpen ausgelegt und so lange gewartet, bis die Bewohnerin sich zum Schlafen zurückgezogen hatte, um sie dann zu entzünden und sich heimlich davonzuschleichen. Für diese Deutung sprach, dass ein brauner Mönch die Löscharbeiten beobachtet hatte, aber dann in dem Gewühl verschwunden war.

Sein Sohn hatte sich auch Zugang zu der Wohnung des Fälschers verschafft – und hier musste Ivo vom Spiegel anerkennend grinsen. Leon hatte ein bezwingendes Wesen, und die Frau des Goldschlägers hatte ihm seine Scharade, er sei ein guter Bekannter von Roderich von Kastell, abgenommen. Sie hatte ihm freimütig berichtet, dass sein Diener mehrmals vorbeigekommen war, um Kleider und Schriftstücke abzuholen und ihm zu überbringen. Auch ein recht unscheinbares Weib hatte ihn dabei zweimal begleitet.

Es wurde Zeit, dass man ihnen das Handwerk legte!

Einige Fäden wenigstens hatten sich entwirrt. Die Pastetenbäckerin, so hatte ihm Theodoricus am Vormittag berichtet, war mit ihrem Sohn bei ihm erschienen und hatte ihre Verdächtigungen zurückgezogen. Der Mord an dem Schreinemaker würde ihm nicht

mehr zur Last gelegt, der angebliche Zeuge war selbst
ein Betrüger. Die Minderbrüder hatten bestätigt, dass
keiner von ihnen mit Drohungen und Feuerwerk die
Ausgestoßenen eingeschüchtert und in dieser Sache
befragt hatte. Der Novize indes – nun, auf ihn würde
der Abt ein Auge haben. Ihn wohlwollend zu fördern,
würde nützlich sein. Ivo vom Spiegel nahm sich vor,
ein langes Gespräch mit ihm zu führen, wenn er erst
einmal aus dem Haus gekommen sein würde.

Unruhig trat er ans Fenster, öffnete es und schaute
auf den belebten Platz unter sich. An den Ständen und
Buden wurden die Waren zusammengeräumt, die sich
den Tag über nicht hatten verkaufen lassen. Bauern
packten Körbe und Säcke, Hühnerkäfige und Kisten
auf ihre Karren oder schulterten ihre Kiepen. Drugwa-
renhändler packten ihre Kräuter, Bandkrämer ihren
Flitterkram, Lederer ihre Gürtel und Taschen zusammen. Vereinzelt feilschten hier und da noch wackere
Köchinnen um die letzten Würste oder Eier. Die Wachen befreiten den betrügerischen Müller vom Kax,
der erschöpft und besudelt von allerlei vergammelten
Wurfgeschossen in die Knie ging, als sie ihn losban-
den. Eine Gruppe Nonnen trippelte eilig mit gesenkten
Häuptern vorüber, eine lebenslustige Wäscherin hingegen warf mit keck hochgerecktem Kinn einem jungen Schiffer Scherzworte zu, und zwei graue Beginen
schritten just auf seine eigene Haustür zu.

Es dauerte einen Augenblick, bis er erkannte, um
wen es sich handelte. Dann aber fühlte er eine erwar-
tungsvolle Freude in sich aufsteigen.

Oft hatte er in den vergangenen Tagen über sie nachgedacht. Er hatte sich vor Augen geführt, wie so völlig

anders sein Leben verlaufen war als das ihre. In seiner Jugend war er heißblütig gewesen, hatte, ohne sich um die Folgen zu kümmern, die Frauen betört, nach denen es ihn gelüstete. Er hatte Begehren und Lust ausgekostet, aber an eine Bindung hatte er nie gedacht. Bis ein Weib seine Sinne und seinen Geist gefesselt und ihn dann verraten hatte. Er hatte danach nicht nur hinter den Mauern des Klosters gelebt, sondern auch hinter denen, die er selbst um sich errichtete. Die Begine aber war, fast noch ein Kind, mit einem alten, kranken Mann verheiratet worden, und als sie seiner Fessel ledig war, hatte sie freiwillig das Leben in den sicheren Mauern des Konvents gewählt.

Nun aber waren sie beide frei.

Ganz unerwartet überkam ihn Befangenheit.

Würden sie zusammenfinden?

Er wünschte es sich sehnlichst.


»Frau Almut, tretet ein«, begrüßte der Majordomus die Begine mit einer Verneigung. Wenn er ihr angesengtes Gewand auch bemerkt hatte, so zeigte er seine Überraschung doch nicht. Um die neugierigen Blicke und gespitzten Ohren zu täuschen, führte er sie zunächst zu dem Gemach, in dem Gauwin vom Spiegel wohnte. Doch vor der Tür flüsterte der Majordomus: »Der Herr ruht, der Tag war anstrengend für ihn. Ihr kennt den Weg in den Turm. Ich werde Euch und Herrn Ivo ein Mahl richten lassen. Es wird ihn aufheitern, wenn er es nicht alleine verzehren muss.«

»Danke. Ist er sehr ungnädig gestimmt?«

»Nur unruhig, Frau Almut. Sein Sohn hat ihn vorhin besucht.«

»Gut, dann kennt er die neuesten Entwicklungen schon.«

Sie erklomm die Stiege und klopfte an die schön geschnitzte Tür.

Er öffnete ihr.

»Was führt Euch zu später Stunde her? Unbegleitet. Es schickt sich nicht! Ihr solltet sicher in den Mauern Eures Heims weilen«, brummte er.

»Ja, Herr vom Spiegel, das sollte ich. Darf ich dennoch eintreten?«

Er ließ sie durch die Tür und schloss sie leise hinter ihr.

»Euer Majordomus wird uns ein Essen bringen. Er meinte... er glaubt, es würde Euch behagen, mit mir zu speisen.«

»Erstaunlich viele Leute glauben in der letzten Zeit, beurteilen zu können, was mir behagt und was nicht.«

»Und das behagt Euch nicht?«

Mit einem brummigen Herrn umzugehen, fiel Almut weitaus leichter als mit dem Mann, dessen Berührungen und Küsse sie zum Schwanken gebracht hatten.

»Nein. Aber setzt Euch. Ihr habt, scheint's, schmutzige Arbeit getan.«

»So kann man sagen.«

»Das sind Brandlöcher am Saum Eures Kleides. Ihr habt Eurer Schwester geholfen? Wie geht es der Maurin?«

»Sie wird sich wieder erholen, aber der Verlust all ihrer Habe hat sie tief getroffen.«

»Wenn dies alles vorbei ist, wird man sehen, wie ihr zu helfen ist.«

»Dies alles, Herr, ist fast vorbei. Ich habe ...«

Almut kam nicht zu ihrem Geständnis, denn Frau Nelda brachte Schüsseln, Brot und einen Krug Wein. Als sie gegangen war, reichte Ivo vom Spiegel ihr den Pokal mit dem Burgunder und lächelte zum ersten Mal.

»Bisher habt immer Ihr mir Essen gereicht, meist um mein Wohlwollen durch einen gut gefüllten Bauch zu erzwingen.«

»Es ist mir das eine oder andere Mal gelungen, nicht wahr?«

»Ja, Ihr habt mich selbst bei unserem ersten Zusammentreffen zu besänftigen gewusst.«

»Eine Tatsache, die Ihr gut verborgen habt.«

Er nahm von dem gesottenen Lamm und tunkte sein Brot in die dunkle Sauce. Almut tat es ihm nach, obwohl sie keinen besonderen Appetit hatte. Was sie zu berichten hatte, lag ihr wie ein Stein im Magen. Aber auch ihr Gastgeber schob nach wenigen Bissen die Schüssel beiseite und nahm einen Schluck von dem roten Wein.

»Und was haltet Ihr vor mir verborgen?«, fragte er und sah sie durchdringend an.

»Ich ...« Sie nestelte den Beutel an ihrem Gürtel auf und zog die Marienstatue hervor. Dann das zerknautschte Stück Pergament.

»Dies!«, sagte sie und legte es auf den Tisch neben die goldene Figur.

Ivo vom Spiegel nahm das Dokument, faltete es auseinander.

Kein Muskel zuckte in seinem Gesicht, während er es las.

370

Einmal, dann glattstrich.

Dann noch einmal las.

Aufsah.

Ein drittes Mal las.

Dann sah er sie an.

»Woher habt Ihr das?«

»Aus den Händen der Verräterin. Sie liegt in Banden in Meister Krudeners Gebeinekeller, bis Ihr entscheidet, was mit ihr geschehen soll.«

Almut wartete bänglich auf seine Antwort, aber die ließ auf sich warten.

»Was, im Namen des Allmächtigen, ist vorgefallen?«, stieß er dann endlich hervor. »Begine, Ihr habt Euch in Gefahr begeben!«

»Nur schmutzige Arbeit geleistet, Herr.« Sie stand auf und hob trotzig das Kinn. »Ich habe den Sieg davongetragen, und mir ist nichts geschehen.«

Er sprang ebenfalls auf und ergriff ihre Arme.

»Sie ist eine hinterhältige Viper. Sie scheut vor Gift und Feuer nicht zurück.«

»Nein. Aber ...«

»Wer hat sie überwältigt?«

»Nun ...«

»Krudener gewiss nicht.«

»Nein, ich ...«

»Leon war bei mir.«

»Es war Maria, wisst Ihr.«

Fassungslos starrte er sie an.

»Was soll das heißen?«

»Sie war plötzlich in meiner Hand. Ich wollte es gar nicht. Es ist schändlich. Es ist gotteslästerlich, was ich getan habe. Aber es ist geschehen. Herr, ich habe sie mit der Statue niedergeschlagen, die Ihr selbst geweiht habt.«

Sein Griff um ihre Arme löste sich, er machte einen Schritt rückwärts und ließ sich in den Sessel fallen.

»Es gibt einen Gott«, sagte er und begann lauthals zu lachen.

Verdutzt, dann aber erleichtert beobachtete Almut ihn, und ganz plötzlich erschloss sich auch ihr die Ironie, die er in ihrem Handeln erkannte.

»Wenn sie herausfindet, was geschehen ist, wird ihr die Vorstellung, von der Heiligen Jungfrau erschlagen worden zu sein, auch nicht behagen«, murmelte sie.

»Gewiss nicht.« Noch immer lachend schüttelte Ivo vom Spiegel den Kopf. »Reicht mir die streitbare Mutter.«

Sie legte die kleine Figur in seine Hände, und er betrachtete sie lange. Die letzten Sonnenstrahlen lagen auf ihrem Gesicht, der Knabe auf ihrem Knie schmiegte sich an ihre Brust und das seltsam geformte Kreuz in ihrer Hand schimmerte sanft.

»Ich habe Trost und Heilung in ihr gefunden. In den tiefsten Tälern der Verlorenheit, in den dunkelsten Stunden meines Lebens, in der schmerzlichsten Not und Einsamkeit war sie bei mir. Und in Ihr Euer Geist.«

»Ja, Herr?«

»Ja. Ihr habt viel Ähnlichkeit mit der barmherzigen Mutter.«

In seinen Augen lag tiefer Frieden, doch Almut senkte ihren Blick.

»Nein. Sie hatte ein Kind.«

Er erhob sich und zog sie an sich.

»Auch Ihr werdet ein Kind haben.«

»Ich …«

»›Steh auf, meine Freundin, und komm, meine Schöne, komm her! Meine Taube in den Felsklüften, im Versteck der Felswand, zeige mir deine Gestalt, lass mich hören deine Stimme; denn deine Stimme ist süß, und deine Gestalt ist lieblich.‹«

Seine Lippen waren sanft, aber seine Hände streiften zielstrebig das feine Tuch von ihren Haaren.

Ihr aber schlug das Herz so laut, dass es in ihren Ohren rauschte, und die Kehle wurde ihr eng. Doch sie wehrte sich nicht, als er auch das Band löste, das ihren fest geflochtenen Zopf hielt.

»›Siehe, meine Freundin, du bist schön! Siehe, schön bist du! Deine Augen sind wie Taubenaugen hinter deinem Schleier.‹«

In Wellen fielen die rotbraunen Haare über ihren Rücken, und ihre Hand wagte es, sich auf seine von grauer Seide bedeckte Schulter zu legen.

»Ihr findet, es ist ›wie eine Herde Ziegen, die herabsteigen vom Gebirge Gilead‹? Manches ist nicht sehr schmeichelhaft, was Salomo singt.«

Das Fältchen in seinem Augenwinkel zuckte.

»Dieses nicht, doch sagt er auch: ›Deine Lippen sind wie eine scharlachfarbene Schnur, und dein Mund ist lieblich. Deine Schläfen sind hinter deinem Schleier wie eine Scheibe vom Granatapfel.‹«

Als er sie dieses Mal küsste, lagen ihre Arme um seinen Nacken. Und sie verwehrte es seinen kundigen Fingern nicht, sich in ihrer Haarflut zu vergraben.

»›Von deinen Lippen, meine Braut, träufelt Honigseim. Honig und Milch sind unter deiner Zunge, und der Duft deiner Kleider ist wie der Duft des Libanon‹«, flüsterte er. Seine Lippen streiften ihre Brauen, ihre Schläfen und ihre Augenwinkel. Mit einem zitternden Atemzug lehnte sie ihren Kopf an seine Brust. Er hielt sie fest, ließ sie dem raschen Schlag seines Herzens lauschen, bis sie ruhiger wurde.

Die Schatten des verlöschenden Tages wurden lang und füllten die Winkel des Turmzimmers, die Stimmen von der Straße verstummten, im Haus breitete sich Ruhe aus, die Besucher waren gegangen, das Tagwerk getan. Eine laue Brise wehte durch das offene Fenster, und in die Stille hinein erhoben die Vögel ihren Abendgesang.

Almut richtete sich auf, um Ivo vom Spiegel ins Gesicht zu sehen.

Schwarz waren seine Brauen, schwarz die beiden Strähnen in seinem kurz geschnittenen Bart, die sich rechts und links an seinem Mundwinkel hinabzogen. Doch was grimmig scheinen konnte, war nun gewichen, und sie las Verständnis in seinen Augen. Verständnis für ihre Angst vor den ungekannten Gefühlen, die er in ihr weckte, vor dem Begehren, der Sehnsucht, dem Wunsch nach Hingabe, für die sie keine Worte fand.

»Wenn unser Bund vor Gott und den Menschen geschlossen ist, geliebtes Weib, werde ich sanft zu Euch sein. Und wenn der Allmächtige es will, so wird Euer Leib gesegnet sein. Aber heute, meine Taube, ist noch nicht der rechte Zeitpunkt, die Worte des Liedes zu erfüllen.«

Sie legte wieder ihren Kopf an seine Schulter und überließ sich, wenn auch mit einem leichten Zittern und einem Anflug von Bedauern, seiner festen, schützenden Umarmung. Dann gab er sie frei, und mit geschickten Fingern flocht er ihr eigenhändig den Zopf.

»Vielfältige Fähigkeiten habt Ihr, Herr.«

»›Die fleißige Hand wird herrschen; die aber lässig ist, muss Frondienst leisten‹«, zitierte Ivo vom Spiegel salbungsvoll.

Endlich konnte auch Almut wieder lächeln, und dankbar nahm sie den Pokal entgegen, den er ihr reichte, und trank den roten Wein. Doch dann bemerkte sie die rote Stelle an seinem Handgelenk, und mit einem leichten Streicheln berührte sie sie.

»Eine Biene. Sie war es, die mich daran erinnerte, dass ich nicht frei von Verpflichtungen bin.«

»Nicht?«

Er lächelte. »Sie kam in die Klause und machte mir auf schmerzhafte Weise klar, dass ich zu leben hatte. Sie opferte sich für mich und starb zu Füßen Mariens.«

»Ich deckte sie mit einem Rosenblatt zu, bevor ich die Klause wieder schloss.«

»Tatet Ihr das? Euer Herz ist wahrhaft groß und voller Liebe. Ich danke Euch dafür.« Er drehte den Kopf zum Fenster. »Hört, auch sie spendete mir Trost.«

Gemeinsam lauschten sie der kleinen, braunen Sängerin, die sich auf dem Fenstersims niedergelassen hatte. Und die goldene Gestalt Mariens badete im Kerzenlicht und ihrem frohlockenden Gesang.

Bald darauf aber rief Ivo vom Spiegel seinen Reitknecht und bat ihn, Almut zurück zum Konvent zu begleiten.

Er selbst jedoch nahm die schwere, farbenprächtig

illuminierte Familienbibel aus der Truhe und schlug
sie auf. Erstmals seit vielen Jahren gönnte er sich die
beglückende Freude, die Worte Salomos wieder langsam und mit innigem Verständnis zu lesen. Anders
als die keusche Begine hatte ihn das Leben gelehrt, ihren wahren Sinn zu deuten, und mit überwältigender
Sehnsucht dachte er bei der Lektüre an die Hüterin des
Weinbergs und daran, ihren verschlossenen Garten zu
betreten und sich an den Früchten zu laben.

## 46. Kapitel

Während der Herr vom Spiegel in dem Zimmer hoch
über den Straßen der Minne gedachte, lagen drei andere Gestalten auf der Lauer im Schatten des Klosters von Groß Sankt Martin. Der Novize hatte Brot
und Wasser gebracht und im Schutze seiner pumme-
ligen Gestalt die Krumen auf dem Boden vor der Klause verstreut. Eine geschäftige Frau war vorbeigeeilt,
vielleicht eine Hebamme, die zu einer Geburt gerufen
worden war. Zwei Nordmänner, die auch an dem warmen Maiabend noch ihre pelzbesetzten Lederwämse
trugen, schlenderten vorüber, auf der Suche nach einer
Taverne, in der sie ihr Bier trinken konnten. Eine magere Katze strich dicht an der Kirchenmauer vorbei, in
der Hoffnung, eine fette Maus jagen zu können. Zwei
Hunde scheuchten sie mit Gekläff auf einen Baum
und trotteten dann, zufrieden mit ihrem martialischen
Einsatz, weiter durch die Gassen, um den allfälligen
Abfall zu durchwühlen. Aus der Klosterkirche klan-

gen die letzten Psalmen der Komplet, dann wurde es still in den Straßen, und die drei Wachsamen mussten Geduld aufbringen.

Sie wurden belohnt.

Durch die mondlose Dunkelheit bewegte sich ein Mensch in einem langen schwarzen Umhang. Sein Haupt war unter der Kapuze verborgen, seine Schritte lautlos. Er hielt an der Klause inne und begann mit leise zischelnder Stimme zu sprechen.

Pitter, der sich in einem Hauseingang unsichtbar gemacht hatte, richtete sich auf und schlich wie auf Samtpfoten näher an den Sprecher. Die Schleuder war bereit, und als er die richtige Position gefunden hatte, schoss der Stein mit gezielter Kraft durch die Nacht.

Benommen taumelte die Gestalt, doch sie brach nicht zusammen. Der dicke Wollstoff der Kapuze hatte den Schlag abgefangen.

Den des derben Knüttels aber, der gleich darauf auf seinen Hinterkopf fuhr, milderte sie nicht.

Zwei Männer packten den Gefällten an Schultern und Beinen, und im Laufschritt wurde er um die Ecke gebracht. Pitter war vorangeeilt und erwartete Hardwin und Leon bereits an der Tür, die Frau Nelda auf sein Zeichen hin geöffnet hatte.

»In den Keller mit ihm«, flüsterte sie und reichte Pitter die Lederriemen.

Im Schein zweier Fackeln betrachteten die drei kurz darauf ihre Beute.

»Er ist es«, erklärte Hardwin. »Er ist der Kerl, den ich im Adler mit Ramon beobachtet habe.«

Ein hagerer Mann, dem sicher schon weit über vierzig Winter die Haut gegerbt hatten, dessen Haupthaar sich gelichtet hatte und nur noch einen grauen Kranz um seinen Schädel bildete, lag auf dem Strohballen zu ihren Füßen. Seine Züge, entspannt in der Besinnungslosigkeit, waren nichtssagend, seine Kleider grau und unauffällig. In dem Beutel an seinem Gürtel befand sich nichts, was der Rede wert gewesen wäre, einige Münzen, ein Löffel mit eingeklapptem Stiel, ein Amulett zum Schutz auf Reisen, ein schmutziges Leinentuch, das nach Pech roch.

»Wecken wir ihn auf und stellen ihm Fragen«, befahl Leon mit harter Stimme.

Hardwin ohrfeigte den Mann kräftig, und er schlug mit einem Stöhnen die Augen auf.

»Was du Ivo vom Spiegel in der Klause erzählen wolltest, würde uns auch brennend interessieren, Derich«, sagte Hardwin mit trügerisch ruhiger Stimme.

»Wem? Was?«

»Er ist verwirrt, Herr. Sollen wir das Brenneisen heiß machen?«

»Es würde sein Erinnerungsvermögen gewisslich erheblich verbessern.«

»Nein, nicht!«, jaulte der Gefesselte.

»Würde es nicht? Oh, wir sollten es drauf ankommen lassen. Pitter!«

Derich wand sich in seinen Fesseln.

»Was wollt Ihr?«, keuchte er.

»Sagte ich schon. Was hast du dem Herrn vom Spiegel zu vermelden?«

»Nur, was man mir aufgetragen hat.«

Hardwin und Leon tauschten einen Blick über seinem Kopf.

378

»Wer hat dir Grüße an den Herrn aufgetragen, Derich?«

Pitter reichte Hardwin mit großer Geste einen rot-
glühenden Schürhaken.

Derich schluckte.

Das Eisen näherte sich seinem Gesicht, sodass er die
Hitze auf seiner Wange spüren konnte.

»Die Edle von Bilk«, flüsterte er und versuchte, seinen Kopf fortzudrehen.

»Und was sollten die Grußworte künden?«

»Das… das Haus der maurischen Hure. Es ist abge-
brannt.«

»Diese fromme Nachricht konntest du ihm gestern natürlich nicht zukommen lassen. Da hast du
selbst auf dem Dachboden gesessen und gezündelt,
stimmt's?«

In dem Gesicht zuckte es, und leise stöhnte der Gefangene: »Nehmt es fort.«

»Das glühende Eisen? Ja? Was glaubst du, wie die
Maurin sich gefühlt hat, als die brennenden Balken
über ihr zusammenbrachen?«

Das Metall streifte seine Stirn, und Derich heulte
auf.

»Sie hat es befohlen. Ich musste es tun!«

Hardwin hob den Schürhaken ein Stückchen an.

»Ihr musstet wohl auch die Kanalratten mit Feuer
schrecken, was?«

»Sie hat es befohlen.«

»Sie hat dir viel zu befehlen, die edle Frau. Warum,
Derich?«

Wieder wand er sich vor Unbehagen und Angst.

»Hat ihr Bruder dir auch zu befehlen?«

»Ist mein Herr.«

»Aha. Er bezahlt dich. Sie auch?«

Heftiges Nicken.

»Wofür, Derich?«, peitschte Leons Frage durch den Keller. »Für die Drecksarbeit? Um tote Kinder zu besorgen, Boten zu ermorden, falsche Münzen zu verteilen, gestohlene Pferde zu verkaufen?«

»Sie haben's befohlen!«, kreischte der Mann. »Aber ich bin kein Mörder! Ich hab ihn nicht umgebracht!«

Wieder tauschten Hardwin und Leon einen Blick.

»Der Vogt wird es anders sehen, die Schöffen auch.«

»Herr Ramon hat ihn ersäuft. Wie den Vergolder auch. Und den Bilk.«

»Die Magd?«

»Das war die Herrin selbst.«

»Du armes, unschuldiges Lamm. Du hast nur gefälscht, betrogen, bespitzelt und Brände gelegt.«

»Weil sie's gewollt haben.«

»Du gibst es also zu.«

»Nicht den Mord. Nicht den Mord.«

»Schön, also nicht den Mord. Aus welchem Kloster bist du geflohen?«

Jetzt zitterte Derich am ganzen Leib, und es begann unangenehm nach Fäkalien zu riechen.

Das glühende Eisen tat seine Wirkung, und stückchenweise bekamen sie seine Geschichte aus ihm heraus. Er war vor fünf Jahren aus dem Franziskanerkloster in Nürnberg entwichen, wo er sich verkrochen hatte, weil er von den Obrigkeiten wegen verschiedener Gaunereien verfolgt wurde. Er stammte aus einer Gauklersippe und verfügte über ein nicht unbeträchtliches Talent für Verstellungen und Lügengeschichten. Das

380

karge Leben der Minderbrüder bot ihm zwar für einige Jahre Schutz, gefiel ihm aber überhaupt nicht. Er entfloh dem Kloster und wollte sich nach Süden durchschlagen, begegnete dann auf dem Weg dorthin den aus Venedig kommenden Geschwistern Ramon und Almodis. Die Edle von Bilk, zu jener Zeit schon verwitwet, durchschaute ihn, als er versuchte, sie um ihre Reisekasse zu erleichtern. Seine schauspielerischen Talente allerdings nahmen das betrügerische Pärchen für ihn ein. Da auch sie in Nürnberg Halt machten, waren ihnen seine Ortskenntnisse von Gewinn. Er brachte sie mit dem Schlitzohr Thomas zusammen, und gemeinsam bauten sie das Geschäft des Münzfälschens auf. Dass die beiden auch vor gewalttätigen Verbrechen nicht zurückscheuten, entdeckte Derich erst nach und nach. Beispielsweise brüstete sich Ramon einst im Rausch, dass er tätig dazu beigetragen hatte, den Ritter von Bilk vom Leben zum Tode zu befördern. Auf Wunsch seiner Schwester natürlich. Derich war gewissenlos genug, sich davon nicht sonderlich abschrecken zu lassen. Ihm gefielen die Rollen, die er übernehmen sollte, die Tricksereien und Täuschungen, in denen er immer vollkommener wurde. Besonders gern gab er sich als Mönch aus und hatte großen Erfolg damit, da er das Klosterleben gut genug kannte, um sich überall anzupassen. Immer sicherer und dreister war er geworden. Auf diese Weise hatte er sich auch Zugang zum Hofstaat des Erzbischofs verschafft, um dort herauszufinden, ob und wann der Dispens für Pater Ivo erteilt wurde. Er gab zu, die Aufgabe, den Herrn vom Spiegel zu bespitzeln, habe ihm große Freude bereitet. Er hasste Kleriker, schwarze Benediktinerpater insbesondere.

Jetzt hatte er Angst.

Er versuchte, sie vor seinen Peinigern zu verbergen, aber das kalte Lächeln in Hardwins Gesicht und die schwarze Wut in den Augen von Leon de Lambrays weckten lange nicht mehr gehegte Gefühle. Todesfurcht war eines davon.

Almodis und Ramon mochten skrupellos und gefährlich sein, gemein, hinterhältig und verschlagen. Aber er kannte auch ihre Schwächen, ihre Habgier, ihren Machthunger, ihre Rachegedanken, ihre Wollust.

Seine beiden Häscher waren kalt und gnadenlos. Mit ihnen würde alles Handeln vergebens sein.

Sie verließen ihn, nachdem sie ihre Befragung beendet hatten, und trotz seiner misslichen Lage pries sich Derich glücklich, nicht mehr als eine flüchtige Brandwunde auf der Stirn erhalten zu haben.

Sie würden am nächsten Tag wiederkommen, aber bis dahin wollte er sein weiteres Verhalten gründlich überdenken.

## 47. Kapitel

Eine Herde flauschiger Wolken zog das Rheintal hinunter, und ihre Schatten huschten über das silberne Band des breiten Stromes. Schwalben schossen in gewagten Kapriolen um den Turm von Groß Sankt Martin, und hoch oben ließ sich ein Falke mit ausgebreiteten Schwingen vom Wind tragen.

Almut war schon am Morgen wieder zum Alter Markt gekommen, da sie von Pitter die Botschaft erhalten hatte, dass der Diener Ramons nun ebenfalls in Banden lag. Sie war zu Ivo auf den Söller gestiegen und lehnte zufrieden mit ihrem Rücken an seiner Brust.

»Ihr besteht tatsächlich darauf, zum Konvent zurückzukehren, Weib?«, fragte er in ihre unbedeckten Haare.

»Meine Schwester braucht mich. Ich will sie zu meinen Eltern begleiten, wenn sie sich stark genug fühlt.«

»Auch Ihr könntet dort Wohnung nehmen.«

»Könnte ich. Und jeden Tag einen neuen Ehekandidaten präsentiert bekommen.« Almut lachte leise in sich hinein. »Nein, nein. Ich bleibe bei meinen Schwestern, und wenn Pater Henricus kommt, werde ich mein Gewissen erleichtern und meine Sünden beichten.«

»Die Buße wird sich daraufhin nicht nur auf ein Verbot süßer Wecken beschränken. Wollt ihr dem wackeren Minderbruder wirklich alle Eure sündigen Handlungen beschreiben?«

»›Wer Mund und Zunge bewahrt, der bewahrt sein Leben vor Not.‹«

»Eine weise Einsicht, mein Weib.«

Sie drehte sich um und las in seinem Gesicht Heiterkeit.

Und Verlangen.

»Ich würde mich ja dem Rat des Weisen beugen, Herr, denn ›der Gerechten Lippen erquicken viele‹, wenn nicht … tja, wenn nicht Euer Sohn mit strengem Blick auf dem Söller erschiene. Einen schönen Morgen wünsche ich Euch, Leon.«

Leons Augen flogen zwischen den beiden hin und her, und dann löste sich der ernste Zug um seinen Mund.

»Ein herrlicher Morgen ist es, aber wie mir scheint, brauche ich Euch den nicht zu wünschen. Ihr seht wohl aus, Herr Vater. Und Ihr, Frau Almut, leuchtet wie ›eine Blume in Scharon und eine Lilie im Tal‹.«

»Zügle deine Zunge, Sohn. Diese Artigkeiten sind mir vorbehalten.«

»Wie bedauerlich, denn sie scheinen großen Eindruck auf die Frauen zu machen.«

»Sucht Euch ein eigenes Weib, Sohn, das Euren Schmeicheleien erliegt.«

»Das will ich mit Frau Almuts Hilfe gerne tun. Doch zuvor, Herr Vater, solltet Ihr Kenntnis davon erhalten, wer ebenfalls meinen und Hardwins Schmeicheleien erlegen ist.«

»Und Ihr, mein Sohn, dürft Euch daran ergötzen, wer durch das kraftvolle Einwirken der barmherzigen Mutter zu Fall gekommen ist. Ziehen wir uns zur Beratung zurück.«

Sie tauschten die Ereignisse vom Vortag aus, und Hardwin schlug vor: »Derich wird nach kurzem Nachdenken die Zusammenarbeit mit uns erwägen, vor allem, da nun die Schlange keine Macht mehr über ihn hat. Herrin, Ihr seid ein tapferes Weib.«

»Ein leichtsinniges«, brummelte ihr Herr, aber ließ seine Hand auf ihrer Schulter ruhen.

Leon erlaubte sich, ihr verschwörerisch zuzuzwinkern, dann wurde aber auch er wieder ernst.

»Ja, ich denke auch, er wird dankbar dafür sein, wenn er nicht in den Strudel der Anklagen gegen seine Herrschaften mit einbezogen wird. Natürlich ist er ein übler Geselle, ein Lügner und Spitzbube, der nur seinen Vorteil im Sinn hat. Aber um den größeren Fisch zu fangen, müssen wir den kleineren entschlüpfen lassen. Wärt Ihr damit einverstanden, Herr Vater?«

»Ein Köder wird gefressen!«

»Ramon wird ihn nicht fressen, sondern sich seiner bedienen. Er hat anscheinend großen Einfluss auf Derich.«

»Wie sieht Euer Plan aus?«, wollte Almut wissen, bevor Ivo weitere Einwände vorbringen konnte.

»Hardwin und ich werden mit Derich nach Efferen reiten. Dort wird er im Schloss vorsprechen und Ramon von dem kostbaren Buch berichten, dem er im Judenviertel auf die Spur gekommen ist.«

»Er könnte ihm auch verraten, dass eine Falle auf ihn wartet.«

»Das könnte er. Aber wenn er es tut, weiß Ramon auch, dass er entlarvt ist und – nun noch viel besser – seine Schwester sich in unserer Gewalt befindet.«

»Mhm«, sagte Ivo und nickte dann. »Er ist seiner Schwester hörig. Es würde ihn auf anderem Weg in unsere Hände liefern. Tut also, wie geplant.«

»Und nehmt Fredegar mit. Er ist jung, geübt im Reiten und Fechten – und er neidet Pitter gewiss den gestrigen Abend«, schlug Almut vor.

Leon schüttelte den Kopf, aber Hardwin lächelte.

»Wir werden es tun, Herrin. Die jungen Männer haben sich ihr Abenteuer verdient.«

»Aber was wird nun mit Almodis geschehen, Herr?«

»Ich werde sie aufsuchen.«

»Ist das klug?«

»Ich werde mich nicht länger in diesem Turm verbergen. Aber bevor ich mit ihr spreche, werde ich mich

385

mit Hilger von der Stesse und Pater Aegidius vanme Tempel aufsuchen.«

»Herr?«

»Neugieriges Weib! Hilger ist Schöffe, Pater Aegidius Dominikaner.«

»Ich möchte Euch begleiten – nein, nicht zu den hohen Herren, sondern zu Meister Krudener.«

»Nein.«

»Doch, Herr. Habe ich nicht ein Recht dazu?«

»Nein. Bringt Eure Schwester zu Euren Eltern. Und kehrt meinethalben anschließend zum Konvent zurück. Haltet Euch von der Verräterin fern.«

»Wie ihr wünscht, Herr«, gab Almut demütig nach und faltete die Hände im Schoß.

»›Lügenmäuler sind dem Herrn ein Gräuel; die aber getreulich handeln, gefallen ihm‹«, knurrte der Herr vom Spiegel sie an.

Sie blickte zu ihm auf und nickte verständig. »›Das Drohen des Königs ist wie das Brüllen eines Löwen.‹«

»Nur Brüllen, Weib? Unterstellt Ihr mir stumpfe Zähne?«

»Niemals, Herr. Werdet Ihr mich beißen, wenn ich ungehorsam bin?«

Bedauerlicherweise betrachtete der Herr vom Spiegel das ungehorsame Weib, als begehre er es auf der Stelle zu verspeisen, und die beiden Besucher hatten Mühe, ihr Lachen hinter einem auffälligen Gehüstel zu verbergen.

»Also gut, ich hole Euch im Konvent ab. Aber geht nicht alleine zur Apotheke. Versprecht es mir.«

»Das tue ich.«

»Dann wollen wir mit unserem Tagwerk beginnen.«

Hardwin begleitete Almut zum Eigelstein, und dort klopfte sie umgehend an die Tür der Meisterin. Magda hörte sich die kurze Zusammenfassung der Ereignisse an und fragte nüchtern nach ihrem weiteren Vorhaben.

»Wenn Ihr Aussagen gegen diese Verbrecherin braucht, bin ich bereit, Zeugnis zu geben. Und mein Bruder auch«, sagte sie grimmig. »Ich habe mich mit Elsa und Gertrud über die toten Kinder unterhalten, und Elsa wusste den Namen einer Hebamme, die möglicherweise in diese Sache verstrickt sein könnte. Wenn nötig, wird man sie benennen können.«

»Ein weiterer Beweis wird nicht schaden.«

»Ich mache mir Vorwürfe, dass ich sie nicht durchschaut habe.«

»Keiner von uns tat das. Es ist schwer, so viel Bosheit zu vermuten, Magda.«

»Das ist wahr. Hüte dich vor ihr, selbst wenn sie gefesselt ist. Ich hoffe, dein Ivo hat gute Argumente, sodass sie der gerechten Strafe nicht entkommt.«

»Er hat lange Zeit gehabt, seine Anklage zu formulieren.«

»Ja, das hat er wohl.«

»Ich würde nun gerne Aziza zu meiner Mutter bringen, Magda. Ist sie in der Lage dazu?«

»Sie grämt sich noch um ihre Haare, aber sie hat neuen Mut gefasst. Allerdings«, die Meisterin schmunzelte, »die Kleider, die wir ihr geben konnten, fanden nicht ihre größte Zustimmung.«

So war es denn auch. Almut traf sie bei den Seidweberinnen an, denen sie half, die Kettfäden eines Webstuhls zu richten. Das schlichte Beginengrau konnte die Schönheit ihrer Schwester zwar nicht mindern, aber ihr schiefes Lächeln, als sie Almut erblickte, die ihre glänzenden rotbraunen Haare noch immer unbedeckt trug, sprach mehr als alle Worte.

»So haben wir denn offenbar die Rollen vertauscht, Schwester. Ich bin die mittellose, keusch verhüllte Magd, und du das blühende, lockere Weib.«

»Frau Barbara hat gefüllte Truhen, es wird dir nicht schwerfallen, darin eine angemessene Ausstattung zu finden.«

»Das kann ich nicht annehmen. Aber ich werde selbst für mich zu sorgen wissen.«

»Oh, ich werde es schamlos ausnutzen, ihre Kisten und Kästen zu plündern. Aziza, wir tun ihr einen großen Gefallen damit. Denn jedes Kleid, das sie fortgibt, gilt ihr als Rechtfertigung dafür, sich ein neues fertigen zu lassen. Unser Vater kann es sich dank ihres umsichtigen Wirtschaftens leisten, das zu bezahlen.«

Aziza nickte und legte die Seidennocken zurück in den Korb. Irma übernahm mit einem leisen Dank die weitere Arbeit am Webstuhl.

»Machen wir uns auf den Weg.«

Während sie durch die mittäglich belebten Straßen zum anderen Ende der Stadt wanderten, berichtete Almut Aziza von ihren neuen Erkenntnissen, und als sie geendet hatte, meinte ihre Schwester: »So hat die Verräterin also die ganze Zeit über unter euch gelebt. Sie muss ein großes Talent zur Verstellung haben.«

»Das hat sie gewiss. Ich habe inzwischen manches Mal darüber nachgedacht. Sie hat mich von ihrem einnehmenden, bescheidenen Wesen völlig überzeugt. Sie hat auch Meister Krudener geblendet, und erst, als ich sie wirklich wütend gemacht habe, fiel ihre Maske.«

»Sie wird leugnen und auch ihre Ankläger zu täuschen versuchen, Almut«, mahnte sie, genau wie auch die Meisterin. »Deinen Ivo wird sie zwar nicht mehr betören, aber bei den Schöffen und dem Inquisitor wird sie ihre Künste einsetzen. Ihr werdet etwas benötigen, was sie wirklich überführt.«

»Daran habe ich auch schon gedacht.«

»Die falschen Münzen sind in meinem Haus geblieben, und wenn sie nicht geschmolzen sind, haben die Plünderer sie inzwischen in den Fingern.«

»Du hast recht, Aziza. Die Morde hat Ramon begangen, und ihn haben wir auch beschuldigt, die Magd vergiftet zu haben. Den Brand hat Derich gelegt. Meinen Geist hat sie mit den toten Kindern zu verwirren versucht. Aber die Engelmacherin wird kaum gestehen, dass sie ihr die Leichen verkauft hat.«

»Sie muss sich selbst verraten.«

»Solange man sie nicht peinlich befragt, wird sie nichts zugeben, fürchte ich. Sie ist die Meisterin der Intrigen.« Almut blieb plötzlich stehen. »Nur die Pastetenbäckerin hat sie durchschaut. Sie behauptete, sie habe den bösen Blick. Ich habe sie deshalb streng gerügt, aber sie hatte sie als Einzige durchschaut, Aziza.«

»Almodis, eine Zaubersche?«

»Eine höchst gewitzte Frau, die sich mit den dunklen Mächten verbunden hat. Die Mittel und Wege gefunden hat, sich Schwächere zu Willen zu machen, durch Angst, Wollust und Täuschung.«

»Such nach Dingen, die ihre Teufelsbuhlschaft beweisen, Almut.«

»Aber was ist das, und wo soll ich suchen?«

Doch hier wusste auch Aziza keine Antwort, und gedankenversunken erreichten sie das Haus in der Mühlengasse.

Sie klopften an die Tür, und die Magd Anne öffnete ihnen. Mit säuerlicher Miene musterte sie Aziza, die noch nie ihr Wohlwollen gefunden hatte, führte die beiden Frauen jedoch umgehend zum Kontor, wo Frau Barbara eifrig Zahlen addierte.

Als Almut ihr die missliche Lage ihrer Schwester schilderte, nahm ihre Stiefmutter Aziza liebevoll in den Arm, und, wie erwartet, bot sie ihr Unterkunft und Kleidung an.

Erst zögernd, dann aber mit steigender Begeisterung wühlten die drei Frauen kurz darauf in den Kleiderkästen, und plötzlich hielt Aziza, ein köstliches, meerblaues Gewand in den Händen, inne.

»Wie lange hat sie bei euch im Konvent gewohnt?«

»Seit über zwei Wochen. Warum?«

»Hat sie immer dasselbe Kleid getragen?«

»Nein. Zum Kirchgang trug sie ein schwarzes Gewand… Ah, ich weiß, was du meinst. Sie hat eine Truhe in ihre Kammer bringen lassen.«

»Sie benötigte Verkleidung, Geld, Hilfsmittel. Ist die Truhe noch dort?«

»Vermutlich. Ich nehme auch an, dass sie in Ramons Wohnung weitere Besitztümer untergestellt hat.«

»Untersuche sie, Schwester. Diejenigen, die sich der Macht Satans verschrieben haben, beten seine Zeichen ebenso an wie die Frommen das Kreuz.«

Almut schauderte es, aber sie bewunderte die Schlussfolgerung Azizas.

390

»Talismane, Zaubersprüche, Dämonensiegel – du hast recht. Ich glaube, Aziza, ich werde jetzt aufbrechen. Ich habe noch etwas zu tun.«

Anne, die Magd, trug den Beutel mit zwei Gewändern aus Frau Barbaras Truhe und begleitete Almut zum Eigelstein. Doch nörgelte sie den ganzen Weg darüber, dass sie die maurische Hure wieder einmal in ihr christliches Elternhaus gebracht hatte.

Im Konvent angekommen, begab sich Almut sofort in das Pförtnerhaus, das die Edle von Bilk bewohnt hatte. Die Kammer war aufgeräumt, doch die Truhe, die Almodis mitgebracht hatte, stand noch in der Ecke. Kurz zögerte sie, sich an dem fremden Eigentum zu vergreifen, dann aber klappte sie resolut den Deckel auf.

Zwei schlichte Kleider fanden sich, einfache Leinenschleier, ein Unterkleid. Dazwischen ein Beutel mit Münzen. Ob sie echt oder gefälscht waren, würde ihr Aziza verraten können. Was sie ebenfalls fand, waren zwei Päckchen mit Pulver und einige Phiolen mit Flüssigkeiten. Elsa mochte ihr hierbei weiterhelfen, aber Almut vermutete stark, dass es sich um Gifte oder betäubende Mittel handelte. Trotzdem war sie enttäuscht, diese Dinge waren nicht eindeutig genug, Almodis der Zauberei zu überführen. Sie würde behaupten, man habe ihr die Münzen und die Mittelchen untergeschoben.

Unzufrieden begab sie sich ins Refektorium, um sich mit einer der vielfältigen Handarbeiten die Zeit zu vertreiben, bis der Herr vom Spiegel sie abholte.

Als die Glocken die neunte Stunde läuteten, klopfte er an die Pforte des Konvents. In seinem schwarzen

Talar aus schimmernder Seide wirkte er weit düsterer als in der schwarzen Benediktinerkutte. Auch seine Züge drückten wieder tiefen Grimm aus, als Almut sich ihm anschloss, um mit ihm gemeinsam über seine erbitterte Feindin zu richten.

»Ihr habt den Schöffen und den Dominikaner gesprochen?«

»Sie und zwei Gewaltrichterboten warten bei dem Apotheker auf uns.«

Mehr sagte er nicht, und wortkarg schritt er neben ihr einher. Auch Almuts Magen zog sich zusammen. Die Begegnung mit der Frau, die so viel Unheil angerichtet hatte, weckte nun doch Furcht in ihr.

Krudener empfing sie ebenfalls sehr einsilbig und führte sie und die fünf strengen Männer die Treppe zu den tiefen Kellern hinab. Das geschnitzte Medusenhaupt an der Tür zu den Katakomben erwachte im tanzenden Schein der Fackeln zum Leben, und die Schlangen wanden sich drohend um ihren Kopf.

»Öffnet!«, befahl Ivo vom Spiegel, und die Tür schwang auf.

In einem steinernen Sarkophag lag eine fest zusammengeschnürte Gestalt, die sich bei dem plötzlichen Lichteinfall heftig zu winden begann und durch deren Knebel unartikulierte Laute drangen. Almut blieb zurück und ließ Ivo vortreten.

»So sehen wir uns wieder, Almodis Rodriguez de Castra, Edle von Bilk. Ihr habt nicht erwartet, mir in diesem Leben noch einmal zu begegnen«, grollte die Stimme des Herrn vom Spiegel durch die Gruft. Er gab Krudener ein Zeichen, ihren Knebel zu lösen.

»Ivo! Nein, das habe ich nicht erwartet.« Sie klang

392

heiser, aber es lag keine Bosheit in ihrer Stimme. Stille Resignation vielleicht, und Almut bewunderte widerwillig ihre Schauspielkunst. Im unsteten Licht sah man Tränen in ihren dunklen Augen schimmern, und selbst in der misslichen Lage, in der sie sich befand, gelang es ihr noch immer, einen Rest Zauber zu entfalten.

»Ich bin gekommen, um Anklage gegen Euch zu erheben, Almodis Rodriguez de Castra, Edle von Bilk. Ich klage Euch an der Giftmischerei, der Fälschung und der Brandstiftung. Ich klage Euch an der Anstiftung zum Mord an dem erzbischöflichen Kurier und dem Vergolder Thomas. Ich klage Euch an des Mordes an der Magd Maren. Ich klage Euch an der Zauberei und der Ausübung der Teufelskünste.«

»Du klagst an? Ein Ketzer, ein Gottesleugner, ein Abtrünniger? Du klagst an, der du dich mit Bestechungen freigekauft hast? Du klagst an, der du selbst des Mordes schuldig bist?«

Wild peitschten ihm die Worte entgegen, und Almut zuckte bei jedem einzelnen zusammen.

»Ich habe nie einen Mord begangen, ich habe Ablass bezahlt und meine Buße getan. Ich klage Euch an, Almodis Rodriguez de Castra, Edle von Bilk.«

»Dann klag, beweisen kannst du nichts.«

Sie war klug, das gestand Almut ihr zu. Wie ihre Schwester richtig vermutet hatte, würde sie Listen anwenden, um die Taten zu leugnen.

»Wer bezichtigt mich der Giftmischerei? Wer der Fälschung, und was soll ich gefälscht haben? Wer zeiht mich der Brandstiftung, wer der Anstiftung zum Mord? Wer unterstellt mir, eine Magd umgebracht zu haben?

Und welcher verblendete Tor wagt es, mich der Zauberei und Teufelskünste anzuklagen?«

»Ich, Weib, und meine Zeugen!«

Ivo vom Spiegel setzte mit kalter Stimme seine Anklagerede fort, die Almodis mit glattzüngigen Einwürfen immer wieder unterbrach. Almut erkannte seine Absicht, aber viel zu oft gelang es der Listenreichen, seine Argumente zu entkräften. Der Schöffe und der Dominikaner wurden ungeduldig.

»Mist, Maria!«, flüsterte Almut und langte nach dem Perlenanhänger an ihrem Hals.

Und Maria, die gelegentlich für die höchst unfrommen Ausrufe ihrer bedrängten Tochter Verständnis hatte, gab ihrer Almut den entscheidenden Hinweis. Das, was sie vergebens in den Truhen gesucht hatte, wurde ihr daher plötzlich klar, trug Almodis noch immer bei sich.

Darum trat sie vor in den Fackelschein.

Almodis lachte bei ihrem Anblick auf und musste dann husten.

»Hast du deine keusche Begine mitgebracht, damit sie mir mit ihrem faulen Zauber Angst einjagt, Ivo?«

»Geht fort, Begine!«, herrschte der Herr vom Spiegel sein künftiges Weib an, aber sie schüttelte den Kopf und betrachtete die Gefesselte stumm. Es lag Verachtung in Almodis' Zügen, Gehässigkeit und Tücke. Ihr Blick war tatsächlich böse. Doch Almut hielt ihm stand. Ihre Hand umschloss noch immer die Träne Mariens. Die Flammen zuckten unruhig über Almodis, und sie erschien ihr in immer neuen, anderen Gesichtern. Sie sah die zurückhaltende Witwe in ihr und die fluchende Verräterin, sie sah die hinreißende Schönheit ihrer frühen Jahre, die Ivo betört hatte. Sie sah die Klugheit, die Krudener bewundert hatte, und die Kaltblütigkeit, die sie zur Mörderin gemacht hatte. Unter ihrem Blick wandelte sich Almodis wieder und wieder, und ihre Augen begannen zu flackern.

»Ihr habt den falschen Weg gewählt, Almodis. ›Süß wie Honigseim sind die Lippen der Heuchlerin, und ihre Kehle glatter als Öl. Hernach aber ist sie bitterer als Wermut und scharf wie ein zweischneidiges Schwert. Ihre Füße laufen zum Tode hinab, ihre Schritte führen in die Hölle.‹ Dort, wo Euer Meister, den Ihr verehrt, auf Euch wartet.«

Almut riss ihr mit kalter Wut das Gewand am Hals auf und zog das Amulett hervor, das Almodis unter ihren Kleidern verbarg.

Deren Verfluchungen gellten durch die Katakomben.

Doch schon tauchte die weiße Kutte des Dominikaners an dem Sarkophag auf, in dem sie lag.

Almodis verstummte.

Er betrachtete das runde Siegel zwischen ihren bloßen Brüsten. Der Fünfstern, der über einem gehörnten Bockskopf gezeichnet war, schimmerte böse.

»Teufelsbuhle!«, stellte der Pater trocken fest. Dann drehte er sich zu Ivo vom Spiegel um. »Eurer Anklage wird stattgegeben.«

Almut sah die nackte Angst in Almodis' Gesicht. Dann aber hatten die Büttel sie schon hochgezerrt und auf die Füße gestellt.

»Ivo vom Spiegel. Herr«, keuchte sie, »Gnade.«

Die Gewappneten lösten die Bande um ihre Füße und stießen sie die Treppe hoch. Die Männer und Almut folgten ihnen.

Im hellen Licht des Labors musste Almut blinzeln. Der Schöffe sagte etwas zu Krudener, was sie nicht verstand. Almodis schluchzte rau. Der Dominikaner machte Anstalten, die Apotheke zu verlassen, als Ivo vom Spiegel befahl: »Halt!«

Alle drehten sich zu ihm um.

»Almodis Rodriguez de Castra hat um Gnade gebeten. Ich habe sie angeklagt. Diese Begine an meiner Seite aber hat zuzeiten das bessere Urteil bewiesen als ich. Ich bitte Euch, ihre Stimme zu hören.«

Einen Moment war Almut verblüfft, dann erinnerte sie sich. Einst war er unbarmherzig gewesen, und sie hatte seinen harten Schuldspruch mildern können.

Sie maß Almodis mit langem Blick, dann den Mann neben sich. Sie sah den bitteren Pater, den sie vor über einem Jahr getroffen hatte, sie sah den halb zu Tode geprügelten Mann in den Kellern des Klosters, sie sah die unsagbare Verzweiflung, die ihn zur Einmauerung veranlasst hatte.

Sie befragte ihr Gewissen.

Maria befragte sie nicht.

»Herr, der Einzige, der Barmherzigkeit walten lassen kann, seid Ihr. Denn Ihr wart ihr einst zugetan.«

Auch der Herr vom Spiegel maß Almodis lange. Dann reichte er Almut den Arm, und sie legte ihre Rechte auf die schwarze Seide seines Ärmels.

Wortlos geleitete er sie hinaus.


Sie hatten den ganzen Weg über geschwiegen, aber als wäre es eine Selbstverständlichkeit, betraten sie das Haus am Alter Markt, und Almut folgte Ivo in das Turmzimmer.

Hier setzte er sich mit müder Bewegung in den Sessel.

Sie kniete sich auf ein Polster zu seinen Füßen und lehnte ihren Kopf an sein Knie.

»Sie wird brennen«, erklärte er rau.

»Das ist die Strafe für die Teufelskünste. Und Mord. Und viele andere ihrer Vergehen.« Almut sah zu ihm hoch und sah die Qual in seinem Gesicht. »Ivo, nicht Ihr habt sie gerichtet, sie hat sich selbst gerichtet.«

»Sie hatte alles im Übermaß. Schönheit, Geist, Leidenschaft und Macht über die Menschen.« Er rieb sich mit den Händen über das Gesicht und atmete tief ein. »Es war ihr nicht genug.«

Ein hässlicher kleiner Wurm begann an Almuts Herz zu nagen, und erbittert fragte sie sich, ob es ein letzter böser Zauber war, den Almodis über sie geworfen hatte. Er nagte und nagte und biss sich durch ihre Kehle, und als er ihre Zunge erreicht hatte, trat er hervor, und leise formten sich die Worte: »Ihr liebt sie noch immer, ist es das?«

Mit einem Ruck richtete sich der Herr vom Spiegel auf und grollte mit blitzenden Augen: »Liebe? Nie, Weib, liebte ich sie. Wollust und Begierde verbanden uns, Leidenschaft hat mich einst fast um den Verstand gebracht. Aber nie habe ich für sie empfunden, was ich für Euch fühle.«

Der hässliche Wurm starb eines schnellen Todes, und mit einem glücklichen Seufzer blickte Almut zu Ivo auf.

»Wie bedauerlich, Herr. Denn so werde ich es nie erleben, wie Ihr meinethalben um den Verstand kommt.«

»Ich muss ihn bereits verloren haben, denn sonst

würde ich Euch für Euer vorlautes Tun züchtigen. Ihr habt meine wohlgesetzte *accusatio* willkürlich unterbrochen, meine ausgefeilte *interrogatio* zu Schanden gemacht durch Euer Eingreifen. Sie sollte überführt werden durch meine überlegene *argumentatio*. Und Ihr geht hin und reißt ihr die Kleider vom Leib und legt das Teufelsamulett bloß.«

»Ja, das war schändlich von mir, denn ›Euer Mund redet Weisheit und Eure Lippen hassen, was gottlos ist. Alle Reden Eures Mundes sind gerecht, es ist nichts Verkehrtes oder Falsches darin‹. Wie die des weisen Salomo.«

»Der Tropf redet zu viel. Und Ihr, Frau Sophia, habt weit klüger gehandelt als ich. Was gab Euch ein, nach dem Amulett zu greifen?«

»Azizas Rat und Mariens Träne.«

Er hob mit vorsichtigen Fingern die Perle an und betrachtete sie.

»Hübsch, aber Eure Brust wird edleres Geschmeide zieren. Mein Vater übergab mir den Schmuck meiner Mutter. Er wird Euch gut zu Gesicht stehen. Und nun, mein Lieb, meine Taube, wollen wir die Mühsal des Tages vergessen.«

Almut stimmte dem freudig zu, und die Lippen des Gerechten lehrten sie heilsame Dinge.

# 48. Kapitel

Zwei Tage Gefangenschaft hatten Derich mürbe gemacht. Die Nachricht, dass Almodis den Häschern übergeben worden war, tat das Ihre dazu, dass er sich außerordentlich willig zur Zusammenarbeit zeigte.

Daher saß er am Montagmorgen zu Pferd, begleitet von drei bewaffneten Männern, die ohne Zweifel äußerst geschickt Gebrauch von Dolch und Axt machen würden, sollte er einen falschen Schritt tun.

Er hatte nicht die Absicht, einen solchen Fehler zu begehen. Gründliches Nachdenken und Besinnung auf die Rettung seiner eigenen Haut hatten ihn zu dem Schluss kommen lassen, dass er, sollte er diese Unternehmung unbeschadet überstehen, ein neues Leben beginnen würde. Und dass er seine Verbindung zu Ramon und Almodis tunlichst gründlich vergessen wollte.

Die beiden Männer hatten ihn eingehend darin unterwiesen, was er zu sagen hatte, und mit trockener Bewunderung erkannte er an, wie genau sie Ramon durchschaut hatten. Der Verlockung jenes alchemistischen Werkes aus der Hand eines jüdischen Rebbe würde er nicht widerstehen können. Eine feine Geschichte hatten sie da gesponnen, wie er, Derich, durch Zufall auf dieses Buch gestoßen sei. Das hatte seinen Sinn für delikates Lügengewebe derart angesprochen, dass er selbst noch einige glaubhafte Fäden mit einzuziehen gedachte.

Heimlich hegte er die Hoffnung, dass seine Begleiter, wenn sie seines ehemaligen Herrn erst einmal habhaft wären, ihr Augenmerk nicht mehr so konsequent auf ihn richten würden. Wenn sich dann eine Gelegenheit zur Flucht ergab, würde er sie zu nutzen wissen.

Aber bis dahin hielt er sich streng an seine Vorgaben.

Es war tatsächlich kein schwieriges Unterfangen, Zutritt zu der Burg zu bekommen. Ramon begrüßte ihn gar mit Freude, und als er die Botschaft hörte, die seinen treuen Diener nach Efferen gebracht hatte, war er mehr als bereit, sofort aufzubrechen. Seinem Gastgeber verheimlichte er selbstverständlich den aufsehenerregenden Fund. Geheimschriften waren etwas, das man selbst mit den besten Freunden nicht teilte.

Leon, Hardwin und Fredegar hatten im Schatten eines Wäldchens Rast gemacht, sich über ihre Wegzehrung hergemacht und sich mit müßigem Geplauder die Zeit vertrieben. Fredegar war stolz darauf, dass sie ihm erlaubt hatten mitzukommen. Er trug wie der Herr de Lambrays einen langen Dolch an seinem Gürtel und hatte ein paar Mal die bösartige Streitaxt an Hardwins Hüfte gemustert. Der Reitknecht machte ganz den Eindruck, als könne er mit dieser Waffe nicht nur Holz hacken. Er selbst aber hatte noch einen Beutel schöner runder Kiesel und eine Schleuder dabei. Pitter hatte ihn in die Kunst eingewiesen – nicht eben eine sehr ritterliche Kampfweise, aber recht wirkungsvoll. Zufrieden hatte er bei dem Wettschießen, mit dem sie den ganzen Nachmittag verbrachten, festgestellt, dass er ein fast so gutes Zielvermögen hatte wie der Gassenjunge.

Um die Mittagszeit sahen sie endlich Ramon und seinen Diener aus dem Tor reiten.

»Lassen wir sie vorüberziehen, und holen wir sie uns von hinten«, schlug Hardwin vor. Sie verbargen sich hinter den Büschen am Rande des Wäldchens, in dem sie auch ihre Pferde untergestellt hatten, und Fredegar bekam die Aufgabe, vorsichtig Ausschau zu halten.

Kurz darauf ritten Herr und Diener an ihnen vorüber. Der Knappe gab seinen Begleitern das vereinbarte Zeichen, und gleich darauf waren sie aufgesessen und folgten der Fährte der beiden Männer.

Ramon hatte offensichtlich den Hufschlag gehört, denn er drehte sich um und musterte seine Verfolger. Dann sagte er etwas zu Derich, der seine Rolle noch immer mustergültig spielte und demonstrativ mit den Schultern zuckte.

Sie kamen näher, und als sie fast auf derselben Höhe auf dem Karrenweg waren, wandte sich Ramon noch einmal um.

Er stutzte, starrte Hardwin an, dann Fredegar. Plötzlich schien ihm zu dämmern, dass er in eine Falle geraten war. Er gab seinem Pferd die Sporen.

Fast gleichzeitig trieb auch Leon sein Ross an und folgte ihm im Galopp. Fredegar schloss sich an, aber Hardwin schlug einen Bogen, um den Flüchtenden von der Seite abzufangen.

Es war eine halsbrecherische Jagd über die Felder, Zäune und Mauern. Fredegar hatte sich immer für einen guten Reiter gehalten, aber Leon und Ramon waren ihm überlegen. Sein Pferd scheute vor einem Graben, und nur mit lange geübtem Geschick landete er mit einem Überschlag nicht allzu unsanft auf der Wiese. Er rappelte sich auf und dankte seinem wohlerzogenen Ross, dass es friedlich darauf wartete, bis er wieder im Sattel saß. Doch der Vorsprung der anderen war größer geworden, und als er sich umblickte, sah er Derich in der Ferne verschwinden. Er unterdrückte einen Fluch. Aber es war zu erwarten gewesen, dass der Diener sich aus dem Staub machen würde. Vor ihm preschte Hardwin quer zu den beiden Männern über das Feld, und erneut nahm Fredegar die Verfolgung auf. Der Reitknecht wirkte, als sei er mit dem Pferd verwachsen, und in gestrecktem Galopp raste er auf Ramon zu. Es wirkte, als ob beide Tiere mit ungehinderter Kraft aufeinanderprallen würden. Doch hatte Hardwin das seine weit besser im Griff. Ramons Gaul stieg und warf seinen Reiter ab.

Leon sprang noch fast im Galopp ab, und der Dolch in seiner Hand blitzte auf.

Ramon kam hoch, ebenfalls mit gezogener Waffe.

Hardwin hatte seine Axt in der Hand und umkreiste auf seinem Pferd die beiden, bereit zuzuschlagen. Doch der Kampf zwischen den Männern machte es ihm unmöglich einzugreifen. Mit verbissener Wut versuchte Ramon seinem Gegner das Messer zwischen die Rippen zu stoßen.

Leon, geschmeidig und wendig, wich ihm aus.

Wehrte ab. Griff an.

Ramon, das erkannte Fredegar sehr schnell, war vertrauter mit der Waffe.

Er war jetzt nahe genug, und Hardwin fauchte ihn an: »Aus dem Weg!«

Er saß ab und sah mit Entsetzen, wie der Dolch in Leons Schulter fuhr.

Leon fiel nieder.

Ramon war über ihm.

Der Kiesel aus der Schleuder traf ihn am Kinn.

Er zuckte zurück.

Hardwin schlug zu.

Verfehlte Ramon knapp. Der war zur Seite gesprungen.

Der zweite Kiesel traf Hardwin am Auge.

Er jaulte auf.

Stolperte über Leons ausgestrecktes Bein.

Ramon sprang auf sein Pferd.

Jagte davon.

Fredegar entfuhr ein höchst unritterlicher Fluch. Dann rannte er auf die gefällten Kämpen zu. Leon rappelte sich eben auf und hielt mit der rechten Hand seine linke Schulter. Blut quoll zwischen seinen Fingern hervor.

Hardwin kam ebenfalls auf die Knie.

»Hardwin, es tut mir so leid. Herr, verzeiht, es ist meine Schuld, dass er entkommen ist.«

»Lasst es gut sein, Jung-Fredegar. Es gibt im Kampf immer Pech und Glück«, tröstete ihn der Reitknecht und hielt sich die schmerzende Stelle, wo ihn der Kiesel getroffen hatte. Schon färbte sich die Umgebung seines linken Auges rot.

»Und mir, Junge, hast du das Leben gerettet«, stellte Leon fest. »Hätte dein Geschoss ihn nicht abgelenkt, den Dolch hätte ich nicht abwehren können.«

»Trotzdem, er ist entkommen. Und sein Diener auch.«

»Jammern können wir darüber später. Jetzt tun wir, was nötig ist. Helft mir, die Wunde zu verbinden.«

Trotz aller aufmunternden Worte war Fredegar zutiefst zerknirscht.

## 49. Kapitel

Almut hatte ihr Zimmer im Konvent wieder bezogen. Die Nachricht, dass Ramon entkommen und Leon verletzt war, hatte ihr der niedergedrückte Knappe am vorigen Abend überbracht. Man hatte sich mit dem Herrn vom Spiegel beraten und befunden, dass es für den Augenblick zwar nicht die beste Lösung war, aber Ramon, da nun entlarvt, seine Schwester im Kerker der Inquisition, vermutlich nicht nach Köln zurückkehren würde. Die Gefahr, dass ihn das nämliche Schicksal ereilen könnte, würde ihn vorsichtig machen. Daher machte sie sich derzeit wenig Gedanken um einen Verräter. Denn es gab viel zu tun, und jede helfende Hand wurde benötigt, da Abt Theodoricus am nächsten Tag die Kapelle einweihen wollte. Dazu planten die Beginen ein gewaltiges Fest. Gertrud briet und brutzelte, und für einige Stunden ging ihr auch die Adlerwirtin zur Hand. Franziska hatte die schlimmsten Unannehmlichkeiten ihrer Schwangerschaft überstanden und war wieder ihr heiteres Selbst.

»Ist Eurem Simon dieses schöne Wildschwein zugelaufen?«, fragte Almut, als sie sie das Fleisch in der Beize wenden sah.

»Ach ja, es war ganz zutraulich. Es bettelte geradezu darum, in den Kessel kriechen zu dürfen.«

»Es wird sich in unserem Kreise sehr wohlfühlen.

Ich hoffe, auch Ihr kommt dazu, wenn es auf unsere Platten und Schüsseln hüpft.«

»Für eine Weile, Almut. Aber die Wirtschaft muss weitergehen. Ich habe Euch ein schönes Fass Bier gebraut. Mit Hopfen als Würze, wie Eure Trine es so trefflich herzustellen weiß.«

»Das ist nett von Euch. Nur gebt die Rezeptur nicht unbedacht weiter, Franziska. Der Vergolder, der sich so übermütig in Euren Braukessel gehängt hatte, war ein Spitzel, der sie für den Düsseldorfer Grafen auskundschaften sollte.«

»Was? Wie entsetzlich. Nein, ich verspreche Euch, von mir wird keiner erfahren, was ich dafür verwende.« Sie grinste übermütig. »Die Reisenden aus Düsseldorf saufen es gerne, aber sie sollen für den Genuss zahlen.«

Auch Clara hatte sich wieder erholt, wenn sie auch noch manchmal Schmerzen hatte. Aber sie hatte neue Aufgaben gefunden und half weit tätiger bei den täglichen Arbeiten mit. Ja, sie hatte sogar angefangen, der Meisterin bei den Abrechnungen zu helfen, was ihr wider Erwarten Genugtuung verschaffte.

Meister Bertholf, Almuts Vater, hatte eine schön polierte Platte aus Gossenstein geliefert, die nun mit ihrem matten Schimmer den Altar in dem Kapellchen bildete.

»Fast zu schade, um eine Altardecke darüberzulegen«, sinnierte Magda, und strich über die feine, gelbliche Maserung des Steins. »Woher stammt dies?«

»Mein Vater behauptet, es seien Kalkablagerungen, die man in den alten Kanälen findet. Sie führen weit aus der Stadt hinaus, heißt es. Diejenigen, die den Sinter schlagen, behaupten, sie reichen bis weit in die Eifel hinein. Ich frage mich, wer sie gebaut hat. Es müssen begnadete Baumeister gewesen sein.«

»Nur welchen Nutzen haben sie?«

»Sie werden die Stadt mit frischem Wasser versorgt haben. Und wenn ich so manchmal das Brunnenwasser hier sehe, dann war das gar keine schlechte Idee.«

»Es gibt seltsame Dinge zwischen Himmel und Erde«, meinte Magda kopfschüttelnd. Die architektonischen Wunderwerke alter Zeit kümmerten sie wenig. Die alltäglichen Entwicklungen hingegen verfolgte sie gründlich.

»Wie geht es dem jungen Weinhändler?«

»Leon hat ein leichtes Wundfieber, aber das hält ihn nicht von seinem Tun ab. Er und der Herr vom Spiegel haben viele Gespräche mit den Schöffen geführt. Ich bin sicher, man wird Ramon fassen, sollte er sich je wieder in die Mauern der Stadt wagen.«

»Und dem alten Herrn?«

Almut seufzte.

»Er ist müde. Sein Sohn hingegen sehr geschäftig.«

Sie hatte seit dem vergangenen Samstag wenig von Ivo gesehen, aber sie war oft im Hause derer vom Spiegel gewesen und hatte am Krankenlager gesessen. Gauwin vom Spiegel wusste, dass es dem Ende zuging. Er trug es gelassen und mit Würde. Er schlief viel, doch wenn er wach war, hörte er gerne zu, wenn sie ihm von ihren Erlebnissen mit dem bärbeißigen Pater Ivo berichtete. Oft sah sie das Lächeln in seinen Augenwinkeln, das sie so sehr an ihren Geliebten erinnerte.

Ivo, der nun wieder seine volle Bewegungsfreiheit genoss, war unablässig in Geschäften unterwegs. Er rich-

406

tete sein zukünftiges Leben, das ahnte sie. Advokaten waren häufig im Haus anzutreffen, Verwalter, Geldwechsler, Ratsherren ebenso. Die Klause war abgerissen worden, Theodoricus hatte dafür gesorgt, dass niemand den Strohmann gesehen hatte, und der Dispens war öffentlich verkündet worden.

Ihr blieb nur, sich mit Geduld zu wappnen.

Wie üblich fiel es ihr schwer.

Am kommenden Tag wurde sie allerdings gründlich von allen Grillen abgelenkt. Zusammen mit ihren grauen Schwestern stand sie in der kleinen Kapelle, die sie selbst Stein für Stein errichtet hatte. Hinter ihnen drängten sich die Besucher, und nicht alle fanden Platz in dem Gebäude. Vor der Tür hatten sich ebenfalls Gäste versammelt. Als Abt Theodoricus in prachtvollem Ornat eintraf, teilte sich die Menge. Geleitet wurde er von zwei Novizen, die in Tücher gehüllte Gegenstände trugen und sie auf dem Altar vor dem schlichten Holzkreuz niederlegten.

Von der Weihehandlung bekam Almut nur wenig mit. Die beiden Schnitzwerke zogen sie weit mehr in Bann. Geschenke waren sie, das eine hatte Groß Sankt Martin den Beginen gestiftet, das andere war eine persönliche Gabe von Bertram.

Beide aber stammten aus seinen begnadeten Händen.

Aus dunklem Ebenholz war die heilige Anna entstanden, Mariens Mutter, die sich über das lesende Mädchen aus hellem Lindenholz beugte, um es die Schrift zu lehren. Ein Lamm zu ihren Füßen wies auf das, was kommen sollte. Es war schlichte Schönheit, die dieses

Paar ausstrahlte, Liebe, Fürsorglichkeit und Verantwortung sprachen aus der Skulptur. Ein überaus passender Schmuck für die Kapelle lehrender und sorgender Beginen.

Die andere aber war bei Weitem faszinierender. Aus dem knorrigen Stück einer Eschenwurzel war unter den Händen des Künstlers eine grauenvolle Figur gewachsen. Ein ausgezehrtes Weib lehnte an einem Baumstumpf, verfilzt und zottig ihre Haare, zerstört ihr Gesicht, Fetzen von Lumpen umhüllten ihren grindigen Leib. Und aus den Falten lugten überall Ratten hervor.

Es war das Mahnmal der Vergänglichkeit, der Nichtigkeit äußeren Scheins. Dennoch hatte es etwas Anrührendes, denn die Kreaturen waren einander nicht feind. Die Ratten waren die letzten und einzigen Freunde der Verlorenen.

Weihrauch erfüllte die Kapelle, Responsorien erklangen, Gewänder raschelten, als man sich zum Gebet hinkniete.

Almut fühlte tiefe Ruhe in sich. Ihr Werk war vollendet und Gott übergeben. In Frieden mit sich und der Welt verließ sie die Kapelle mit den anderen, um sich den Gästen zu widmen, die an langen Tischen und Bänken im Hof bewirtet wurden. Ein kritischer Blick zum Himmel beruhigte sie. Auch wenn einige Wolken aufgezogen waren, würde es wohl am Nachmittag nicht regnen. Neben dem Kräuterbeet sah sie Meister Krudener, der ein fachkundiges Gespräch mit Elsa, Trine und Pater Henricus führte. Aus den Gesten des Minderbruders schloss Almut, dass er sich auf das Höchste vergnügte. Trine sah zu ihr hin und machte ein Zeichen, das ihr diesen Eindruck bestätigte. In dem Apotheker und dem Pater hatten sich zwei verwandte Seelen gefunden.

Aus der Küche trugen die Mägde, drei ihrer Schülerinnen und Pitters Schwester Susi Platten und Körbe herbei, um sie auf den langen Tischen anzurichten. Erheitert beobachtete Almut, wie die kleine Susi ihrem Bruder auf die Finger schlug, als der sich eine Wurst aus dem Korb schnappen wollte. Der Päckelchesträger sah tatsächlich kleinlaut aus, während seine Schwester ihn mit strenger Stimme rügte. Beide aber wirkten an diesem Tag sehr adrett. Die Beginen hatten für sie neue Kleider genäht, und Pitter wollte schier aus seinem waidblauen Wams platzen vor Stolz. Er spreizte sich vor den Mädchen wie ein Hahn und erntete tatsächlich den einen oder anderen anerkennenden Blick.

Meister Michael bahnte sich den Weg durch die Gäste, und sie lächelte ihn erfreut an. Dass er zur Einweihung gekommen war, freute sie besonders.

»Ein feines Stückchen Baukunst habt Ihr da errichtet, Baumeisterin«, beglückwünschte sie der Dombaumeister. »Ich könnte mir eine wie Euch bei meinem großen Werk an meiner Seite wünschen.«

»Ach, Meister Michael, mir ist es genug, diese kleine Kapelle gebaut zu haben. Die ist wenigstens zu meinen Lebzeiten fertig geworden.«

»Tja, das ist ein Vorteil, Frau Almut. Die Kathedrale wird noch viele Generationen beschäftigen, und die Welt wird sich verändert haben, bis *unsere* Kreuzblumen die beiden Türme schmücken.«

Er wies auf die beiden kleinen Kreuzblumen, die nun den Giebel der Frontseite zierten.

»Vermutlich. Aber auf jeden Fall haben wir Euch zu danken für Eure großherzige Stiftung, Meister Michael.«

»Wie hätte ich Eurem bittenden Blick widerstehen können, Frau Almut! Als Ihr sie neulich auf der Baustelle mustertet, wirktet Ihr wie ein hungriges Kätzchen vor einer Schale Sahne. Eine sehr lohnende Fähigkeit für ein Weib. Meine Druitgin beherrscht sie ebenfalls.«

»Oh?«

»Und hungrige Kätzchen, von denen Ihr diesen Blick lernt, beherbergt Ihr offenbar auch.«

Er wies über ihre Schulter, und als sie sich umdrehte, sah sie auf dem Fenstersims des Küchenhauses Teufelchen balancieren. Gertrud hatte die Katzenmutter samt ihren Jungen sicherheitshalber in ihre Kammer über der Küche gesperrt, aber dem gewitzten Tier war es augenscheinlich gelungen, das Fenster aufzustoßen. Das war zwar nicht bedrohlich, der Lärm auf dem belebten Innenhof würde Teufelchen schon so weit schrecken, dass sie nicht hinuntersprang. Eines der schwarzen Kätzchen jedoch kannte diese Bedenken nicht. Es turnte vergnügt zwischen den Pfoten seiner Mutter umher. Unter dem Fenster aber stand ein Mädchen mit langen blonden Zöpfen und schaute ihnen zu.

»Wir sollten das Fenster besser schließen. Willst du mit nach oben kommen und die Katzen kennenlernen?«, fragte Almut sie.

Große braune Augen schauten sie begeistert an.

»D ... darf ich?«

»Komm mit. Wie heißt du?«

»Catrin von St… Stave.«

»Mit unserer Meisterin Magda verwandt?«

Das Mädchen nickte stumm, und Almut verstand. Das Stottern machte sie sichtlich verlegen. Sie gab ihr einen Wink, ihr zu folgen, und öffnete vorsichtig die Tür zu Gertruds Kammer. Teufelchen hüpfte sofort auf den Boden und strich um ihre Röcke. Sie klaubte auch die kleine schwarze vom Fenster und setzte sie auf den Boden. Mirriam versuchte, ihr Gewand zu erklimmen, und Catrin hockte sich mit einem glückseligen Gesichtsausdruck zu den anderen nieder.

»So klein«, murmelte sie.

»Ihre Mutter ist sehr zutraulich. Na gut, sie haust bei unserer Köchin, und die hat immer einen Leckerbissen für sie übrig.«

Die Tür ging noch einmal vorsichtig auf, und Rigmundis trat ein:

»Oh, ihr habt es auch schon bemerkt. Ich kam, um das Fenster zu schließen.«

»Catrin hat mich darauf aufmerksam gemacht.«

Höflich hatte das Mädchen sich erhoben und machte einen anmutigen Knicks.

»Die Ka… Kapelle ist hübsch«, stieß sie hervor und errötete.

»Die verdanken wir Frau Almut hier«, erklärte Rigmundis mit einem Lächeln. »Sie ist unsere Baumeisterin.«

Jetzt war blankes Erstaunen im Gesicht des Kindes zu lesen. Das graue Beginengewand, das Almut trug, mochte nicht so recht zu dem Bild einer Mörtel rührenden Maurerin passen.

»Ihr k… könnt so was?«

»Mein Vater ist Baumeister. Ich bin auf den Baustellen groß geworden. Deiner ist wohl Fernhändler?«, fragte Almut, die von Magdas Familie ein wenig wusste. Catrin nickte heftig.

»Nun, dann wirst du vielleicht später auch Handel treiben.«

Sie schüttelte den Kopf.

»Mein Bruder. Lernt T ... Tuchhandel.«

Rigmundis hatte Teufelchen hochgehoben und sich mit ihr auf Gertruds Bett gesetzt. Die Katze rollte sich schnurrend auf ihrem Schoß zusammen, und die Begine kraulte versonnen ihren Nacken.

»Lern fleißig, Catrin. Das Rechnen und das Lesen und das Schreiben.«

»Ja.«

Die Kleine war recht einsilbig in ihren Antworten, aber das war nicht unhöflich gemeint. Ihr Lächeln war herzlich und offen, sie kicherte sogar, als ein zweites Kätzchen an ihrem Kleid hochzuklettern begann. Zusammen mit Almut, die ein Stück Kordel gefunden hatte, spielten sie mit den possierlichen Tierchen Haschen, was Teufelchen nachsichtig aus einem halb geöffneten Auge beobachtete. Sie alle waren so vertieft in ihr Tun, dass sie nicht bemerkten, wie Rigmundis in wohliges Dösen verfiel. Erst als sie leise zu sprechen begann, hob Catrin lauschend den Kopf.

»Mein Falke ist mir entflogen, so weit ins fremde Land. Drum fürcht ich, den ich mir gezogen, den halte fest die fremde Hand. Doch werden Fesseln fallen, und andere hält das Band. Die Ketten wird der lösen, der bei den Toten weilt, und ein Gefangner wird entkommen durch eine zarte Hand. Der sie gehört, bist du verbun-

412

den von ihrem ersten Atemzug. Als Dank für Deine Treue wird Minne, Kind, das Herze dir umfangen.«

Catrin überließ Mirriam die Kordel und starrte Rigmundis ängstlich an.

Almut war aufgestanden und hatte den Arm um die Ältere gelegt. Die blinzelte sie wie eine Eule an und schüttelte dann ihren Kopf.

»Ich muss eingenickt sein. Die Wärme, diese Katze …«

»Ja, es waren aufregende Tage, Rigmundis.«

»Habe ich was Unpassendes gesagt?«

»Von F … Falken.«

»Oh, dann ist ja gut.«

»K … könnt Ihr die Z … Zukunft deuten?«

Was für ein kluges Kind, dachte Almut. Hoffentlich klug genug, um nicht zu plappern. Zu Catrin gewandt sagte sie: »Ja, in manch wunderlichen Traumgebilden sieht Rigmundis hin und wieder, was geschehen wird. Wir messen dem wenig Bedeutung bei, denn oft sind es Kleinigkeiten. Etwa, dass Teufelchen ein Huhn jagt oder dass ein böses Gewitter kommt.«

»Oder ein F … Falke entfliegt?«

»Zum Beispiel.«

Die Kleine kämpfte verzweifelt mit den Worten. Aber ihre störrische Zunge wollte sie nicht formen. Almut strich ihr über die Zöpfe und tröstete sie sanft mit den Worten: »Ich glaube, Catrin, eines wird dir ganz gewiss geschehen. Die Minne wird einst dein Herz umfangen. Denn du bist ein hübsches Mädchen, und die Männer werden versuchen, deine Gunst zu gewinnen.« Geradezu andächtig schaute Catrin zu ihr auf, und sie ergänzte: »Was die Totgeglaubten und die

Gefangenen anbelangt, Kind, das kann ich dir auch nicht sagen. Aber für mich hört es sich so an, als ob du eine ganz besonders liebe Freundin finden wirst, die ein aufregendes Leben führt und dich brauchen wird. Grüble aber nicht zu viel nach. Was kommen soll, wird kommen. Wenn Teufelchen das nächste Mal Junge hat, dann wird dir Magda Bescheid geben. Dann suchst du dir eines aus.«

Dieses Angebot lenkte Catrin so gründlich von Rigmundis' Vision ab, dass sie über das ganze Gesicht zu strahlen begann. Als schließlich von draußen der fragende Ruf nach dem Mädchen erklang, verabschiedete sie sich auf anmutige Weise und hüpfte hinaus.

»Sie wird ihre Zunge noch ein wenig zähmen müssen, aber was für ein einfühlsames Kind«, sagte Almut und pflückte einen kleinen Vorwitz von ihrer Schulter.

»Sie werden ihr beide vertrauen. Alyss und Marian, die bald bei dir sein werden.«

»Was?«

Rigmundis erhob sich von dem Bett und grinste Almut an.

»Ach, du weißt doch, manchmal kann ich in die Zukunft sehen.«

Damit rauschte auch sie aus der Kammer. Almut aber lehnte sich an die Wand und faltete die Hände über ihrem Bauch.

Ja, manchmal konnte Rigmundis die Zukunft sehen.

Und Maria neigte ihr Ohr wohlwollend dem tief empfundenen Dankgebet, das sich von den Lippen ihrer Tochter löste.

# 50. Kapitel

Ein kleiner, schmutziger Gassenjunge wieselte in den Hof des Adlers und sah sich mit listigen Augen um. Er hatte eine goldene Münze zu verdienen und wollte seine Botschaft an die rechte Stelle bringen. Diese Stelle war die Wirtin, und die fand er in der Braustube, wo sie Malz schrotete und dabei trotz des trüben Wetters ein fröhliches Liedchen sang.

»Wohledle Dame!«

»Huch, hast du mich erschreckt!«

»Wohledle Dame, ich habe eine Botschaft.«

»Für mich, Junge?«

»Nein, für einen jungen Edelherrn. Er soll eine Frau Almut abholen. Weil es mit dem Herrn vom Spiegel zu Ende geht.«

»Heilige Sankte Martha!«

Franziska ließ das Malz Malz sein und stürzte aus der Kammer, ohne den Jungen weiter zu beachten.

»Herr Fredegar!«, rief sie noch im Laufen zu dem Fenster hoch, hinter dem der Knappe sein Zimmer hatte. »Herr Fredegar, kommt schnell!«

Fredegar war damit beschäftigt, seine Kleider auszubürsten und seine Stiefel zu säubern. Sein feuchter Umhang lag über der Stuhllehne. Er war vor geraumer Zeit von einem Ausritt im strömenden Regen zurückgekommen. Als er die Stimme hörte, trat er ans Fenster und fragte in gewohnt höflicher Manier: »Womit kann ich Euch dienen, Frau Wirtin?«

»Der Bote hier ... hoppla, wo ist er denn? Also, ein Junge brachte eben die Botschaft, Ihr mögt Frau Almut

415

abholen und zu dem Herrn vom Spiegel bringen. Er liegt im Sterben.«

»Großer Gott, nein!« Fredegar war ganz blass geworden und schwankte. »Was ist mit Herrn Ivo passiert?«

»Weiß ich nicht. Eilt Euch, Herr Fredegar.«

Das tat der Knappe auch und sprach zunächst im Konvent vor. Hier aber beschied man ihm, dass die Begine in ihrem Elternhaus am Mühlenbach weilte, und im Laufschritt eilte Fredegar quer durch die Stadt. Dabei achtete er weder auf den Regen, der noch immer wie in Schnüren vom Himmel fiel, noch auf den Reiter, der ihm in angemessenem Abstand folgte.

Die Magd tat ihm auf, als er an der Tür des Baumeisters klopfte, und überbrachte seine Meldung. Ungeduldig wartete Fredegar, bis endlich die Begine in der Halle erschien. Sie hatte ein großes Tuch um ihren unbedeckten Kopf und die Schulter geschlagen.

»Herr Gauwin oder Herr Ivo?«

»Ich weiß nicht. Kommt, Frau Almut, ich begleite Euch.«

Sie hatten noch keine zwanzig Schritt auf der menschenleeren Gasse getan, als ein Reiter von hinten heransprengte, Almut mit hartem Griff packte und auf das Pferd zerrte. Sie wehrte sich kaum, denn das Umschlagtuch hatte sich um ihre Arme gewickelt.

»Richtet dem scheinheiligen Pater aus, dass ich mich mit seiner Buhle in den Weingärten Pantaleons vergnügen werde«, lachte der Schwarzgekleidete und trat nach dem Knappen, der versuchte, ihm in die Zügel zu fallen. Fredegar taumelte, und das Pferd setzte sich in Bewegung.

Zum zweiten Mal war Ramon Rodriguez de Castra Anlass für ausgesucht derbe Flüche aus dem Mund des ritterlichen Jünglings. Dann aber nahm er die Beine in die Hand und rannte zum Alter Markt.

Frau Nelda sah sein verstörtes Gesicht, als sie ihm öffnete, und führte ihn sogleich durch die Halle in den Hof, wo der Herr vom Spiegel im Stall mit seinem Reitknecht ein neues Pferd begutachtete, das er erworben hatte. Der Herr war in Reitkleidung, also war die Meldung, er oder sein Vater liege im Sterben, eine Finte gewesen, schloss Fredegar.

»Knappe, was ist passiert?«

»Herr, es ist schrecklich. Ramon hat Frau Almut entführt!«, stieß er hervor.

Die Verwandlung, die der Herr vom Spiegel in diesem Augenblick durchmachte, ließ ihn erschaudern. Der gesetzte Gelehrte, der strenge Pater, der würdige Patrizier verschwanden, und der Herr der Rache erschien.

»Wo? Wann?«

In kurzen Worten berichtete Fredegar das Vorgefallene, während Hardwin bereits eine Lederdecke auf dem Rücken des Pferdes festschnallte.

»Deinen Dolch, Junge!«

Ohne Zögern löste Fredegar den Gürtel mit dem langen Messer und reichte ihn dem Herrn.

»Wartet, Herr, ich komme mit!«, rief Hardwin.

Aber der Herr vom Spiegel war schon aufgesessen.

»Er will mich. Und ich ihn«, grollte er, und Fredegar beeilte sich, ihm das Tor zu öffnen.


Der Regen war heftiger geworden, Sturmböen fegten um die Häuserecken. Kaum ein Mensch war auf den

Straßen, und unter den Hufen spritzte lehmiges Wasser auf. Pantaleon lag weit im Südwesten, zwischen Weingärten und Feldern, dort, wo der Duffesbach durch die Bachpforte in das Stadtgebiet trat. Schon hinter dem Kloster der Weißen Frauen endete die Bebauung, lediglich Scheunen, Kelterhäuser und Unterstände für die Feldarbeiter hockten an den Rainen. Das Gewässer, hier als der Blaugerberbach bekannt, war angeschwollen und hatte da und dort schon die Bretter weggeschwemmt, die den Gerbern als Brücken dienten. Ivo vom Spiegel fand noch eine intakte Überquerung und setzte seinen wilden Ritt Richtung Sankt Pantaleon fort. Er hatte eine ungefähre Vorstellung, wohin Ramon die Begine gebracht hatte. Die Winzerhäuschen und Kelter in den Weingärten wurden vor allem zur Zeit der Lese benutzt, derzeit dienten sie als Lager für Werkzeuge, Kiepen und Körbe. Und, wie er aus seiner Jugend noch recht genau wusste, übermütigen Jünglingen und Maiden als heimliche Unterkunft.

Der dichte Regen machte es ihm schwer, nach dem Gesuchten Ausschau zu halten, aber da Ramon ihn locken wollte, war er sicher, dass er eine Spur finden würde. Er umrundete das Kloster einmal in einem engen Bogen, dann in einem weiteren.

Es war das Pferd, das herrenlos an einen Baum gebunden stand, das ihm schließlich verriet, wo sein alter Widersacher ihn erwartete. Ein Kelterhaus östlich von Sankt Pantaleon hatte er als Unterschlupf gewählt. Er stieg ab, warf die Zügel über einen Busch und zog den Dolch.

In dem Fachwerkhaus war ein Poltern zu hören, und als er die Tür aufstieß, sah er die Begine einen Hammer schwingen. Zwischen ihr und ihrem Entführer befand sich die Weinpresse. Offensichtlich war es ihr gelungen, sich zu befreien und sogar tatkräftig zu wehren.

»De Castra!«, donnerte der Herr vom Spiegel. Der Schwarze drehte sich um, und Almut erstarrte. Häme und Wut troffen aus den Worten, mit denen Ramon ihn empfing.

»Ivo. Wie erwartet. Dein Bettschätzchen scheint dir ja recht wichtig zu sein. Dabei ist sie so ein zimperliches Ding.«

»Komm mit nach draußen. Was ich mit dir vorhabe, ist nicht für die Augen einer edlen Dame gedacht«, zischte Ivo vom Spiegel.

»Ach, ich hätte sie gerne dabei, wenn ich dich entmanne. Dann sehen wir weiter.« Auch Ramon hatte nun ebenfalls einen Dolch in der Hand und tänzelte näher. »Ich glaube, im Kloster verwendet man Messer nur, um die Fastenspeise zu schneiden.«

Ivo antwortete nicht mehr, sondern machte einen Ausfallschritt nach vorne. Ramon entging nur knapp dem Stich ins Herz. Der folgende Kampf wurde mit Erbitterung und Hass geführt.

Schweigend.

Keuchend.

Blutig.

Von Ramons linkem Bein rann ein rotes Rinnsal, Ivos rechter Ärmel tränkte sich mit Blut.

Almut drückte sich an die Wand, hoffend, dass sie niemandem in die Quere kam. Und sie wartete. Seltsam kalt und geduldig war ihr Geist, und seltsam vertraut lag der Hammer in ihrer Hand. Ein Werkzeug, das sie oft genug eingesetzt hatte.

Sie wusste damit umzugehen.

Sie brauchte den richtigen Augenblick.

Er kam.

Ramon hatte ihr den Rücken zugedreht, um zu einem mörderischen Aufwärtsstich anzusetzen.

Sie warf.

Das Eisen traf ihn zwischen den Schulterblättern.

Der Dolch flog aus seiner Hand, er stolperte aufstöhnend nach vorne, fing sich. Starrte Ivo an, der ihn mit eisigem Blick musterte. Ramon rammte ihm den gesenkten Kopf in den Magen und stürzte dann nach draußen.

Ivo folgte ihm.

Durch die Regenwand entschwanden beide Almuts Blicken.

Zitternd vor Entsetzen nahm sie das lange Messer auf und lehnte sich an die Wand.

Endlos schien sich die Zeit zu dehnen. Der Regen pladderte auf die Holzschindeln des Dachs, Wind heulte durch das Gebälk. Holz knackte und knisterte. Ihre Füße in den durchweichten Schuhen wurden kalt, das feuchte Gewand klebte an ihrer Haut. Es roch säuerlich nach Wein und nach Lehm.

Mit einem Knarren ging die Tür auf.

Sie fasste den Dolch fester.

»Begine?«, fragte die tiefe, innig ersehnte Stimme.

Erleichterung machte, dass ihre Knie nachgaben, und sie rutschte langsam die Wand hinunter.

Ein kräftiger Arm fing sie auf.

»Seid Ihr unverletzt?«

»Ja, fast. Und Ihr?«

»Ein Schnitt. Helft mir, ihn zu verbinden.«

»Ramon?«

Ein Knurren war die Antwort, während Almut mit dem Dolch den Ärmel von seinem Gewand trennte.

»Strauchelte am schlammigen Ufer und stürzte in den reißenden Bach. Sein Kopf schlug auf einen Stein.«

»So hat er dasselbe Ende gefunden wie jene, die er ersäuft hat.«

»Richtig.«

Der feste Wollstoff der Houppelande hatte verhindert, dass die Sehnen des Unterarms verletzt wurden, und aus ihrem Umschlagtuch schnitt Almut einen Stoffstreifen, um die blutende Fleischwunde zu verbinden.

»Der Regen wird weiter anhalten, der Bach ist weit über die Ufer getreten. Könnt Ihr reiten?«

»Nein.«

»Gut, dann kommt zu mir auf das Pferd. Wir wollen versuchen, zurück in die Stadt zu gelangen.«

Aber das erwies sich als unmöglich. Der Duffesbach war zum reißenden Gewässer geworden, und eine Furt im dichten Regen nicht auszumachen.

## 51. Kapitel

»Lasst uns in dem Heuschober dort abwarten, Herr. Die Nacht bricht bald herein.«

»Es wollte heute den ganzen Tag nicht heller werden. Ihr habt recht.«

Vollkommen durchnässt schoben sie das Tor auf und zerrten das Pferd mit hinein. Es war eine große

Scheune, jetzt, im Sommer, aber fast leer. Das Winterheu war verbraucht, die Tiere weideten auf den Wiesen, die erste Mahd würde erst diesen Monat beginnen. Doch es war trocken und erstaunlich warm. Eine Leiter führte zum oberen Boden, auf dem noch eine Schicht trockenes Gras ausgebreitet lag. Ivo stieg nach oben und warf einige Büschel Heu hinunter, über die sich das Pferd dankbar hermachte. Dann rief er zu Almut hinunter: »Kommt hoch. Ich habe hier ein Nest entdeckt, das uns nutzen wird.«

»Ein Nest? Mäuse? Ratten?«

Ein erstaunlich aufgeräumtes Lachen erklang.

»Ein Menschennest, wie's scheint. Mit einigen trockenen Decken.«

»Trocken, wahrhaftig?«

Almut kletterte die Leiter hoch und fand den Herrn vom Spiegel belustigt ein Heulager richten. »Ihr seht aus wie eine halb ertrunkene Katze, Begine. Legt Euer Gewand ab und hüllt Euch in dieses Wolltuch.«

Einsichtig zupfte sie an den Bändern, mit denen ihr Kleid geschnürt war, aber ihre Finger waren klamm und die Schnürung nass. Zwar hatte sich Ivo vom Spiegel taktvoll umgedreht, aber die Situation erschien ihr nicht angemessen, sich verschämt zu geben.

»Ihr werdet mir helfen müssen. Meine Finger versagen ihren Dienst.«

»Ah, schon wieder Fronarbeit!«, murrte er und trat hinzu, um ihr aus dem nassen Beginengrau zu helfen. Während sie sich die ebenfalls durchweichte Kotte auszog, sich in die Decke wickelte, den tropfenden Zopf löste und beide Kleidungsstücke zum Trocknen auf einer Holzschrage ausbreitete, hatte er ebenfalls seine Kleider abgelegt und sich die andere Decke umgelegt.

»Bedauerlich, dass wir kein Feuer machen können. Aber das Heu ist weich und warm. Kommt her, ich habe uns ein Polster gemacht.«

Almut ließ sich neben ihm nieder, und er legte den Arm um sie. Immer noch zitternd vor Kälte und Erschöpfung, lehnte sie sich an ihn und lauschte seinen Worten. Mit leiser Stimme erzählte er ihr, wie Fredegar mit seiner Botschaft zu ihm gekommen war und wie er sie im Regen gesucht hatte.

»Ich hatte Angst um Euch. Angst, dass er Euch verletzen oder Euch zwingen würde.«

»Er hat es versucht, aber …« Ihr klapperten die Zähne stärker und sie kuschelte sich fester an den Herrn an ihrer Seite. »Er hat … er wusste nicht, dass ich recht kräftig bin.«

»Nicht jede Frau baut ihre eigenen Kathedralen.«

»Ist ja nur ein Kapellchen. Aber – na ja, ich konnte mich losreißen, dort in der Kelter. Und ergriff eine der Hacken, die an der Wand lehnten. Sie hielt ihn auf Abstand.«

»Das sehe ich vor mir. ›Sie gürtet ihre Lenden mit Kraft und regt ihre Arme. Kraft und Würde sind ihr Gewand, und sie lacht des kommenden Tages.‹«

»Ach ja, die tüchtige Hausfrau, die der Weise lobt. Ich fürchte nur, nach dem Acker trachten und den Weinberg pflanzen – das geht über meine Fähigkeiten. Aber ich habe Ramon ein-, zweimal um die Presse gescheucht. Aber er konnte mir die Hacke entwinden. Ich musste ihm einen Tritt verpassen. Dann fiel mir der Hammer in die Hand.«

»Und mit dem versteht Ihr umzugehen.«

»Das bemerkte er auch. Mich wundert's, dass er nicht zum Dolch griff.«

»Er wollte mich. Mich wollte er leiden sehen, und hätte er mich überwältigt…« Der Herr vom Spiegel seufzte, aber es klang wie Erleichterung. »Er ist tot. Seine Schwester wird es bald sein. Die Vergangenheit ruht.«

Sie schwiegen und lauschten dem Regen und dem Wind. Durch die Ritzen der Bretterwand drang das Dämmerlicht. Irgendwo raschelte eine Maus durch das trockene Gras, summte eine müde Mücke unter den hohen Firstbalken. Das Pferd unter ihnen rupfte zufrieden an seinem Futter und schnaubte dann und wann.

»Ist Euch noch kalt, mein Lieb?«, hörte Almut ihn an ihrem Ohr murmeln.

»Nein.«

Der Arm um ihre Schulter verstärkte seinen Druck.

»Schmerzt Euch die Wunde?«, fragte sie.

»Nein.«

Wie zum Beweis begann seine Hand ihre feuchten Haare auszubreiten.

»Ihr habt sie einst wie ein Gewand getragen. Ich habe Eure Haltung damals sehr bewundert.«

Almut dachte an die demütigende Bahrprobe, bei der sie, nur in ihre Haare gehüllt, durch die vollbesetzte Kirche gehen musste.

»Ihr habt doch gar nicht aufgeschaut.«

Ein leises Lachen war die Antwort.

»Doch, natürlich. Und Euer Anblick hat mir in vielen Nächten darauf große Pein verursacht.«

»Oh.«

»Das Psalmodieren zur frühen Stunde der Matutin war mir jedoch eine große Hilfe.«

»Tatsächlich?«

»Es lenkt von unkeuschen Gedanken ab. Nun ja, weitgehend.«

Die kleine Flamme in ihrem Bauch entzündete sich und verbreitete Wärme und Heiterkeit. Bedauerlicherweise erfasste sie auch ihre Zunge, und die sprach: »So seid Ihr genauso ein guter Mime wie Derich, der Gaukler.«

»Zucht, Weib, nicht Verstellung gab mir die Kraft, Euch zu widerstehen«, grummelte er.

»›Die Furcht des Herrn ist Zucht, die zur Weisheit führt, und ehe man zu Ehren kommt, muss man Demut lernen‹«, spöttelte die ungebärdige Zunge, doch die Antwort darauf war ernst.

»Glaubt mir, ich habe Demut gelernt, seit ich Euch kenne, mehr als in all den Jahren zuvor.«

Im Dämmerlicht war sein Gesicht dunkel, als sie zu ihm aufschaute, und Schatten lagen darin. Dennoch erhob sich wie eine Stichflamme die Glut in ihrem Leib, und als habe er ihr Aufleuchten gesehen, beugte er sich vor und brachte ihre Zunge zum Schweigen, bevor sie größeren Schaden anrichten konnte.

Die Decke glitt von ihren Schultern, und seine Hände berührten ihre warme Haut. Als er ihren Mund freigab, blieb sie stumm. Aber sie konnte ihren Fingern nicht gebieten, und die fanden den Weg unter die Hülle, die seine Schultern verbarg. Mit einem einzigen Schütteln ließ er die Decke hinabgleiten.

»Habe ich mir die Ehre verdient, Weib?«, flüsterte er heiser.

»Ihr habt, mein Herr.«

Seine Hände glitten über ihre bloßen Schultern und drückten sie sanft in das weiche Heu nieder. Seine Lippen kosten ihre Wangen, ihre Schläfen und ihre Kehle. Doch obwohl sie es willig geschehen ließ, spürte er ihre wachsende Anspannung. Er besann sich seiner Zucht und entfernte sich leicht von ihr. Nicht Zärtlichkeiten würden ihr helfen, ihre Angst zu überwinden, vielleicht aber würden es Worte tun. Und so bat er mit einer Stimme wie tiefgoldener Honig: »›Meine Schwester, liebe Braut, du bist ein verschlossener Garten, eine verschlossene Quelle, ein versiegelter Born. Du bist gewachsen wie ein Lustgarten von Granatäpfeln mit edlen Früchten, Zyperblumen mit Narden, Narde und Safran, Kalmus und Zimt, mit allerlei Weihrauchsträuchern, Myrrhe und Aloe, mit allen feinen Gewürzen. Ein Gartenbrunnen bist du, ein Born lebendigen Wassers, das vom Libanon fließt. Tu mir auf, liebe Freundin, meine Schwester, meine Taube, meine Reine!‹«

Er erkannte das Staunen in ihrem Gesicht, das Begreifen der uralten, ewigen Verse der Liebe und der Lust. Zwar spürte sie noch keine Hingabe in ihrem Leib, doch leise, aber mutig antwortete sie ihm: »›Mein Freund komme in seinen Garten und esse von seinen edlen Früchten.‹«

Sie erwartete, dass er sogleich zwischen ihre Beine kommen würde und sich auf sie legte, doch er blieb an ihrer Seite und berührte nur sanft mit seinen Fingern ihre Lippen. Im Dämmerlicht blickte sie ihn an und sah ihn lächeln.

»Ich habe im vergangenen Jahr zweimal mein Leben

in Eure Hand gegeben. Ihr habt es gerettet, geschützt und die Wunden geheilt. Ihr habt im Gegenzug mir Eure Seele das eine oder andere Mal anvertraut. Ist es unbillig, wenn ich Euch nun bitte, mir auch Euren Leib anzuvertrauen?«

»Ich liege doch bei Euch.«

»Ihr liegt bei mir und erwartet Schmerz und Demütigung. Es spricht für Euren Mut, doch nicht für Euer Vertrauen.«

»Ich werde tun, was Ihr wünscht und danke Euch für Eure Sanftheit.«

»Nein, meine Taube. Ich werde tun, was Ihr wünscht.«

Und wieder beugte er sich über sie und ließ seine Lippen über ihre Wangen gleiten. Er küsste die Beuge ihres Halses und die zarte Haut hinter ihren Ohren, und sein Mund wanderte tiefer. Seine Hände streichelten über ihren Körper, und leise murmelte er: »Die Rundung deiner Hüfte ist wie ein Halsgeschmeide, das des Meisters Hand gemacht hat. Dein Schoß ist wie ein runder Becher, dem nimmer Getränk mangelt. Dein Leib ist wie ein Weizenhaufen, umsteckt mit Lilien. Deine beiden Brüste sind wie junge Zwillinge von Gazellen, die unter den Lilien weiden.‹«

Als seine Hände ihren Busen kosten, entschlüpfte ihr ein Seufzer, und sie wehrte sich nicht, als er auch ihre Hüften und ihren Bauch in Besitz nahm.

Ihre Haut brannte von seinen Berührungen, ihre Fingerspitzen schmerzten vor Verlangen, und schließlich getraute sie sich, über seine Brust zu streichen. Die dunklen Locken dort erinnerten sie daran, dass auch er einmal so schwarzhaarig wie sein Sohn gewesen war, und endlich löste sich ihre unnatürlich gelähmte Zunge.

»›Seine Locken sind kraus, schwarz wie ein Rabe. Seine Augen sind wie Tauben an den Wasserbächen, sie baden in Milch und sitzen an reichen Wassern. Seine Wangen sind wie Balsambeete, in denen Gewürzkräuter wachsen.‹«

Sie fühlte das leise Lachen in seiner Brust, und die Anspannung fiel von ihr ab.

Etwas anderes aber begehrte an die Oberfläche zu kommen, und als seine Hände fordernder wurden, schmiegte sie sich an ihn. Ihre Finger erkundeten die Muskelstränge seines Rückens, ihre Lippen die gebräunte Haut seiner Schultern. Und als sie seinen heftigen Atem vernahm, wagte sie es sogar, ihr Bein um seine Hüften zu schlingen.

»›Sein Leib ist wie reines Elfenbein, mit Saphiren geschmückt. Seine Beine sind wie Marmorsäulen, gegründet auf goldenen Füßen. Seine Gestalt ist wie der Libanon, auserwählt wie Zedern. Sein Mund ist süß, und alles an ihm ist lieblich. – So ist mein Freund; ja, mein Freund ist so.‹«

»Dann lasst mich Euch fühlen, dass meine Lippen wie Lilien sind, die von fließender Myrrhe triefen. Und meine Finger sollen sein wie goldene Stäbe, voller Türkise.«

Heiterkeit vermischte sich mit Verlangen, Zärtlichkeit mit tiefstem Vertrauen. Noch schliefen ihre Sinne, aber ihr Herz wachte. Sie lauschte seinen Worten und Wünschen und legte ihre Scheu ab wie ein Kleid. Sie ließ ihn den geschlossenen Garten öffnen, er berührte die verborgene Pforte mit seiner Hand, und ihr Innerstes wallte ihm entgegen. Da war sie bereit, ihrem Freunde aufzutun, und ihre Hände troffen von Myrrhe und die Finger von fließender Myrrhe am Griff des Riegels.

So kam er in seinen Garten und pflückte die Myrrhe samt den Gewürzen, er aß die Wabe samt Honig und trank den Wein samt Milch.

Das lange Zölibat hatte Ivo vom Spiegel Zucht gelehrt, und mit Zucht stillte er seinen Hunger und den ihren, bis alle Zucht zerbarst und die reinste Lust ihre Sinne trunken machte.

»Almut?«

Seine Stimme klang noch rau von der gemeinsam geteilten Leidenschaft.

Als sie ihn ihren Namen aussprechen hörte, durchbebte sie ein neuerlicher Schauer. Sie nahm seine Hand und legte sie an ihre Wange.

»Es ist gut, Ivo.«

»Ja, es ist gut.«

Er strich ihr die Haare aus dem Gesicht, und sie seufzte glücklich. Dann löste er sich von ihr und richtete die zerwühlten Decken. Als er wieder neben ihr lag, schmiegte sie sich in seine Armbeuge, und sie lauschten dem stetigen Rauschen des Regens. Gemeinsam glitten sie in einen von lichten Träumen durchwebten Schlaf, in dem sich ihre Seelen trafen und ihre Vereinigung feierten.

Der Nachtwind hatte die Wolken vertrieben, und das Morgenrot quoll wie mit einem Jubelruf durch die Spalten der hölzernen Wände, als Almut erwachte. Ihr Kopf ruhte auf einem kräftigen Arm, ihr Rücken wurde umfangen von einem warmen Körper, ihre Beine gefesselt von einem anderen. Ihre leichte Bewegung erzeugte einen Brummton an ihrem Ohr.

Er weckte ihre ungebärdige Zunge, und mit einem glücklichen Kichern flüsterte sie: »›Ich beschwöre euch, ihr Töchter Jerusalems, dass ihr die Liebe nicht aufweckt und nicht stört, bis es ihr selbst gefällt.‹«

»Ihr habt sie schon aufgeweckt, Weib. Und es würde mir sehr gefallen, sie zu pflegen.«

Was der Herr dann auch kundig und mit großer Lust tat.

Später hatte Almut dann das Vergnügen, im hellen Licht des Morgens seine aufrechte Gestalt zu bewundern. Die gut vierzig Jahre seines Lebens hatten seine Haare zwar ergrauen lassen, doch seine Haltung war die eines jüngeren Mannes. Seine Schultern waren breit, seine Beine lang und kräftig. Harte Arbeit hatte seine Muskeln gestrafft und seine Bewegungen geschmeidig gehalten.

Während er die noch immer klammen Kleider ausschüttelte, beobachtete sie ihn mit großem Gefallen, und da ihr nun große Einsicht in die Worte Salomos geschenkt worden war, erlaubte sie sich zu bemerken: »›Wie ein Apfelbaum unter den wilden Bäumen, so ist mein Freund unter den Jünglingen. Unter seinem Schatten zu sitzen begehre ich, und seine Frucht ist meinem Gaumen süß. Er führt mich in den Weinkeller, und die Liebe ist sein Zeichen über mir. Er erquickt mich mit Traubenkuchen und labt mich mit Äpfeln.‹«

»Unter den Jünglingen – ein ziemlich knorriger Apfelbaum bin ich inzwischen geworden«, grummelte er, aber die Fältchen an seinen Augen straften ihn Lügen. »Aber da Ihr Traubenkuchen und Äpfel erwähnt – das Fasten würde ich jetzt gerne brechen.«

Bei Tageslicht war es einfacher, eine Stelle zu finden, an der man den Duffesbach überqueren konnte, und noch bevor die Glocken zur Terz läuteten, war Almut wieder im Konvent angekommen. Hier hatte der Regen einigen Schaden angerichtet, und den Tag verbrachte sie damit, ein schadhaftes Dach zu reparieren, die vom Wind halb ausgerissene Tür des Stalls zu richten und mit Mettel und Bela den Schlamm im Hof zu beseitigen. Alles das tat sie mit einem solchen Schwung, dass Clara verwundert bemerkte, sie habe wohl in einem Jungbrunnen gebadet.

»Der Regen war erfrischend, ja. Aber ein Bad – ah!« Almut reckte sich. »Ein Bad, ein heißes, das könnte mir wirklich Freude bereiten. Und saubere Kleider.«

»Dann werde ich Gertrud mal überreden, den Zuber bereit zu machen, und ihr helfen, einen Kessel Wasser zu wärmen. Auch wenn ich mir dabei Brandblasen an den Fingern holen werde.«

»Du opferst dich immer so auf, Clara.«

»Das wird zukünftig meine Aufgabe sein«, antwortete ihre Freundin düster. »Magda hat mir vorgeschlagen, ihre Nachfolgerin zu werden.«

»Ach, wie schrecklich. Und das, wo du so leicht Ohrensausen bekommst.«

»Ja, das wird mir nützlich sein, wenn all die Klagen zu mir kommen.«

Vor dem Abendessen genoss Almut das gewünschte heiße Bad in dem dafür vorgesehenen Raum hinter dem Küchenkamin und wusch sich mit Elsas duftender Kräuterseife die Haare. Als sie sich schließlich mit den Tüchern abgetrocknet, die feuchten Strähnen gebürstet und zu einem Zopf geflochten hatte, kamen Clara und Magda zu ihr.

»Deine beiden grauen Gewänder hast du in den vergangenen Tagen reichlich zerschlissen«, hub die Meisterin mit mildem Vorwurf an.

»Ja, ich fürchte auch, sie taugen nur noch für den Lumpensammler. Es tut mir leid, Magda.«

»Bestimmt?«

»Sieh dir doch die funkelnden Augen an, Magda. Echte Reue kann ich darin nicht erkennen«, stichelte Clara.

»Nein, nicht wahr?«

Lächelnd breitete Clara die dunkelblaue Sukenie aus, die Frau Barbara ihrer Stieftochter überlassen hatte, und strich bewundernd über das feine Wolltuch. Auch eine fein gefältelte, schneeweiße Kotte hatte sie mitgebracht, ein Haarnetz aus blauer Seide und passende Lederschuhe.

»Ich helfe dir«, bot sie dann an, und Almut schlüpfte in das Unterkleid. Die Meisterin und Clara halfen ihr, das Gewand über den Kopf zu ziehen und es mit den Schnürungen ihrer Figur anzupassen.

»Du siehst vornehm darin aus, Almut«, stellte die Meisterin fest.

»Ja, es ist ein hübsches Kleid.«

Clara hob die zerfetzte Beginentracht auf und nickte.

»Den grauen Kittel hast du wohl heute zum letzten Mal getragen?«

Einen langen Augenblick schaute Almut das ihr seit

über vier Jahren vertraute Gewand an. Dann straffte sie die Schultern.

»Ja, ich habe diese Hülle nun abgelegt. Aber ich habe das schlichte Grau immer gerne getragen, und ich hoffe, mit Anstand.«

»Das tatest du, Almut. Und nun bist du endgültig in das weltliche Leben zurückgekehrt. Ich kann nicht sagen, dass ich ganz glücklich darüber bin. Aber ich glaube, dass es für dich die richtige Entscheidung ist. Er wird dir ein guter Mann sein.«

»Ja, Magda. Das wird er.«

»Rote Rosen auf deinen Wangen? So, so. Er war dir also schon ein guter Mann?«

»Ja. Ja, Magda, ein viel besserer, als ich auch nur ahnen konnte.«

»Dann ist es an der Zeit, dass Euer Bund gesegnet wird.«

Almut sah versonnen an der Meisterin vorbei und griff nach der Perle an ihrem Hals. Vielleicht war er es schon. Aber das mochte sie nicht laut aussprechen.

## 52. Kapitel

Am nächsten Tag suchte Almut ihre Eltern auf, sie wollte die Pfingsttage bei ihnen verbringen. Auch Aziza hatte sich damit abgefunden, zunächst im Haus des Baumeisters zu wohnen. Als sie die gute Stube betrat, bot sich Almut ein friedliches Bild. Ihre Stiefmutter nähte, neben ihr saß Aziza am Spinnrad. Der große schwarze Kater lag vor dem kalten Kamin und träumte von der Mäusejagd, und Meister Conrad sah einige Listen durch. Almut wurde herzlich begrüßt. Sie fand, dass ihre Schwester sich recht gut erholt hatte. Die Brandblasen auf ihrer Wange und am Hals heilten allmählich ab, ihre Haare hatte Frau Barbara selbst so geschnitten, dass sie wie ein Lockenkranz um ihr Gesicht standen, das einfache, dunkelrote Kleid stand ihr gut zu Gesicht, und mit flinken Fingern ließ sie die Spindel tanzen.

»Unser Herr Vater hat mir angeboten, sich darum zu kümmern, dass mein Häuschen wieder aufgebaut wird«, erklärte sie. »Es ist nur der Dachstuhl wirklich zerstört.«

»Alles andere wird sich auch finden.«

»Möglich.«

Almut setzte sich auf die Bank neben ihre Stiefmutter und fädelte einen Faden in die Nadel, um ihr zu helfen, das weite Leinenhemd zu säumen. Sie erzählte von der Einweihung der Kapelle, lauschte Frau Barbaras Berichten über Peters und Mechthilds Fortschritten in ihren Lektionen und Meister Conrads Lobpreisungen eines gutbeleumundeten Parlers, der vor zwei Jahren seine Frau verloren hatte. Es war deutlich zu erkennen, dass er ihn als einen geeigneten Heiratskandidaten für seine Tochter ins Auge gefasst hatte. Als sie nur mit einigen unverbindlichen Lauten darauf reagierte, zuckte er mit den Schultern und sprach von seinen Aufgaben als Zunftmeister, zu dem man ihn kürzlich ernannt hatte, und von seinen Hoffnungen, in den weiten Rat aufgenommen zu werden. Almut hörte schweigend zu. Sie wusste, dass dieser Ehrgeiz ihren Vater schon lange antrieb. Aber wie so vieles verlangte die höhere Auszeichnung nicht nur Fleiß, zuverlässige Arbeitsqualität, ordentliches Material und anständige Gesellen, sondern auch gute Beziehungen. Die versuchte der Baumeister zu bekommen, indem er seine Dienste den Patriziern der Stadt unablässig anbot, um damit in den Kreis ihrer Aufmerksamkeit zu geraten. Es gelang ihm nicht sehr oft, und Frau Barbara hatte Almut vor einiger Zeit anvertraut, dass sie diese unterwürfigen Anbiederungen mit gesundem Misstrauen betrachtete. Ihr Mann neigte dazu, den hohen Herren viel zu vollmundige Versprechungen zu machen und dabei nicht auf die Kosten zu achten. Immer wieder musste sie ihn, auf ihre eigene geschickte Art, erkennen lassen, dass er zu niedrige Preise angesetzt hatte, zu denen er die Aufträge gar nicht hätte durchführen können. Aber heimlich träumte er weiter davon.

Während er sich über erhoffte Einflussnahme der Zünfte und Gilden auf die Stadtpolitik ausließ, lächelte Almut in sich hinein. Einmal zwinkerte Aziza ihr zu, aber auch sie sagte nichts weiter.

Maria brachte aus der Küche einen Korb mit Schmalzgebackenem und einen Krug mit Würzwein, und gleich darauf polterte Anne an der Tür und kündigte zwei Besucher an.

»Der Herr vom Spiegel und der Herr de Lambsdingens, Herr, sind an der Tür. Solle mer sie reinlosse?«

Der Baumeister zuckte zusammen, stand auf und straffte die Schultern.

»Aber natürlich, du Trutsch. Bitte sie allerhöflichst einzutreten. Frau Barbara, die Silberpokale! Legt dieses Hemd weg, das ziemt sich nicht, ein Untergewand vor edlen Herrn zu zeigen. Und hört mit dem Spinnen auf. Das Rad quietscht.«

Auch der Kater wurde von seinem Lieblingsplatz verscheucht. Dann zog Meister Conrad sein Wams straff und war bereit, die edlen Gäste zu empfangen.

Sie boten ein beeindruckendes Bild. Leon de Lambrays in kniekurzer, schwarzer Houppelande, die Locken glänzend gebürstet, die Beine in weichledernen Stiefeln, der Herr vom Spiegel in faltenreichem dunkelrotem Gelehrtengewand aus feinstem flandrischem Tuch, silberbestickt der Gürtel, silbern schimmernd Bart und Haar.

Der Hausherr vollführte mehrere tiefe Verneigungen, bot den Besuchern die besten Plätze an und wollte ihnen Wein aufnötigen.

»Lasst nur, Baumeister. Wir sind in vertraglichen Angelegenheiten hier. Wir wollen nüchtern handeln.«

Der Hinweis auf den Handel ließ Meister Conrads Augen aufleuchten.

»Ja, ja, selbstverständlich. Womit kann ich Euch dienen, wohledle Herrn? Habt Ihr einen Anbau zu richten, Verschönerungen an Euren sicher vollendeten Häusern vorzunehmen, Steinmetzarbeiten durchzuführen...«

»Nein, Baumeister. Wir kommen in anderer Angelegenheit. Dies hier, Baumeister, ist mein Sohn Leon de Lambrays. Er ist Weinhändler aus Burgund und besucht alle Jahre diese Stadt, um seine Geschäfte abzuwickeln.«

»Ah, Weinhändler. Ein guter Tropfen wird in Burgund angebaut, habe ich sagen hören. Wollt Ihr mir ein Angebot machen, Herr de Lambrays? Ich wäre nicht uninteressiert.«

436

»Nein, Baumeister. Ich möchte Euch eine Bitte vortragen. Aber es handelt sich nicht um Wein.«

Almut sah unter gesenkten Lidern zu Aziza hin, die aber ihren Blick nicht erwiderte. Ihre Hände, nun müßig, lagen sittsam gefaltet in ihrem Schoß, aber die Knöchel wirkten weiß.

»Ihr wollt Euch hier niederlassen, edler Herr? Ihr sucht ein Grundstück für Lager und Geschäft? Ich habe von einigen sehr geeigneten Fleckchen Kenntnis.«

»Zu einem späteren Zeitpunkt, Meister Conrad, will ich darauf zurückkommen. Noch allerdings befindet sich mein Heim in Burgund. Und es mag Euch schmerzlich ankommen zu hören, dass dies mit einem Verlust für Euch verbunden ist.«

»Ihr habt doch nicht vor, mir meinen Steinmetz abzuwerben?« Meister Conrad rang verlegen die Hände, fasste sich aber. »Nun, wir können auch darüber reden. Aber ich bin mir nicht sicher, ob er in ein fremdes Land ziehen möchte. Er hat Frau und Kinder.«

»Der gute Mann mag bleiben, wo er ist. Ich bin nicht auf der Suche nach einem Handwerker, ich suche ein Weib, das an meiner Seite wirkt und mein Heim mit Kindern füllt.«

Almut hatte größte Mühe, ein Glucksen zu unterdrücken, Aziza schnaufte leise, und Frau Barbara versteckte ihre tiefe Bewegung hinter einem gedämpften Hüsteln.

»Oh – ähm …« Der Baumeister räusperte sich und suchte nach Worten. »Ähm, ein Weib sucht Ihr? Verstehe ich Euch richtig, Ihr kommt zu mir, weil Ihr ein Weib sucht, edler Herr?«

Leon machte eine höfliche Verbeugung. »Ganz recht,

437

Meister Conrad. Ich bin gekommen, weil ich um die Hand Eurer Tochter bitten möchte.«

»Eine Ehre, Herr, eine Ehre. Doch fürchte ich, edler Herr... also, ich fürchte... Ich bin nur ein einfacher Baumeister, Herr. Und meine Tochter... sie ist ein wenig rau aufgewachsen.« Er drehte sich zu Almut um und funkelte sie an.

»Sie erschien mir, Meister Conrad, immer liebreizend und wohlgebildet. Sie wird eine Zierde meines Heimes sein.«

»Ja, wenn Ihr meint!« Almut sah, dass ihrem Vater gerade die Bedeutung der Verbindung aufging, und allerlei schönste Hoffnungen malten sich in seinem Gesicht ab. Fast bedauerte sie es, ihn enttäuschen zu müssen.

»Je nun, Tochter, dann will ich hoffen, dass du dich dieser Bitte gebührlich gewogen zeigst und dem Herrn de Lambrays eine gute Gattin wirst.«

»Nein, Vater.«

Meister Conrad wollte soeben weiter in seiner schwungvollen Rede fortfahren, als die Antwort in voller Wucht in sein Bewusstsein drang.

»Nein?«, donnerte er. »Du wagst es, die beste Verbindung, die einem Weib geboten werden kann, auszuschlagen? Du weigerst dich, ein solches Angebot anzunehmen? Was denn noch? Er ist jung, er ist vermögend, er ist von Stand! Was denn noch, um des Allmächtigen willen?«

»Er liebt mich nicht.«

Nun fuhr ihr Vater endgültig aus der Haut.

»Liebe verlangst du, dumme Dirne? Liebe? Keine Ehe wird aus Liebe geschlossen, Kinderkram und Träumerei.«

»Meister Conrad!«

Der Baumeister fuhr herum.

»Frau Almut hat recht. Ich liebe sie nicht. Aber Ihr scheint vergessen zu haben, dass Ihr zwei Töchter besitzt.« Und mit einer geschmeidigen Bewegung kniete Leon de Lambrays vor Aziza nieder, die ihre Hände in hilfloser Geste ausbreitete.

»Wohl mir der Stunde, da ich sie erkannte,
Die mir den Leib, den Mut bezwang.
Seit ich den ganzen Sinn an sie verwandte,
Um den sie mich mit ihrer Güte bracht.
Dass ich von ihr nicht scheiden mag,
das hat die Schöne nun mit mir gemacht,
mit ihrem roten Mund, der mir so lieblich lacht.«

»Leon, das meint Ihr nicht ernst«, hörte Almut ihre Schwester wispern.

»Doch, mein Lieb.«

»Ihr wisst, wer und was ich bin.«

»Keine Maurin, aber eine kluge und mutige Frau. Doch wenn ich Euch nicht genehm bin, dann lasst es mich wissen.«

»Schwester, lass ihn nicht so lange bangen«, bat Almut. Aziza seufzte: »Schade«, dann lächelte sie und legte mit einer entschiedenen Bewegung ihre Hände in die seinen.

Meister Conrad wirkte vollends sprachlos, und in die Stille hinein klang die tiefe Stimme des Herrn vom Spiegel.

»Grämt Euch nicht, Baumeister. Auch Eure andere Tochter soll wieder unter die Munt eines Mannes kommen. Es ist an der Zeit, dass sie einem Herrn gehorcht.«

»Das wird sie nie, edler Herr. Sie ist ein widerbo
ges Ding und hat einen starren Eigensinn.«

»Ich werde mich ihrer dennoch erbarmen.«

»Wohledler Herr, Ihr treibt Scherz mit mir.«

Ivo vom Spiegel erhob sich und machte einen Schritt
auf Almut zu. Sie sah mit einem winzigen Lächeln zu
ihm auf.

»›Der Gerechte erbarmt sich seines Viehs‹, wollt Ihr
sagen, Herr?«

»›Wer sich des Armen erbarmt, der leiht dem Herrn,
und der wird ihm vergelten, was er Gutes getan hat.‹«

Almut stand ebenfalls auf und sah ihm in die Augen.

»Nun denn, wohledler Herr, dann hofft auf die Gnade
Gottes.«

Er nahm ihre Hände und wandte sich an den Baumeister.

»Haben wir Euren Segen, Meister Conrad?«

»Es ist… wohledler Herr, Ihr wisst nicht, was Ihr
tut. Sie ist nicht leicht zu führen. Sie braucht eine harte Hand…«, stammelte er hilflos.

»Eine genauso harte wie die, mit der Ihr sie geführt
habt, Meister Conrad?«

»Ich war nachlässig mit ihr. Ich habe…«

»Mein Gatte, Ihr habt Eure Tochter wohl erzogen
und ihr die Zuneigung nie verwehrt. Ich glaube, der
Herr vom Spiegel hat gute Gründe, ihr die Ehe anzu-
tragen.«

Frau Barbara stand auf und ergriff den Krug, um die
Pokale mit Wein zu füllen.

»Ja, Baumeister, die habe ich. Denn die Hände Eurer
Tochter sind hart, und ich werde mich willig ihrer Füh-
rung anvertrauen.«

440

Baumeister Conrad Bertholf brauchte zwei ganze
Pokale voll Wein, bis er sein Glück glauben konnte.


## 53. Kapitel

Ivo hatte vorgehabt, mit Almut am Mittsommertag an
die Brautpforte von Sankt Brigiden zu treten, und Theodoricus wollte die Einsegnung der Ehe übernehmen.

Doch das Schicksal wollte es anders.

Am Pfingstsonntag kam Pitter zu Meister Bertholfs
Haus und bat Frau Almut, umgehend zum Alter Markt
zu kommen. Der alte Herr vom Spiegel lag im Sterben
und verlangte nach ihr.

Und so eilte sie neben dem Päckelchesträger durch
die Straßen, und beide wurden von Frau Nelda in das
helle Zimmer geführt. Gauwin lag gestützt auf viele
Polster auf seinem Lager, bleich wie Pergament, mit
bläulichen Lippen. Sein Atem ging rasselnd, doch seine Augen grüßten sie. Sein Sohn saß an seiner einen
Seite, Abt Theodoricus an der anderen. Das Salböl stand
auf dem Tischchen, er hatte das Sterbesakrament bereits erhalten. Leon und Aziza saßen nebeneinander
auf einer Bank am Fenster, Meister Krudener und Trine hielten sich in der Nähe des Bettes auf. Frau Nelda
biss sich auf die Unterlippe, um ein Schluchzen zu-
rückzuhalten, die beiden Witwen knieten am Fußende
des Bettes und beteten leise.

Ivo legte das kostbare Brevier fort, das er zurückerhalten hatte, stand auf und begrüßte Almut leise.

»Danke, dass Ihr gekommen seid. Mein Vater wünscht,

das Band zwischen uns geknüpft zu sehen, bev⟨
seinen Frieden mit Gott macht. Seid Ihr bereit, i⟨
diesen Wunsch zu erfüllen, Almut?«

»Ja, Ivo.«

So traten sie an das Lager, und ein geisterhaftes Lächeln erschien auf dem eingefallenen Gesicht des
Sterbenden.

Almut beugte sich zu ihm nieder und küsste ihn
auf die Wange. Sie wusste, woran er dachte. Als sie
ihm das erste Mal begegnet war und ihm geholfen
hatte, eine Herzschwäche zu überwinden, hatte er ge-
murmelt, er habe es nicht verdient, in den Armen einer schönen Frau zu sterben. Darum flüsterte sie ihm
nun zu: »Doch, Herr Gauwin, Vater, Ihr habt es verdient«, und schob ihren linken Arm unter seine Schultern.

Noch einmal bildete sich das winzige Fältchen Heiterkeit in seinen Augenwinkeln, dann glitt sein Blick
herrisch zu Theodoricus. Der nickte Ivo zu, und dieser
trat an die andere Seite des Lagers.

»Es soll sein, wie Ihr wünscht, Vater.«

Und Theo nahm die Hände der beiden und fügte sie
über der Brust des Sterbenden zusammen.

Dann deckte er Gauwins Hände darüber. Leon reichte
dem Abt das Brevier, und Theo las mit bewegter Stimme die Worte des Weisen: »»Wem eine tüchtige Frau
beschert ist, die ist viel edler als die köstlichsten Perlen. Ihres Mannes Herz darf sich auf sie verlassen, und
Nahrung wird ihm nicht mangeln. Sie tut ihm Liebes
und kein Leid ihr Leben lang.‹«

Leon kniete neben Aziza, Frau Nelda neben den
Witwen, Georg Krudener neben Trine und dem leise

schniefenden Pitter. Sie lauschten in der Wärme des goldenen Frühsommertags dem innigen Trauverprechen, das sich die beiden Menschen gaben, die auf so schwierigen und doch wunderbaren Wegen zueinandergefunden hatten.

Theo sprach ein Gebet und erflehte den Schutz des Bundes von Gott, seinem Sohn und der barmherzigen Mutter.

Ivo vom Spiegel aber sah sein Weib an und sprach: »›Ihre Söhne stehen auf und preisen sie, ihr Mann lobt sie: Es sind wohl viele tüchtige Frauen, du aber übertriffst sie alle.‹«

Als die Worte verklungen waren, brummelte eine kleine Honigbiene durch das offene Fenster. Ihr Summen war der einzige Laut, der zu hören war, während sich die Stille im Zimmer ausdehnte.

Dann bewegten sich noch einmal, zart wie ein Flügelschlag, Gauwin vom Spiegels Finger, und mit seinem letzten Lebensatem hauchte er: »Segen.«

So endet die Geschichte von der grauen Begine Almut, die nun die Herrin vom Spiegel ist und Pater Ivo, dessen schwarze Kutte irgendwo in den Truhen von Groß Sankt Martin vermodert, denn er hat die ihm gebührende Stellung als der Herr vom Spiegel angenommen.

Und da sie nicht gestorben sind, leben sie noch heute – in meiner und hoffentlich auch Eurer Phantasie.

Zum Trost aber möchte ich Euch noch berichten, dass just neun Monate später, an einem frühlingshaften

Märzmorgen des Jahres 1378 Almut von zwei ge
den Kindern entbunden wurde, einem Mädchen,
die glücklichen Eltern Alyss nannten, und einen Jungen, dem sie den Namen Marian gaben.